清晨入古寺

丁酉秋子恺写

只羡鸳鸯不羡仙

邻家大院里有一棵大树

丁酉冬写子恺

北京故人

徐 敏 乔柏梁◎著

北京燕山出版社

图书在版编目（CIP）数据

北京故人 / 徐敏，乔柏梁著. -- 北京：北京燕山出版社，
2021.12

ISBN 978-7-5402-6374-4

Ⅰ. ①北… Ⅱ. ①徐…②乔… Ⅲ. ①长篇小说-中国-当代
Ⅳ. ①I247.5

中国版本图书馆 CIP 数据核字（2022）第 004155 号

北京故人

作　　者：徐　敏　乔柏梁
责任编辑：王月佳
出版发行：北京燕山出版社有限公司
社　　址：北京市丰台区东铁匠营苇子坑 138 号 C 座
电　　话：010-65240430（总编室）
印　　刷：三河市刚利印务有限公司
开　　本：710mm×1000mm　　1/16
字　　数：304 千字
印　　张：24.25
版　　次：2022 年 1 月第 1 版
印　　次：2022 年 1 月第 1 次印刷
定　　价：68.00 元

当历史穿过现世

——《北京故人》序

丁伯慧

接到作家徐敏让我写序的任务时，我正忙于一堆杂事。生活就是这样，每天都是柴米油盐、鸡零狗碎，人在庸常生活中，心中的诗意和浪漫都消解在"出门七件事"中。当拿到这部长篇小说后，我第一时间想到的是：如何完成这个艰巨的任务？然而，随着阅读的进行，我逐渐被小说带着离开了眼前的世界。

一个北漂的"奔四"的外地女子，在京城艰难的生活中，每天都要面对生活中的各种艰辛，直到——意外遇见的一些人，把她带到了历史之中，而且这段历史还是她自己的家族史。她自身的生活，在与历史的相遇

注：丁伯慧，作家，中国作协会员，出版了《第三只手》《跑马镇情人》《过涞滩》等六部长篇小说，在重庆移通学院、晋中信息学院、泰山科技学院创建三所创意写作学院，任院长。

中，突然显得不再那么重要了。

　　小说的第一主人公其实并不是这位北漂女子阿茵，而是金睿芝，这位曾经是"格格"的女子，一生经历了清朝、民国、伪满洲、新中国四个时期。她出生即为格格，幼时锦衣玉食，后来却一生坎坷。她唱过戏，流浪到东北，进过土匪窝，又做过生意。但是她的一生，一直都是浪漫的、英雄主义的。她总在最困难的时候挺身而出，敢作敢当，有着很多男子所没有的胸襟和气概。她敢爱敢恨，爱得轰轰烈烈，恨得惊天动地。宁可爱得自己饱受煎熬，也不愿委屈地与人生活在一起。她不仅收养了自己家族的两个孩子，还收养了一个被遗弃的、濒临死亡的日本孩子，自己却一直无儿无女。然而最终，她却死在自己收养的一个孩子的家里，不明不白，晚景凄凉，连自己留下的房子都成了一桩悬案。与其说金睿芝的一生是见证中国近现代最波诡云谲的时期的一生，还不如说金睿芝的一生是体现中国传统女性悲欢离合的命运的一生。她的浪漫情怀和英雄主义，最终败在现实和功利的面前。这是一曲中国女性的悲歌。

　　而贯穿故事始终的"主人公"阿茵，也不仅仅是一个旁观者。她的京漂历史与金睿芝的历史距离大半个世纪，两代女性遥相呼应。因为时代的不同，二人的经历自然不同，但是，二人同样坚韧、果敢、自立，因此，在命运上也有某种相关联的东西。阿茵其实并不是一个陪衬，而是作者穿越历史时空的思考。两个人的一生，都在"漂"，这种"漂"，不仅是生活上的，也是精神上的。她们一直在思考、在变化、在成长。小说最让我吃惊的是两个人在爱情上的结局。在阅读的过程中，我以为金睿芝和宋老板最终不会在一起，而阿茵和彭见祺则会在一起，但结果恰恰相反。仔细思考之下，这正好反映了作者关于女性爱情的思考：女性的爱情与婚姻，首先应当建立在个体的独立之上。她们并没有因为爱情和婚姻而丧失自己的独立性。金睿芝正因为达到了自身的独立，最终才和宋老四在一起，他们并肩而立，互敬互爱，最后差不多同时离开这个世界。阿茵没有做到真正的独立，至少在精神上——通过这场对于家族史的重新认知和深入思考，她对自己京漂的生涯有了重新的认识，最后，她不想依靠彭见祺——一个有钱的男人在北京立足，而选择了自己去支教。在感情上，她仍在漂泊，但是在精神上，她已经觉醒，已经有了独立的意识，她的自我成熟起来了。

我和徐敏女士本是文友，相识多年，了解过她的家族史，我很容易地就从小说中看出，这是一部家族自传式的作品，金睿芝的原型，应该就是徐敏的奶奶。中国当代文学中，以家族史为题材的作品不少，像《白鹿原》等作品都致力于绘制一幅宏大的历史画卷。而这部《北京故人》没有走同样的路。徐敏选择了历史的一个断面，深入进去，从女性的视角来思考在一场大的历史变迁中女性命运的沉浮，进而引起读者的共鸣。

如前文所说，我们生活在这个世界中，每天面对的都是庸常生活。大部分人都在追名逐利，为生存奔波，只有少数人，不仅在生活，还在努力思考生活本身，而远离当下，回到历史，就是人类思考的方式之一。人类区别于动物的重要标志，就是人类有着这种对于生命的自觉意识。这种自觉意识，体现在对生命的三种关怀——原始关怀：人从哪里来？现世关怀：人来干什么？终极关怀：人到哪里去？正是这三种关怀，诞生了人类璀璨的文化。虽然对于个体来说，生命总会消亡，时间总会流逝，人世间所有的美好和苦难都抵挡不住岁月的磨洗，一切最终都会被遗忘。而作家抵抗这种遗忘的方法就是回忆，就是记录，于是我们看到徐敏用她的记忆展开了一场对于历史的追寻，她穿过现世，回到原始，又走向终极。

这部小说足以证明，徐敏是一位成熟的、有着独立思考的作家，阅读她的作品让我感到愉悦。

目录

01

当钟表的指针刚刚指向下午五点，写字楼里就躁动起来，早已收拾好背包的人们纷纷走出了那个像蜂巢一样的小格子办公间，蜂拥到电梯跟前。每天这个时候的电梯都是不堪重负的，通常一个电梯塞不下，还要等第二部、第三部……

阿茵好不容易挤进了电梯，电梯的门紧贴着她的后背关上了。当电梯来到一楼，大家鱼贯而出。阿茵去保安室看了看，有没有今天送来的快递，然后随着人群走出了写字楼的旋转玻璃门。

春节刚过，北京的树木还沉醉在冬天的记忆中没有醒来，只有一丛丛迎春花耐不住寂寞，向春天绽开了笑颜，在一片枯枝当中露出一朵朵鹅黄色小花儿，勉强地抵御着乍暖还寒的天气。

春天的傍晚，白天已比冬日长了许多，五点钟的时候，夕阳用尽了最后的力量，将一层金色的余晖洒在了北京的街道上，道路上行驶着的每一辆小汽车的棚顶都像是被涂上了一层金粉，熠熠闪光。

阿茵的脚步随着那些年轻的男孩女孩往地铁站里走，北京的地铁就像一条条地下的长龙，在这个城市的地表之下川流不息。每天下班的当口，都是地铁里最拥挤的时刻，潮水般的人流从四面八方涌来，进入闸口的时候，蜿蜒而来的人群变成了一根根不规则的草绳。

在地铁车厢里，人们冒着能把自己挤压成照片的风险，还在埋头看着各自的手机，看小说或者是追剧，他们满身疲惫，却仍那么投入地盯着眼前的屏幕，也许只有靠着这么一点儿可怜的生活佐料，才能调节一下五味杂陈的生活。

当地铁在不同的车站停靠时，这些蝼蚁一样的人群从车厢里挤出去，出站之后买菜做饭，各自回家去过他们的日子。生活就像是一部复印机，每天都复制着基本相同的内容。

在北京这座城市里，尽管每个人都脚步匆匆地回家，但并不是每个人都有属于自己的家，这些北漂们大多来自全国各地的三、四线城市或者是更小的县城或乡村，他们在这里吃最简单的食物、住合租房，却也没有谁愿意离开北京，回到他们那个早已生疏了的、身份证上面印着住址的家乡。

阿茵就是来自东北边陲四线城市的姑娘，一个人在北京住合租房，已经有好多年了。她在一家图书公司当编辑，这家图书公司的老板想上创业板圈钱，正跟几家券商打得热络。为了让公司有一个光鲜的外壳儿，老板退掉了原来在东三环的商住两用的办公室，把公司搬到了西直门，在那三个巨大无比的玉米形状的建筑里面办公。

自从搬到西直门以后，阿茵上班的路程比过去远了好多，不过，她并不想搬家，因为她已经住惯了那幢老楼，现在住的地方距离古玩市场近，更适合阿茵在下班之后鼓捣一些古玩字画之类的副业。

阿茵一边往地铁里走，脑子里一边胡思乱想，仿佛有一列火车"轰隆隆"地开过。她刚把手提包放在安检机上，手机就在包里"滴滴"地响了起来，阿茵接起电话，里面传来了东北人特有的大嗓门："阿茵，我是你妈！我坐的火车刚过唐山，你下班过来接我吧！"母亲的大嗓门，好像要把手机震破。

听到妈妈来了，阿茵的头顿时"嗡"的一声大了起来，真是怕什么就来什么。

还是在两年前的冬天，阿茵回老家去过春节。回到家的第一个晚上，阿茵亲手递给母亲包了一万元的红包，母亲低头瞄了一眼红包的厚度，知道钱数不少。母亲有点儿不好意思，但也没有推辞，只是喃喃地说了句："妈帮你攒着，等你结婚的时候用……"

阿茵皱了皱眉，没有接下话茬，好在母亲看在一万块钱红包的份儿上，对阿茵表现出极大的宽容，并没有对阿茵的婚事穷追不舍。

还有三天，就到大年三十了，东北边陲小城的大街上到处飘散着炒货的香气，路边小摊儿上悬挂着红灯笼和对联、福字，卖糖葫芦的架子上插满了裹着琥珀色糖浆的山里红。看见它，阿茵的嘴里就会不自觉地冒出口水，回想起童年时奶奶带着自己上街的情景，买一串糖葫芦要慢慢地吃，牙齿咬破包裹着红果的那层脆脆的糖浆壳儿，一种酸酸的味道就会在口腔里蔓延开来，吃得越慢，这种幸福的时刻越会被无限地拉长……只不过现在，这种食物再也不能给阿茵带来幸福感了。

母亲带着阿茵去采购年货，因为女儿给了钱，母亲的手头儿比以往活泛了不少，这让母亲走在菜市场里感到扬眉吐气，再跟卖鸡、卖鱼的小商贩砍起价儿来，也比过去慷慨了不少。经过讨价还价，母亲的篮子里多了两只刚宰好的三黄鸡，阿茵的手里拎着一捆包裹着一层塑料袋的芹菜，芹菜好像不甘心被埋没似的，从那层层叠叠的包裹中露出一丛碧绿的叶子。

阿茵跟着母亲冒着大雪往家里走，她已经好多年没有见过这么大的雪了，雪花就像是牵着手的精灵，一片一片连绵不断地飘落在地上，就连小区里丑陋不堪的自行车棚子也好像因为有了雪的粉饰，变成了童话小屋一样弯曲的屋顶。厚厚的白雪被踩在脚底下，发出一阵"咯吱、咯吱"的愉快的响声。

阿茵和母亲来到小区的门口，遇到了同样买菜回来的黄阿姨。黄阿姨是过去住平房时候的老街坊，拆迁之后又成了一栋楼里的邻居，不过黄阿姨跟阿茵家不在同一个单元里。

在阿茵的记忆中，黄阿姨的个子很高，但现在的黄阿姨身材横向发展，她穿着一件姜黄色的羽绒服，戴着一顶灰色毛线帽子，一条格子围巾从脖子上绕了两圈，蒙住了她的半张脸。

黄阿姨拉着阿茵的手，嘘寒问暖，夸阿茵有本事，能在北京那么大的城市里工作。听黄阿姨说这些话的时候，母亲的脸上洋溢着自豪的微笑。

黄阿姨话锋一转，问起了阿茵的婚事，黄阿姨说，她家女儿只比阿茵大一岁，现在儿子都上小学二年级了。

听了黄阿姨的话，母亲的脸色就像是秋天的白菜遇上了第一场雪，她不等黄阿姨继续唠叨，一把拉着阿茵拐进了自家的楼洞口。

回到家里，还没等阿茵脱去外衣，母亲就追到了阿茵的卧室，靠在门框上，气呼呼地给阿茵下了一道死命令：下一个春节，无论如何，也要带着对象回家来，给街坊们看看，不能因为找不到对象给家里人丢脸。当时阿茵只是随口"嗯"了一声，她以为母亲不会当真。

一年的时间快得就像是车轮在路上跑，转眼到了年底。母亲逼着阿茵兑现承诺，一定要带一个男朋友回家。这可难坏了阿茵，人都说"三条腿的金蟾不好找，两条腿的大活人满街都是"，可是，就算满街都是大活人，想拉一个大活人回家做男朋友也没那么容易。一想到母亲脸上像是下过一场霜的表情，阿茵就彻底掐死了回家过年的念头。

当阿茵接到母亲催她回家过年的电话，她就搪塞母亲说，公司这边要上市了，有许多重要的工作不能耽误，所以过年也不放假。大年三十的晚上，阿茵一个人躲在出租房里煮了一包速冻饺子，喝了一罐青岛啤酒，就算是把年给打发完了。

阿茵心里很清楚，这个一戳就破的谎言骗不了母亲多久，但她没想到，三月还没过呢，离清明节还有一个多月，老娘就不远千里，一路追杀到了北京。

阿茵的母亲是山东人，她知道母亲的倔脾气，如果真拿不出个男朋友来，恐怕没那么容易蒙混过关。

她赶紧拨通了邵师兄的电话。阿茵跟这个师兄在学校里读书的时候并不认识，他们是在一个校友群里认识的，大家都在北京混，为了在这个庞大的城市里多一个熟人，彼此间有一份照应，他们俩相互加了微信。

师兄在他们的母校里拿到了古典文献的硕士学位，后来又在北京考上了考古学的博士，现在在一个考古研究所里上班。但真正给他带来财富的并不是他的那点儿工资，也不是师兄刚刚出版的几本专业著作。师兄的财富来自他的那些资源，在师兄的微信上有好几千好友，这些人大多都是有头有脸的，经常有人托师兄去帮忙踅摸些瓷器、字画，师兄一直在藏品和藏家之间充当着掮客的角色。

年纪大的、有身份的，都叫他小邵，但更多的人都会尊他一声"邵老师"，久而久之，人们仿佛并不在意他的本名叫什么了，好像他生下来就应该叫"邵老师"。

邵老师的本名叫邵宇宸，两年前，妻子跟他离了婚，跟着新欢移民去了加拿大。让邵师兄感到窝囊的并不是妻子跟他离婚，而是他一直不知道妻子什么时候移情别恋，跟自己的老板暗通款曲，飞快地离婚又结婚，把他当成了一个傻子，一直蒙在鼓里。

邵师兄成了新晋的王老五，他认识了阿茵之后，突然喜欢上了这种文艺女青年的类型，开始对她穷追不舍。但阿茵一直不想找一个离过婚的男人，仿佛有一种使用别人用过的牙刷时的那种感觉。可眼下她管不了那么多了，只好临时抱佛脚，拉师兄过来帮忙应付一下。

阿茵给师兄打了一个电话，邵师兄答应得倒是爽快，他让阿茵发个微信定位，他立刻就过来。

阿茵给师兄发完了定位之后，就站在马路边等着师兄的到来。

阳春时节的风轻轻吹过，马路边的柳树伸出慵懒的枝条，仿佛正待梳妆的娇弱女子。站在初春的大街边上，空气中的汽车尾气的味道也仿佛被大地回春的力量冲淡了许多。

三月的阳光是慷慨而旺盛的，哪怕是到了傍晚，夕阳的余晖投射在通体玻璃的大楼上，留下了金光灿烂的折痕。路边的玉兰花，枝头上已经凸起了花苞，玉兰花是春天到来时最早的天使，每当阿茵看到玉兰花那洁白的花蕊，总会让她联想到世界上最后的一点净土。

阿茵穿了一件米色的束腰风衣，一阵风吹过，身上还是感觉到了一阵寒意，她本能地竖起了风衣的领子，摇晃了一下因为坐了一整天而开始隐隐作痛的颈椎。

阿茵一边等邵师兄，一边盘算着怎么安排自己的老娘。阿茵每个月的工资，加上全勤奖、各种绩效，到手刚够 9000 块，这点工资如果在一个小城市里，也许还能算是一个像样的白领，可在北京，9000 块钱的收入，扣掉房租之后，剩下的钱只够她每天吃盒饭、坐地铁的，如果偶尔加班，叫一次滴滴打车，也会为几十元的车费心疼半天。

阿茵也想再做一份兼职，多挣点外快，可是，一个女编辑还能干点儿啥呢？阿茵的第一个兼职工作是看稿，10 万字的稿子，要求两天内交活儿，而且差错率不能超过万分之三。

阿茵的眼睛都快累瞎了，一个月看了三部稿子，交稿之后，迟迟不见对方把编辑费打到卡上。文化人都好面子，起初阿茵也不好意思催账，总不好直接问对方，啥时候能把钱给我？拖了几天之后，给她发兼职编辑书稿的那个人QQ上的头像黑了，电话打过去是空号。

阿茵着急了，趁着中午休息的工夫，按照上次让她给快递书稿的那个地址找了过去，结果一看才知道，那个办公室早已人去楼空。

阿茵又去网上查了"天眼查"，发现那家公司已经变更了法人，前任老板已经把公司给卖了，现在的新老板对以往的欠账一概不负责……

阿茵锲而不舍，她在网上找到的第二个兼职，是给淘宝店铺刷单，购买的商品是虚拟的游戏币，据说要先充值后返款，她兼职的第一天，被那个招她兼职的人不断催促着往一个陌生的账号里充游戏币，刚刚发了工资的银行卡很快见了底，好不容易打到了返现的环节，对方突然掉线，人间蒸发……

阿茵的工资卡里还有120元余额，距离下个月发工资还有20天，120元要过20天……这个问题可不是一道简单的应用题，它是直逼阿茵生存底线的考验。

阿茵终于明白，别人都是靠不住的，后来她在微拍网上开了一家小店，专卖古玩旧货，周六、周日跑到潘家园去淘点旧货，通过微拍卖出去，一来一回也能挣点儿零花钱。

阿茵经常在地摊上淘到一些碎瓷片，据说北京城在拓宽平安大道的时候挖出来相当多的元、明时期的碎瓷片。阿茵从地摊小贩手里买到了这些瓷片之后，又买来中空的画框，用热熔胶把瓷片镶嵌起来，变成一件独一无二的艺术品。

将这些瓷片做成的艺术品的照片在微博里发出去之后，没想到竟然引来了一桩生意——一家古瓷主题的茶餐厅老板从阿茵手里定制一批瓷片画框，阿茵用掉了三十几片古瓷片，完成了这一笔订单，一进一出，赚了两万多块。如果手上没有这两万多外快，阿茵真不知道该怎么招待千里而来的母亲。

阿茵站在马路边上，耐心地等待师兄。呈现在眼前的西直门桥，据说是"外星人"设计的杰作，很多人把车开到这里都很容易迷路。

阿茵听自己公司的老板说，刚搬到西直门那会儿，他经常在桥上转悠半个小时下不来。但阿茵相信，以邵师兄的智商，足可以顺利摆平西直门桥，陪她去母亲面前演一出双簧。

想起即将要面对的母亲，阿茵的心里涌起一阵惆怅，她的脑海中浮现出了童年时代，那个在北大荒深处的家，那一片一望无际的防风林，就好像是绿色的高大护兵。如果不是父亲早亡，阿茵的生活一定会是另外的一种景象。想起长眠在北大荒黑土地里的父亲，阿茵的心顿时像被利刃穿过一样的痛。

她的心底一直在流血，从父亲辞别人世的那个傍晚直到今天，伤口从来不曾愈合过，那些血凝在心底，仿佛是一片杜鹃啼血的深谷。

02

晚高峰时节的西直门桥下，车流就像是海洋里巡游的鱼群，一簇簇地涌动着，头尾衔接一般。邵师兄开的那辆黑色的奔驰轿车从立交桥上开过来的时候，就像一轮黑色的陨石。那辆闪着黑色亮光的奔驰车越来越近，停靠在阿茵的身边时，邵师兄打开车窗，微笑着打量阿茵。

邵师兄的年纪在四十岁左右，穿着一件修身的黑色防水高尔夫夹克外套，手腕上戴着一块劳力士限量版腕表，鼻梁上架着一副古驰眼镜，一张方形脸，棱角分明。

阿茵拉开车门坐进去，邵师兄向她笑着问："怎么这么着急？我刚从球场出来，接到电话就往这里赶。"

阿茵对邵师兄说："我妈来了……"

邵师兄问："怎么没听你说过老太太要来？"

阿茵叹了一口气说："我过年没有回家，还是没躲过去，催婚……"

邵师兄是一个聪明人，他知道在这个时候，接任何话头都是不明智的。他只是意味深长地看了阿茵一眼，开车拐向高架桥。

尽管北京的晚高峰还没有过去，不过邵师兄的车技让人佩服，从西直门到北京站，用了不足半个小时就到了。

　　邵师兄去找停车的地方，阿茵急忙奔向出站口。母亲舍不得坐高铁，她选了一个最慢的绿皮火车，从家乡到北京，要在火车上熬过漫长的二十多个小时。

　　阿茵在蚂蚁一样的人群中穿行，被背着一个大背包的小伙子撞了一个趔趄。她打老远就看见了母亲，母亲已经出站了，站在肯德基门口，向远处张望。

　　母亲上身穿着一件半长的米黄色羊绒大衣，下身穿着一条黑色长裤，再看母亲脚上穿的那双半高跟的褐色短靴，还带着流苏，一看那款式，就知道是妹妹穿够了淘汰给她的货色。

　　母亲站在早春的寒风里，白发凌乱地飘散在风中，阿茵的心钝钝地痛了一下，她瞬间忘记了因为母亲屡屡催婚而造成的龃龉。

　　阿茵快走几步来到母亲的面前，接过母亲手里拎着的旅行箱。母亲的目光往阿茵的身后望去，好像亟待证实阿茵是不是只有她一个人。

　　就在这个时候，邵师兄很及时地现身，很周到地向阿茵的母亲问了好，就接过阿茵拖着的行李箱，引着阿茵母女两个往停车的地方走去。

　　邵师兄穿着紧身的高尔夫夹克衫，显得身材挺拔细高，母亲的一双眼睛全都落在了邵师兄的身上，脸上一直笑吟吟的，眼角眉梢都写着"满意"两个字。

　　在邵师兄的引导下，母女俩来到停车的地方，邵师兄打开车的后备厢，把阿茵母亲带来的行李箱放了进去，然后请阿茵的母亲上车。

　　母亲说不着急，掏出手机给阿茵和师兄拍了几张照片，然后又在车前摆出剪刀手的姿势，让阿茵给她也拍一张照片。阿茵知道，母亲一定是想在她们退休老姐妹的群里显摆一下，也只好随了她的小心思。

阿茵租的房子在一个老旧的小区里，这个地方靠近朝阳门，是外交部的职工宿舍。这些年来，一些有头有脸的官员相继改善了住房条件，搬离了这栋建于 20 世纪 80 年代初期的老楼，这幢经历过几十年风雨的老楼房，就像那垂暮的妇人，面对无情的岁月淘洗，无可奈何地衰老下去。

师兄拖着行李箱，他们三个人走向那部老旧的电梯，路过楼下收发室的时候，物业管理员王姐从小窗口探出半个头来，打量了邵师兄一眼，就像是发现了宝贝一样，大声惊呼道："邵老师？真的是您啊？您就是经常在电视里鉴宝的邵老师吧？"

邵师兄很显然不是第一次面对这样大惊小怪的场面，他一只手拉着箱子，腾出另外一只手，很优雅地向王姐晃了晃，算是认下了自己的身份。阿茵从王姐的眼神里读出了讨好的意味。

在此之前，阿茵一直没看到过王姐的笑脸，阿茵经常邮寄易碎品，总是不辞劳苦地从办公室里捡回同事们扔掉的泡沫塑料膜和纸箱子。阿茵每一次背着一个装满了气泡垫和纸箱的蛇皮袋回家，总能看到王姐的脸上露出寒光闪闪的冷笑。

母亲看到邵师兄被人这样大呼小叫地恭维，一脸诚惶诚恐的样子，刚才藏在心里的那份得意就像水面上的涟漪一样，又被放大了一圈。

阿茵租的房子在 301 室，这个大约有九十多平方米的房子是与人合租的。房子虽然老旧，但是地段好，租金自然不菲。阿茵住的这一间是三居室当中面积最大的卧室，也是光线最好的一间。阿茵为了得到这一点儿阳光，每个月要比其他人多付 500 元钱。这就是北京的生活，阳光也会量化成金钱的等价物。

阿茵是这套合租房里年龄最大的一个，因为工资不高，只能跟几个刚出道的小姑娘挤在一套单元房里。

这些年，北京市政府三令五申，甚至派出执法人员，以雷霆万钧之势拆掉了房子内搭建的鸽子笼。但北京的房租实在太贵，就算是拆除了鸽子笼，几个人合租一套房的情况也无法杜绝。

阿茵经常自嘲地想，一个从小能把生活想象成诗的人，长大了才明白，生活不只有眼前的苟且，还有一辈子的苟且在远方等着她。

阿茵用钥匙打开几家公用的进户门，又打开自己住的那间房门，邵师兄虽然来到这个楼下送过阿茵多次，但阿茵从来没有邀请他上楼，到家里坐过。

阿茵的房间虽然不大，但收拾得干净雅致，迎面一张大床，床上摆着一个黄色的小熊维尼。床头摆着一张小电脑桌，上面放着一台笔记本电脑。窗户上面吊着一盆很大的绿萝，参差错落的叶子绕着房间爬了一大圈，就像是一条条镶嵌在雪白墙壁上的绿色丝绦。

在床对面的墙上，挂着一个白底蓝花大碗的残片，这个物件也是这个房间里的点睛之笔。邵师兄放下箱子走过去端详了半晌，对阿茵说："这个瓷片确实不错，元代至正年间的青花，如果不是残片，这件器物可就了不得啦！"

阿茵淡然一笑说："如果不是残片我也买不起，索性不去想它完整时候的样子。"

邵师兄故意在阿茵的母亲面前亮出自己的身份，他说："你如果想要，也不是没有，哪天我有空过来，接上伯母，到我的工作室去，挑两件东西给你。"阿茵的脸微微一红，她听得出邵师兄的弦外之音。

母亲放下了自己身上背着的小包，问阿茵怎么做饭？阿茵向外指了指公用的厨房说，住在合租房里的，都不怎么做饭，水电煤气算起来麻烦。

母亲立刻批评阿茵说："那也不能总吃外卖，做外卖的都用地沟油，早晚会把身体吃垮。"

邵师兄不失时机地插嘴说："这个房子太小了，伯母如果住在这里觉得憋屈，不如到我家去住，我家有三个房间，两个房间都空着，家里什么都不缺，就是缺人气。"

阿茵真怕母亲搂不住火，一口答应下来。幸好母亲也懂得这其中的分寸，她并没有顺着邵师兄的杆子往上爬，她说，不能给人添太多的麻烦，还是在阿茵这里住几天好了。

邵师兄向阿茵的母亲告辞，说，还要去他的老师索教授家送点东西。说完，又转向阿茵说："今天如果不是伯母来，我本想带你去索教授家。今天你们母女团聚，我就不打扰了，改日再给伯母接风吧！"

在母亲的一再催促下，阿茵送邵师兄到一楼电梯外，回来的时候，阿茵又取了两份快递，她发现今天王姐脸上的笑容异常和蔼，态度突然有了一百八十度的大转弯。

阿茵送走了邵师兄，回到房间里，看到母亲正在给那盆爬满了窗户的绿萝浇水。这些年，房东已经把房租涨过好几回了，阿茵之所以咬牙忍住没有搬家，其中有一大半的原因，是舍不得窗台上的这盆绿萝。

这盆花早在她搬进来之前就已经有了，房东嫌弃它不是什么名贵的品种，扔在这里了。当时它已经濒临死亡，花盆里的土都已经干涸得裂开了口子，阿茵坚持不懈地精心伺候着，过了几天，这盆绿萝的底部冒出了两片嫩绿的叶子，那是一种娇弱无力的绿，在阿茵租住的这间房里，唯一有生命的就是它了，阿茵就像它的神瑛侍者，与它相依为命。

有一天，阿茵惊喜地发现绿萝叶子从两片变成了五片，先冒出来的叶子从嫩绿转为深绿，它沐浴在暖暖的阳光里，透露出吸饱了水分之后的心满意足。后来，绿萝的藤蔓越长越长，绿萝长一寸，阿茵就用透明胶在墙上粘一寸，绿萝一步一步地爬行着，把盎然的绿色带满了这间逼仄的小屋。那一次，房东来看房子，看到了阿茵房间里满墙的绿叶，破例没有给她涨房租。

当房间里只剩下阿茵和母亲的时候，阿茵突然一阵紧张，由于长期的分离，母女之间好像隔着一层看不见摸不着的雾，这种疏离的气氛让两个人都感到有些尴尬。阿茵对母亲说："你刚来，做饭不太方便，咱们出去吃饺子吧！"

母亲摇摇头说："吃饺子，还是自己包的香，你过年都没有回家，妈给你包饺子！"

阿茵连连说麻烦，可母亲却说容易得很。然后又拉着阿茵去厨房辨认了一番哪些调料是她的，哪些又是别人的东西。

阿茵带着母亲去厨房巡视了一番，结果让母亲很失望，这个厨房里长久没有人开伙，只有几个方便面调料包凌乱地扔在公用的灶台上，外表沾满油污。

母亲视察完女儿和别人共用的厨房之后，眉头皱成了一个疙瘩，嘴里不断唠叨着："不如早点结婚，正经有个家，我也放心了。"

阿茵站在母亲的身后，听着母亲的唠叨，就像忍受着一连串的炸弹在自己的耳边开花。母亲嘴里唠叨手上也没闲着，她像变戏法一样从自己的箱子里拿出购物袋，说是要去买菜。

阿茵说："你刚来，东南西北都没分清，到哪里去买菜呀？"

母亲说："你可真小瞧了你妈，刚才汽车拐进胡同的时候，我看见路北有好大一个超市。"阿茵说要跟母亲一起去，母亲说她什么菜也不会挑，跟着去也是碍手碍脚，不如自己去买的好。实在拗不过母亲，只好随她去。

阿茵听着母亲那双钉过铁跟的中跟靴在冰冷的走廊地面上敲出了清脆的响声，很快消失在走廊尽头。

阿茵从电脑桌的抽屉里拿出一本陈旧的相册，第一张是黑白的双人照，照片上的女人长着一张圆圆的脸、大大的眼睛，留着两条长长的大辫子，那就是留在时光深处的母亲陈慧芳。照片上的男人英姿勃发，留着那个时代最常见的分头，他就是阿茵的父亲金逸，父亲已经离开这个世界三十多年了。

阿茵对父亲和母亲的记忆，开始于很多很多年前的那个早晨。阿茵一直坚持说那是她记得的场景，母亲却矢口否认，说那时候她才多大，能有记忆？绝无可能！但阿茵坚持说她确实记得。

那时候，阿茵大约只有十七八个月大，一个阳光灿烂的早上，天气不冷也不热。母亲在往她的小毛衣外面套上一件罩衣，说给孩子穿上这件罩衣有一个好处，就是孩子的口水不会把毛衣弄脏，可以让孩子看起来更干净，她奶奶也许会喜欢一些。

那天爸爸妈妈都没上班，也没有像往常那样早上起床就把她送到姥姥家。爸爸领着妈妈，妈妈的怀里抱着阿茵，他们一家三口站在一片防护林的边上，向着公路的方向紧张地张望，阿茵不知道他们在等谁，但她能从父亲略带焦急的神情中感觉到非同寻常的气息。

在这一天的前一个晚上，阿茵躺在父亲和母亲的身边，当时的她还睡在襁褓里，母亲用一根带子将被子紧紧地缚在她的身上。因为有了带子的束缚，阿茵没有办法自由地转动身体，这严重地限制着她的视野，但她的耳朵却变得异常敏锐，她在黑暗中捕捉到一种奇异的声音，那是母亲在啜泣。

母亲枕在父亲的手臂上嘤嘤呜呜地哭泣，父亲不断地抚摸着母亲浓密的黑发，说一些让母亲高兴的话。

那个时候的阿茵，还没有学会那么多日常使用的词语，只能用"咿咿呀呀"来表达她的情感，但她的心里就像是冰雪一般的清明。

阿茵的母亲陈慧芳出生在大海边上，那一年天下饥荒，饿红眼了的人们把田野里的田鼠洞都掏空了。人为了跟田鼠争一口食，亲兄弟反目，弟弟竟然用挖洞的镐头打死了亲哥哥。眼见着留在村里活不下去，陈慧芳的老爹拿出藏在地窖里的最后一点儿老玉米，把老玉米磨了面，给女儿摊了几斤煎饼，让她去东北逃一条活路。

陈慧芳的爹有一个叔伯弟弟，小时候跟着他爹闯关东去了东北。日本人来的时候，他上山参加了抗联。

抗日胜利之后，抗联改编为东北联军，后来加入第四野战军一路南下，从东北打到了海南岛。把国民党赶到了海岛之后，陈慧芳的这个叔叔解甲归田，在北大荒的一家农业机械厂当上了书记兼厂长，党政一把手。

陈慧芳的爹不识字，他托村里小学校的校长替他给弟弟写了一封信，让他看在同宗同祖的分儿上，收留陈家唯一的女儿。

她爹对陈慧芳说，北大荒的土地肥得流油，千里沃野，插下一根筷子都能发芽，到了那边儿，人不愁没有饭吃。

退伍转业的陈厂长半生戎马，四十多岁才成家。结婚后老婆也没生出来个一男半女。当他收到家乡的来信，立刻给山东老家的哥哥回了一封信，他也盼着侄女早些来到身边，等自己跟老伴老了的时候，至少身边有个人侍奉。他们两口子一商量，想收留叔伯哥哥的女儿当养女。

自从收到老家的来信，陈厂长的老伴儿就一直掰着手指头算日子，生怕错过了侄女坐的那列火车。

三天之后，陈厂长开着那辆篷子上已经裂了口子的北京 212 吉普车，到嫩江火车站接到了坐了几天几夜绿皮火车的侄女。

陈慧芳穿着一件染成了暗紫色的土布棉袄，一条绿色格子围巾下面露出了两条又粗又长的大辫子。手里挽着一个同样是土布做的灰色包袱皮，包袱里藏着她一路上都没舍得吃几口的粗玉米面大煎饼。

当火车站前的人都走光了的时候，陈厂长看到了那个孤零零地站在火车站门口的柴火妞，全身上下土得掉渣，左手臂弯里挎着个包袱，右手紧紧地攥着一个牛皮纸信封，信封右下角上印着一行红色大字："北大荒农业机械厂缄"。

陈厂长从那姑娘的手里接过信封，扫了一眼，他自己写的信皮错不了。陈厂长让这个从来没有见过面的侄女坐上了吉普车。

陈慧芳平生头一次坐汽车，那辆绿色的小车在凸凹不平的砂石路上行驶，就像是坐在渔船上出海那么颠簸。

陈厂长的车子在一个用白桦木板围起来的院子前停下，他扯着嗓门喊了一句："老婆子，人我已经接回来啦！"

话音甫落，房门哗的一声被推开，一个身材微胖、长着一张圆脸的中年妇女从门里走出来，她上身穿着一件簇新的蓝色涤卡上衣，下身是一条草绿色的军裤改成的肥腿裤，腰间系着一条工作服改成的蓝围裙，脚上穿着一双黑绒布的圆口布鞋。

陈厂长又转过身来对陈慧芳说："到家啦，这是你婶子。"

陈慧芳第一次来到叔叔家，看到婶子身上的新衣服，她感觉叔叔家真富裕，婶子身上穿着的这种带有机玻璃扣子的涤卡上衣，只有县里的干部才有的穿。陈慧芳再看看自己身上皱巴巴的土布棉袄，心中有几分自惭形秽。

但婶子好像没顾上这些，上前一把拉住了陈慧芳的手，陈慧芳几乎是被一阵亲热的旋风给牵到了里间屋，被婶子推坐在炕沿上，屁股底下是滚烫的火炕。

陈慧芳好奇地看着叔叔的家，东北的房子跟自己家的海草房不一样，这房子是红砖砌的，四面墙壁平得像是一块新切的豆腐。

雪白的墙上贴着五谷丰登的年画，吃饭的方桌早已摆在了炕上，饭菜已经上桌，一阵浓浓的香气直钻鼻孔，那香气是从桌上放着的一大盆菜中飘散出来的，婶子说，刚杀了一只小公鸡，炖的粉条和蘑菇，刚出锅。

陈慧芳想想几天前，爹还为一斤老玉米能摊几张煎饼犯愁，自己虽然年轻，但也扛不住长期的"瓜菜代"，小腿肿得锃亮，用手指头一按一个坑。现在坐在叔叔婶子家温暖的炕上，好像一下子到了天堂。

婶子从陈慧芳的手里接过她一路上紧紧攥着的包袱，随意地扔在了炕梢，给陈慧芳结结实实地盛了一大碗米饭，菜是有肉的，饭是纯粮食的，雪白的大米和金黄的小米一粒一粒地黏在一起，散发着久违的粮食的芳香。

陈厂长照"关里家"的老理儿，问起了陈慧芳的父母，陈慧芳告诉叔叔，她爹还好，娘已经不在了，去年寒冬腊月，娘为了给她和爹爹省下一些粮食，自己偷着吃地瓜秧子，全身浮肿，最后迈门槛的时候被绊倒，就再也没有起来……

说到死去的娘，陈慧芳的喉咙好像被堵住了，她突然想起了自己包袱里的玉米面大煎饼，娘当时要是能有这几张煎饼，也不至于饿死……她的心中涌起一阵深切的悲伤。

陈慧芳放下饭碗，从炕上拎起自己的包袱，拿出了已经硬得像厚纸板一样的煎饼，她对婶子憨憨地一笑，说："这是俺爹给我带的，路上怕被人抢，没怎么敢吃，我想用水泡泡吃……"

陈厂长像是赌气一样，从陈慧芳的手里夺过那些硬扎扎的煎饼说："我好久没有见过家乡饭了，你婶子是东北人，不会摊煎饼，你这煎饼给我留着！"说完，陈厂长扯下一块煎饼，用力地咀嚼着，两个腮帮子一鼓一鼓的，牵动着太阳穴上的青筋一跳一跳的。陈厂长嘴里嚼着干巴巴的煎饼，眼泪却像决堤的河水一样止不住地流下来。

吃过了饭，婶子就把厨房后面堆放杂物的一间屋子给陈慧芳腾了出来，房子虽然有些幽暗，但炕却烧得很热，陈厂长让老伴儿把自己单位里发的一套工作服给侄女改一改，他说要进工厂当学徒，怎么也得有一点工人阶级的样子。

陈厂长平生第一次动用了自己手中不大的权力给自己办了一件私事，他把自己的侄女陈慧芳安排到农业机械厂当了一名临时工。

陈慧芳穿着婶子用缝纫机改成的衣服，垂着两条长长的辫子来到工厂上班。她紧紧地跟在叔叔的身后走进了机器声轰鸣的车间。

发出巨大声响的机器，还有在头顶上来回游走的天车，这一切都让陈慧芳感到恐慌，生怕那悬在头顶的东西掉下来砸在自己的身上。陌生的环境让陈慧芳的心中生出了许多不可名状的恐惧，她紧紧地跟在叔叔的身后，好像生怕跟慢了一个节拍，就会被这一切给吞没……

阿茵的记忆，就像一片深不见底的湖水，那些往事经常会在不经意间浮出水面。就在阿茵陷入沉思的时候，她的思绪被门外传来的一阵欢声笑语截断了，母亲的声音跟室友的声音搅在一起，这是什么情况？

还没等阿茵打开房门，母亲推门走了进来，在母亲的身后，跟着阿茵的两个室友，一个是住在阿茵对面那间房子的室友屈凝，一个从大西北一个小县城里考出来的大学生，大学毕业之后，在北京一家很著名的律师事务所做前台。另外一个，是住在阴面那间小卧室里的姑娘胡小凤，来自湖北农村，现在在马连道茶城里打工。

阿茵见屈凝手里提着母亲买的菜，胡小凤拎着一袋5公斤重的面粉。她们说是在电梯口遇到了阿姨，阿茵很奇怪，母亲用了什么法子，这么快就跟平素只有点头之交的室友攀上了交情？

母亲手脚麻利地打开行李箱，拿出一件蓝格子的防水围裙，披挂上阵进了厨房，马上传来一阵乒乒乓乓的剁菜声。

母亲让那两个姑娘把菜和面粉放在厨房里，告诉她们，一会儿过来吃饺子。屈凝一听说有饺子吃，嘴就更甜了，围着阿茵的妈，一口一个"阿姨"叫个不停，胡小凤要给母亲打下手，母亲也不客气，指使着胡小凤剥葱剥蒜，仿佛是相识了八百年的老亲戚。

过了不到一个小时，母亲站在公共的客厅里叫她出来吃饭。阿茵走出房门，立刻被眼前的一幕惊呆了。

不知道什么时候，母亲已经把靠在墙上很久不用的饭桌打开了，桌子上铺着胡小凤从茶叶店里顺回来的包装纸，盛饺子的家伙，用的是屈凝从自己的房间里找出来的外卖盒。一个个胖乎乎的饺子在简易的快餐盒里，冒着腾腾的热气。平时跟阿茵没什么来往的胡小凤，也是一口一个"姐姐"地叫得甜。一套群租房里，三伙来自天南地北、完全不搭界的房客被母亲莫名其妙地凝聚到了一起。

03

虽然母亲来了，阿茵却不能请假陪她，因为请假一天，就要扣掉30%绩效，对于在北京租房子的人来说，失去钱的后果，远比不能陪老妈更严重。

当阿茵妈妈知道女儿请一天假要扣很多钱的时候，倒是非常大方，她说本来也没打算让女儿陪，这次来北京只是看看女儿，又不是游山玩水。

阿茵一到公司，就忙得暗无天日，直到下班之前，接到了邵师兄的电话，他说要开车来接阿茵，带她去长长见识。

阿茵急忙给妈妈打电话，说实在对不起，不能回家陪妈妈吃晚饭了。没想到妈妈抢着说，没事没事，饭她早已做好了，还带了两位邻居的份儿，并且她已经通知了屈凝和小胡，让她们下班直接回来，不必在外面吃晚餐。

阿茵按下电话，不由得心里苦笑，这个从山东来到东北生活的人，从来都把吃饭看得比天大，并且只要妈妈有一口吃的，会心甘情愿地分给别人一半，她说她这辈子最看不得的日子，就是家里没饭吃。

阿茵坐上了邵师兄的车，在北京巨堵的马路上走走停停，常有人不守规矩地乱加塞儿，很容易让人犯路怒症。不过邵师兄的修养极好，塞车不前的时候，他就利用这个空当给朋友打电话，介绍最近谁家有什么宝贝要出。

　　车子在路上走了大约40分钟，终于拐进一条幽静的胡同，在两扇漆成朱红色的大门前停下来。朱红色的双扇门旁边有一对石墩儿，看起来就是经历过历史沧桑的古物。大门的旁边有一个用指纹才能开的密码锁，师兄很熟悉地开了门，引着阿茵走进了院子，四合院里，高大的槐树虽然没有了叶子，却把遒劲的枝干伸向了天空，在蓝天之下，看上去好像是苍龙的鳞爪。

　　窗前有一棵玉兰树正在吐蕊，蓄势待发，院子里还有一排葫芦架，去年结的葫芦还垂在架上，天井里摆着一个硕大的金鱼缸，看那鱼缸的质地，应该是清代的官窑瓷器，表面泛着一层温润的光泽，不像那暴发户人家的东西，泛着一层贼光。有几尾锦鲤在鱼缸里悠闲地摇头摆尾，偶尔几声鸟鸣婉转，反倒让这座院落显得愈发寂静。

　　在北京，有一种阔气叫"家住四合院"，阿茵知道，他们今天来拜访的可是一个非比寻常的大人物——文物界大名鼎鼎的索教授。

　　索教授的书房在上房的东暖阁里，师兄走进去，恭恭敬敬地叫了一声："索老师！"

　　阿茵看到一张藤椅上坐着一个老人，他的头发花白，皮肤却非常红润光泽，他的脸型圆满，穿着一件铁灰色的羊绒衫，正在垂目打盹儿。

　　听到有人叫他，老人缓缓地睁开了眼睛，看到了邵师兄和阿茵站在面前，老人招呼他们两人坐下。

　　邵师兄和阿茵来到窗前，老人指给他们坐的不是沙发，而是一张雕刻着灵芝云纹的美人榻，小叶紫檀的质地透出一种雍容的气度。

邵师兄向索教授引荐了阿茵，说她是自己的学妹兼女友，现在一家出版公司上班。索教授久久地打量着阿茵，让阿茵感到有些紧张。

接下来，师兄说："索教授，上回我听您说了一回，您主持的那部《收藏图典》需要找个助手，我感觉我女朋友很合适这个岗位，所以我就内举不避亲了。她是学古典文学的硕士，案头功夫很强的，英文、日文都能上手。"

这种突如其来的介绍让阿茵很是窘迫，她万万没有想到，第一次到索教授家来竟然是找工作，而且在此之前，邵师兄竟然没露过一点口风。在进门之前，阿茵都不知道自己是为什么来的，这样的介绍一时间让阿茵感到手足无措。

索教授见阿茵一直局促地低着头，就让邵师兄给客人泡茶喝。师兄熟门熟路地翻着博古架上陈列的茶叶罐，阿茵发现，师兄这些年在北京可没闲着，竟然跟这么大有来头的人物扯上了关系，而且到了索教授家，就像在自己家里一样，可以随意翻东西。

师兄从博古架上拿出一个很精美的盒子晃了晃，对索教授说："老王上次去武夷山，专门给您搞到了天心岩九龙窠的母株大红袍树，这可是国宝茶啊！"

索教授有点无奈地摇摇头说："唉，你们这些人啊，怎么劝都不听，净爱做这些消我福报的事儿，我可跟你说了啊，以后不许搞特殊化……"听着索教授的批评，邵师兄的脸上一直保持着戒骄戒躁的微笑。

邵师兄坐在茶台前面，泡茶的动作如行云流水一般。他泡好了第一道茶，用一个黑漆的日本茶盘端着一个乌黑如铁的茶盅，走到索教授的面前，把茶水恭敬地放在索教授的面前，索教授用手指轻轻地扣了一下那只乌黑的茶盅，师兄躬身退回到茶台前，又把茶注入阿茵面前的杯子里，那是一只郎红釉的杯子，一看就是待客用的当代货色。阿茵注视面前那一杯琥珀色的茶汤，茶香在空气中慢慢地弥散开来，她感觉仿佛离开了自己原来习惯了的生活半径。

茶喝过了三杯，师兄问索教授："老师，晚上咱们吃点什么？"

索教授说："家里有新客人头一回登门，按老规矩，还吃涮羊肉吧！"

师兄连连说好，赶紧掏出手机点了海底捞的外卖。不大一会儿工夫，有人在外敲门。

海底捞的外卖确实不错，各种菜品和调料一应俱全，更厉害的是，还派了人在周围伺候着。师兄将那服务员引向索教授家位于东厢房的餐室，阿茵紧随其后走进了东厢房。在这间古色古香的老房子里，正中摆着一张很大的黄花梨长条餐桌，在每一个位置的面前都已经摆好了碗筷。

阿茵的目光被桌上的碟子吸引过去，她忍不住拿起面前的碟子细细地端详，又翻过去看了一下背面的款识，还拿出手机不断地拍照。

阿茵的这些动作被索教授看在眼里，老人见阿茵看到碟子时的痴态，宽容地笑了笑，看上去云淡风轻。

但坐在一旁的邵师兄却感觉难堪，因他刚刚对索教授介绍过了，说阿茵是他的女朋友。自己第一次带着女朋友到索教授家拜访，女朋友就表现出这般没有见过世面的样子，着实让邵宇宸尴尬不安。

不过他毕竟是久经风雨的人，急忙给阿茵打圆场说："索教授的祖上是皇亲贵胄，祖传的好物件儿不知道有多少，以后让你大开眼界的时候多着呢，这个碟子就是老师家日常用的，用不着这么大惊小怪！"

索教授听小邵这么转着弯儿地恭维，也不好不说点什么，他说："哪里啊！我就是一个教书匠，家里哪有什么宝贝？不过这几件瓷器确实是家传的老物件儿。我们家人口少，这些碗碟平时也不怎么用。今天要不是小邵带着女朋友来，我们老两口也很少在饭厅里吃饭的。"

索师母是个聪明人，听索教授这么说，立刻夫唱妇随："是啊！今天听说小邵要带女朋友来，索老师一高兴，就让保姆在这间房里摆桌，还把平时舍不得用的家伙都摆上了。"

索师母云淡风轻的一番话，不仅给足了邵宇宸面子，同时也给了阿茵一个合适的台阶下。

对身边人各有心思的谈论，阿茵仿佛充耳不闻，她给那个碟子拍完照片之后，将那只碟子放回原处。当阿茵抬起头，她的目光跟邵师兄的眼神相遇，她还不知道，就在刚才，房间里的几个人的脑筋已经围着她绕了好几圈。

邵师兄为了缓和因为阿茵痴迷于碟子造成的尴尬，非常体贴地对阿茵说："你要不要给家里的老人通报一声？就说今天我们俩不回家吃饭了，让她不必等我们回去吃饭。"

邵宇宸故意说了"我们"而不是"你"，他认为只有这么说，让人听上去，两个人才更像是男女朋友的关系。

阿茵的精神有点恍惚，听邵师兄提起了母亲，她已经忘了刚才给母亲打过电话，马上低下头给母亲发了一条微信，告诉母亲，自己晚上不回家吃饭，晚饭不必等她。

羊肉在锅里随着乳白色的热汤上下浮动，阿茵也想会来点事儿，她有好几次想拿起漏勺给索教授盛点肉，怎奈那位一直站在旁边伺候的人手疾眼快，看到羊肉变色，立刻捞出来，按照人的长幼次序，分别放在每个人面前的盘子里。

阿茵来北京这么多年，还是第一次在这样的深宅大院里跟一个名气如此之大的人一起共进晚餐。

04

  吃罢晚饭，从索教授家里出来，阿茵坐在邵师兄的车里，一直呆呆地看着车窗外五颜六色的霓虹灯发呆。

  邵师兄有好几次想批评一下她在索教授家里吃饭时候的失态，但话到嘴边都被他给硬生生地吞了回去，直觉告诉他，阿茵的心里有事。

  阿茵从索教授家里出来，心中有一种似梦似幻的感觉漂浮在心头，当她看到那个碟子，碟子上的青花龙纹就像天上的云，慢慢地聚合在一起，然后又散开……那些往昔的记忆在阿茵的心底弥漫，全身的血液仿佛都冲到了头顶，在阿茵记忆的纠缠中撕开了一条口子，许多往事奔涌而出……

  阿茵记得，三岁那年，妈妈开始频繁地呕吐，脸色蜡黄，走起路来摇摇欲坠，其实是因为妈妈又怀上了第二个孩子。爸爸被这突如其来的第二胎搞得焦头烂额。那个时候，她的父母并不真正地了解阿茵，他们不会相信，阿茵的眼睛就像一部清晰的摄像机，能记住生活当中发生的一切。

  爸爸给远在滨江的母亲拍了电报，阿茵的奶奶收到儿子的电报之后，飞快地给了回音，她说自己立刻启程来北大荒。

当爸爸收到了奶奶的电报之后，阿茵的妈妈就陷入了极端的焦虑之中，因为他们结婚就是一个突发事件，还没有准备好就开始了婚姻的实质阶段，虽然女儿已经三岁了，但陈慧芳至今还没有见过婆婆。

婆婆要来，陈慧芳的一双眼睛哭得又红又肿，就像盛夏时节一对多汁的水蜜桃。无论有多少慌乱与不安，命运之中该来的事情总是会来。

那天一大早，妈妈把阿茵打扮成一朵花，一家三口出门去接驾。

他们站在一条尘土飞扬的砂砾路旁边，路的两边站着一排排手臂般粗的钻天杨，春天已经悄然地爬上了树梢，树梢上绽放出一层毛茸茸的嫩绿。爸爸和妈妈站在早春硬硬的风里，向着远处引颈张望。

那个时候的阿茵还不会看钟表，对于时间的长短她还无从判断。她只记得有一辆满是尘土的红色长途客车，在她的面前摇摇晃晃地停下来，长途汽车的售票员从车上跳下来，爬上车顶帮助乘客取行李。

爸爸仔细地辨认着从车上下来的每一个人，被爸爸抱在怀里的阿茵，从爸爸身体的僵硬状态中明显地感觉到爸爸的呼吸变得很粗重，好像用深呼吸来压抑心中的紧张。

最后一个从车上下来的人是一个五十多岁的女性，她的身材又瘦又高，皮肤白皙，眼睛细长，上身穿着一件裁剪合身的深蓝色毛料上衣，黑色裤子的两条裤线笔直，头发虽然盘成发髻，但鬓角边还有一缕黑发垂在耳后，这一缕黑发让她的脸显得无比生动。风吹乱了她的鬓发，她伸出手来理了一下头发，她的手是那么白皙，手指头又细又长，她那曼妙的动作让阿茵感到说不出的舒服。

爸爸忙趋身向前，亲亲热热地叫了一声"娘"，跟在爸爸身后的妈妈，嘴巴张了几下，却没有叫出声儿来，她站在这个陌生的婆婆面前，显得手足无措，就像是一只受了惊的羚羊。

那个被爸爸叫"娘"的人，就是阿茵的奶奶金睿芝，她的目光浮光掠影一般，飞快地扫过爸爸和妈妈，最后停在了阿茵的身上，她看到了爸爸怀里抱着的阿茵，顿时笑逐颜开，她伸出手来摸了摸阿茵的小脸蛋儿，她的手指果然是细腻无比。

阿茵的妈妈休完产假，就把女儿送到了陈厂长家，陈厂长的老伴儿没儿没女，生活中突然多了一个小东西，让她感觉到寂寞的生活有了活气。但阿茵却不太喜欢姥姥和姥爷，她很怕姥爷用胡子扎她，她很怕姥爷抱她的时候，将她高高地抛起再接住；她也不喜欢姥姥用粗糙的手给她洗澡。

每当姥姥给她洗脸的时候，姥姥的手在她的脸上摩挲，那种感觉就像脸皮被锉刀挫过，有时候还会把肥皂沫弄到她的眼睛里，火辣辣地疼。所以每到洗脸的时候，阿茵就会拼命地哭闹，还有一次，她故意用脚踢翻了脸盆。阿茵想惹怒姥姥，让她以后不要再给自己洗脸，可是她每次闹过之后，除了屁股上挨了重重的几巴掌之外，一无所获，但妈妈和姥姥一致得出结论，说阿茵这个孩子不爱洗脸，每天洗脸弄得跟杀猪一样。

当奶奶那皮肤细腻的手拂过她的脸蛋儿时，阿茵感觉好像一阵轻柔的春风拂过一般，让她感到惬意。她在心里想，如果是奶奶给她洗脸，她一定会乖乖地不哭。

奶奶仔仔细细地打量着阿茵，这个孩子的眼睛跟自己很相似，也是又细又长的丹凤眼。

"阿茵！叫奶奶，叫奶奶！"爸爸拿起阿茵的一双小手，做出扑向奶奶的姿势，奶奶顺势将阿茵从爸爸的怀里接过来，阿茵从奶奶的身上嗅到一股桂花般淡淡的香气。

俗话说丑媳妇总要见公婆，阿茵的妈妈陈慧芳不仅长得不丑，还是北大荒农业机械厂几百人的工厂里屈指可数的美人儿。

一家人从公路边上接到了婆婆之后，婆婆并没有对她说什么，一路上只是旁若无人地逗孩子玩。

他们住在北大荒农业机械厂的两间宿舍房里，在一望无际的旷野之中，这几趟红砖平房显得孤单而又凄凉。

回到了他们的小家，阿茵的爸爸示意媳妇先去厨房做饭，不管有什么样的雷，都由他一个人顶着。陈慧芳得到了丈夫的暗示，急慌慌地转身去了厨房。

她从山东老家来到北大荒之后，就一直寄居在叔叔家里，寄人篱下的生活让她练就了一身手脚麻利的做饭功夫，她的这一优势，使她成为生活中光彩耀眼的主角。

陈慧芳进入厨房，不大的工夫，厨房里飘出煎带鱼的阵阵香气，人间的烟火气在这两间小房里弥漫开来。

正房里，奶奶坐在炕沿上，爸爸坐在一张小凳子上，仰望着母亲。阿茵的爸爸平日里虽然不是一个伶牙俐齿的人，但也绝不是拙嘴笨腮之辈，他是大学生，讲话的时候喜欢条分缕析。但在母亲面前，他的十八般武艺好像都派不上用场，就像是打小抄的小学生被老师发现了似的，抑或更像是站在法官面前的被告，不得不把自己匆匆结婚的事情跟母亲陈述清楚。

阿茵坐在奶奶的身边，爸爸和奶奶把她当成了一团空气，但阿茵却从此了解了自己出生之前的来龙去脉。

那是三年前的春天，正是北方乍暖还寒时节，大地从冰封中渐次苏醒，北大荒的黑土地上，又开始了一年一度的春耕。

这个季节是农业机械厂最忙的时节，随着需要维修的机械设备增加，工人和技术员们都随着农时的到来忙碌起来。阿茵的爸爸金逸是农业机械厂的技术员，经常被借到各个农场去解决一些棘手的问题。

这天，金逸刚刚从下面的农场回来，发现厂里多了一个漂亮的女工，两条又黑又粗的辫子被盘在头顶，藏在工作帽里，一身肥大的工装掩不住她窈窕的身材。

"她是谁啊？"金逸向身边的工友打听。

"今天刚来报道的，听说是陈厂长的侄女呢！"

另外一个青工不怀好意地说："这小妞儿，腰细屁股大，谁要是把她娶回家去，准能生出一炕孩子来！"金逸听着大家的议论，脸上没有表情，他从不跟青工们一起开玩笑。

傍晚快要下班的时候，工厂的调度急匆匆地跑过来，对金逸说："五分场刚来电话，说有一辆'东方红'拖拉机打不着火了，趴在地里不动窝儿，你赶紧过去处理一下！"

"这都几点啦？明天再说吧！"金逸很不情愿地看了看手腕上的手表，他是这个厂里屈指可数的有手表的人。

调度员也不示弱，他说："你平时上班吊儿郎当，总是抱着一本书，我找过你麻烦没有？做人要有良心啊！遇到难关，你不能给我撂挑子！现在有一辆卡车去五分场，你给我麻利点儿！"见调度员真的生了气，金逸也没有办法，不情不愿地爬上了开往五分场运送农用物资的解放牌大卡车。

金逸赶到五分场的时候，天色已经暗下来了，夕阳坠落在无边无际的荒原之上，大地上一片残红如血。

他检查了一下拖拉机的发动机，原来是火花塞出了毛病。他从随身带着的工具包里拿出火花塞来更换，他知道用不了多少时间就能把这辆车弄好。他不喜欢让别人站在自己身边，他喜欢一个人独自干活。

他让五分场派来陪他检修的那个拖拉机手回去，那个拖拉机手听说可以先走，就像是屁股底下冒烟一般地跑开了。

金逸换完火花塞，试了一下发动机，拖拉机的发动机发出了轰隆隆的声响，排气管里冒出了黑烟，这样的工作，金逸也不知道完成了多少次了，对于他来说，这只是一次轻车熟路的活计。

金逸独自开着拖拉机往五分场走，这时候天完全黑了下来，天地仿佛融合在了一起。大地寂静，天地之间只有风声将这寂静的黑幕撕开一条条口子，拖拉机的轰隆声碾碎了寂静的夜色。

履带拖拉机走不了太快，他朝着五分场的方向缓慢地移动着，他想，以现在的速度，开到五分场恐怕得要9点多钟，今天晚上只能在五分场的招待所里过夜了。

突然，车身一晃，左侧的履带陷进了一个刚刚融化的沼泽里，遇到这种情况，最好的办法就是原地不动等待救援，如果拖拉机继续加速往外挣，很可能会越陷越深，连人带车一起没入泥潭。如果一动不动，巨大的车身虽然倾斜，但晚上的寒冷会让泥潭逐渐变硬，使拖拉机保持着原来倾斜的状态，不至于继续沉陷。

金逸抬起头来，看了看刚刚升起的满天星斗，他想，看来今天晚上要在野外过夜了，幸好自己临出门的时候带了一件军大衣，有了这件大衣，晚上应该能抗过去吧，如果冷得实在睡不着，自己就在心里下盲棋吧。明天早上，拖拉机下田的时候，让别人的拖拉机把这辆车拖出来就行了。

想到这里，金逸并没怎么紧张，他对着漫天的繁星想了一会儿心事，又开始在心里默记着自己最新琢磨的棋谱。荒野之中，天空中的启明星格外明亮。金逸看了一会儿星星，两个眼皮感觉越来越沉，就躺在驾驶室里睡着了。虽然已是春天，但荒原上的寒冷并没有减掉它的余威。金逸把身子蜷缩起来，裹着军大衣，不知不觉地睡到了后半夜。

突然，他听到有人在外面敲驾驶室的窗户，金逸睁开眼睛一看，只见一双绿幽幽的眼睛正隔着玻璃与他对视。"有狼！"金逸一个激灵爬起来，顿时睡意全消。

金逸往下一看，大约有四五只狼将拖拉机团团围住，有的趴在拖拉机的前盖子上，有的蹲坐在拖拉机的履带板上，为首的仰头望月，发出一阵阵悠长而凄厉的叫声。金逸听娘说过，狼这东西最怕火，只要把衣服点着了扔出去，就能驱散狼群。可金逸不吸烟，从来不带火柴或是打火机。没有火源怎么办？金逸在努力地想着办法。

这个时候，蹲坐在拖拉机其他地方的几只狼从不同方向试探地接近驾驶室，金逸紧张地握住一只长柄扳手，他心里很清楚，只要驾驶室的玻璃被撞碎，这几只狼就会从不同方向向他发起攻击，等不到天亮，他一定会尸骨无存地死在这片荒原上……

求生的欲望压倒了恐惧，金逸在驾驶室里到处翻找，凡是能点火的东西都能救命。谢天谢地，他在驾驶室里找到了一小桶备用柴油，还翻出了一包揉搓得皱巴巴的哈尔滨牌香烟和一只打火机。烧什么东西能驱走狼呢？金逸发现，拖拉机驾驶室里的坐垫已经开花了，露出了里面的海绵，金逸把海绵拽出来，点着了之后，海绵遇到火迅速融化了，还没等扔出去，就缩成了一个黑疙瘩，散发出呛人的味道。

金逸偷鸡不成蚀把米，不但没有把狼吓跑，海绵被点燃之后冒出的黑烟反倒把他自己呛得大声咳嗽起来。

要想让火焰持续地燃烧，他必须点燃一件大一点的东西。什么东西易燃又可以扔出去呢？金逸想起了自己的衬衫，这是自己早上刚刚换上的新衬衫。这些年来，金逸虽然生活在工厂，但他的衣服总是干干净净的。

他在四处透风的驾驶室里脱下上衣，将自己喜欢的衬衫蘸满了柴油，他把衬衫点着之后，一直趴在窗户上观察着金逸的那只狼急忙从拖拉机的前轮上跳了下去，金逸趁机用最快的速度打开了车窗，将那件着了火的衬衫扔出去，前面的狼跳开几步，在距离火球远一点的地方，继续趴在地上，一动不动。

可是从后面上来的两只狼还在从后车窗玻璃上寻找漏洞，它们想从后窗伸出爪子来袭击，那是一块很小的车窗玻璃，此刻，薄薄的玻璃却成了金逸生命的最后屏障……

想要驱赶这几只狼，金逸就必须不断地把自己身上的衣服点着，抛向车窗外。金逸必须算清楚，一团衣服能燃烧多久，每隔多长时间抛出一件衣服，才能让自己坚持到天亮……

金逸看了看手表，此时是凌晨三点钟，这是黎明前的至暗时刻。北大荒在中国版图的最东边，也是中国大地上最早迎来曙光的地方，他只要能坚持到天亮，狼群就会退去，他就能活着回去……

想到这里，他脱下了身上的毛衣毛裤，线衣线裤，甚至连背心裤衩都烧掉了，他光着身子，只留下一件军大衣御寒。

燃烧的衣服带着一团火从车窗里抛出去，狼群见了火，就会躲得远一些，暂时停止攻击，当衣服变成一堆冒着青烟的灰烬时，狼群又集结起来，开始新的一轮进攻……

他就这样周而复始地跟狼群对峙，当他快要撕开军大衣的时候，曙光从地平线上冉冉升起，田野上响起了机器的轰鸣，狼群听到拖拉机轰鸣的声音，向着荒原的深处跑去。

这一天的早晨，对别人来说也许最平常不过，但对于金逸来说，却是他 28 年的人生当中最刻骨铭心的时刻。

狼群散去之后，他迎着太阳举起右手，看着金灿灿的阳光透过指缝，在他的脸上形成了斑驳的光影。这一切，证明他还活着。当一个人从濒临死亡的绝境中走出来的时候，生命对他来说，被赋予了新的含义。

五分场机耕班的人跟金逸很熟络，见他一夜未归，就早早地赶来寻他。当大伙儿听说他在荒原上遇到了狼群，都说他福大命大，大难不死必有后福。

大家劝金逸回五分场去吃早饭，他说什么都不肯，非要裹着军大衣回去，他憋了一肚子的火，他要回到机械厂，冲进调度室去，一拳砸在那个调度员的脸上，让那张像大饼一样扁平的脸变得更扁些。

他怒气冲冲地奔向调度室，冷不防斜刺里冲出一个身影，被他撞倒在地上，手里抱着的装滤芯的纸盒子稀里哗啦散落一地。

金逸的复仇行动受阻，他只好俯身去扶那个被他撞倒的人，他一弯腰，只听那个倒在地上的人发出一声尖叫，原来他一弯腰，露出了裹在军大衣里面的赤身裸体。

金逸这时才看清楚，被他撞倒的人原来是个姑娘，这姑娘的两根长辫子也从帽子里散落下来。那个姑娘看到一个男人赤裸的身体，脸"腾"地一下红到脖颈根。

陈慧芳来到工厂之后，因为吃饱了饭，脸上的菜色很快褪去，露出了年轻人的粉红肤色，在工厂里上班，长辫子是安全隐患，叔叔命令她剪掉，可她舍不得，宁愿冒着被叔叔骂的风险，也要留辫子，她把两根辫子盘在头顶，藏在了工作帽里面。

陈慧芳每天顶着沉重的辫子，在车间里像小燕子一样飞来飞去地忙碌，一会儿这个叫她给送扳手，一会儿那个又让她去仓库里领螺栓，车间里的人都叫她"长辫子姑娘"。

今天早上刚刚上班，就有人吩咐她去仓库领滤芯，车间的调度室紧挨着材料库，她抱着满满一大摞滤芯往车间走，却不小心被人撞倒，如果只是撞一下也没什么，奇怪的是，大冷天的，这个男人在军大衣里面竟是一丝不挂。

虚岁 20 的姑娘，第一次看到年轻男性的身体，她的心好像要从嘴里跳出来了。此时此刻，金逸的脑子好像突然飞进了一群蜜蜂，他也没有想到，会在自己如此尴尬的时刻，跟一个素昧平生的姑娘撞在一起。

他几乎是在一秒钟之内想出了解决方案，从手上退下手表，不容分说地套在了姑娘的手上："我这个狼狈的样子让你看见了，真是对不起！我不是流氓！没别的法子，我只能向你求婚了，咱们结婚吧！"

陈慧芳没有一点思想准备，她的心也同样地纷乱，那个男人把手表套在她的手上之后，裹紧了军大衣转身就逃。

陈慧芳从地上爬起来的时候，这一切都好像是在做梦，唯一真实的，就是她的手腕上多了一块手表。

阿茵的奶奶坐在炕沿上听着儿子的讲述，最初脸色平静如水，当她听到儿子在荒原上遇到狼群的时候，虽然脸上的神色紧张，但她在努力地控制着自己的情绪。

当儿子讲到仓皇订婚的这一节，她的手指因为紧张而不断地颤抖，阿茵的爸爸没有办法从娘的脸上看出她是生气还是原谅。

这个时候，阿茵的妈妈已经把饭菜端上了桌儿，小鸡炖蘑菇、油炸带鱼，一只猪肘子比盘子还大，还有一盘酸菜白肉炖粉条。

这一桌饭菜，也是陈慧芳绞尽了脑汁，从叔叔婶子家借来的东西，也是他们能够拿出来待客的全部了。

这顿饭吃得很慢，虽然谁也没有说什么，但却各怀心思。妈妈有些心不在焉，爸爸低着头，只有奶奶挑一些没有鱼刺的鱼肉喂给阿茵，阿茵的一张小嘴塞得满满的。

吃过了这餐饭，婆婆终于露出了笑容，她从随身带的黑色手提包里拿出了给儿子媳妇准备好的礼物，给儿媳的见面礼，是一枚金戒指，给儿子带来的东西，在陈慧芳看来有点奇怪，是用报纸包着的六个青花瓷碟子。

在此之前，阿茵家所有的饭碗和盘子大小不一，所有的餐具都是从北大荒机械厂的食堂里顺回来的，有的粗瓷碗上还写着"人民公社好"几个大字。

奶奶并没有评价妈妈烧菜的手艺，而是指着他们家饭桌上大小不一的饭碗发了一通感慨："金逸啊，这日子怎么让你过成这样了呢？我是怎么教你的，养女儿可得金贵着养啊！你们就不怕将来孩子长大了，让叫花子拿块糖给哄了去?"

爸爸听了母亲的训斥，低下头去，妈妈有些不安地用手摩挲着腕上的手表，好像是在证明自己不是因为一块糖就跟人跑了似的。

只有阿茵，她的目光紧紧地盯在奶奶拿出的那几个碟子上，碟子上的青花图案无比清晰地印在了她的记忆深处……

05

　　每个人都带着满身的伤痕，走在命运早已预设好的道路上，跌跌撞撞地走向未知的命运。这些年，阿茵一个人漂在北京，对未知的命运有着深刻的领悟。

　　每天早上叫醒她的不是梦想，而是闹钟。阿茵为了早上打卡不迟到，每天必须要在六点之前咬牙起床，然后洗脸刷牙，拎着背包冲进地铁，躲避着被挤压成照片的可能，奔向自己上班的那幢写字楼。

　　这间合租房的卫生间，是每天早上利用率最高的场地，几个女孩子各自带着自己的化妆品袋鱼贯而入，从那个卫生间里出来的时候，每个人的脸上都带着刚化好的妆容。她们是这个城市里的过客，她们在这个城市里，心甘情愿地消耗着自己的青春。

　　或许每一个漂在北京的女孩子都有一个梦想，期待着生活中突然出现的转机，嫁给一个有房子的北京人，从此她们不再需要在这个城市里不断地搬家。为了能真正地融入这座城市，她们每个人都在八仙过海各显神通，为了实现自己的梦想而焦虑地奔波。

如果换成以往，阿茵起床之后的第一个动作就是睡眼蒙眬地冲进卫生间，她是最早占领卫生间的人，可以比那些晚起床的人有更充裕的时间整理自己的妆容。

不过今天，阿茵不用去上班，师兄让她歇一天，明天再去索教授主持的研究所报道，她在慢慢地享受着身体从睡梦之中慢慢复苏的感觉。

她已经跟自己的老板打过招呼了，她要辞职。她想起自己说出要辞职时老板脸上错愕的表情，心里就非常痛快。

今天，时间是她自己的，阿茵不必像每天那样，去跟那些合租的女孩们抢着使用卫生间，抢着对镜化妆。不用上班的日子，她可以赖床，可以睡到地老天荒。可阿茵还是睡不着，她睁开眼睛，看见妈妈已经醒来，好像是怕惊醒她似的，身体一直保持着僵硬的状态，没有发出任何声音。

母亲见阿茵睁开了眼睛，急忙从床上爬起来奔向卫生间，看样子她已经醒来好久，一直想去卫生间了。在母亲起身的一刹那，阿茵看到母亲的乳房松松地垂在腰间，像是两个泄了气的气球一样无力地耷拉着。

看到母亲的乳房，她的心像是被电击了一样，猛地抽搐了一下，在那一个瞬间，她很想冲上去紧紧地抱住母亲，让自己这个与母亲过早疏离的身体重温一下在母亲怀中的感觉，但她羞于这样做，她不敢动，身体仍然硬邦邦地保持着原来的姿势。

阿茵从三岁开始离开妈妈，妈妈就再也没有抱过她。直到现在，阿茵一直不敢与母亲有过分亲密的举动。如果在大庭广众的场合里，她们母女两个很像是关系疏离的客人。

阿茵清楚地记得，在她 3 岁那年，她就像是一个被嫌弃的包裹，被爸爸妈妈交给了奶奶。奶奶抱着她登上火车，离开了她熟悉的、那个兀立于荒原中的家，跟着奶奶去了滨江市，滨江是北方的大城市。

上车之前，爸爸和妈妈在站台上看着她，他们在议论着刚刚断奶的阿茵会不会在路上哭闹，这种直来直去的议论让阿茵听着很刺耳，阿茵不喜欢别人说她，就像她不喜欢别人看她穿着的开裆裤里露出的屁股。

她本来想哭，却因为听了爸爸妈妈的议论之后，把那已经在嗓子眼里奔涌欲出的哭声硬生生地咽了回去，她想她要有志气，绝不能哭。

直到火车缓缓地开动，她的爸爸和妈妈跟着火车一溜小跑，妈妈用手拼命地拍打着车窗，阿茵有些赌气地想，你们不要我了，我也不要你们⋯⋯

妈妈从卫生间里出来，刚走进房间，大家公用的客厅已经热闹起来。哗啦哗啦的流水声、杂沓的脚步声伴随着这间小小的出租房一起醒来。

又是一个阳光明媚的早晨开始了，早春的风很硬，无论是街道还是树木，都蒙上了一层黄色的灰尘，刚刚钻出枝头的新绿也随着这大风刮起的沙尘暗淡下去。

阿茵一直想着昨天在索教授家看到的那个青花碟子，她拿出了手机，找出那张照片给妈妈看，妈妈看了一眼，不以为然地说："这不就是咱们家的碟子吗？"

阿茵正色地说："妈，你可要看清楚了，这跟咱们家的碟子一样吗？"

阿茵母亲不以为然地说："嗨！你真把你妈瞧扁了，多少年的旧东西，这我还能看错？过去咱们吃饺子，不是一直用它蘸醋吗？"

"过年吃饺子，用它蘸醋，咱们家可真够奢侈的。"阿茵嘟囔了一句。声音虽然不大，却被她妈妈听到了，陈慧芳的文化水平虽然不高，但她的反应却是极快，马上接口说："妈早就知道你在搞收藏，这个碟子很值钱吗？"

阿茵很不喜欢妈妈的态度，她也不知道现在的人都怎么了，为什么非要把什么东西都跟钱乱裹在一起呢？不过，她是不能批评妈妈的，因为妈妈这辈子过得太不容易，一个挨过那么多苦日子的人，那些苦难的日子如同一把锉刀，挫去了所有不切实际的想法，最后剩下的念头，如同一具坚挺的骨架，那就是活着。

阿茵说："这不是值不值钱的问题，关键是我奶奶家传的东西，怎么会在索教授家出现呢？而且索教授还说，这个碟子也是他祖传的东西。"

"你说的那个教授，难道祖上跟你奶奶有亲戚？过去高门大户人口多，也许是跟你奶奶家沾亲带故吧？"阿茵听了母亲的一番分析，感觉确实很有道理。这个碟子的出现，让阿茵浮想联翩，很多陈旧的往事在心中慢慢地发酵。

一个人经历过的苦难，就像是藏在电脑里的木马病毒，不知道什么时候就会跳出来，对人的内心发起攻击。人若想在精神上抵御这些精神木马，最好的办法就是直接面对它，心平气和地正视自己的创伤，才是杀灭病毒的最好武器。

这时候，出租房里的人陆陆续续地走光，妈妈到厨房忙活了一阵，端进来两碗香喷喷的葱花面，面条上卧着两个香味扑鼻的荷包蛋。

阿茵端起面碗，喝了一口热乎乎的汤，热滚滚的面汤在她的胃肠里顺利地开辟出一条道路，那是一种久违的安稳，一种家的味道，阿茵已经很久没有吃过这样美味可口的早餐了。

妈妈站在小桌旁，看着阿茵吃那碗热气腾腾的面条，不知为什么，妈妈的眼泪流了下来，她颤巍巍地伸出手来，想摸一下阿茵的头，可那只手却在中途拐了回去，拢了拢自己花白的鬓发。

妈妈说："阿茵，妈知道你从小就是一个有主意的孩子，妈也知道你从小到大，跟着妈吃了许多苦……可妈没本事，没法让你过上你奶奶那样的好日子，但你是我女儿啊！"说到动情处，泪水从母亲的脸上滚落下来，掉在阿茵的耳边。

阿茵不敢抬头，只是埋头吃面，面条堵在嗓子里，硬硬的，但她仍然不敢抬起头来与母亲对视，她很怕看到两个人泪眼相见的场面。

妈妈从贴身的内衣口袋里拿出一枚金戒指放在阿茵的面前，说："这是你奶奶给我的马镫戒指，是个老物件儿，你爸爸死后，咱们家不管多穷，我都没舍得卖了它，你让我看那碟子，我就知道，咱们家的那些旧事，你放不下……"

阿茵沉默不语，但眼泪却忍不住地掉在面条里，看来妈妈还是了解她的，这么多年的疏离，也没能阻断母女之间的心有灵犀。

阿茵刻意不去碰那枚黄澄澄的戒指，她急匆匆地抹了一下眼泪，走到窗前，用手抚弄着绿萝茂盛的叶子，她用鼻音很重的声音说："妈，你好不容易来一趟北京，咱们别闷在屋子里，说那些过去的事，没的让人心烦，我看今天的天儿不错，我带你去长城看看吧！"

母亲知道，女儿这是不想旧事重提，她也故作轻松地说："可不，今儿的天真不错！咱们去长城，再过两年，你妈这腿脚可是上不去啦！"

母女两个人开始穿衣服，当陈慧芳跟着女儿走出院子，阿茵抬头看了看天空，北京三月的天空，太阳已经上来老高，母女俩就像是什么都不曾发生过似的，两个人挽着手，行走在北京三月初春的阳光里。

06

邵宇宸和阿茵从索教授家告辞，索教授站在饭厅的台阶上看着两个人的身影转过院子里的葫芦架，消失在夜色之中。

保姆罗阿姨手脚麻利地打扫着吃过饭的残局，她刚刚拿起摆在桌子上的青花瓷碟子，只听得索教授爆出一声："别动!"

索教授的一声大叫把罗阿姨吓了一跳，差一点儿失手把碟子给扔在地上。索教授用眼神示意老伴儿，索师母急忙从罗阿姨手里接过碟子，有些抱怨地说："这几个碟子可是先生的宝贝，怎么这么不小心，拿出来用啊!"

罗阿姨在索家干了快十年，从来没有像今天这样被主家数落过，她有些委屈地辩解说："原来不是一直放在这里的吗?"

索教授摆摆手，显然不想就这个话题进行讨论，他的脚步有些蹒跚地向着书房走去。

索教授走进书房之后，并没有开灯，索师母隔着窗户，看到黑黑的屋子里只有香烟的一点亮光在黑暗中一明一灭。

索师母闻到了香烟的味道，心中暗暗担忧，她意识到，老头子今天的表现有些反常。

今天小邵带着女朋友上门，索教授亲自陪着他们吃饭，也算是给了天大的面子，小邵在索家常来常往，无论是老两口住院，还是秋天买冬储大白菜，这些事情都被小邵给承包了。

他离婚以后，索家师母也曾想把娘家离婚的侄女介绍给邵宇宸。可是，当小邵听说对方带着一个八岁男孩的时候，就没有了回音。

索师母是一个讲道理的人，她知道，无论小邵有多么想跟索家交好，也没有牛不喝水强按头的道理，所以她也没有再过问这件事。

索师母把小邵和他带来的那个女孩子进家门以后的种种细节在脑子里过了好几遍，心想：就算小邵的女朋友是个没见识的孩子，老头子也不至于生这么大的气吧？

索师母从罗阿姨的手里夺过那几个碟子，宝贝异常地用餐巾纸包了好几层，装进小盒子里，小心捧着送到了索教授的书房。罗阿姨有些茫然地看着教授夫人的背影，感觉今天发生的事情有些怪异。

邵师兄把阿茵送回到她的住处之后，一直感觉今天的事情好像是哪里不对，他想给老师打个电话，解释一下，说自己的女朋友是小地方的人，没有见过大世面，不过，他很快就否定了这个想法，他感觉这么做，似乎有越描越黑之嫌。

邵宇宸刚刚把车开到地库里，还没等他走到电梯，索教授的电话就追了过来："喂，小邵，你过来一趟。"

"现在吗？"

"现在。"索教授说完就挂断了电话。

邵宇宸习惯地看了一眼腕上的手表，现在已是晚上九点钟了，这个时候索教授让他过去，会有什么事情这么紧急？邵宇宸突然想起大约在半年以前师母给他做过的一次媒，一个离婚的会计师，带着一个八岁男孩的单身母亲。

邵宇宸跟前妻没有生孩子，他当然不想跟一个单亲母亲谈恋爱，更不想省略前面的过程，一步跳入当爹的窠臼，邵宇宸委婉地拒绝了索师母的好意。

这一次带着阿茵前来，也是为了弥补上一次说谎的重要环节，因为他在师母给他做媒的时候就撒了一个谎，说自己已经有女朋友了。今天，他带着阿茵去索家，本想为上一次谎言画上一个完美的句号，却不想本来很好的局面让阿茵给搅和了。邵宇宸好歹也是文物行里有头有脸的人物，他的女朋友却对人家一个日常使用的碟子翻来覆去地看，完全是个小家子模样，没见过世面的十八线小城女孩的德行。

邵宇宸开车来到索教授的家，却发现自己经常停车的地方已经被别人给占了。他停好了车，又在街口一个水果摊上买了一袋水果，店家向他推荐了新来的菠萝，店主说，现在开春，这个季节正是吃菠萝的时候。

邵宇宸提着水果，再一次走进索教授家的院子。他发现，老师的书房里没有亮灯，窗口一片漆黑，只有一点火光在黑暗中闪烁。

邵宇宸心中狐疑，索教授心脏不好，三年前遵医嘱戒了烟，这是受了多大的刺激，能让定力如此之好的老人家把戒掉了的烟又捡起来？

邵宇宸怀着十二万分的小心，轻轻扣着索教授的房门。从房里传来一个沙哑的声音："门没锁，进来吧！"

随着说话的声音，房间里的灯"哗"的一下亮了起来。邵宇宸小心翼翼地推开房门，看到索教授颓然地坐在沙发上，好像一下子比白天的时候苍老了许多。

邵宇宸把手里提着的菠萝放在茶几上，房间里立刻充满了菠萝香甜的气息，邵宇宸非常关切地问："老师，您哪里不舒服？"

"你们走了以后，我的心脏有点不舒服，都是老毛病了，没事的。"索教授显然是在强打精神，好像不愿意让邵宇宸看到他衰颓的样子。

"老师啊！医生说过，不让您吸烟的。"邵宇宸走到索教授的身边，向老师伸出手来，索教授很顺从地交出了手上那支冒着袅袅青烟的香烟。邵宇宸在一个案头的水盂里按灭了香烟，挨着索教授坐下，小心翼翼地问："老师，您身体不舒服？要不，我现在就带您去医院？"

索教授摇摇头，沉思了很久，好像是终于下定了决心似的，他瞪着邵宇辰的眼睛问："你的女朋友姓什么？"

"这个……这个，她姓金，黄金的金……"邵宇宸挠了挠头，他想说，他与阿茵本来就是在校友群里认识的，他跟阿茵的深度交往，是因为秋季的一次拍卖会。

当时有一个老板送拍了一件宋代汝窑青瓷盘，老板怕被人捡漏，就让邵宇宸找人跟着举牌，如果价格上不去，就找人给抬一手。

老板请邵宇宸帮忙找一个举牌子的人，这个人不仅要有气质、形象好，而且要低调，还有更重要的一条，就是不多嘴，别打听。这么几条硬杠子一卡，可让邵宇宸犯了难，如果不给找人，这个老板得罪不起。邵宇宸想来想去，突然想起一个人来，大概只有校友阿茵符合这个条件。

他跟阿茵相识在去年的一次在京校友聚会上，吃饭的时候她跟他恰好坐在同一桌上，别人忙着交换名片，相互加微信，只有这个姑娘一直老老实实地坐着，面带微笑，却又好像是置身事外。

邵宇宸心里想："不是来结交朋友，那你来校友会干什么呢？"他的心里很好奇，一直观察着她，那女孩坐在靠窗很近的地方，窗外有一簇翠绿的竹子横弋斜出，好像她身边这些热闹的人群跟她没有什么关系，邵宇宸也猜不出她在想什么。

邵宇宸跟她主动搭话："您好！您是哪个专业的？怎么称呼您？"

那个姑娘微微一笑说："我是中文系古典文学专业 2000 级研究生，我叫金茵，绿草如茵的茵。"

"加个微信好吗?"

"好啊!"那姑娘爽快地掏出手机，两个人相互加了微信。加完微信之后，两人也没说过几次话。

但这一次拍卖会，是个火烧眉毛的急活儿，邵宇宸也顾不了那么多了。他给阿茵发微信，请她帮忙参加一个拍卖会，没想到，阿茵答应得非常爽快。

拍卖会开幕那天，从早上开始一直下着小雨。邵宇宸开车去朝阳门接她，阿茵从小区门口走出来，打着一把深蓝色雨伞，一袭白色长裙，长发飘飘，好像是不食人间烟火的广寒仙子。

邵宇宸接了阿茵直奔拍卖会现场，邵宇辰在门口的登记处飞快地刷了 5 万保障金，领到进场的号码之后，带着阿茵入场，他选了一个不太显眼的地方，让阿茵坐下来。

怕阿茵临场发挥失常，给老板造成损失，邵宇宸从包里拿出一支记号笔在一张白纸上写了几组数字，阿茵飞快地扫过那张白纸，然后向邵宇宸点了点头，表示自己已经明白。

那个青瓷盘是第 27 号拍品，这是邵宇宸有意为之，如果排在前几位，人们出价都比较谨慎。只有接近中场，蕴藏在人们心里的赌性才会被彻底激活，这个时候的拍品价格比较容易攀升。

青瓷大盘一亮相，台下一片惊叹。经过了千余年岁月的淘洗，品相如此完整的宋瓷，可谓旷世珍品，开拍之后，价格一度很是胶着，在飙到 500 万的时候阿茵果断举牌，过了几轮之后，她又举一次，把价格直接飙上了 900 万。

阿茵对于这些久在收藏圈里厮杀的人来说是一张全新的面孔，她全身没有一点多余的装饰，却透着一股仙气，让人捉摸不透。阿茵一举牌，引起了全场的一片骚动，因为没有人知道她的底细，无法揣度她的心理价位。

一直在拍卖场里争雄的男人，本来就充满了赌性，一见这个全身雪练一般素净的女人出手如此阔绰，他们就像是一只只被红布挑逗起来的斗牛，没有人会甘拜下风。

拍卖场里的叫价声此起彼伏，迅速滚起来的价格就像一只被人吹大的气球，在争红了眼的几个人之间滚来滚去。最后一手，叫价停在了1100万，全场一下子肃静下来。

随着拍卖师落槌，老板的青瓷大盘有了新的主人。老板笑逐颜开，他送拍的青瓷盘创出了秋拍的天价。

拍卖结束之后，邵师兄被各方人马纠缠着一时走不开，还有很多流拍的货主哭丧着脸，抱怨自己有眼无珠，早怎么没想起来请邵老师出手稳住场子。

邵宇宸忙得脚不沾地，到处点头打招呼，没顾上招呼阿茵。等场内人都散尽，他给阿茵打电话，阿茵说，她已经坐地铁回家了。

没想到，这件事给阿茵造成了一个不大不小的麻烦，她从拍卖会现场出来坐地铁的时候被人给拍了照，有个自媒体公众号发了一篇"神秘女子狂掷数百万，退场却要坐地铁"的文章在网上疯传。

邵师兄感觉很对不起阿茵，他打电话向阿茵道歉，甚至想找那个做自媒体的人谈谈，花点钱平事，把帖子给删了。

阿茵却不同意，她说，大可不必那样做，删帖只会让这件事越描越黑，反正法律也没规定参加拍卖的人不许坐地铁回家，你若去找他说情、删帖，反而落人口实。

邵宇宸冷静下来，一想也是这么回事，他感觉阿茵身上有一种超出了她的年龄和性别的淡定和从容，一个孤身在北京漂着的女子，难得有这样的静气。从那个时候起，他开始追求阿茵。两个人几乎每天都会打一个电话，他一直叫她阿茵。

"姓金？哪个民族的？"

邵宇宸顿时无语："她，她的民族？我没问过……"

"你看，连人家是什么民族都不清楚，还谈什么对象？"

索教授有些生气地看着邵宇宸，邵宇宸就像一个没写作业的小学生那样低着头，站在老师的面前，他非常懊悔自己的荒唐。但邵宇宸毕竟是久经大场面的人，脑子转得飞快，他随机应变地说："老师，阿茵的爸爸好像死得早，家里好像是有过很大的变故，她是什么民族，一直都没说过，不过她妈妈好像是山东人，姓陈，叫陈慧芳。"

陈慧芳这个名字，是邵宇宸在阿茵妈妈的车票上看到的，现在的火车票都是实名制。他帮忙提着行李上楼，看到阿茵的妈妈把车票放在了小桌上面，他飞快地扫了一眼，无意之中看到的这一眼，却在这个时候派上了用场。

"陈慧芳"三个字是如此的平常，但索教授听到这个名字之后却是全身一颤，邵宇宸看得出，老师在努力地控制着自己的情绪。他的手在明显地发抖，他在喉咙里咕哝一句："果然是她……"邵宇宸知道个中必有故事，但他还是装作什么都没有看见，什么都没有听见。

索教授努力地让自己的身体向上挺了一挺，尽量保持着良好的状态，他对邵宇宸说："我知道，你师母给你介绍的那个对象条件不够好，还带着个孩子……你不乐意，可是……我看这个阿茵啊，也不知底细，还是算了吧，毕竟是终身大事，你也不要太着急了！"

邵宇宸心头一震，他无论如何也想不到，索教授会如此粗暴地干涉他的个人生活。但是，既然索教授已经把话挑明，他干涉了自己的生活之后，一定会有一个让他无法拒绝的条件作为交换。邵宇宸立刻站起身来，在老师索教授面前垂手侍立，静静地等候着老师的下文。

索教授干咳了几声，说道："我看阿茵这个孩子，不太适合来我们研究所工作，这个事先放一放吧！"

"是，我知道了。"邵宇宸平静地接受了老师的拒绝。他知道，此刻自己越是平静，索教授的愧疚感就会越深，他在等待着索教授继续出牌。

果然，不出邵宇宸预料，索教授继续说："你我之间，本来只是同事关系，这些年，你帮我和你师母做过很多事情，我们心里都是有数的，咱们也算是亦师亦友吧。"

邵宇宸立刻回应道："这些年，您对我有提携之恩，您说的'亦师亦友'，太高抬晚辈，我可不敢当。"

索教授摆摆手，打断了邵宇宸的客套话，说："这些年，你一直跟我提出，想做我的入室弟子，我虽然没有答应，也是有苦衷的……"说完，他抬起有些浮肿的眼皮，看了一眼像一截树桩那样站在面前的邵宇宸。

邵宇宸知道，索教授的这段话只是一个铺垫，马上就要进入重点了。果然，索教授又说："一来，我怕单位里的那些人眼红我的地位，说我收徒弟是拉帮结伙；二来，我也有意磨砺一下你的心性，我要观察你的做事风格是不是对我这个老头子的脾气，宗喀巴大师不是说过吗，学生找老师要用三年的时间来考察师父，老师选弟子也是一样的道理，要用很长时间观察一个徒弟的脾气秉性，如果你我的脾气合不来，咱们两个都难受，相互折磨又是何苦呢？你说是不是啊？"

邵宇宸连忙点头附和说："老师您说得对，我这些年，早就把您和师母当成了我自己的爹妈。您放心，您收我做弟子，我就相当于您的儿子，以后有事弟子服其劳，我的一切全都服从先生……"这句话一出口，邵宇宸自己都感觉有些肉麻，这些拍马屁的话他虽然在心里排练过无数次，但一直都没有合适的机会说出口，今天终于等来了机会。

索教授说完这些话，抬起头来看了一眼墙上的表，此时已是深夜十一点钟了。邵宇宸何等精明，一看索教授抬头看表，立刻向老师告辞，今天的告别不同以往，因为今天，索教授已经答应他做弟子了。他向索教授鞠了一躬，向后退着走出了索教授的书房。

虽然他已经应允索教授，不再与阿茵保持男女朋友的关系，但这并没有影响到邵宇宸的好心情，他用了几年的心血来经营他与索教授的关系，今天终于得偿所愿。他趁着夜色的掩护，在胡同里跳了两下，伸手去够一棵大柳树垂下的丝条。

柳树是春天的信使，柳树的盈盈绿色就像邵宇宸此刻的心情一样生机盎然。

邵宇宸抬头看看夜空，深蓝色的夜空中，有遥远的星星在眨着眼睛，早春的风乍暖还寒，吹在他滚烫的脸上，还有几分寒意。

邵宇宸在昏暗的路灯下把车倒出胡同，一路上，他在回想着索教授的态度，就算今天阿茵在他家里有些冒失的表现，也不至于让他如此失态，这其中到底有着什么样的隐情呢……

07

阿茵跟母亲从长城上下来的时候已经是傍晚时分了。

来长城的时候，阿茵在网上约了一辆车，回去的时候，车叫了很久，打车软件上一直显示附近没有车。

阿茵只好在长城脚下租了一辆出租车回城，北京的出租车司机有着特有的幽默，他们上知天文下通地理，明星逸闻无所不晓。因为路途遥远，司机一路上一直跟母亲讲着笑话，母亲很开心地跟司机聊天。

阿茵看着车窗外的田野，这个时节，北京城内虽然已是满园春色，但郊外仍然一片萧瑟，路边的树木还没有泛绿，郊外的风很硬，充分彰显出幽燕之地的狂野本性。放眼望去，长城脚下的村庄坐落在一片枯涩暗黄的田野上，荒野中散落着脏乎乎的羊群。

在阿茵的记忆中，这是她平生第一次同母亲一起出来游玩，爬长城的时候，母亲坚持要自己爬上去，但阿茵知道，母亲并没有像她自己认为的那么强壮。阿茵不顾母亲的阻拦，还是坚持买了缆车票。她跟母亲坐在缆车里，从空中鸟瞰长城。崇山峻岭之中，古老的松树呈现出黑黢黢的颜色，长城就像是一条蜿蜒的苍龙匍匐在大地之上。

坐在缆车里的母亲明显没有游山玩水的心情，她的手紧紧地攥住护栏，神情紧张地问阿茵："这缆车不会出事吧？"

阿茵笑着给母亲做心理疏导，她反问母亲："长城的缆车运行了这么多年，您听说过有事吗？"

母亲心里虽然紧张，但她还是努力地笑了笑说："我知道，咱们娘儿俩在一起，一定没事哈！没事没事！"

缆车的车程不太长，到了长城之后，母亲立刻松了心，兴高采烈地依偎着城墙，让阿茵给她拍照，还跟长城上销售旅游纪念品的小商贩讨价还价，她说要给退休群里的老姐妹们买点礼物带回去，告诉大家，她登上了长城呢！

阿茵听了，有些替母亲感到难过，母亲这一辈子，在生命的大好时光里，一直都在拼尽全力解决糊口的问题。结婚以后，母亲不仅要自己糊口，还要顾及丈夫和接连出生的孩子们。

对于母亲这一代人来说，人生上半场的全部意义只为活着而奔忙，阿茵有点可怜母亲，活了这么多年，也没有过几年舒心的日子。

现在老了，却在跟她们退休群里的老姐妹攀比：谁家的儿子发达了，谁家的女儿嫁给了有钱人……

从长城回来的路上，母亲跟出租车司机聊着物价上涨的话题，阿茵不怎么买菜做饭，她除了几家外卖之外，对市场的菜价并没有多少概念。

在来北京工作之前，阿茵在家乡也有一份说得过去的工作，在一个三流大学里教大学语文。对阿茵来说，一辈子实在很长，她不想在这个小城市里把生命的余额全都耗光，于是辞去工作，来北京当了一个北漂。

丢了铁饭碗，以后没有了稳定的收入，吃饭可能会朝不保夕，就为这个，阿茵被母亲骂得好几年过年都不敢回家。为了工作的问题，为了结婚的问题，阿茵和母亲之间多有龃龉，但此刻母亲就在身边，母亲的到来，给阿茵带来了久违的家庭烟火气。

车子在公路上飞驰，母亲和阿茵因为爬长城都有几分疲惫，两个人都在车上打盹儿。忽然，只听到一声巨响，一阵巨大的惯性让阿茵的头狠狠地撞在了前面司机背后的车座上。

阿茵捂着头急忙查看母亲的状况，幸好母亲系着安全带，身体虽然前倾，但幸好没有撞上挡风玻璃。阿茵惊魂甫定，向后看了一下，原来是后面的一辆红色"保时捷"结结实实地追了尾。"保时捷"的车窗降了下来，露出一个染着黄色头发的脑袋，一个超大的墨镜遮住了司机的半张脸。

"我靠！原来是一个女的……"出租车司机一边嘴里不干不净地嘀咕着，一边跟阿茵母女俩商量说："人没事吧？人没事就好！"

他还不等阿茵接话，又说："我这走不了的，要处理交通事故，载你们这么远，足有十几公里了，我就不要钱了……"

阿茵反问："什么？你不要钱也不能把我们扔在这里啊！我要投诉你！"

出租车司机摆出了一副死猪不怕开水烫的架势说："爱投诉就投啊！反正我这里是走不了。"

此时，天色将晚，比起跟出租车司机扯皮，她更怕晚上回不了家。她又在"滴滴"上打车，叫了很久也没有人接单。

这个时候，她又想起了邵宇宸，急忙给他打电话，结果打了几次，对方都没有接。阿茵心中狐疑，这样的情况从来没有发生过。邵师兄这是什么情况，怎么会不接自己的电话了呢？

阿茵和母亲站在路边，阿茵痛恨自己为什么没有早点下手，哪怕是买一辆二手车代步也好啊，如今自己带着母亲站在马路边上，看着一辆又一辆的车子从身边飞驰而过，心急如焚。

阿茵和母亲在公路边站了差不多三十分钟，忽然，一辆银色的奥迪商务车在阿茵的身边停了下来："这不是阿茵老师吗？"

阿茵循着声音看去，只见一张圆圆的脸从车窗后面露出来，微笑地看着她。

"哦，是彭总啊！"这个圆脸的男人就是古瓷轩茶餐厅的老板彭见祺。两个月之前，彭见祺从阿茵的手里定过一批瓷片画框，如果没有彭见祺的几万块，阿茵真的不知道要怎么熬过那一段艰难的日子。

"阿茵老师，真是无巧不成书啊，我刚刚在昌平大学城那边开了一家古瓷轩分店和一家民宿，心里正想着找你继续要点瓷片装饰店面呢，没想到在这里遇上了，你说是不是有缘啊？"

阿茵见到彭见祺，心里的焦灼顿时散去，她跟彭见祺简单地说了一下出车祸的经过，彭见祺毫不犹豫地答应送她们回家。

母亲也跟着向彭见祺道谢，彭见祺还对母亲说："就是阿茵老师太见外，如果她早点跟我说，你们要来长城游玩，我就让我的司机专门送您一趟了。阿姨，您老这几天想上哪儿玩，就让阿茵给我打电话！跟我千万别客气啊！"说完，他的眼神意味深长地扫了阿茵一眼。阿茵管不了许多，拉着母亲跳上了商务车。

彭见祺坐在前面副驾驶的位置上，他一直回过头来看着阿茵，阿茵为了避免尴尬，只好闭上眼睛，装作睡觉。

母亲倒是不用装，上了年纪的人，很快就在车里打起了瞌睡。阿茵的心里有一种很奇怪的预感，她明显地感觉到，在她以后的生活里，好像有很多麻烦在等待着她。

回到城里，已是万家灯火时分。从八达岭高速出口到朝阳门，中间有几段路几乎堵得水泄不通。

　　阿茵对彭见祺说，已经到了城里，她可以跟妈妈自己打车回去，可彭见祺坚持一定要把阿茵送到家，还说上次阿茵给他的那一批瓷片，虽然只是挂在店堂里的装饰品，但个个都是精品，其中还有两片是元代青花的残片。原来，阿茵跟他说过其中有两片是元代青花瓷片，他还不相信，后来找人鉴定过了，果然是元代的青花瓷片。就冲阿茵老师这么实在，下次定做瓷片画框，他一定再来找阿茵老师。

　　母亲心想：女儿的公司是卖书的，怎么还卖起了瓷器？她的心里积攒了一肚子问号，但碍于陌生人在场，只好等到回家再问阿茵。

　　来到小区门前，阿茵母女向彭见祺道了辛苦，彭见祺顺手跟阿茵又订了几十个瓷片画框，阿茵答应下星期一给彭见祺看一下样品。说完，母女二人手拉手往小区的3号楼走去。

　　3号楼位于小区的左侧，绕过小区中央的休闲凉亭，甬道旁边种着一行不到一米高的冬青树墙。她们刚刚绕过凉亭，突然听到一阵嘈杂的声音，有人在怒骂，有人在呜咽，还有拳头打在人身上发出的"噗噗"的闷响。

　　怎么回事？有人打架？阿茵心里感到奇怪，在这个大院她已经住了好几年，从来没有发生过打架斗殴之类的治安问题，今天怎么会有人在院子里打架？

　　就在这个时候，一声凄厉的呼救声划破了夜空："救命，救……命！"那呼喊救命的，是一个女人的声音。还是母亲耳朵尖，她一把拉住了阿茵，正在往前走的阿茵差一点被母亲给拽了一个趔趄。

　　"你听！这个喊救命的声音，是不是住在咱们屋里的胡小凤？"阿茵倾耳细听，那断断续续的呼喊救命的声音确实很像她的室友胡小凤发出来的。

　　就在阿茵还在犹豫的时候，母亲就像一头发现猎物的母狮子，挣脱了阿茵的手，扑向那发出呼救声音的地方。阿茵担心母亲万一有个闪失，也飞快地拔腿冲向那个发出呼喊的黑暗角落。

当阿茵走近的时候，看见有三个人将胡小凤按倒在地上，一个五十多岁的强壮妇女骑在胡小凤的身上，揪着她的头发，将她的头一下一下地往地面上撞，发出"咚咚"的响声，另外一个身材瘦小的男人站在旁边望风，还有一个三十出头的年轻男人，一脚一脚地朝着胡小凤的腿上踹。

胡小凤在那个肥胖的女人的身下艰难地挣扎，母亲好像是战神附体，她冲过去，一把抓住压在胡小凤身上的那个女人的衣领，将她从胡小凤的身上拉开。

胡小凤毕竟年轻，压在自己身上的一座"肉山"被移开之后，她飞快地从地上爬了起来。

那个身材瘦小的男人还想扑过去抓住胡小凤，阿茵担心母亲吃亏，一下子横在那个男人的面前，阿茵目测了一下那个身材瘦小的男人，在昏暗的夜色之中，看到的是满脸的沧桑。阿茵暗忖自己在身高上占着优势，如果男人跟自己动手，她就用手里这只带着铁环的皮包去砸他的头。

那个男人瞟了一眼这个身材细高的女子，只见她双手叉在胸前，挡在自己面前，冷冷地看着他，他刚才打人的气焰立刻息了下去。

阿茵飞快地掏出手机，准备拨打"110"，那个刚才还骑在胡小凤身上逞凶的胖女人立刻跟着那两个男人向小区的大门飞快地跑去。胡小凤一看阿茵的动作，急忙喊了一声："别报警！"

母亲搀扶着伤痕累累的胡小凤，艰难地向3号楼走去。阿茵故意放慢了脚步，走在母亲的后面，再次拨打邵师兄的电话，但令人奇怪的是，电话依然没有人接听。

邵师兄这么长时间不接自己电话的情况在此之前从来没有过，难道是邵师兄哪里遇到了什么麻烦？当这个念头从心里钻出来之后，阿茵立刻嘲笑自己，还没跟邵师兄确立恋爱关系呢，现在怎么会满脑子的三从四德？

如果放在平时，邵师兄不接电话也就算了，但今天不行，因为明明已经说好了，让她第二天去新单位报到。

为了能有一天时间陪母亲游玩，阿茵跟老板请假，请假的时候发现老板别别扭扭，她一时没忍住性子，竟说出了要离职的话来……

想到这里，阿茵感觉头仿佛要炸开了，无论如何也要跟师兄通话，确定明天的工作。阿茵已经顾不上矜持，她横下一条心，电话没人接就用微信语音，她就不信师兄从此人间蒸发，再也不给她回任何一条信息。

阿茵给邵师兄发了一条语音，没想到，整整一天都不接电话的邵师兄秒回了这条信息，他在微信里说："阿茵，去研究所工作实在有困难，你还是留在原来的单位吧……"

听完邵师兄的这条语音，一种不祥之感从阿茵心里升起，这一刻她隐隐感到，有一场无形的风波向她袭来，她不知道接下来还会有什么事情发生。

08

　　刚刚被人痛打的胡小凤满脸是血，衣服也被撕破，脸上好多处淤紫，她的身子就像是一只面口袋，软弱无力地靠在母亲的肩上。母亲本想喊阿茵搭一把手，但当她看到阿茵心事重重的样子时便没有作声。

　　此刻，阿茵的脑袋里面就像是惊涛拍岸，她在琢磨着邵师兄刚刚在微信里跟她说的那句话，新工作没了指望，老公司也不好意思厚着脸皮回去，接下来就是生计无着，逼着她这个快要迈进四十门槛的人，去跟那些刚刚毕业的职场新人一起抢饭碗。所幸，她比那些嫩得能掐出水来的小年轻们更有工作经验，混职场也有一定的优势。最让阿茵感觉难受的是，这一次失业偏偏发生在母亲的眼皮子底下，她实在不愿意把自己一地鸡毛的北漂生活一览无余地暴露在母亲的面前。

　　室友胡小凤被人不明不白地痛打，她却不肯报警，阿茵感觉这里面一定藏着蹊跷，但她不想让母亲掺和得更多。但以她对母亲的了解，这件事如果让母亲装成看不见，她一定会大发雷霆，所以只好随了母亲的意，让她做一回除暴安良的英雄。

母亲拖着胡小凤，腾不出手来按电梯，阿茵按了电梯。就在她们等电梯的间隙，王姐从收发室里探出半个头来，当她看到阿茵，一边"阿茵、阿茵"地叫着，一边跑了出来。

阿茵正好一肚子气没有地方撒，还没等王姐靠近，她就大声说："王姐，我们的物业费和卫生费已经交过了，您找我还有什么事？"

没想到，王姐举起一个还冒着热气的塑料袋，对阿茵说："阿茵，我今天上晚班，下午在家里蒸了一锅包子，我看你妈妈来了，我给你们带了几个包子，尝尝我的手艺！"说完，就把那一袋包子往阿茵的手里塞。阿茵感觉到了包子还是热的，但王姐的态度实在有些反常。

阿茵在这套房子里住了三年了，以往阿茵每次从王姐的眼前走过去，王姐都视她如同一团空气，不到收物业费和卫生费的日子，绝不会主动跟她打招呼。今天莫非吃错了药？

阿茵很冷淡地说："我家里还有吃的，谢谢！"说着，又把包子塞回她的手里。王姐见阿茵拒绝，就忙着给自己找台阶下，连说："也好也好，我家有一幅字画，是祖上传下来的，等你哪天有空，我想请你带我去拜见一下邵老师，给我的那幅字画掌掌眼，看看能值多少钱？"王姐终于鼓足了勇气，把她想要求阿茵的事说了出来。

原来她想请阿茵转求邵师兄帮忙，难怪王姐脸上的笑容如此灿烂，还想用几个包子来收买她。

阿茵正在想着邵师兄的那条微信，又赶上王姐非要在这个时候往枪口上撞，阿茵没好气儿地怼了王姐一句："您别费心了，我压根不认识什么邵老师。"

就在她们说话的工夫，电梯来了。阿茵和妈妈架着受伤的胡小凤走进了电梯。随着电梯的门自动闭合，阿茵和王姐被电梯门隔开，单元楼的门厅里，节能灯管洒下一片惨白，在那片惨白的灯光里，只剩下王姐孤零零地抱着一袋包子发呆。

王姐的本名叫王春红，在这栋楼里看收发室，楼里无论老幼都叫她王姐。

王姐是一个地地道道的老北京，在清朝皇帝还没倒台那会儿，她的爷爷原是宜王府的包衣。

皇帝逊位之后，她的爷爷在广安门外开了一家饭馆，生意非常红火。等到北平城解放那会儿，王家的饭馆已然在北平城里有了五、六家铺面，是北平数得上的大饭庄。

王姐的爷爷在北平城和平解放之前，给自己的几个儿子分了家。王姐的爸爸王东青是家里的老小儿，从来没有管过钱的事，家里一切都由老爹说了算。王东青因为分得了一间铺面，雇了几个伙计帮忙打理着生意，结果却稀里糊涂地当上了资本家。

王姐出生在 20 世纪 60 年代末，一出生就成了资本家的"狗崽子"，从她爸爸嘴里听说的那些个美食，她是一样也没尝过。

王姐到了该上班的岁数，实在找不到工作，还是母亲从街道大集体的纸箱厂退休回家，把自己的那个"坑儿"让给闺女接了班。

纸箱厂的工作枯燥无味，整天戴着个大口罩，在尘土飞扬的车间里装订纸箱子。负责王姐上道工序的男同事是一个从海淀苏家坨出来的农民，因为家里兄弟太多，爹娘养不起，就把他过继给了早些年嫁到城里却无儿无女的大姨。

他的大姨也是纸箱厂的工人，跟王姐的母亲是多年的好姐妹。王姐顶替了母亲的工作，整天在灰尘满天的车间里用刀裁纸板，错过了谈恋爱的窗口期。最后只能退而求其次，嫁给了她的这个男同事。后来，纸箱厂发不出工资，顶给他们家好多纸箱子。王姐和她的丈夫用一辆三轮车，载着两个人大半年工资抵来的纸箱子直接送到废品收购站，换了几十块钱。

　　自此以后两口子的生活没了着落，王姐只好跟着丈夫一起去地铁口摆摊儿，做过煎饼，卖过麻辣烫，两口子被城管给撵得东逃西窜。

　　后来北京有了新政策，街道办事处要安置"四零、五零"人员再就业，两口子重新就业，她给这个老旧的小区看大门，丈夫去给一个证券交易所当保安。

　　两年前，王姐的命运来了一个大逆转，她爸爸留下来的那两间快要倒的老房子拆迁，因为老房子在城里最繁华的地段，政府给了王家一大笔补偿款，王姐兄弟姐妹每个人都分了不少钱。

　　省吃俭用地过了大半辈子的王姐突然有了钱。她把存单压在枕头底下，半夜睡醒了也要摸一下，看它是否安然无恙。

　　王姐的男人有好几次跟她商量："你不理财，财不理你，能不能拿出钱来炒股票，让钱继续下崽？"王姐一口回绝了丈夫出的馊主意。这笔钱可是动迁王家祖产得来的，丈夫说了不算。她要秉承王家的祖训，把这笔钱花在刀刃上，留给儿子娶媳妇，儿子娶媳妇才是头等大事，这就是刀刃。

　　丈夫见自己的媳妇油盐不进，又从床底下拿出一幅纸张早已发黄的字画，问他的媳妇："老婆，这幅字画能值点儿钱不？"

　　王姐很奇怪地问："这是从哪里来的？"

　　她男人得意地说："你们家动迁那会儿，我帮着收拾家里的破烂，这是在你爸爸住的那间房的床底下捡的。"

　　王姐有些警觉地问："我哥和我姐看见了没有？"

　　她男人得意地说："你放心，他们当时都一门心思分动迁款，这些破烂谁都没注意，我做事你一百个放心。"

　　王姐的丈夫原本是农民出身，王姐一直都感觉自己这辈子过得有点窝囊，她好歹也是资本家的大小姐，结果却嫁了个农民的后代，看半辈子大门。

　　自从上次在门厅里看见了经常在电视节目里给人掌眼的邵老师，王姐就开始琢磨，想请阿茵让邵老师帮她家的这幅字画掌掌眼，如果这幅黄了吧唧的破画轴也能像电视里演的那样，能值大几百万，哪怕只有几十万或者是十万八万，也不枉丈夫忙活这一回。

　　但她自己也知道，以往她有点看不起住在合租房里的房客，虽然阿茵在这套房子里住了几年，但两个人只能算是相识的陌生人。

　　为了拉近关系，她想了好多种接近阿茵的办法，她知道阿茵的脸比较冷，哪怕是穷到跟几个女孩一起合租，也是一副死驴不倒架的德行，不好接近。

　　但阿茵的妈妈跟她不一样，每个东北大妈的灵魂里都住着一个话痨神。王姐打定主意，从阿茵妈妈这里寻求突破口。可是，跟陌生人搭讪，总要有点理由吧？不送点东西，怎么好开口求人办事呢？王姐思来想去，都没想出送点什么东西才适合她跟阿茵之间的这种比纸还薄的关系，最后她想出一个办法，送什么都不如送吃的好，哪怕人家不接，自己吃了也不浪费。

　　王姐知道，租房子的女孩儿一年到头也吃不到几回自己家做的面食，特别是她蒸的包子，皮薄馅大，调馅用的是王家祖传的秘方，她笃定地相信，阿茵肯定会喜欢吃她做的包子。

　　所以她在做晚饭的时候多和了一碗面，蒸包子的时候特意多蒸了几个，然后装在塑料袋里，外面又套了一个保温桶，这样就能保证到了晚上包子也不会凉。没想到今天的情况却是出师不利，没跟阿茵的妈妈搭讪上，却被阿茵给顶了回来，不过，她一点儿都没感到意外。

　　想到这里，她把手里的包子重重地掼在桌子上，转身给自己倒了一杯开水，解开塑料袋，拿出一个包子，狠狠地咬了一口，好像跟这个包子有仇似的。

阿茵跟随母亲上楼，用钥匙打开出租屋的房门。母亲把胡小凤放在了她的那间狭小的房间里，胡小凤一头倒在了床上，把脸埋在枕头里，一动不动。

母亲动手帮胡小凤脱掉了鞋子和外衣，还要继续留在胡小凤的房间里，却被阿茵强拖着回到了自己的房间。

刚回到自己的房间里，母亲又想给胡小凤送一瓶开水，其实就想打听一下，她为什么挨打。阿茵看透了母亲的心思，她堵住门不让母亲出去。

母亲心里不痛快，就像有一根鱼刺卡在喉咙里那么难受，索性扭过头去，坐在床上看着窗外朝阳门外大街马路上流光溢彩的夜色。

阿茵掏出手机问母亲："妈，你吃点什么？我来叫外卖。"

母亲说："刚才不是有人送你包子吗？"

阿茵没好气地说："无缘无故的，我为什么要人家的包子？"

母亲脸上不悦，推开阿茵，伸手拉开房门说："不行，我还得去看看小胡，哪里来的混蛋，把孩子打成这个样子！"

阿茵无可奈何地说："妈，这里是北京，不是在老家，每个人都有自己的糟心事，你管得过来吗？"

母亲很不高兴地看着阿茵，数落着她说："你这个孩子从小心就硬，长大了还是这个德行！"

阿茵心里想着明天不能去新单位上班，而自己这边已经跟老板摊了牌，再加上老妈不断地唠叨，心中非常烦躁。

自从去年的校友会之后，她认识了邵宇宸，这几个月来，师兄一直在不断创造着让阿茵去他家的机会，孤男寡女，师兄总想把他们的关系拉近一层。

有好几次，师兄趁着酒酣耳热去拥抱阿茵，阿茵明明感觉到，师兄身体的某个部位硬邦邦的，好像要把天顶出一个窟窿，但她还是拒绝了。

邵师兄指天发誓说，他对阿茵是认真的，恋爱的目的就是结婚，两人一块儿好好地过日子，但阿茵却一直不肯放弃最后的防线。

阿茵虽然不能明确地说出自己到底喜欢什么样的人，但自己不喜欢什么样的人她还是清楚的，她只想跟邵师兄做个普通的朋友。出乎阿茵预料的是，母亲的突然到来，让她不得不请邵师兄出面来搪塞母亲。可是现在，一个令人尴尬的情况出现了，母亲还没有走，邵师兄却突然对她冷若冰霜了，看这个样子，他好像不会继续跟她在母亲的面前演双簧了。

可她如何跟母亲解释自己跟邵师兄的关系呢？一想到这个问题，阿茵头痛欲裂。

09

　　阿茵跟母亲经过一番激烈的争论，双方达成了妥协，阿茵不叫外卖，母亲也不下厨房去做饭，阿茵泡了两碗西红柿牛肉泡面，算是打发了母女两个人的晚餐。

　　吃完泡面，阿茵把纸盒收到垃圾袋里。母亲抢着去扔垃圾，当她穿过客厅时，顺路推了一下胡小凤的房门，结果发现门已经从里面插上了。她原本以为胡小凤会向她哭诉一番的，结果却没有，这一点让母亲有点失望。母亲回到阿茵的房间，阿茵有些幸灾乐祸地看着老妈。

　　母亲自言自语地说："小凤这个孩子，挨了那么重的打，也不肯说出为了什么，要是让她妈看见，还不得心疼死啊！"

　　阿茵冷笑着说："您认识小凤才几天啊，就这么操心！每一个在外面混的姑娘，都有办法扛下自己的麻烦，您不用吃自己的饭，操天下人的心。"

　　母亲看着女儿，长长地叹息了一声，带着自己盥洗用的牙具毛巾，去了卫生间。

卫生间里传来了"哗啦哗啦"的水声，阿茵拿出了手机，仔细观察着昨天在索教授家里拍来的那个青花小碟儿的照片，碟子的底部是篆书四字款，篆书运笔转折处圆滑温润，"乾"字左上的"十"字写成了山字形，中间的"日"字写成了"由"字，这种乾隆官窑的写法比较少见，是乾隆早期，唐英担任督窑官时使用的字体。

在碟子中间的方寸之间画着九条蛟龙，这九条龙体态矫健，形态各异，龙爪尖锐有力，或腾飞向上，或俯冲向下，每条龙都体现出强大的皇家气魄。

在她小的时候，这个碟子的来历是奶奶给她当故事讲的，每一个字都像錾子一样，深深地砸在了她的心里。

别看这个青花小碟子貌似平常，但这个图案却是来历不凡。乾隆四十三年正月，乾隆皇帝下旨给和硕睿亲王多尔衮平反，在圣旨中盛赞多尔衮："首先统众入关，扫荡贼氛，肃清宫禁，分遣诸王，追歼流寇，抚定疆陲，一切创制规模皆所经画，寻既奉迎世祖车驾入都，定国开基，以成一统之业，厥功最著"。

在多尔衮平反之后，乾隆皇帝命督窑官为睿王府和多受多尔衮案牵连、百年以来战功不显、一直被降爵的宜王府烧制了一批赏赐之物。

这种御赐的器物本来就数量稀少，再加上经过庚子之变，王府的物件十不存一，偶有幸存之物，更是寥若晨星。

当年，奶奶把六个碟子传给了自己的父亲，如今阿茵又在索教授的家里见到了跟自己家里一样的碟子。这个碟子的出现，让阿茵思绪纷乱，仿佛又回到了祖母给她讲过的故事当中……

顺治初年，清朝定鼎中原，前朝明代诸王的馆址纷纷改换门庭，成了清朝新贵的府邸，战功赫赫的宜亲王府也在其中。

宜王府坐北朝南，主要建筑有面阔五间的正门，五间的大殿（进深三间），有丹墀，各五间的东、西翼楼，三间后殿，七间后寝和十三间后罩排房。大殿两侧各有三进院落的东、西跨院，中轴线上的建筑有大殿和后寝，外朝与内廷分明，仿佛就是一座小型的紫禁城。

尽管新落成的宜王府气势恢宏，却怎奈几十万惨死在清军刀下的冤魂日夜索命，宜王府闹鬼的传说不绝于京师，战功赫赫的宜亲王只活到三十六岁，便早早地撒手人寰。

顺治七年十一月，摄政王多尔衮出古北口外狩猎时坠马跌伤，一个月后，薨逝在古北口外喀喇城。多尔衮身后无子，顺治皇帝赐以宜亲王的王子过继给多尔衮，袭亲王爵。

多尔衮死后不久，有人告发他心存谋逆篡位之心，于是这位率领清朝铁骑入关的摄政王被掘坟鞭尸，多尔衮的近枝宜亲王的后代也被顺治削去亲王爵，降为郡王。

宜王府一直沉寂多年，直到一百多年后，乾隆皇帝给多尔衮恢复了睿亲王封号，并重入宗人府玉牒。同时对宜亲王这一支也给了极高的荣宠，称宜亲王是"开国诸王，战功之最"。

那一年，宜王府不仅重获亲王爵位，同时也收获了诸多恩赏，其中就有一套乾隆亲自命人监制的官窑瓷器。

到了光绪年间，老宜亲王薨逝，他的嫡子袭了亲王爵，庶子也袭了贝勒的爵位。这位载字辈的贝勒一生中有过七个儿子：长子睿苇是贝勒爷的正福晋瓜尔佳氏所生的嫡子，这个孩子从小就表现得天赋异禀，七岁能诗文，备受贝勒爷的喜爱。只可惜，这个天赋异禀的孩子还没等活到成年，就被一场天花夺走了性命。

老二睿茞和老三睿藏是一对双胞胎，他们的母亲是贝勒爷嫡福晋的侍女，嫡福晋失去了长子之后，悲痛欲绝，幸好这个时候，她的侍女生了一对双胞胎，两个粉团似的孩子一起降生，他们的出生抚慰了贝勒爷的丧子之痛。嫡福晋瓜尔佳氏把这两个孩子放在自己身边抚养，视如己出。

这两个孩子在十二岁上受封"二等镇国将军""护国将军"。八国联军进犯北京那一年，这两位少年刚满十九岁，也是宗室当中少有的热血男儿，自诩将门之后，请命镇守正阳门，被洋枪打成了两具血糊糊的肉筛子。

府里十二岁的四子睿苏、九岁的老五睿蒹和七岁的老六睿苒，跟着管家和他们各自的奶妈一起逃跑。

马车刚逃到西安门，就被一队俄国兵给劫下了，野兽一般的俄国兵见到三个身材丰腴、细皮嫩肉的奶妈子，就像饿狼扑向小绵羊，把三个女人按倒在当街……

两个尚未成年的孩子吓得直哭，十二岁的睿苏从小跟师父学过一些拳脚，他冲上去踢打那个压在他乳母身上的洋鬼子，俄国兵回手一枪，宜贝勒府金尊玉贵的皇族血脉倒在了血泊里……

尚未成年的睿蒹和睿苒哪见过这样血腥的场面，老五睿蒹吓得面如土色，睿苒吓得失声大哭，孩子的哭声扰了俄国兵的好兴致，后面的毛子兵手起刀落，两个孩子倒在血泊当中，没有了气息。

老七睿萱的母亲是贝勒府田庄总管索绰罗家的女儿，她过门之后，生了个儿子取名睿萱，北京城破之前，五岁的睿萱正赶上出水痘，嫡福晋瓜尔佳氏说，怕老七把病气过给其他的孩子，就让他的母亲带着孩子回了田庄上的姥姥家躲痘。

成年以后的睿萱想起这档子事，非常感念那场水痘，他说，这是老天爷有心给他留下这条命，大难不死必有后福。

洋兵来的时候，贝勒爷保着老佛爷和光绪皇帝一路西狩，贝勒府的女眷眼见着逃不出去了，嫡福晋瓜尔佳氏显出女主人的决断，她跟三位侧福晋一商量，绝不能在洋鬼子的手里受辱。于是，嫡福晋瓜尔佳氏亲自督阵，眼看着侧福晋们哭哭啼啼地把自己挂在了各自房间的房梁上，三个侧福晋的脚在半空中踢踏了几下，渐渐不再挣扎，只有风，将那满身罗绮的身体轻轻地摇晃……

瓜尔佳氏坐在一张黄花梨的美人榻上，看着那三个如花似玉的美人彻底地没了气息，她这才开始梳妆打扮，穿上了命妇入朝觐见时的服饰，带着金灿灿的护甲，平静地走进花园，一头扎在了井里，幽深的井水冒了一阵泡，就再也没有了声息。

瓜尔佳氏跳井之后不到半个时辰，府门就被洋兵撞开，洋兵们端着上了刺刀的枪，挨着房间搜寻，偌大的贝勒府里，除了挂在房梁上的死人，就剩下几只趴在房顶上的猫，全府上下已然没有了活口。

洋兵把银库里的银子和房间里的珍玩全部劫掠一空，所幸厨子老王人很机灵，逃命之前，还在忙乱当中把乾隆御赐的一个金盆和御赐的青花瓷餐具藏在菜窖里，得以幸存。

贝勒爷从西安护驾归来，昔日的府邸在国难后一片凋敝，宜贝勒命人从井里捞出结发之妻瓜尔佳氏已经被水泡得肿胀变形的尸体。

贝勒爷悲痛欲绝，将瓜尔佳氏连同三个为守贞洁而死的侧福晋一道葬入了祖坟。

贝勒府被洋兵灭门的消息传到了科尔沁草原，远嫁到科尔沁草原的漪珏劝说自己的王爷丈夫，把科尔沁大草原上的明珠——蒙古王爷十七岁的妹妹萨仁花嫁到了京城的贝勒府，做了续弦的嫡福晋。此时的贝勒府，只剩下了一座空落落的院子，能抢的都让洋兵给抢走了。

为了资助自己的娘家，蒙古王妃漪珏做主，给小姑子萨仁花备下了一份丰厚的嫁妆，把牛羊和金银从科尔沁运到京城，送亲的车队在路上走了两个多月。

已经年过半百的贝勒爷娶了蒙古王爷的妹妹为妻，萨仁花嫁给宜贝勒的第二年，生下了大女儿睿芸，又过了两年，生下了小格格睿芝。

无论年景如何，宜贝勒府上添人进口总是一桩喜事。金睿芝落生的第二天，贝勒爷请来白云观的道士给孩子算命，那道士一袭灰色长袍，头戴紫阳巾，手拿拂尘，跟着贝勒爷的跟班走进了贝勒府的大门。

贝勒府的浮财虽然遭到劫掠，可气魄还在。房子的大门有五间房阔，平时只开中间的三间，屋顶覆盖着绿色的琉璃瓦，屋脊上安置着吻兽，大门上的门钉九行五列，门口摆放着两只石狮子，雌雄各一。

院子前面加一座沿街的倒座房，两旁另设"阿斯门"，道士跟着一个迈着小碎步的太监从旁门走进来，经过穿花门，来到了贝勒爷会客的花厅。

贝勒爷身材高大，浓眉豹眼，额头宽阔，一条花白的辫子垂在脑后，身上穿着一件古董黄色暗纹团花镶黑貂绒夹袄。贝勒爷见了道士，咧开嘴笑着说："老夫昨日喜得一女，请道长来给孩子批个八字。"说完一挥手，早有府里的太监端着一个盖着红绸子的方形托盘走了过来，恭恭敬敬地将那托盘放在了旁边的茶几上。

道长用眼角悄悄地溜了一眼那茶几上的木盘，估计不下五十两银子，道士心中大喜，脸上却不见有半分喜色，依然仙风道骨，他伸出一只留着长指甲的手，掐了掐指上的关节，忽然，眉头一皱，甩了甩拂尘，摇头叹息道："请恕小道士直言！赶在这个日子上投胎的人，命硬啊……"

贝勒爷皱了皱眉，他知道，道士接下来肯定就是乌鸦嘴，他急忙摆手不让道士再说下去。贝勒爷踱着步，来到窗前，望着庭院里的一棵梧桐树，喃喃自语说："小丫头生在这个年月，命硬……硬就硬吧，硬点儿好！"

孩子落生的第三天，要给孩子"洗三"，"洗三"的用意，一是洗涤污秽，消灾免难；二是祈祥求福，图个吉利。

　　贝勒爷给小女儿"洗三"，让管家下帖子，不仅请来了老亲故友，还请了京城里平日与贝勒爷交好的名伶蔺老板。"洗三"是孩子来到人世上的第一个仪式，万万马虎不得。

　　"洗三"的药汤需用槐枝、艾叶、沉香熬汤，沉香是这沐浴香汤之中的点睛之物。沉香产自安南，一段沉香的形成，通常需要数百年的光阴，待树脂慢慢地累积、硬化，树木倒在水中，经过水流的冲击、腐烂，然后被人取下之后，去除腐烂的木质部分，这香料不比一般的俗木，入水能沉，故称之为"沉香"。

　　给孩子"洗三"用的水，是贝勒爷吩咐人专程去玉泉山汲来的甜水，用甜泉水烹制沐浴的香汤，取"山高百丈，泉水有根"之意。

　　给小格格熬制"洗三"沐浴香汤的人，必是"全和人"，贝勒爷吩咐管家，把那些丧偶的、爹娘早逝的、养了孩子没站住的婆子、下人全都轰到二门以外去，这些人连看一眼孩子的资格都没有。

　　内院里，贝勒爷让人在专门给他做宵夜的小厨房里烧洗澡水，砖炉子上坐着银铫子，将槐枝、艾叶和沉香片用丝绵紧紧地包了，投入银铫子里，用武火烧开了文火煮，待银铫子里面的水冒出了细细的蟹眼泡，艾草和沉香的气味在小厨房里弥散开来。

　　府里管事的嬷嬷叫上两个身高力大的婆子，将那个供在佛堂里的金盆请了进来。这个大金盆是乾隆爷赏的，那还是贝勒爷的高祖父出生时，府里派人去宗人府报信，正好遇见乾隆爷，乾隆爷听说宜王府添人进口，一高兴就赏了一个洗三用的金盆。

　　两百多年过去了，当年洗过三的早已一个一个地作古，但乾隆爷赐给王府的金盆却因为被厨子藏在菜窖里留了下来，庚子之乱以后，府里老辈子留下的东西只有这一个大金盆了，所以被贝勒爷供在佛堂里，成了贝勒府的镇宅之宝。

产房的外间有一铺南炕，阳光透过雕花格子木窗，将那格子窗花的投影洒在炕上。炕桌上有一尊西汉时的青铜香薰炉，龙涎的香气从香炉的顶上飘散出来，那香气沾在人的衣衫上，持久不散。

客厅里周边的檀木圈椅上坐着的都是王府的老亲，女眷当中就有贝勒爷的亲妹妹漪珊。

几百年来，贝勒爷府的格格们到了成婚的年龄，都被赐了封号，送到蒙古去和亲。贝勒爷只有一个亲妹妹，跟贝勒爷一母所生。

他的额娘咽气之前，死死地攥着宜贝勒爷的手，吊着一口气哀求他，想尽一切办法，不要把妹妹送到那黄沙蔽日的蒙古去。宜贝勒含泪点头，老福晋这才咽下最后一口气。

给母亲发葬之后，宜贝勒舍了脸去求太监总管李莲英，李总管在老佛爷跟前有面子，只要在梳头的时候，趴在老佛爷的耳边细声细气地说几句，远比贝勒爷跪午门陈情都管用。

贝勒爷用仇英的一幅画换了李总管的几句好话，这才把妹妹漪珊留在京城，赐与掌銮仪卫事大臣马佳氏的儿子完婚。

漪珊嫁入马府已有六年光景，儿子已经五岁了，今天漪珊带着五岁的儿子回娘家，给刚出生的小侄女洗三。

马家的孩子正是讨狗嫌的年龄，一时一刻都不消停。他的颈子上佩着亲娘舅宜贝勒送的金项圈，后脑勺上梳着满洲孩子留的小辫子，正在追逐着一个色彩斑斓的皮球，绕着各位贵妇人坐的椅子跑来跑去。

这孩子玩的皮球在当年可是稀罕物，是法国传教士送给他的礼物。马佳氏是满洲八大姓之一，入关以来，世代勋贵。

但是马家有一宗跟其他的满洲大臣不同之处，即马家人是满洲八旗里的新派人物，漪珊的公公曾跟着李中堂出洋，在欧洲遇到了洋教士，接受了主的福音，从此马家一门都信了洋教。

慈禧西狩，凡是能跟洋人说上话的大臣都被重用，马家趁着这个机会把自己家信了洋教的事过了明路，公开给他们的宝贝孙子领了洗，起了个洋教的名字叫马若瑟，本国名字叫马福麟。

此时，主家的仆人都忙着给小格格准备"洗三"用的各种物件，各家的福晋和主妇一边议论着蔺老板的新戏，一边等候着"洗三"的主角上场。

小厨房里的嬷嬷们已经把香汤熬好了，倒在一个描金的大木桶里。两个嬷嬷用一根木棍串在木桶的横梁上，将飘着热气和香味的木桶抬进了厅堂。

两个婆子一起用力，把那个大木桶抬起来，将香汤倒进金盆里，浓郁的香气顿时在房间里飘散开来，温热的香汤在黄金质地的盆中闪烁着琥珀色的光泽。

等众多婆子准备就绪，只见产房门口那张绣着"卍字不到头"纹样的门帘子一掀，奶妈子抱着一个用锦被包着的婴儿走了出来。众多女眷都围了上来，啧啧称赞这个孩子，鼻如悬胆、唇似丹朱，等她长大了，定是贵不可言。

奶妈子将孩子的一双小脚慢慢地放进水里，孩子的脚在水中胡乱踢腾，溅起一片水花。女眷们围在金盆的四周，大家都在看她，她一点儿都不害怕，瞪大一双黑白分明的小眼睛，直视着周围看热闹的人。

奶妈子嘴里一边念着"喜嗑"，一边往孩子的身上掬水，马若瑟的额娘，就是这孩子的姑爸爸，她将自己手里握着的六个小金锞子放在了水盆里，然后摘下手上的金护甲，轻轻触了一下孩子粉嫩嫩的脸蛋。其他的女眷也把自己准备好的大钱、红枣、花生纷纷往金盆里面扔，讨个吉利。

突然，一个皮球越过众人的头顶，"砰"的一声落在盛满了香汤的金盆里，水溅到了周围女眷的旗袍上。

大家纷纷转过头来寻找肇事者，原来是漪珊格格的儿子把皮球扔到了水盆里，奶妈吓出了一头的冷汗，幸好那皮球只是落在了水里，并没有砸到婴儿的脑袋上，不然该有多么悬！

那婴儿经此一吓，非但不哭，反而张开了一张没牙的小嘴，"咯咯"地笑起来。奶妈也怕再洗一会儿再出什么乱子，急忙用眼神示意那念"喜嗑"的产婆子赶紧结束，免得孩子再受惊吓。接产婆子也是个有眼色的，见奶妈子用眼睛瞪她，赶紧说了结束语。

奶妈急忙从金盆里将婴儿捞出来，放在铺好的小锦被上，那边的接产婆子忙用点着了的艾条隔着姜片，把孩子从头到脚的几大穴位都灸了一遍，据说这样灸过之后，孩子没病没灾，好养活。

小格格刚出生三天就会笑，这个奇迹很快就在宗室当中传开了。贝勒爷将这个孩子视为祥瑞，给这个孩子取名叫金睿芝。

这个时候的大清朝，已然显出了末世的光景。贝勒爷的福晋萨仁花的身体也像这眼下的大清朝一样，患上了贫血之症，她在生了第二个女儿之后，血就一直没断流。宫里派来御医给福晋开过药方，但什么金贵的药也治不好蒙古公主的思乡病。

萨仁花在离开了她熟悉的草原之后，年轻的生命以惊人的速度凋萎，在小格格睿芝五岁那年的早春，庭院里的玉兰花刚刚展开花苞，萨仁花抛下了一对雏鸟一般的女儿，撒手西去，魂归草原。在萨仁花撒手人寰的那个晚上，王府院子里所有的玉兰树上开满了洁白如雪的花朵。

萨仁花走了，贝勒府里由侧福晋索绰罗氏管着。萨仁花虽然嫁入贝勒府的时间晚，但她出身高贵，既是蒙古王爷的亲妹妹，又是贝勒爷的正妻，这样一来，睿芸和睿芝两个格格年龄虽小，却有着嫡女的名分，索绰罗氏碍着自己是庶母这一层，并不怎么约束睿芸和睿芝。

睿芸文静、懂事，行事稳重却很有主张，睿芝胆子出奇地大，不是登高就是上房，贝勒府园子里所有能让她逮住的猫咪，都被她给剪了胡子。

不过睿芝格格有一个好处，那就是出手大方，哪怕是打发下人去给她买两块炸糕，回来的时候也有两块钱的赏钱。

睿芝之所以这么大方，是因为有姑爸爸疼她。蒙古王妃漪珏既是她的姑爸爸，也是她的亲舅母，漪珏每到年节，都要托人给她们姐妹送些金银财物。睿芸得到了馈赠，都会客气地谢了来人，说多谢舅父舅母挂念，可小格格睿芝的这一份礼物，没过几天就会被她给抖搂个精光。

金睿芝最穷的时候，想吃个糖葫芦，都要找姐姐去讨。因为她年纪小，所以下人们乐意哄着她玩，但心里也有些看不起这个疯丫头，大家都在背地里叫她"小混世魔王"。

1912年，袁世凯进宫劝说隆裕皇太后逊位，隆裕太后一时拿不准主意，就让太监们分头请各位宗室王爷、贝子们进宫议事。

太监来到贝勒府的时候，贝勒爷正在戏园子里看戏。老贝勒爷是余叔岩的铁杆儿戏迷，余叔岩的每一场戏，必不肯落下。府里早有小厮跑到戏园子传话，说皇太后紧急召他进宫议事。可余叔岩这边，一出《王佐断臂》还没到高潮，贝勒爷舍不得走。

等听完了这出戏，贝勒爷换了朝服准备进宫，宫里又有太监传出话来，贝勒爷不必进宫了，皇太后已然接受了南边的条件，在逊位诏书上盖上了御玺。贝勒爷抬起头来望了望天空，哪儿哪儿都没有变，只是时代变了。

进入民国好几年，北京城里，各路大帅你方唱罢我登场。在这几年当中，贝勒府迅速地走上了下坡路。虽然靠着典卖过活，但贝勒府旧时的脸面也是要的，每到逢年过节，贝勒府总要请了名伶过来唱堂会。

这一年的中秋节，贝勒爷请了蔺家班来府上唱堂会，戏台上，蔺家班的几个武生在戏台上唱戏，贝勒爷却把蔺老板拉到暖阁里，准备了精致的酒菜，请蔺老板喝上几杯。

蔺老板工老生戏，贝勒爷跟蔺老板学过戏，两个人也对脾气，是亦师亦友的交情。此时的睿芝格格正是讨狗嫌的年纪，虽然是个丫头，却淘得没边，她躲在小暖阁的轩窗之外，看着阿玛亲自为蔺老板把盏，蔺老板指点了王爷的唱腔，他亲自示范道："一轮明月照窗前，愁人心中似箭穿，实指望到吴国借兵回转，谁知昭关有阻拦……"

睿芝格格听到蔺老板的这段唱，似乎触动了某些前尘记忆，心中突然感到一阵没来由的难过，一个小小的人儿，竟也陪着那几千年前的伍子胥一起流下泪来。

睿芝十岁那年，她的阿玛贝勒爷也去世了。她的七哥金睿萱成了贝勒府上唯一的男丁。而睿萱又是一个公子哥儿，除了吃喝玩乐之外，什么也不会，贝勒府上的田地和房产全由舅老爷索琛替他掌管着。

在贝勒爷周年祭祀的那一天，贝勒爷的生前好友、京剧名伶蔺老板来访，他跟贝勒府现任的当家人索绰罗氏说，贝勒爷在生前曾经托付过他，说让他教小格格睿芝学戏，如今他要兑现承诺，来接睿芝到他的府上去住。

索绰罗氏嘴上虽然说着不舍的话，但心里恨不能一时就把这个惹祸精送出家门，但索绰罗氏也有一条是绝不能含糊的，那就是贝勒府的孩子，金枝玉叶，睿芝格格只能学戏，不能下海，她说虽然已然是民国了，但祖宗的脸面不能丢。

蔺老板一一应允，说只是让睿芝在他府上学戏，绝无下海唱戏、吃开口饭的道理。

索绰罗氏让睿芝的奶娘收拾好东西，跟着住到蔺老板的府上，说，孩子还小，有奶妈子跟着，早晚也好多一份照应。

蔺老板的家住在椿树胡同，这里距离著名的广和、广德两大戏园子都不远，当年虽然上至老佛爷下至贩夫走卒，都是京剧的拥趸，但无论伶人怎么红透半边天，身份还是下九流，入不得内城居住。

这位梨园行的翘楚把睿芝格格接到了自己的府上，尽管蔺老板宅院也算得上是大宅门，却无法与贝勒府相媲美，蔺老板总怕委屈了睿芝，除了授艺之外，生活上极尽照顾。睿芝格格的个子长得高，这一点随了贝勒爷。睿芝格格爱热闹，爱出风头，这一点也像她的阿玛。

睿芝格格刚满十二岁就比同龄的孩子高出半头，刚到蔺家班没几天，就跟戏班里的生旦净末丑全都混熟了。唱戏的时候，她非要穿上小番的衣服，上台去翻跟头、跑龙套。蔺老板请来京城名师，教这孩子学唱戏，睿芝格格学戏很用功，下的力气比师父要求的还大。蔺老板没有自己的儿女，他护着这没了爹娘的孩子，就像老燕子护着乳燕一般。

有一天，贝勒府的厨子老王来到蔺老板的府上，给小格格传来一个消息，她的姐姐跟着一个军官跑了。偌大一个府邸，只有花出去的银子，没有一点进项，七爷金睿萱听他额娘的指使，把老宅子卖给了洋人开医院。

听到贝勒府的变故，蔺老板想起老友，想起昔日在贝勒府给贝勒爷说戏的时光，忍不住落泪，从此以后，睿芝就是一个无家可归的孤儿了。蔺老板担心自己的爱徒承受不了这个沉重的打击，可他再看睿芝，这孩子的脸上仍然带着一种没心没肺的笑容。

厨子老王通告完宜贝勒府的消息，临走的时候，把一个用棉花纸包得整整齐齐的包裹放在桌上，对小格格说："格格，府上留下的东西，只有这么一点了，我给格格带来，您留个念想吧……"说完，厨子老王向小格格金睿芝深深一躬，默然而退。

金睿芝打开那个包裹，里面赫然露出了一摞精美的青花瓷碟，一共有十二个，这一包瓷器，就是格格全部的财产了。蔺老板非常紧张地看着金睿芝脸上的表情，生怕这孩子抱着这一叠小玩意儿号啕大哭，可金睿芝却高高兴兴地把这几个碟子塞进了自己的箱子里。

就在阿茵的思绪千回百转之际，母亲披着湿漉漉的头发走进了房间，阿茵劈头问道："妈，我奶奶给咱们家的青花小碟子还在吗？"

母亲被女儿问得愣了一下，然后马上回答："在，在的，搬家的时候碎了俩，还有四个，就在咱们家碗柜里搁着。"

"妈，你能给我吗？"阿茵的心好像要从胸膛里跳出来，她从来没有像现在这样的急切。

"能！这些碟子本来就是你奶奶给你爸的，你从咱们家没得到一点好处，这些不值什么钱的东西，你若喜欢，妈全都给你。"

听了母亲的话，阿茵长出一口气，她感到自己的心在狂跳，这个碟子的出现，就好像是一场神秘的大戏即将拉开帷幕，接下来会发生什么事情，阿茵无从预料。但是，她感觉到，冥冥之中，仿佛有一只看不见的手在指挥着她，让她不断地追寻着这一切。遇到索教授，并且在索教授家里看到了奶奶当年从贝勒府里分到的仅有的家产，她感觉到，上帝真不愧是命运最好的导演，每个人的一生，都是一个不可复制的桥段。

10

以往的休息日，阿茵都会让身体自然苏醒过来，享受着假日的惬意，但今天却早早醒来，心烦意乱。明天就是星期一，是一个没有班可上的星期一……

阿茵在盘算着明天如何去投简历，怎么去面对一个又一个刁钻的 HR，更重要的是，她要盘算一下卡里还有多少余额，如何应付还有一个星期就要到期的房租。

阿茵不想让母亲知道自己的窘境，她想给母亲订一张打折的机票，让母亲回去之后，她才好一一应付这些令人头疼的事。

阿茵唯一庆幸的是，母亲此行的目的是为了催婚，如果再晚一点，邵师兄像现在这样与自己撇清关系，如果没有邵师兄帮她的忙，她真不知道应该如何应付母亲这样的盘查。幸好有邵师兄这样一个体面而多金的"未来快婿"，让母亲感到深信不疑。

母亲虽然已经退休多年，过去的同事也大多失去了联络。但随着微信的兴起，这些老太太们也开始与时俱进，建起了微信群，很多昔日的同事都在群里晒照片，今天是这个在海边舞动丝巾，明天又是那一个坐豪华游轮周游世界……

每个退休的同事都在暗中较着一股劲儿，她们的退休金都差不多，在收入方面不相上下，但在儿女方面却相差万里，有的女儿嫁给了富商，老娘在群里说话的时候底气就壮。

母亲在自己昔日的老同事面前把阿茵塑造成了一个在北京工作的、有本事的人，阿茵也必须完成母亲给她的人设。如果母亲没坐过一次邮轮，她在老同事的面前就没有话语权。

去年年底，阿茵用信用卡分期，给母亲买了一张去日本冲绳的邮轮票。母亲刚一显摆，母亲的老同事们就直接攻击母亲的软肋，阿茵至今还没有婚嫁，她的婚事也就成了群里议论的话题。

母亲跟邵师兄一见面，就把邵师兄开的奔驰车照片发到了群里。阿茵想：如果让母亲发现，邵师兄不过是临时客串的演员，自己现在连工作都混没了，母亲肯定会急火攻心，后果不堪设想。

就在阿茵在手机上寻找航班信息的时候，阿茵听到客厅里响起了母亲的声音，好像是在跟胡小凤交代着什么。

阿茵知道，每一个漂在北京的姑娘，都有自己不愿意与人说起的隐秘，所以阿茵不愿意让母亲跟胡小凤过分热络，更不想让母亲打探人家的隐私。

阿茵急忙推门出去，跟胡小凤撞个正对面，阿茵看见胡小凤脸上昨天被打得淤青的地方被她用厚厚的粉底遮盖得严严实实，为了不让人看出额头出血的伤口，她把头发散开披在肩上，戴着一副遮住半张脸的大墨镜。

母亲对胡小凤说，下班的时候可以先给她打电话，她到小区门口去接她。胡小凤只是客气地敷衍几句就走了出去，母亲还很不放心，想要跟着胡小凤下楼，被阿茵给拦住了。

阿茵把母亲请回到自己的房间，她问母亲："妈，我还要上班，没时间陪您，我已经给您订了回家的机票。"

母亲有些愕然，她说："这么快就回去？小邵什么时候能来一趟，我上次还没好好地跟他聊聊，他家里都有什么人？"

母亲的反应不出阿茵所料，阿茵早已准备好了台词："妈，邵老师跟着他的导师出国考察去了，可能要一个月左右才能回来。"

母亲无可奈何地说："那好吧！等他回国以后，你带着他回家一趟。"

阿茵敷衍地说："好吧，好吧！"

母亲听了，长出一口气，跟阿茵说："你给我订火车票吧！火车比飞机便宜。"

阿茵用携程软件飞快地扫着航班的信息，说："打折的机票一点都不比火车票贵，今天下午4点有一个航班，我给您订了吧！"

"今天晚上就到家啦？"母亲显然没有心理准备。

阿茵见母亲没有激烈反对，就顺水推舟地说："对！今天晚上您就到家了。"

11

　　自从邵宇宸带着阿茵来过索教授家之后，索教授心脏病复发，倒下了。

　　索教授这一次生病不去医院，让人很是担忧。索教授这一病，可急坏了索师母，她叫了好几拨医生上门来给索教授问诊，中医、西医全都来过了，中医让索教授喝汤药，西医让他住院观察，索教授只是哼哼哈哈地应付，却说什么都不肯去住院。

　　索师母见老头子如此固执，更是急得满嘴起水泡，指使罗阿姨一会儿煲汤一会儿煎药，忙得脚不沾地。

　　邵宇宸更加担心索老师的健康，于是花大价钱淘换来两粒当年从伪皇宫里流出来的安宫牛黄丸，开车送到索师母手中，可索教授一粒也不肯吃。

　　索教授的病惊动了研究所里的领导，研究所里的领导班子全都过来探视，索教授现在可是所里的宝贝，正牵头一个国家级重点项目。

　　领导们来过之后，索教授带的研究生来了一拨又一拨，大家送来的水果和鲜花，在小厨房的地上堆得像小山一样高。

这些天来，索教授的睡眠相当差，一闭上眼睛就能看到额娘和姑姑两个人站在自己的床前吵架，醒来时，发现自己的身上全都是汗。

索教授把师母叫到床前，跟师母交代了自己那些藏品的处理方式，哪些藏品该捐给博物馆，哪些东西可以交给小邵帮忙变现，还有，家里最值钱的就是这座四合院，目前的价值已经过亿，如果他走在师母前头，就让老伴儿把四合院卖掉，搬到另一套楼房去住。卖掉房子这么一大笔钱，可以做一点慈善，但绝不能买理财产品，只要不上当被骗，这笔钱足够她颐养天年……

索师母听了老头子掏心掏肺的言语，眼泪止不住地流下来，哭着拉住丈夫的手，哽咽地说："豫章，不许你扔下我，小邵已经联系好了高级病房，咱们还是去医院吧！"

"清如，我的病根你应该是知道的，这些天，我总是梦见我姑爸爸……"

"豫章，姑爸爸都走了那么多年了，你不要总是拿这件事情无休止地折磨自己……"

索教授听到夫人的话，摇摇头，说道："这件事何曾过去啊！你看那天小邵带来的姑娘，你看她像谁？"

听了丈夫的话，索师母吃惊地瞪大了眼睛："你说，小邵领来的那个姑娘，是姑爸爸带的那个孩子？不会吧？天下哪有这么巧的事呢？我看，你肯定是看花眼了……"

索教授摇摇头，说道："我怎么会看错呢？姑爸爸带大的孩子，有很多表情，跟姑爸爸几乎是一模一样的。再说，你看她的眼睛，她的嘴角，活脱脱的像金逸，她一定是金逸的女儿，错不了……"

"金逸的女儿？"索师母因为吃惊睁大了眼睛。

索教授闭上了眼睛，把身子靠在师母的肩上，有气无力地说："我听姑爸爸说过，金逸的这个女儿自幼聪明，记忆力出奇地好，她跟姑爸爸的感情极深，我就怕她知道一些过去的事，所以……我没同意小邵跟她继续交往……"

索师母忧心忡忡地说："其实，我也觉着小邵太聪明，怕将来等你离开研究所的时候，你这个学生靠不住，如果我们出面，把金逸的女儿介绍给小邵，也许，将来他还能念着咱们的好……好歹，这丫头也是姑爸爸抚养的孩子，也算咱们家的亲戚吧……"

"还说是亲戚？想当年，金逸死后，陈慧芳来北京，我是怎么对她的？这个院子我们占了，没给她们孤儿寡母一分钱，这些事，我想这孩子一定都知道，她在心里说不定多恨我们呢，我既然决心培养小邵，就绝不能让他跟这个丫头扯上关系。"

"她认出你了吗？"索师母有些担心地问。

"我那年去看姑爸爸的时候，她才五岁，我想，她不一定能认出我来，但是，从她看到那个青花瓷碟子时的神情看，我想她一定是猜到了什么，再说，这个事是瞒不住的，研究所里上上下下都知道，我是宜王府的后人。"

索师母将丈夫的手轻轻地放回到被子下面，委婉地说："回想起当年的那些事，咱们也有做得不对的地方，金逸是姑爸爸的养子，却连姑爸爸的一件东西都没捞到，他留下的孤儿寡母被扫地出门，确实挺可怜啊，这些年，我们也没找过他们，不知道他们过得怎么样了……"

听了妻子的这番话，索教授愠怒地瞪大了眼睛："金逸又不是姑爸爸的亲生儿子，他跟金家有什么关系呢？凭什么分我们的财产？"

索师母生怕丈夫情绪激动，急忙拍着丈夫的后背，就像是哄小孩一样对索教授说："好了好了，金逸的事咱们再也不提了，你还是睡一会儿吧！"

索教授很听话地躺下，对夫人说："我想睡一会儿，你出去吧！"

"哎！"索师母顺从地答应了一声，悄无声息地走出了索教授的卧室，轻轻地把门关好，好像是要把刚刚提起的那些往事，永远地密闭在这间房子里。

索教授见妻子出去了，就从自己的枕头旁边拿起一个鸡翅木的小箱子，颤抖着打开了箱子上的小铜锁，掀开盖子，赫然露出了藏在里面的宝贝，在一块包裹着海绵的褐色绒布上面，放着六个青花小碟儿。

这些小碟子确实是索教授的家传之物，不过这些常见的物件对于见识过无数钟鼎宝器的索教授来说，的确算不上什么稀罕物。

在过去，这些小碟子都放在厨房里，归罗阿姨保管，虽说不是逢年过节的时候很少拿出来用，但在收藏界一言九鼎的索教授家里，这些物件绝对到不了放在多宝阁里供人观赏的地步。

如今，那些被暗藏在心底的往事，却因为一个陌生女孩的到访而沉渣泛起。索教授把那几个小碟子拿出来，放在手心里反复摩挲，几滴老泪落在碟子上，碟子也因此有了温度。这几个来自几百年前宜王府的老物件儿，让索教授的思绪又回到了那个遥远而纷乱的时代……

1945 年的秋天，索教授当时只有七岁，那个时候他也不姓索，而是姓金，他是宜王府七爷金睿萱唯一的儿子。

一天早上，他被楼下一阵激烈的争吵声惊醒，光着脚丫"噔噔噔"地跑着，穿过铺着红松地板的走廊，母亲跟一个年轻的女子在客厅里吵架，这个年轻的女子，就是后来抚养他长大的姑母金睿芝。

几天前，阿玛说是入宫觐见皇上，结果却是一去不归，后来听说被裹着上了飞机，后来又说让人给抓到苏联去了。

那些天，他的额娘也整天不着家，把他一个人扔给了奶娘。又过了两天，奶娘也趁着他睡着了的时候走了。到了晚上，额娘从外面急匆匆地回来，他见到额娘就大哭起来。整整一天都没有吃东西，这是金豫章在他有限的生命体验当中第一次感受到了挨饿的滋味，他已经饿得前胸快要贴到后背上了。金豫章拼命地哭着喊着要找奶娘，可额娘根本就不理他的茬儿。

见他哭得厉害，额娘不知道从哪里给他找来两块点心，一咬直掉渣儿，还有一股子馊味。他跟额娘说想吃萨其玛，额娘对他说，吃萨其玛只能等姑爸爸来，等姑爸爸来就好了，于是他就坐在自家门前的台阶上等着姑爸爸。

天色黯淡下来，一辆黑色的汽车停在了门前，从车上下来一个身材细高、穿着素色暗花织锦缎旗袍的年轻女子。那个女子走到金豫章的面前，伸出手来，轻轻地摸了一下他的头顶，问道："你可是金睿萱的儿子?"

这个时候，房门在他身后打开了，额娘站在他的身后，对那个年轻的女人说："哟！姑奶奶，总算把你给盼来啦!"来的这个女子，就是金豫章的姑姑金睿芝。

金睿芝手里拎着一只小皮箱，金豫章盼着姑爸爸立刻打开箱子，给他拿出美味的萨其玛，结果却让金豫章大失所望，姑爸爸没有立刻给他萨其玛，而是随着母亲走进一间密室，姑嫂两人关起门来，不知道谈了些什么。

第二天早上，金豫章醒来的时候听到姑爸爸在跟额娘吵架，姑爸爸不让额娘走，可额娘好像已经下定了决心，她换上了一身男人的衣服，手里拎着一只箱子，当时她说了很多话，金豫章都记不清了，只有一句话深深地刻在了他的心里，她说："这个孩子我可是交给你了，这是你们金家的骨肉，你若不管，就扔下吧，谁也甭管!"

姑爸爸到底还是没有拦住他的额娘，那天早上，额娘穿着一身男式服装的背影深深地印在他的心里，那一天之后，他成了姑爸爸的养子。

　　金豫章后来才知道，自己家住的房子，也是姑爸爸和姑爸爸的朋友宋老板一起出钱买的，但额娘从来也不说一句姑爸爸的好话，每当提起金睿芝，她总是撇撇嘴说："那就是一个混世魔王啊！"如今额娘却把他送给了这个"混世魔王"。

　　那些天，是姑爸爸陪着他住在他父母原来住的房子里，家里没了佣人，每天的饭菜都是姑爸爸来做。

　　当时街上到处乱哄哄的，经常能看到成群结队的日本难民。日本难民的队伍中，大部分是女人和孩子。这些日本女人，有的怀里抱着孩子，有的背上背着一卷行李，有的还拖着几个能在地上跑的孩子，一起逃命……

　　无论是年老力衰的"奥巴桑"，还是背着孩子的年轻妇女，尽管她们不知道自己最终要逃到哪里，也没有人知道自己下一秒是生还是死，但求生的欲望让每个人都变得坚韧无比，哪怕是气喘吁吁地逃命，也没有一个人停下脚步。

　　马路两边，随处可以看到跑掉了的木屐和被扔掉的包裹，也有中国人出来"捡洋落"，有人在路边捡到了名贵的丝绸、金戒指和石碑的拓片。这些在平日里被人视为珍宝的东西，在大难临头的时候却变成了一种累赘，只有扔下累赘，才能多一分活下来的胜算。

　　额娘走了以后，金豫章一直在哭，他的姑爸爸什么也没说，只是拎着他的衣领子，让他站在临街的门口，趴在门缝里看着街上的人，他看见逃亡的日本难民在拼了命地奔跑，他们是在跟死神比速度。还有一些生了病的人，他们跑不过死神，死在路边的时候，还睁着一双永远也看不到故乡的眼睛。

　　在逃难的人当中，最苦的要数那些日本孩子，有些孩子跟父母失散了，坐在路边乞讨，如果遇到同乡或熟人，会给他扔下半块饼子，也有人会用日本话大声叫着他们的名字，让他们跟着队伍一起走。还有更小的孩子没法带走，被自己的母亲用一根和服带子紧紧地勒住脖子……当年在大树底下，经常能看到死去的日本婴儿的尸体……

金豫章不敢再看了，走到姑爸爸的面前，低着头，一副任人宰割的神态。姑爸爸说："十八层地狱我们谁也没见过，你看现在的街上，比十八层地狱也好不了多少。现在你还有一张床可以睡觉，家里还有东西可吃，如果再哭，我就把你推到街上，去跟着那些难民一起逃吧！"

听了姑爸爸的话，金豫章立刻止住了哭泣，他相信，额娘口中的这个"混世魔王"，一定是个说得出就做得到的狠角色。

12

在金家落难以前，府上曾是高朋满座。聚会的时候，经常有人提起金睿芝的名号，她是京城的名票，据说她唱戏的时候可是一票难求。

每每有访客来，在金府里提起他们家的这位姑奶奶，金睿萱和福晋就会找个由头，把话题给岔过去。金睿芝自从住进蔺老板的家里，跟她自己的这个家一向少有往来。

额娘不止一次地说过，姑爸爸金睿芝就是这个家里的"混世魔王"，如今他落在了这个"混世魔王"的手里，这个"混世魔王"成了他在这个乱世里唯一的依靠。

他不敢再闹腾了，乖乖地坐上了姑爸爸的朋友宋老板派来的汽车，跟着姑爸爸回到了她的家，滨江才是姑爸爸常住的地方。

姑爸爸的家，是一幢整整齐齐的青砖瓦房，正房明三暗五，厢房东西各有三间，原来这幢房子是主院的西跨院，金睿芝住进来之后，封死了通往主院的月亮门，变成了一个独立的院落。

姑爸爸拉着金豫章的手，走上了三级台阶，进了这座院子之后，他闻到了一阵花香，院子里的一片西番莲绽放着紫红色的花朵，开得如火如荼。在花坛旁边的一张小板凳上，坐着一个皮肤白皙的小姑娘，金豫章甚至能看到她额头上一根一根的青色血管，像是弯曲的蜈蚣。

小姑娘手里拿着几根蜡笔，正在往一张白纸上涂着颜色，在她的身边放着很多张画纸，纸上画着一个女人的头像。

姑爸爸金睿芝来到了那个小姑娘的跟前，指着坐在板凳上画画的小姑娘对金豫章说："这是你的姐姐湘锦，来，豫章，快叫姐姐！"

听到姑爸爸的声音，那个小姑娘有些慌乱地抬起头来，金豫章从她的眼里看到了小大人一般的忧伤。

"姐姐……"金豫章的嘴里好像含着一块糖，含糊不清地叫了一声。

那个女孩没有回答，只是抬起头来看了金豫章一眼，然后又低下头继续在纸上画画。金豫章看到地上已经铺了好几张白纸，上面画的都是女人的头像。

金睿芝看到白纸上画的女人画像，叹息一声说："孩子啊，我知道你是在想你的额娘，可是她已经走了，人死不能复生。咱们还得活下去啊！小姨求求你，别再画了，今天弟弟来了，舅舅要咱们去他们那院，跟舅舅一起去吃饭！"

听小姨说起了舅舅，那女孩苍白的脸上泛起一丝笑意，暂时地褪去了脸上的忧伤。

这个女孩，是金睿芸的女儿，金睿芝所说的"舅舅"，并不是指这个孩子嫡亲的舅舅金睿萱，事实上，早在金睿芸跟着东北军营长陆长渊私奔的那一刻起，金睿萱就已经在报纸上发表了声明，声明金家与金睿芸断绝了关系。

金豫章从未听阿玛和额娘提起过他的另一个姑姑金睿芸，只是跟姑爸爸金睿芝回到她家之后，他才知道世界上还有这么一门子实在亲戚。

当年张大帅进了北京城，北平成了东北军的天下。有一次，大格格金睿芸在听戏回家的路上遇到了歹人，贼人将金睿芸劫持到一条胡同里欲图不轨，正好遇到从此路过的一个年轻军官，这个年轻的军官赶走了歹人，救下了云鬓蓬松、衣衫不整的金睿芸。

这个年轻的军官叫陆长渊，是东北军的一个营长。自从金睿芸被陆长渊救下之后，这个年轻军人的影子就在她的心里生了根，说什么都要嫁给自己的救命恩人。

此时宜贝勒府当家的是她的七哥金睿萱，金睿萱坚决反对，自己的妹妹，金枝玉叶的格格金睿芸怎么可以嫁给一个吃粮当兵的丘八？更何况还是从东北过来的"胡子兵"，他这个堂堂宜贝勒府的当家人，可跟着丢不起这份人。金睿芸见哥哥死活不肯答应，干脆从家里跑出来，发誓死也要跟陆长渊死在一起。

当时陆长渊尚未娶亲，他从没有想过，自己一个吃粮当兵的，还能有这样的造化，娶到王府的格格。

金睿芸从家里跑出来，两个人就在外面赁了一间房子，又在军营旁边的馆子里请了一桌酒席，金睿芸就算是成了亲。金睿芸成亲之后仍然住在北平，只是没有了娘家，昔日的贝勒府已经登报跟她断绝了关系。

那时候金睿芝还住在蔺府，她经常去陆家看姐姐。金睿芸也时常去蔺老板家找妹妹说话。

当时的局势一天三变化，金睿芸先是跟着丈夫陆长渊回了东北。后来东北易帜，东北军归入中央军的战斗序列。

淞沪会战那一年，陆长渊所在的部队从华北开赴淞沪战场，在一场注定无望生还的阻击战中，全团将士无一生还。

金睿芸听说丈夫在上海战死的消息，带上刚满五岁的女儿去了上海，寻找丈夫，活要见人，死要收尸。

金睿芸在沈阳火车站匆匆给妹妹金睿芝写了一封信，寄到了蔺老板的府上。当她赶到上海的时候，淞沪战役已经结束，日军全面占领了上海。

金睿芸拼着一股满族女人不管不顾的狠劲儿，发誓一定要找到陆长渊。金睿芸在本地人的口中打听到，据说有一些来不及撤退的伤兵，躲在叫花子成堆的地方，逃避日本人的追捕。

金睿芸感觉自己带着个孩子，整天去那又脏又乱的地方实在不方便，就干脆在上海的法租界里找了一家小旅馆安身，然后出钱请了当地的"包打听"，帮她寻找丈夫的下落。

"包打听"见金睿芸在上海无依无靠，就变着法子敲诈她，她身上带的钱就像无遮无拦的流水一样，很快就流光了，却仍然没有得到陆长渊的半点消息。

为了在上海继续寻找丈夫的下落，金睿芸开始变卖首饰。金睿芸身上带的珠宝，都是当年蒙古王爷送给妹妹陪嫁的妆奁。金睿芸隔三岔五地去当铺里当东西，开当铺的朝奉欺负金睿芸孤儿寡母，每次来当东西，都要狠狠地宰她一刀。

额娘留给她的首饰卖完了，金睿芸也没有寻到丈夫是死是活的音讯，她悲忧成疾，一病不起，整天发着高烧，脸颊潮红，却舍不得去洋人开的医院里打针，病情越拖越严重。

此时的她万念俱灰，只求早日死去好去见她的丈夫陆长渊，可惜身边还有年幼的女儿放心不下。她给远在北平的妹妹金睿芝写信，让她来上海接女儿回北平，嘱托妹妹看在一奶同胞的份儿上，无论如何也要把她的女儿抚养成人。

金睿芸嘱托旅馆里的伙计帮她把信寄出去，当时到处都在打仗，邮路时断时续的，金睿芸的信在路上走了大约半年，终于寄到了金睿芝的手上。

金睿芝收到这封信的时候，正值蔺府惨遭变故，日本人进入北平城，责令全北平的名伶，参加为庆祝"大东亚圣战"胜利的演出。

蔺老板唱了一出《击鼓骂曹》，戏中有一段唱词："楚汉相争动枪刀，高祖爷咸阳登大宝，一统山河乐唐尧，到如今出了个奸曹操，上欺天子下压群僚，我有心替主爷把贼扫，手中缺少杀人的刀……"

一个曾经跟蔺老板有过龃龉的小报记者，听了蔺老板的这一出《击鼓骂曹》之后，就跑到日本人那里去告密，说蔺老板在戏文里唱出了"我有心替主爷把贼扫，手中缺少杀人的刀"，这是赤裸裸地煽动抗日。

刚进城的日本兵急欲整肃治安，不管三七二十一，把蔺老板抓到宪兵队里动了大刑。三天之后，金睿芝从宪兵队里接回来一具血肉模糊的尸体。

出殡那天，金睿芝为师父披麻戴孝，北平城内一众名伶几乎全部到场，为蔺老板扶灵送葬。

就在金睿芝刚刚安葬完师父的时候，又收到了一封雪上加霜的来信，姐姐病在上海，生命垂危。

这一边，师父的坟土尚新，那一边，姐姐生命垂危，临终托孤，这人生，就好像是伍子胥过昭关，屋漏偏逢连阴雨，让金睿芝一时之间不知道应该如何是好。

金睿芝来找见多识广的表哥马福麟商量办法，她的这位表哥，就是在金睿芝"洗三"的那日，险些把皮球砸到金睿芝头上的男孩。

听说金睿芝要让他陪着去上海寻找睿芸跟孩子，马先生对金睿芝说，咱们俩去上海，两眼一抹黑，那么大的城市，到哪里找人去？不如去东北找他的一个朋友宋先生帮忙，宋先生本来就是南方人，而且早年还在上海滩闯荡过，在上海一定有熟人，只有找到宋先生，才有办法找到睿芸和孩子。

13

　　车轮行进在冰冷的铁轨上，发出"咣当、咣当"单调而重复的声响，笨重的绿皮火车在荒野上疾驰。从小在京城贝勒府里长大的金睿芝，开始了她平生第一次远行。

　　透过车窗，她第一次看到如此阔大的平原，白山黑水，是祖宗龙兴之地，此时，金睿芝心如火焚，她那焦虑的心情也被这冰冷的铁轨无限拉长，根本没有心情去领略这北方大地的壮美，她只是盼望着早一点到达目的地，找到表哥的朋友宋先生帮忙，去寻找自己姐姐留下的可怜的骨肉。

　　这时，包厢外传来一阵轻轻的叩门声，列车上的服务生来给高等包厢的客人送水，包厢的车门一打开，一阵冷风硬硬地吹进来，金睿芝不由自主地打了一个冷战。头戴一顶水獭皮帽子的马福麟，满脸关切地看着从小一起长大的表妹，把一件蓝狐皮的披风搭在金睿芝的肩上。

　　刚刚进入十一月，关东大地已经下过了第一场大雪。金睿芝望着车窗外，一片连着一片的原野从眼前一闪而过，在一望无际的荒野尽头，就是昔日朝廷的流放之地，明朝时称此地为"奴儿干都司"。

火车驶入车站，这是一座墙上涂着黄色的洋房子，也是中东铁路线上数得过来的二等车站之一，随着"轰隆"一声沉闷的巨响，火车与铁轨相撞，猛然的一个刹车，马福麟和金睿芝的身子不由自主地晃了一下，火车在一片空旷的荒野中停下来，马福麟笑笑说："咱们到地方了。"

金睿芝跟在表哥的身后，从火车上走下来。一阵风就像刀锋一般，刮在金睿芝的脸上，把她的眼泪都冻出来了，两个人一前一后走出了检票房子。

时将傍晚，夕阳就像一枚巨大的蛋黄，与潮水般漫上的黑暗做最后一搏，它拼尽了所有的力气，将余晖洒在大地上，无论是房子还是树木都被镀上了一层金光。

太阳就要落下去了，一棵老榆树上落着一群乌鸦，就像剪影一般伫立在枯枝上。再往前走，偶有野兔在路边的荒草间出没，给这无边无际的荒原增添了几分活气。在火车站奶油色俄式票房子的对面，有一辆黑色的别克轿车停在了马路对面的一棵枯树底下。

马福麟见了那辆黑色的轿车，脸上露出了欣喜的笑容，他知道宋先生接到了电报，派司机来接人了。他拉着金睿芝，快步朝着那辆车走去。

车上的司机见了马福麟，急忙走下来给他们拉开了车门，厚厚的积雪在他脚上的皮靴子底下，发出一阵"咯吱、咯吱"的响声。

金睿芝在北平的时候见过雪，她很喜欢在下雪的天气里在院子里堆雪人，但像关外这么大的雪，她可从来都没有见过。下过雪的街道上只有两种颜色，一种是黑，一种是白，塞外大地，被黑白两色所主宰着，就像是太极之中的阴阳鱼，把世界切割成阴阳两端。

马福麟让金睿芝先上车，金睿芝的个子高，只好弯腰钻进车里，马福麟跟在她的身后，也坐进了小汽车。

司机旋动了插在汽车上的钥匙，黑色的别克车疾驶在白茫茫的荒野上，一排排树木从金睿芝的眼前掠过。

在来关东之前，金睿芝贵为贝勒府的格格，但也只坐过马车、黄包车，阿玛是一个老派的人，不喜欢洋东西，府上也没有新派人坐的小汽车。

如今，她坐在了小汽车里，感觉自己的身子好像是沿着一个方向往前飞，不知道自己要"飞"多久才能停下来。

汽车在一座门前蹲着两只滚绣球的石狮子的府邸前停下，金睿芝端详着门口的大狮子，一点儿也不比贝勒府门前的狮子逊色。

她轻声问表哥："你说的那个朋友就住在这里？"马福麟不动声色地点了点头。

金睿芝跟着表哥穿过偌大的院子，这是一个两边各有东西六间厢房的大院子，正房明三暗五，房脊的两边立着砖雕的螭吻，作张口吞脊状。房檐下面的花雕，雕刻着蝙蝠衔铜钱的图案，在垂下的半圆筒形灰瓦底下，垂着一尺多长透明的冰凌子，那是正午时分融化的房顶的雪水滴落时冻成的冰挂。

走进了二道门，金睿芝只见一个精瘦的、看上去大概有三十岁左右的矮个子男人站在廊檐下，这个男人身材虽然不高，但五官很端正，身上披了一件黑貂皮大氅，里面是一件团花缎子棉袄，手上戴着好大一块金表。

金睿芝认为，在表哥的嘴里差点说成"大罗神仙"的朋友，应该是一个身高八尺的壮汉，可眼前这个人，个头儿还没有自己高呢，心中顿时有了几分失望。

那个矮个子的男子见了马福麟和金睿芝，满面春风地迎了上来说："自从接到马老弟的电报，我就在心里数着日子，盼星星盼月亮，总算把你们给盼来啦！快进屋，屋里暖和！"他一边说，一边上前拉住了马福麟的手。金睿芝听这个人说话的口音很怪，有点南腔北调的。

这个矮个子的男人，就是滨江最大的粮商宋老板，介绍马福麟跟宋老板认识的人是张少帅。

那一年，张少帅出兵山海关，赶走了阎锡山，进了京城。自幼长在关外的张少帅，进了京城才发现，若论起玩，自己跟北京城里的八旗子弟差着好几大截，自己喜欢玩的那些，只要是个男人就会，可八旗子弟玩的那些就不同了，他们差不多都会唱戏，给他一把胡琴，他就能给你拉出一个调来。

马福麟虽说不是下了海的票友，但他的唱功却是十分了得，他那唱腔可是得了梅先生真传的。

张少帅跟马福麟相见恨晚，在马福麟的引荐之下，张少帅拜会了梅先生。自从见了梅先生，张少帅迷上了京戏，从此一发而不可收。日本人炮轰北大营的那一晚，张少帅还在听梅先生的《宇宙锋》。

有了跟少帅的这层关系，马福麟跟东北军做生意，从军装到军粮无不涉足。在做军粮生意的时候，马福麟结识了少帅手下管粮秣的军需官小宋。

宋军需也是京剧票友，他喜欢言菊朋，一听说马福麟是蔺老板的女弟子金睿芝的表哥，二话不说，非要跟马福麟结拜兄弟不可，喝过了血酒，一个头磕在地上，不能同年同月同日生，但愿同年同月同日死。

金睿芝跟着表哥，走在宋老板的身后，宋老板刚伸手要掀门帘儿，旁边早有一个有眼力见儿的伙计跑过来，替宋老板掀开了门帘子。

走进屋里，金睿芝感到一阵扑面而来的热气。她开始打量着房里的陈设，四面的墙壁雪洞一样，刷着洋石灰，迎面的八仙桌上正中摆着一面紫檀木小屏风，两边摆着元青花人物赏瓶。让金睿芝感到新鲜的，是房间里靠着南窗的地方摆了一个硕大无比的紫砂花盆，紫砂花盆里有一棵竹子，翠绿欲滴。

竹子被称为"岁寒三友"，在贝勒府的后花园里就有十几株修竹，但她没有想到，在滨江这样一个苦寒之地，还能看到鲜绿的竹子。

宋老板见金睿芝望着竹子出神，就笑着说："芝格格如果喜欢竹子，我让人从南方给你捎几株回来，给你种上！"

金睿芝心里想："我是求你去上海救人的，又不在东北常住，我要竹子干什么……"但碍于初来乍到，她也没有开口反驳。

宋老板的客厅有里外两间房，宋老板说："时候不早了，咱们先吃饭吧，边吃边聊。"说着，就把两位贵客领进了里间。

金睿芝跟着宋老板走进里间，同样是雪白的墙壁，陈设没有外间豪华，却也实用，只见地中央摆着一张四四方方的紫檀木方桌，在桌子的中间摆着一只锃亮的纯铜火锅，在锅底下露出红亮的火炭。

宋老板说："滨江这地方比不得京城，塞外苦寒之地，不过我们不必吞毡饮雪，这里的羊肉是极好的，我听马老弟说格格要来，就让人从海拉尔运来十几只羊，肉早都切好了，就等着你们来呢！"说着，宋老板对身边的伙计小声吩咐："可以开饭了。"

那伙计听了吩咐，一撩门帘，向着外面喊了一声："开饭！"话音甫落，只见四个伙计依次走进来，头一个人的手里托着涂了红漆的托盘，木托盘摆着十几个小碟子，碟子里盛着干虾仁、瑶柱、紫菜和牡蛎干，将这些辅料依次放在了翻滚的清汤中。

第一个人投放完海货之后走出去，第二个人过来，在桌上摆好了墨绿色的韭菜花、晶莹剔透的糖蒜、色泽殷红的豆腐乳和芝麻酱。

第三个过来的人，肩膀上搭着一条雪白的手巾，手里托着一个红漆木托盘，木盘里摆着羊肉片，宋老板介绍说："这是我的厨子马老三，切得一手好羊肉！"

马老三满脸堆笑，右手放在胸前，向马福麟和金睿芝鞠了一躬，然后把放在托盘上的三个瓷盘子里的手切羊肉分别摆在每个人的面前。

金睿芝从小就好吃，她的阿玛又是一个好美食的主儿。在品尝美食方面，金睿芝可谓见多识广。她看了一眼放在面前的羊肉，肉片薄如蝉翼，好像透过肉片能看到报纸上的字，这一盘子羊肉显出了宋府厨子的好手艺。

马老三刚转身出去，第四个过来的是一个身材高大、用榆树皮水把发髻梳得一丝不乱的老妈子，她用一根长筷子，夹着折叠成长条形的热毛巾，放在了每一个人面前的小银盒里。

马福麟拿起热手巾擦了擦脸和手，金睿芝也拿起手巾擦了擦手。金睿芝从小在贝勒府长大，见惯了大气派，她觉出了宋老板的下人训练有素，在这样一个蛮荒之地，派头竟一点也不比贝勒府差。

宋老板拿出一个用火漆封着的陶罐，对马福麟说："这酒是贵州的赖老兄托人给我带来的，从南到北走了几千里地，你们也是从北平来，一路车马劳顿，来来，喝一口暖暖身子！"说完，亲自动手剥开了火漆封口，拔掉了软木的塞子，给两位远道而来的客人倒酒。

马福麟自幼学戏，烈性白酒从不沾唇，这一点宋老板是知道的，他往马福麟面前的酒杯里象征性地倒了小半盏，又用眼神望着金睿芝问："格格能不能喝一点呢？"

马福麟笑着揭金睿芝的老底："宋兄有所不知，我这个表妹的酒量可是从娘胎里带来的，不让须眉啊！"宋老板听了，笑着往睿芝面前的酒盅里倒满了酒。

宋老板又对金睿芝说："我知道格格是蔺老板的高徒，京城名票，嗓子金贵得很，我可是不敢劝格格喝酒啊！"

马福麟又接过话茬说："我这个表妹的嗓子那是与众不同，越是喝酒，嗓子越亮堂！"金睿芝看了一眼摆在面前的小酒盅，一酒盅最多不过二两酒，心里就有了底。

小时候，有一次，金睿芝偷偷溜进厨房，发现厨子老王正就着一条烤羊腿喝酒。她感觉那厨子喝酒的样子好像神仙一样，她就趁着厨子老王上茅房的工夫，从厨房里偷出了厨子的酒葫芦。

她抱着酒葫芦回到自己的房间，放下床幔，自己坐在床上把那一葫芦酒全都喝光了。喝完一葫芦酒，金睿芝在房里睡了一天一夜都不醒。

奶妈子以为小格格得了什么怪病，急忙禀告贝勒爷，贝勒爷又请来萨满，扶乩、跳神，在金睿芝的房里折腾了一夜。

等她醒来时，说自己偷喝了王厨子的酒，贝勒府的上下虚惊一场，贝勒爷被这个精灵古怪的小女儿吓得不轻，从那以后，贝勒爷喝酒就给小女儿睿芝倒上一小盅，练就了喝酒的童子功。

火锅旁边，一个伙计拿着一双长筷子和小笊篱，往沸腾的火锅里下羊肉，鲜红的羊肉在翻滚的汤里打了几个滚，就变成了熟肉的灰白色。伙计见肉熟了，忙用小笊篱从火锅里把肉捞出来，分别放在每个人面前的描金盘子里。

满洲人素来喜欢吃羊肉，金睿芝用调羹盛了一点芝麻酱和豆腐乳放在自己面前的小碗里，将肉放在调料里面蘸了蘸，放在嘴里，果然，肉质鲜嫩无比。

宋老板举起酒盅，对马福麟和金睿芝说："两位从北平远道而来，到了我宋某的家里，就跟到了自己家一样！"说完，宋老板一仰头，酒盅见了底。

金睿芝见宋老板的酒杯见底，从座位上站起身来，对宋老板说："我听表哥说，您愿意帮我的忙，我就千里迢迢赶来了，还劳烦宋大哥费心，去上海帮我寻我的姐姐和外甥女……"说完，金睿芝从怀里掏出一座小金佛放在了桌上。

马福麟认得这尊小金佛，这是芝格格六岁生日的时候，母亲从雍和宫喇嘛手里给她请的宗喀巴大师的金佛像。

宋老板沉吟一下，说道："格格，先不必给宋某如此大礼，格格托我做的这件事，宋某答应便是。"听了宋先生的这句话，金睿芝一颗悬着的心终于落了下来。

宋先生接着又说："我不认识令姊，也没见过您那外甥女，还请格格与我一同去上海寻人。"

金睿芝听了宋先生的话，自然是喜出望外，只要能找到姐姐，哪怕是刀山火海，她也一定要去闯荡一番……

后来，金豫章只是听说，金家的大格格金睿芸病死在上海的一家小旅店里，尸骨无人成殓，被教堂葬入义地。

姑爸爸金睿芝和宋先生，在上海到底费了多少力气才找到了大格格金睿芸的遗孤，他们却从未提起。

金豫章只是感觉到陆湘锦在这个家里的地位似乎要比自己高出一截儿，不仅姑爸爸金睿芝宠着她，宋先生也把陆湘锦当成女儿来养。

金豫章记得，在他们小的时候，只要说宋老板要来，或者是宋老板叫陆湘锦过去说话，她的脸上都会露出难得一见的笑容。

当年的金豫章，并不知道他的阿玛和额娘去了哪里，他日夜思念父母，却不见姑爸爸金睿芝像寻找金睿芸的遗孤那样，千里奔波去替他寻找父母。

自从宋先生从上海接回了陆湘锦，他就把这个孩子当成了自己的女儿，俨然成了宋府的大小姐，金豫章去学校，还要自己走着去，可陆湘锦上学，却用宋府的小汽车接送。一种寄人篱下的感觉让从小心高气傲的金豫章感觉自己就像是一个落满了灰尘的包袱，被额娘扔给了姑爸爸。

不过姑爸爸对他也是很好的，送他上学，给他做一年四季的衣裳，但他总觉着姑爸爸偏心姐姐陆湘锦更多一些。

如果这个家里只有陆湘锦这么一个姐姐，倒也罢了，金豫章也不会那么痛苦，毕竟偌大一个宜贝勒府，也只剩下了他和姐姐陆湘锦这两支血脉。但后来金逸的出现，打破了这个家的平衡。

这些天，索教授一闭上眼睛，眼前就浮现出那年冬季的漫天飞雪……

14

　　阿茵送母亲回老家，乘坐飞机的地点在北京新建的大兴国际机场。新机场很大，看得母亲眼花缭乱，阿茵帮着母亲换好登机牌，又把母亲送到了安检的入口。母亲看着阿茵，有些依依不舍，阿茵却盼着母亲尽快离开北京，在母亲视线不及的地方，她可以放弃一切伪装，可以不顾及面子，哪怕是给饭馆打打短工，也没有什么不好意思的，北京这么大，没有谁能记得住你的面孔。

　　但是，母亲在身边的日子里，阿茵有义务让母亲放心，让母亲感到她的这个女儿没有白养，只有女儿有出息，母亲才能有面子。

　　母亲的老同事齐阿姨的女儿嫁去了日本；孙阿姨的儿子在美国拿了绿卡，并且跟一个白人姑娘结了婚，生出两个毛团儿一般可爱的小娃娃。

　　孙阿姨去美国帮着儿子带孩子，整天在朋友圈里晒他儿子家的大别墅。齐阿姨经常去日本看女儿，在群里发的是日本整洁的街道，各种色泽鲜艳、营养搭配的早餐，这些都让老姐妹们心生向往。

　　母亲已经不指望自己的女儿阿茵能像老工友的孩子那么争气了，只要她能把自己顺利地嫁出去，不继续让她在老朋友面前塌台，就已经谢天谢地了。

不过，这次来北京催婚，母亲陈慧芳倒是有了意外的收获，她在朋友圈里晒了小邵的照片和他的"奔驰"之后，赢得了老朋友们的一片点赞，甚至就连骄傲得目空一切的孙师傅和小齐也给她点了赞，这让母亲赚足了面子。

还有老朋友在小邵的照片底下留言说，邵老师是老百姓最喜欢的鉴宝专家，人年轻又有大学问，老同事们的这些夸奖，让母亲的心里乐开了花。

她对阿茵说："你小的时候，你奶奶抱着你去找王瞎子给你算过命，王瞎子说，你长大以后，有大富大贵的命，没想到啊，瞎子算的还真准，你看你这个对象多好啊，有名气又有能耐……"听了母亲的话，阿茵只有苦笑。

母亲拎着一只装满了给老同事们买的北京特产的箱子，双肩背书包里装着她买的各种旅游纪念品，随着排队的人流，身影消失在安检口里面。

过去阿茵一直以为，现在网络这么发达，那些在北京繁华地段租店铺卖旅游纪念品的商家还不得喝西北风去？这次母亲来北京疯狂购物，她的举动刷新了阿茵的认知，原来这些质次价高的商品还真有人愿意买单。其实，每个从北京离开的游客，带走的不仅仅是纪念品，还有对北京这座城市的念想。

阿茵站在栏杆外面，一直等到看不见母亲的身影才离开。

从大兴国际机场到朝阳门，如果打出租车，至少要花上小两百块，已经失业的阿茵舍不得这笔钱，她朝着地铁站的方向走。

还没等她坐上地铁，母亲的微信就发了过来，母亲给她拍了一张登机口的照片，告诉她一切顺利，就等着上飞机了。

看到母亲发来的微信，阿茵提着的心这才放下。这些天来，阿茵一直很小心地控制着情绪，努力做出让母亲一切放心的样子。

但她的内心深处却经历着一场龙卷风一般的疾风暴雨，母亲这一次来北京的目的，一半是催婚，一半是来考察她生活的真实状况，母亲经常说，如果在外面混得不好就赶紧回家，找个人结婚，踏踏实实过日子。

在母亲的心中，阿茵就是不肯踏踏实实过日子的人。幸好这一次，她抓了邵师兄来应付差事，也算是让邵师兄还了上次请她去拍卖会上当托儿的人情。

不过，阿茵从母亲的眼里看到她见了邵师兄之后那种发自内心的欣喜，邵师兄既有体面的工作，又有很好的收入，更重要的是，他是各种电视鉴宝节目中的大众情人。有了这样的女婿，足以让母亲在她的老朋友面前傲视群雄。

跟母亲相处的这些天，阿茵也在自忖，她从出生到现在，从来没有做过一件让母亲满意的事，如果嫁给邵师兄能让母亲高兴，她也打算继续跟邵师兄接触一下，如果生活中实在没有别的选择，邵师兄也是一个可以结婚的伙伴。

就在阿茵默默地准备接受邵师兄的时候，邵师兄对她的态度却像川剧变脸一样，从热情似火到冷若冰霜。

近来生活当中发生的事，让阿茵想起一年前，他们公司去大山里面做拓展训练，阿茵在一座深山小庙里遇到一个老尼姑，她告诉阿茵，生活中的一切，皆是无常。一段感情，就像天上飘过的一片云，稍作停留之后，又被大风吹散。

阿茵一边在心中安慰着自己，一边还要应付着母亲。母亲在临走之前提出一个小要求，她说想跟小邵再聊一聊。阿茵只好扯谎说，邵师兄出国考察去了，要一个月以后才能回来。如果母亲再住几天，她跟邵师兄假扮情侣的西洋镜，肯定会被拆穿。

阿茵在大兴机场坐上了回城里的地铁，在路上忙里偷闲地投了几份简历。漂在北京，每个人都要拿出十二分的精力去应付生活，没有哪个人有躺平的资本。

在路上转了好几趟地铁才回到家里，打开自己的房门，阿茵来不及脱去外套，就踢掉鞋子，一头倒在床上，不想爬起来。

这几天虽然不必像以往那样，在早高峰的时候出门去挤地铁，但她就像一只守时的挂钟，突然被摘掉了钟摆，闲下来的生活让她感到心里空荡荡的。

阿茵躺在床上不知不觉地睡得很沉，当她睁开眼睛的时候，窗外的天色已经暗了，感觉肚子咕咕地叫，阿茵拿起手机，在美团上叫了一份广东猪脚饭。

送外卖的小哥来得很快，阿茵接到了热乎乎的一个包装袋，打开餐盒，是她很爱吃的猪脚饭，分量给得足，还拼了好多蔬菜，附赠了一纸杯鸡蛋汤。这些食物虽然是母亲坚决反对的"垃圾食品"，阿茵却吃得津津有味。

吃过晚饭，阿茵突然想起上次从长城回来的路上，遇到彭见祺，彭见祺说的要在长城脚下开一家分店，让她再做一批瓷片装饰画的事。

这些天，因为母亲在自己的身边，她也没好意思追问彭见祺，现在有了充裕的时间，她想，不能这么继续颓下去，总该做点什么。

想到这里，阿茵从床底下拽出一只大号整理箱，她这些年收藏的瓷片全在里面。将一块几百年的瓷器残片用一种全新的形式表现出来，做成一幅装饰画，融入现代生活，这是阿茵近来摸索出来的一种独创的作品。

没想到，当她在自己的微博里发出这些作品，很多文创空间都来跟她联系，希望代销她的作品，但阿茵拒绝了文创中心向她伸来的橄榄枝，因为每一个瓷片都是独一无二的存在，实在没有办法量产。

虽然没有人为她的作品进行推广，但阿茵比较独特的审美还是为她拉来了一批粉丝。彭见祺就是阿茵微博上众多粉丝当中的一个，当他看到阿茵的瓷片作品之后，就开始给她发私信，约她线下见面。阿茵当然拒绝了。阿茵是一个谨慎的人，从不接受网友的邀请。

后来，两个人又在一个文玩群里遇见，群主经常组织线下活动，有一次去潘家园，他们俩跟群里的大部队走散了，两个人在一起逛了一次潘家园。

彭见祺给阿茵看了自己开的茶餐厅的视频，说明想订一批瓷片画，作为店内的装饰。这笔生意做成之后，彭见祺也成了阿茵的朋友。

彭见祺虽然表面看上去嘻嘻哈哈的，但他是一个很精明的生意人。彭见祺的父亲是北京郊区人，从组织包工队开始，进入房地产开发行业，赚到了第一桶金。彭见祺十五岁的时候，已经发达了的父亲要他去国外读书，从初中一直读到大学，没有特殊的原因，父亲不许他回家。

大学毕业的那年，他终于有机会可以回国了，回到北京之后他才知道，在他读书的这些年里，父母早已离婚，父亲娶了年轻貌美的太太。

父亲虽然补偿给母亲一笔钱，足够她过完后半生，但父亲的离去却毁掉了母亲以后的生活。无事可做的母亲，每天只能靠打麻将来消费她生命中的剩余时光。

彭见祺的母亲虽然离了婚，但凡事还是听前夫的，有一条她相信前夫做得对，那就是咬紧牙关，无论如何也没告诉儿子家中发生的变故。

彭见祺回到北京，发现家里的一切都变了样儿。他不想再去国外了，想留在北京。结果找了几份工作，都是高不成低不就，"海龟"变成了"海带"。

就在彭见祺被现实撞得灰头土脸的时候，他的父亲出现了，他让彭见祺到自己的公司去锻炼，先从公司的最基层做起，负责具体的项目。

彭见祺在父亲的公司里干了一个月，他发现，公司到处都是小后妈安插的眼线。他在办公室里无心地开一句玩笑，不到傍晚就会传到小后妈那里去，小后妈又会把这句话按照自己的意思理解一番，再转告给他父亲，父亲听了，就会暴跳如雷地把他叫到办公室，劈头盖脸地训一顿。

不过，每次挨骂之后，父亲都会告诉他同样的话，骂他，是为了他好，自己百年之后，这个公司全都是他的。

彭见祺被骂了几次之后琢磨了一下，别说现在父亲春秋正盛，就算是熬到父亲百年的那一天，挡在自己前面的还有小后妈，还有小后妈生的孩子，说公司是自己的，也不过是指山卖磨盘，将来是什么样，谁能预料得到呢？

彭见祺经过一天一夜的思考，香烟抽光了好几包，终于做出一个决定，离开父亲，靠自己的能力去创业。

当他把辞职报告放在父亲宽大的老板桌上时，父亲气得顿时跳了起来。这些年，他为了创下这份家业，不知道有多少回忍气吞声，为了拿到好的地块，他陪着镇上的领导喝酒，一直喝到胃出血。领导的母亲出殡，他当孝子给打幡，不知道暗暗地吞咽了多少委屈，才有了现在的排场。自己的儿子，老子骂几句也敢提出辞职？父亲暴跳如雷，坚决不给儿子一个大子儿，也不许已经离了婚的前妻给儿子一分钱。

在生意人的眼里，只要断了儿子的粮草，就不怕他不乖乖地就范。谁知彭见祺偏偏是个不信邪的主儿，他跟父亲说："你不给我其他钱可以，但你总得把我上班的一个月工资发给我吧？这个钱是我自己挣的，你不给我工资，我就去劳动监察大队告你，你信不信？"父亲被这个忤逆的儿子给气得直翻白眼儿。

他以为，儿子在国外读书真是读傻了，放着万贯家产都不要，却盯着那几千块打工钱。他也公事公办，让财务给儿子开了一个月的工资，从此宣布，彭家没有彭见祺这么个儿子。

彭见祺带着从父亲公司里领到的 5000 块钱，开始自己折腾。别看彭见祺是富家子弟，但他在国外生活多年，很能吃苦。为了挣钱，他在五道口的过街天桥上摆摊卖过 T 恤衫，在清华大学门口卖过麻辣烫。手里的钱多了一点之后，还在中关村海龙市场倒腾过几年电脑。

每次得到港台明星来北京开演唱会的消息，他会立刻叫上几个兄弟一起当黄牛，倒腾几天演出票。彭见祺虽然很讨厌自己的父亲，但他知道，不管是讨厌还是喜欢，他身体里的血液都会带着父亲的 DNA，他有着跟父亲相似的本能，那是一种像狗一样灵敏的商业嗅觉。

当年父亲断言，这小子用不了多久，就会哭着喊着回来认错，跪求父亲原谅。可彭见祺的父亲一直没等来这一天。

2005 年，刚刚二十三岁的彭见祺靠着各种折腾，终于赚到了他人生当中的第一个 100 万。那时候北京的地产还没有暴涨。彭见祺用这 100 万，在海淀核心地段买房，100 万做了十几套房子的首付款。当北京的房价开始暴涨时，刚刚三十出头的彭见祺，已经有了过亿的资产。

彭见祺变现了两套房产开始做实业，犹太生意经中说，做女人和吃的生意，永远不会赔钱。他先把钱投入珠宝行业，经济的高速增长催生了女性对珠宝的需求。彭见祺从缅甸倒腾翡翠矿石，加工之后卖出去，几年过去，彭见祺的资产又翻了几番。彭见祺不仅没有哭着喊着求父亲原谅，反而自己当上了老板，硬是凭着几千块在北京的生意圈里闯出了一条血路。

那几年，北京到处可见新开业的珠宝城，很多人带着热钱涌向这个行业，彭见祺又及时收手，兑出了十几家珠宝店，改行去做餐饮。他开的古瓷轩茶餐厅很注意细节，他把客人群体定位为"追求生活品质的人群"，他在做珠宝生意的这些年，手上积攒了大批这样的高端客户。

彭见祺要开一家与众不同的饭店，店内需要一些独一无二的装饰，他在网上寻找这些器物的时候，认识了在网上做瓷片装饰画的阿茵。

两个人第一次见面，是在古玩群里的线下活动中。他记得那一天在潘家园里第一次见到阿茵时的情景，阿茵穿着一件很素的长裙，打着一把印着太阳花的伞。阿茵身材细高，彭见祺感觉她好像跟自己的个头差不多。阿茵的脚上穿着一双软皮黑色便鞋，披着一头没有烫过的直发，除了手上戴着一只碧绿的翡翠手镯，身上再也没有一点儿多余的装饰。

彭见祺对玉石有着天生的敏感，他对阿茵说："我想看看你的手镯，可以吗？"彭见祺说完就有些后悔，因为这个要求实在有些唐突。不过阿茵还是大大方方地从手上褪下了手镯，交到了彭见祺的手上。

彭见祺仔细地看了看，他是珠宝的行家，阿茵的这只手镯显然不是当代的工艺。彭见祺对翡翠的历史非常了解，在明代，翡翠还没有进入皇亲国戚的视野，因此在十三陵中，并没有随葬的翡翠饰品。

到了乾隆一朝，乾隆皇帝对玉有着一种特殊的爱好，翡翠也从此兴盛起来。尤其是慈禧太后把持权柄的时候，因为老佛爷格外偏爱翡翠饰品，翡翠的身价也因此而上涨。

史料记载，在慈禧的殉葬品中有两个翡翠西瓜，绿皮红瓤儿；黑子白丝，当时的价值，就值白银五百万两；形象神似的翡翠甜瓜四个，价值白银六百万两；叶上布满绿筋的翡翠荷叶一件，估价值白银二百八十五万两；更值钱的还有两颗翡翠大白菜，菜心上还有两只满绿的蝈蝈，绿叶旁边还有两只黄色的马蜂，是一块料子雕出来的，价值白银一千万两。

后来东陵被军阀孙殿英所盗，致使这批翡翠珍宝大量流失，彭见祺在一次外国的玉器展上见到过从东陵流失的翡翠饰品。

阿茵的这只手镯，应该不逊于东陵流出的翡翠饰品，这样重量级的翡翠手镯，如果送到拍卖会上，至少也能换一辆豪华跑车，但阿茵却是衣着朴素，也没有座驾代步，一个坐公交车出门的女子，却戴着这样一只价值不菲的手镯，阿茵的身世让彭见祺产生了好奇。

他很想知道阿茵的故事，为了抛砖引玉，他给阿茵讲了很多他在国外留学时候的糗事，但阿茵却不接茬儿，他虽然抛了砖却并未引来玉。阿茵只是询问了他对瓷片画尺寸的一些要求，前后只坐十几分钟就起身告辞了。

彭见祺回到家里，眼前仍然晃动着阿茵的影子。这些年，彭见祺在生活中从来不缺女人，他在五年当中换过三任女友。每当对方提出结婚的时候，彭见祺就开始寻找各种借口分手。当然，每一次与女友分手，彭见祺都会补偿给对方一笔钱，只有这样，才能让他的良心好受一些。

很多朋友都很奇怪，他为什么要做钻石王老五？也有些朋友非常想给他做媒，一直追问他到底想要找一个什么样的女人？

彭见祺对这个问题很是恐惧，因为他实在说不出自己想要找什么样的女人。他在内心深处一直是自卑的，这种自卑来自他对父母婚姻的恐惧。

当年父亲跟母亲结婚的时候，父亲还是一个农民，因为家里穷，快三十了还讨不到老婆。彭见祺的母亲长得并不漂亮，家里成分也不好，她的父亲是个富农，所以一直嫁不出去。后来有人给他们说媒，彭见祺的母亲因为家庭成分的缘故，没有资格嫌人家穷，两个人就这么对付着结了婚。结婚之后，两个人除了夫妻之间那点该办的事，也没有什么话可说。

彭见祺就是这样一个凑合家庭生出来的产品，他父亲从来没有爱过母亲，而母亲也几乎没有爱过父亲。父亲有了钱之后，抛弃糟糠是意料之中的事情。

已经活到三十多岁的彭见祺，最怕自己将来也走上父母的老路，把日子过得那么无话可说。

尽管他的身边女友不断，但他自己知道，这些整天就知道买包包、去美容院减肥、靠垫高鼻子来拢住男人的女人，当肾上腺素褪去之后，早晚也会跟他无话可说。所以他也从来没有认真地想跟其中的任何一个女人结婚，把同居的关系变得天长地久。

遇到了阿茵，他感觉这个女人很奇怪，虽然不怎么爱说话，但身上好像有一股仙气，彭见祺一见到她，就感觉很投缘，很想把自己所经历的事情讲给她听。过去，彭见祺一直不知道自己应该找一个什么样的女友才好，见到阿茵之后，他心中的目标逐渐变得清晰起来。

他开始做功课，找人打听阿茵的来历。阿茵是一个图书公司的编辑，业余的爱好就是收藏点瓷片，偶尔也会入手一些清末的瓷瓶、盘子什么的。也许是因为没有什么钱吧，她入手的藏品最多值几千块。

因为珠宝行业跟古玩行业有着天然的近缘，所以找起熟人来毫不费力。当彭见祺从别人口中打听到，阿茵的男朋友就是当今在各种电视鉴宝节目中频繁出镜的专家邵宇宸时，心中顿时冷了大半，惆怅了好几天。

尽管彭见祺的心中无比失落，但他也不得不承认，邵宇宸跟阿茵两个人很是般配。一个是有文化的才女，一个是学院派的专家，这两个人如此般配，自己应该没有什么机会了。

但上天对彭见祺还是很眷顾的，他从八达岭长城回来的路上遇到阿茵母女时，心中涌起一阵惊喜，他感觉这就是冥冥之中的上帝之手，自己与阿茵之间，好像并没有隔着千山万水。

当他跟阿茵下了订单之后，心中一直在算着日子，他期盼着阿茵的电话打进来，因为他不好意思给阿茵打电话，一打电话就好像是在催货，他可不想把自己好不容易盼来的一段感情弄得如此铜臭气十足。

其实彭见祺并不知道，阿茵也在等着他的电话，她也不想让彭见祺知道自己目前的窘境，人人都以为是她男朋友的邵宇宸，突然跟她变了脸，邵师兄说的那份新工作泡了汤，同时她又草率地得罪了自己的老东家，一贯很谨慎的阿茵突然发现自己玩砸了，现在她是一个既失业又失恋的"双失"人员。

这些天，阿茵一直想给彭见祺打电话，委婉地问一下，他定的瓷片画什么时候交付？但因为邵师兄突然翻脸，阿茵一朝被蛇咬，对彭见祺表现出来的善意也充满了怀疑。

15

　　阿茵的简历投出去好几天了，一直没有什么正经的公司约她面试，倒是一堆广告公司、公关公司想请她兼职写文案，对于这样既费时间又挣不了几个小钱的活儿，阿茵毫无兴趣。没有合适的工作，她宁愿在家里躺着。

　　这几天，阿茵赖在床上，用手机一遍一遍地播放着京剧，吃饭的时候听戏，睡觉的时候也听，肚子饿极了的时候就叫一份外卖，幸好她在上个月发薪水的时候还完了信用卡，信用卡里额度充足，可以让她好好地过一个月"躺平"的日子。

　　《四郎探母》《打渔杀家》还有《红鬃烈马》，这些都是阿茵从小听到大的，在她的记忆中，祖母扮演过《四郎探母》中的铁镜公主、《打渔杀家》里的萧桂英、《红鬃烈马》里面的王宝钏，她在京剧悠扬婉转的唱腔里如同回到跟奶奶一起生活的时光。

　　婉转悠扬的唱腔让她有一种穿越的感觉，仿佛回到了童年，那些跟奶奶在一起的日子，阿茵也只有听着这些耳熟能详的戏剧，才有一种生活在人间烟火之中的真实感。

忽然，门外传来"笃、笃"的敲门声。阿茵从床上爬起来开门一看，门外站着的是胡小凤。自从母亲回到老家以后，阿茵跟胡小凤的关系又回到了从前的样子，彼此之间必须说话的时候才说话。

阿茵穿着一身带有熊猫图案的居家服站在门口，对胡小凤问："有事吗？"

胡小凤很不好意思地说："这些天，阿姨一直在微信上问我你的工作情况，我都不知道该怎么说呢……"

阿茵听了胡小凤的话，脑袋"嗡"的一声，彻底头大了。原来母亲住在她们合租房子里的这几天可没闲着，大搞"统一战线"，已经把胡小凤培养成了盯住自己的眼线，阿茵不得不佩服老娘的手段，姜还是老的辣。

想到这里，她只好对胡小凤撒谎说："这几天，单位里装修，居家办公呢！"

胡小凤还没等开口就先涨红了脸，有些结巴地说："茵姐，你别当我们不知道，这些天你天天躺着不出门，一准儿是失业了。阿姨一直都在问你跟邵老师的事，我们都不敢说话……"

胡小凤的这句话，就像是一根锋利的针，将阿茵费了好大力气才吹起来的气球给戳破了，这回轮到阿茵脸红了，她有些不好意思地低下头去看着自己的拖鞋。

胡小凤很快又开始鼓励她了，她说："不过没关系啊，茵姐你的学历高，外语也好，不像我们这些人，没什么技术，学历也不高，只能给人打杂……"

胡小凤的话音刚落，阿茵就听见从卫生间里传来了屈凝的一声咳嗽，原来胡小凤一着急，说出了我们都是打杂的，这句话无意中触到了屈凝的逆鳞，人家屈凝是正儿八经法律大学毕业的高才生，只是暂时还没有通过律考而已。

阿茵叮嘱胡小凤："我的事情千万别跟我妈说，我自己会想办法的……"

听了阿茵这句话，胡小凤把头点得就像是月宫里捣蒜的小兔子，她说："这个我晓得，我绝不会多嘴告诉阿姨的，不过，姐……我想给你介绍一个工作，不知道你愿不愿意……"

阿茵问："那是一个什么工作呢？要我去卖茶吗？"

胡小凤连连摇头说："不是卖茶，这个活儿可比卖茶高级多了！我们的老板在798开了一个画廊，给一个从美国请来的画家办画展，这个画家听说是一个华裔的老太太，听说这个画家有一个爱好，喜欢京剧，我这些天听你天天在家里听戏，就跟老板说起过你……"

"要我去干啥？陪画家听戏吗？"

"啊，不是，不过也差不多吧……这个画展一共要办25天左右，画家年纪大了，画家的美方经济人说，想让我们给画家找个助理，工作时间从接飞机的时候开始算，一直到把画家送走，老板让我们大家帮着推荐人，我听说钱给得挺多，就推荐了你……"

听了胡小凤的话，阿茵的心里涌起一阵酸楚，自己本来想要跟着邵师兄飞向更高的枝头，不承想，一阵大风折断了她梦中的高枝，竟然沦落到让一个卖茶叶的小姑娘给自己介绍工作的地步。但阿茵只犹豫了一秒钟，立刻追问一句："什么时候面试？"

胡小凤见阿茵同意了自己的建议，好像捡到了宝贝一样高兴，她说："也不是什么面试，没那么严肃，只是……要跟我们老板见一个面，跟他聊聊，你们当面说妥就可以啦！"

细心的阿茵观察到，当胡小凤说到她的老板时，脸微微地红了，眼睛向下看，这些细小的动作暴露出女孩子的小心思。阿茵想，看样子，这个老板很得胡小凤的喜欢。

胡小凤把她老板的微信推给了阿茵，说什么时候见面，让阿茵跟老板联系。

阿茵回到房间里，立刻加上了胡小凤推给她的老板的名片，对方很快就通过了她的申请。阿茵在微信里向胡小凤的老板打招呼，对方很热情，自我介绍说他叫吴冷杉，约她第二天到店里去喝咖啡。阿茵知道，这是面试的另外一种委婉的说法。

为了第二天的见面，阿茵早早地敷了一片面膜就躺下了。睡觉之前，阿茵还用手机做了一下出行的攻略，从朝阳门到798大约有十几公里，坐地铁不能直接到，于是阿茵在网上约了一辆哈罗顺风车，车费比滴滴出行更便宜。

第二天一大早，阿茵就起床梳洗打扮，出门之前，选了一套适合初春时节的绛紫色羊绒裙，又配了一条深蓝色丝巾。这两种颜色搭配在一起，充满了神秘和不可言喻的气息，这种颜色的搭配，反映出阿茵目前极为复杂的心情。

上午九点四十分，阿茵已经到了798，比约定的时间提前了二十分钟。她的手机上有导航的百度地图，按照地图的指引，她找到了吴老板约她见面的冷杉画廊。

阿茵站在画廊前面，看到一个造型夸张的人物雕塑旁边停着一辆路虎。这辆车的车牌她是认得的，应该是彭见祺的座驾，出远门的时候，彭见祺会坐商务车，在北京市内，彭见祺自己就开这辆车。

阿茵在心里嘀咕，这大清早的，彭见祺到这里来裹什么乱呢？

就在阿茵站在门口犹豫的工夫，彭见祺满面春风地从门里走出来："哟！阿茵老师，真的是你啊？"阿茵的脸顿时红了，她不想在这个地方遇见熟人，还是偏偏遇上了。

这个时候，一个看上去有四十岁上下的男人从彭见祺的身后现身，笑着对阿茵说："您就是昨天跟我联系过的阿茵吧？我是吴冷杉。"他说话的时候，向阿茵伸出手来，跟阿茵握了一下。然后，他扭过脸对彭见祺坏笑着说："这回你输了吧？今天晚上你得请我吃饭。"

彭见祺嬉皮笑脸地回答说："不就吃个饭吗？多大的事啊！咱北京爷们儿说话什么时候都得作数！吃饭的地儿随便你挑。不过，你得请阿茵老师作陪，我可知道你这个小子没良心，吃完了我的饭，一抹嘴就不认账了，你说我得多冤枉啊！"

阿茵也不知道他们在打什么赌，只好跟在彭见祺的身后走进了画廊。画廊里陈列着的作品大多数是西方名画的临摹作品，在画廊最显眼的一面墙上挂着莫奈的《睡莲》，阿茵都不必劳神细看，也知道这是一幅仿作。

吴冷杉连忙解释说，这些画都是美院的学生寄放在这里委托代卖的，今天晚上这些学生的作品都要清空，给美籍画家 Lucie 女士的画展腾出空间来。

阿茵问："Lucie 女士就是您说的那个华裔画家吗？她什么时候来北京？"

吴冷杉说："她现在人在上海，她的那些画作目前还在海上，等货柜到了天津港之后，我们要把画作运到北京，接下来，Lucie 女士会在布展的时候来北京，到时候，就得辛苦阿茵老师全程陪同了。"

"运画的货柜大约什么时候到呢？"

"大概要在一个星期之后到达天津港吧。"阿茵和吴冷杉一边走一边聊，他们走到了那幅巨大的《睡莲》前面。

吴冷杉用手一推巨幅画下面的墙壁，那面墙上的一个角门应声而开。三个人从这扇小门里走进去，彭见祺略显肥胖的身子往下缩了缩，用手捂住头顶，生怕被碰着。阿茵跟在彭见祺的身后，通过这扇小门进入了画廊的办公区，出现在她眼前的是一条花里胡哨的走廊，这条走廊装饰得极有调性，铁灰色的墙壁显出一种高冷的气质，而米黄色的穹顶却恰到好处地将高冷融合为一种折中风格。墙壁中间的一段，以大红祥云为底色，红色的云朵被明黄和铁灰两种颜色的矩形和三角形分割成不规则的形状。

在走廊的尽头，有一块巨大的玻璃穹幕，从这个位置可以看得见天上的流云。在这里，红色的祥云和不规则的图形统统不见了，墙上画的颜色变成了一片蔚蓝，如同经历过繁华和躁动之后宁静的大海。

彭见祺推开那扇蓝色的房门，里面是一间很宽敞的办公室。这间办公室的设计非常简洁，墙上挂着一只锈迹斑斑的铁锚，在铁锚的下面陈列着一张由老船板改造成的长桌，桌上没有多余的办公用品，只有一台苹果笔记本电脑。

吴冷杉从电脑包里拿出一张名片，双手递给阿茵："来！我们正式认识一下，我，吴冷杉，福建南平人，从小跟我爸来北京做茶叶生意，也算是半个北京人吧。"

彭见祺接话道："吴冷杉这个名字你若是记不住，就想想左冷禅，金庸小说里的坏蛋。"吴冷杉作势欲打，彭见祺急忙躲开了。

吴冷杉继续向阿茵介绍彭见祺："这位没正行的彭总，您也认识的，他就是我们这个画廊的主要投资人，大股东之一。"

阿茵见彭见祺跟吴冷杉两个人之间打打闹闹，好像是一对亲兄弟，阿茵很奇怪地问："吴总跟彭总，你们俩好像很熟啊！"

彭见祺搂着吴冷杉的肩膀说："我们俩啊，那可不是一般的熟！大概在三十多年前吧，他们家老爷子挑着一担茶叶闯北京，租了我们家的房子。那时候老吴才十二岁，来北京的时候一口福建话，除了他爸谁也听不懂。老吴在我们学校借读，一出门，我们那条胡同里的孩子就追着揍他。

当年全靠我给他撑腰，帮着他打架，后来我们俩就成了铁子。整天一块儿玩，什么坏事都干过。"

吴冷杉听彭见祺说"他们在一块儿什么坏事都干过"，急忙反驳说："干坏事的是你，可别拉上我啊，你偷了人家的老母鸡，用泥巴糊住拿火烤，还说你得了洪七公的真传，有这事儿没有？"

彭见祺反唇相讥道："你这个叛徒，还有脸说我，当年我爸问你是谁偷的鸡，你当时就把哥们儿给撂了，说那鸡是我偷的，结果我让我爸给打个半死，你拍拍自己的良心，我烤的鸡你吃没吃？我爸都说了，吴冷杉这小子蔫儿坏，我爸怕我跟你学坏才把我送到美国的！"

吴冷杉冷笑道："像你这样天生带着坏水投胎的人，还用学吗？把你送到火星，你也照样掏坏。"

阿茵见彭见祺跟吴冷杉你一言我一语地相互揭短，一句话也插不上，显得有些尴尬。

吴冷杉看出了阿茵的尴尬，急忙打破僵局："阿茵老师，咱们不开玩笑了，言归正传。我这里有一些关于 Lucie 的资料，您拿回去熟悉一下，另外还有一件小事，我听老彭说您对瓷器门儿清，我这里还有几件东西，想请您帮我掌掌眼。"

阿茵急忙推辞说："吴总您可别拿我打镲，我什么都不懂，哪能给您的东西长什么眼啊！"

彭见祺见阿茵推辞，急忙补充道："阿茵老师，您就别客气了，我知道您懂得多，老吴这些年也附庸风雅，收藏了一些宝贝，我总说他是打眼专业户，他还不服气，您给看看，有什么说什么，老吴这个人就有一个优点，他脾气好，不会生气，您有什么想法只管说。"

彭见祺一边说，一边拉起阿茵走进了办公室的里间，阿茵的手被彭见祺拽着，很不自在。在这间办公室的后面还有一个套间，里面这个房间的风格跟外间迥然相异，这是一间典型的中式风格的书房，一张红木茶桌上摆放着茶台，身后的博古架上陈列着几把紫砂壶。茶台上摆放着一只天青色汝窑香炉，香炉里飘散着袅袅的青烟，阿茵通过这个香炉判断出，在他们走进来之前，这间房子里一定有人在这里泡过茶。

彭见祺把阿茵领到了对面的一个红木柜子前，在玻璃柜里摆放着三个造型不同的红色瓷器。

吴冷杉跟在他们身后走进了里面的套间，三个人站在柜子前面，彭见祺说："阿茵老师能通过一个残破的瓷片判断出这个瓷器是什么年代的物件儿。老吴这个家伙最近也鼓捣起瓷器来了，阿茵老师你给他上一堂课，告诉他怎么分辨出钧红、郎红和祭红。"

阿茵恍然大悟，别看从一进门彭见祺和吴冷杉两个人就一直在斗嘴，玩笑不断，其实真正的考试已经开始了，现在这三件瓷器就是考题了。

阿茵转过头来问吴冷杉："吴总，这个柜子上的玻璃门可以打开吗？"

吴冷杉连声说："可以，可以。"

阿茵轻轻地拉开那个红木收藏柜门，仔细地看了一下三件不同的瓷器，摆在最左边的是一个钧窑蒜头瓶，摆放在中间的是一个郎红釉梅瓶，放在右边的几乎跟中间的梅瓶一模一样，但釉色略有差别。

吴冷杉对阿茵说："有一个风水大师说我这个人命里缺火，所以让我在房间里摆放几件红色的古董，我从拍卖会上得到了这几个瓶子，也不知道是真是假，请阿茵老师给我看看。"

阿茵明明知道，以吴冷杉的精明，他不可能花大价钱买几个不知道是什么路数的古董，但她从来没有遇到过这样的面试，所以不敢大意。

在那三个红色的花瓶前面放着一双白色棉质手套和一把放大镜。阿茵戴上手套，拿起放大镜，观察了一下瓶子上的釉色，她指着左边第一个瓶子说："这个瓶子是钧窑，号称'入窑一色，出窑万彩'，这件'钧红'是中国最早的红釉品种，我看这一件应该是明代万历前后的器物。"

听了阿茵的话，吴冷杉默默地点点头。

阿茵指着中间的那个梅瓶说道："这件瓷器，器口与足底下都有'灯草边'，是典型的郎红特征。"

阿茵略微停顿了一下说："右边这件是祭红，别看它跟中间的这个瓶子的颜色极为相似，但它有橘皮纹，从这个橘皮纹上看，应该是清代雍正时期的器物。初看这三件瓷器，虽然都是红色，但特征却各有不同，这件钧红瓶，颜色如同飞流直下的瀑布；中间的这个郎红瓶色如牛血，凝固而不流；再看这个祭红瓶，颜色如同无风无浪的湖水，波澜不惊。"

阿茵说完，轻轻地把放大镜放回原处，又从手上摘下白手套，把柜子的门关好。彭见祺有些得意地对吴冷杉说："怎么样？我给你推荐的人不错吧？"阿茵听到彭见祺说是他推荐了自己，心中有些诧异。

吴冷杉急忙站出来打圆场说："我总听彭大头在我面前吹，说他认识一个神仙姐姐。说来也巧，我们公司马上就要办一个美国画家的画展，这个画家是华裔，祖籍在北京。我的美国合作者告诉我，说这个老太太多才多艺，尤其喜欢中国的瓷器和京剧。为了接待画家，我在公司的例会上动员大家，群策群力，给我推荐人才，小胡就来找我，说她就有一个合适的人选。我没想到的是，小胡推荐的人竟然跟老彭给我介绍的是同一个人，这可真是无巧不成书啊！如果不是小胡向我介绍您，我也得让老彭去请啊！"

就在这个时候，阿茵看见胡小凤手里捧着一盆矮叶君子兰从外面走进来。胡小凤见到阿茵，急忙放下手里的花盆，热情地走过来打招呼。

吴冷杉解释说："这些天，画廊这边有点忙，我就从茶城那边抽调了一些人手，小凤在我这里工作了几年，对茶道和插花都很能上手。过几天我们这里的画展开展之后，肯定有很多重要的接待，我让小凤给您打打下手。"

彭见祺看了看手表，说，快到中午了，无论如何也要请阿茵吃个饭，阿茵推辞说家里还有事，先把画家的资料带走，等吴总的通知，画家到北京的时候再来。

彭见祺连忙说，正好他也有事，要往西边走，路过朝阳门，正好可以送阿茵回家。

彭见祺和阿茵走出冷杉画廊，阿茵上了彭见祺的车。刚才还不断贫嘴的彭见祺，上了车之后突然变得非常拘谨，两个人单独在一起，反而没有什么话可说了。

阿茵把头转向车窗外，没有开口讲话，车里的空气显得有些沉闷。彭见祺见阿茵不说话，率先打破了沉闷："阿茵老师，我跟您预订的瓷片画还有多久能做好？"

阿茵说，还有几种配料没有到货，差不多要等一周左右。

彭见祺连说不急不急。他说现在已经到了中午，不如先去他的茶餐厅吃点饭，然后再送阿茵回家。

就在阿茵想不出什么理由拒绝彭见祺的时候，电话突然响了起来，电话是顺丰的快递小哥打来的，问阿茵在不在家，说是有一个快递到货了，需要开箱验收。阿茵心里高兴，有了这个理由，她正好可以拒绝彭见祺的邀请。

她对彭见祺说："您看我是真的有事情，吃饭等下次再说。"

彭见祺是一个绝顶聪明的人，他见阿茵推辞，就急忙改口说道："您今天有事，我就不勉强了。本来还想请您给我讲讲瓷器呢。"

阿茵忙说："我可是什么都不懂啊，北京城里有名的专家多得是。"

彭见祺说："阿茵老师，我就喜欢听您给我介绍瓷器的知识，因为您说的这些我能听得懂。那些两头拿钱的专家，我一律不感兴趣。"

彭见祺无意之中的一句话，突然触动了阿茵的心弦，不知怎的，让她蓦然想起了邵宇宸，这个在她的生活里突然出现又突然消失得无影无踪的人，幸好他们没有变成那种亲密关系……

16

彭见祺开车不走寻常路，就爱钻曲里拐弯的小胡同。阿茵好奇地问："彭总，你开车不用导航？"

彭见祺哈哈大笑说："你知道老北京人怎么称呼像我这样的人吗？"阿茵微笑着摇摇头。

彭见祺说："人家那些有身份的人，都管我这样的野生北京人叫'胡同串子'，像我这种人，喝一瓶牛二什么都敢吹，如果哪天我跟你说，天安门城楼子原来就是我们家的，你可别见怪，那我一定是喝大了！"听了彭见祺的话，阿茵被逗得笑弯了腰。

彭见祺一直把阿茵送到了朝阳门她住的小区大门口。阿茵惦记着快递员刚才打的那个电话，就来到收发室找王姐，王姐正在吃午饭，饭盒里装着米饭和鸡蛋炒香椿芽，香椿芽特有的香气弥散在空气中。

阿茵问王姐："王姐，我的快递在哪里？"王姐急忙扣上饭盒，去架子上给阿茵拿包裹。

自从王姐在楼门口见过邵宇宸之后，对阿茵一直非常客气，如果搁在过去，她一准儿会让阿茵过一会儿再来。

王姐熟门熟路地从架子上取下一个用黄色胶带绕得里三层外三层的包裹，对阿茵说："来，拆开看看是什么宝贝，听说是保了价的东西，顺丰快递员让我帮着瞅瞅，里面有没有破损。"

阿茵摇晃了一下，盒子外面没有磕碰的痕迹，盒子里的东西应该没事。她了解妈妈的性格，如果是她认为重要的东西，恨不得能把一床棉被裹在里面。

阿茵对王姐说："不必拆了，就算是破了我也不找后账。"然后拿起那个盒子径直走向电梯。王姐望着阿茵消失在电梯里的身影，什么话也没说。

画廊这边，吴冷杉见阿茵跟着彭见祺走了，对胡小凤说："现在画廊这边也没什么事，你先回去吧。"

胡小凤听了老板的话，如蒙大赦。她赶快收拾一下自己的包和手机，走出了画廊的大门。

798是北京的时尚之地，胡小凤看到很多游人在这里摆出各种造型拍照。此时阳光明媚，风轻轻地吹拂在脸上。胡小凤沿着798内的大道一直走到公交车站，坐上了一辆公交车。这是一个难得的半天休息的时间，自从到北京打工以来，除了每个星期会有一天串休之外，她从来没有这么早地回过家。

下了公交车再去坐地铁，从地铁站走出来的时候，已是下午一点左右，暮春时分的阳光暖暖地照在人的身上，让人感觉从里到外都暖洋洋的。胡小凤走在熙熙攘攘的大街上，她很享受这样一个阳光明媚的下午。

看到一家奶茶店，她走进去，买了一杯锡兰红茶加牛奶，两种香气混合在一起，喝进口中，有一种丝绸一般的柔滑细腻。把奶茶捧在手里，一边喝着一边逛街，她看到路边有很多家外贸店，门前立着五折、七折的促销牌子。

　　平时下班的时候，路边的小店基本上都关门了，所以她根本没有时间逛街。现在有了这半天的清闲，她就一家一家地逛，不知疲倦地走着，好像是在用这一下午的闲暇时间来恶补自己多年没有时间逛街的亏空。

　　当促销员热情地让她试衣服的时候，胡小凤立刻警觉地逃开，她自己也是做店面销售的，自然知道光试衣服不买的人，就跟茶城里喝蹭茶从来不买的顾客一样讨厌。再说，如果自己试穿的次数多了，没准儿会忍不住花钱，一想到自己有可能为自己的冲动买单，胡小凤立刻收住了脚步，不打算继续逛小店了。

　　她从家乡跑出来，到北京打工已经有五年了，她从一个临时雇来挑茶叶梗的小姑娘变成了旗舰店的店长。要不是画廊开业急需销售人才，吴冷杉绝对舍不得让她扔下门店到这里来。

　　向老板推荐陪同画家的人选，也是胡小凤在心里合计了很久的事，她想要通过各种努力来吸引老板的注意，让老板知道，自己不仅仅是一个只会打包卖茶叶的小姑娘。

　　胡小凤在茶叶店里打工的这几年，好像是懵懵懂懂地闯入了一个与她过去所生活的村庄完全不同的世界。茶叶店有一个最大的好处是可以接触到很多有身份的客人，胡小凤很留意这些客人的喜好，更愿意把自己变成像她的客人那样有身份的人。

　　人是环境的产物，胡小凤每天接待的客人都很和善，文化素质也高，她就在给顾客试茶的时候偷偷地留心观察，其中有一个顾客齐老师，是书法家，很有社会影响力，喜欢喝他们家在云南定制的普洱茶。

　　胡小凤细心观察齐老师的喝茶习惯，在心里计算着齐老师的投茶量，经常是在齐老师的茶快要喝完的时候，就会接到胡小凤邀请他过来喝茶的电话。久而久之，胡小凤和齐老师之间变得熟络起来。

齐老师虽然只是一介书生，但在政、商两边的人脉极广，为了能跟齐老师拉近关系，胡小凤在淘宝上买好了纸墨笔砚，只要齐老师来喝茶，胡小凤就想办法让齐老师收她这个学生，经过几次软磨硬泡，胡小凤终于如愿，齐老师答应收她做自己的女弟子。

不仅齐老师在这里喝茶，他也经常把自己的朋友叫到小凤的店里小聚，因为有了齐老师的关照，胡小凤的销售业绩一直在店里名列前茅。

老板吴冷杉是一个聪明人，他发现胡小凤是个人才，就开始对她加以培养，公司出钱，给她报名参加了花道和茶道的培训班，胡小凤有了这些技艺傍身，便经常陪着齐老师出入各种名流云集的场合。胡小凤果然没有让吴冷杉失望，她在各种各样的场合结识了很多有钱、有权的人物，然后再把这些客人约到店里来喝茶。

交往的圈子比过去高了好几个等级，胡小凤感觉到，北京这座城市就像是一个魔幻世界，这里有挖掘不尽的金矿，想到这些，她感觉自己的身体里蕴藏着无穷无尽的力量。

快要到小区门口的时候，胡小凤看到门口一棵老榆树后面站着两个男人在交头接耳地议论着什么，其中有一个身材不高，穿着一件褐色的皮夹克。

看到这个背影，胡小凤的心中顿时涌起一阵不祥的预感，她急忙躲进一家便利店，便利店的窗户非常宽大，而且站在这里视线绝佳，这个穿褐色皮夹克的人，果然是……

想起上次那个被殴打的夜晚，胡小凤的心里揪成了一团，如果没有阿茵和她妈妈及时出手相救，自己的后果不堪设想。想到这里，她用整个下午逛街积攒起来的好心情就像是被戳破的肥皂泡，顿时消失得无影无踪。

她必须要找人来救她，这个人应该是谁呢？胡小凤突然感到一股巨大的寒意从脚底涌上心头。给老板吴冷杉打电话？她可不想让老板知道自己一地鸡毛的生活，给被她称之为"恩师"的齐老师打电话？不，那么做会毁掉她在齐老师周围的朋友圈里好不容易形成的人设。

胡小凤心里很清楚，她跟那些人一起混，本来目标单纯，一来是为了多卖一些高级茶，二来是为了钓一个金龟婿，如果不是为了这个，她可不愿意整天小心翼翼地伺候着这些比自己大上一个代际的人。这些人跟她本来也不同框，是自己硬生生地挤进了他们的圈子，所以她也不敢向这些人多要求什么，更不敢指望让齐老师这一介书生能来雪中送炭、英雄救美。

胡小凤的心里就像是有一张无情的筛子，将那些不可能施以援手的人统统筛掉。最后还有三个人，一个是收发室的王姐，另外还有她的两个室友，阿茵和屈凝。

王姐是本地人，胡小凤漂在北京，自然很知道结交本地人的好处。王姐虽然表面上对她很热情，可人家未必愿意来蹚这个浑水。再说，她心里还有一个更深的顾虑，她怕王姐把自己麻烦缠身的状况告诉房东，北京的房东，哪一个愿意把房子租给麻烦不断的人呢？

第二个可以找来帮忙的人是屈凝，这个来自西安的姑娘，毕业于中国政法大学。虽然眼下只是一个律师事务所的前台，但人家很快就要参加律考了，她懂法律，嘴巴也很厉害，可自己跟屈凝有这个交情吗？她很后悔上次因为屈凝无意中碰翻了她的沐浴露，她还在客厅里指桑骂槐地骂过屈凝一顿。

想来想去，她现在唯一有可能指望的人就是阿茵，上次自己被殴打，还是阿茵跟她妈出面帮助自己摆脱了危险。自己又把阿茵引荐给老板吴冷杉，不管怎么说，也算得上是一份人情。

想到这里，胡小凤慌忙拨了阿茵的微信电话，可微信电话没人接，胡小凤想给她留言，又怕阿茵不会那么及时地看到微信。她想给阿茵打电话，可她的手机里并没有存阿茵的电话号码。

过去她们住在一起的三个室友，电费是大家轮流充值，只有在自来水公司的人上门来收水费的时候才会说几句话。加阿茵为微信好友，也是在阿茵的母亲来北京的时候，以前只是同住一间房子的陌生人，没有必要存着彼此的电话。

胡小凤的脑子轰隆轰隆地响，就像一列火车开过。突然，她灵机一动，她可以请王姐上楼去找阿茵。胡小凤之所以认为可以向王姐开这个口，是因为她经常把公司里送给顾客的样品茶拿回来孝敬给王姐，王姐自从认识了胡小凤，他们家一年四季喝的茉莉花茶都不用花钱买了。

胡小凤拨通王姐的电话，这个时候，王姐正在往电动自行车上装刚刚充满电的电池。再过十几分钟，她就要跟晚上打更的李师傅交班了。在这座居民楼里看大门的工作很清闲，一整天都没有人搬进来，也没有人搬出去，从早到晚也没看到形迹可疑的人。

就在王姐刚刚装好电动车电池的时候，电话突然响了起来，胡小凤在电话里有些紧张地求王姐，快点去找一下阿茵，说有急事，让阿茵去街拐角的7-11便利店找她。

王姐本来是不想正面去碰阿茵这个霉头的，但她不好意思拒绝胡小凤。因为胡小凤住进来快两年了，她家里一直都喝着胡小凤从单位里给她包回来的茶叶。

这时正好有人上楼，就在电梯门很快就要关闭的时候，王姐挤进了电梯。王姐来到301室的门口，犹豫了一下还是敲响了房门。过了大概有一分多钟，阿茵才开门，看到站在门口的王姐，有些吃惊。

王姐说：“胡小凤有事找你，她在街口的7-11便利店等你。”王姐把话捎到了转身下楼，生怕阿茵以为她会没皮没脸地再次求她找邵老师，北京人，人穷志不短，王姐要的就是这份志气。

听了王姐传来的话，阿茵的心里泛起一阵狐疑，她不知道胡小凤的葫芦里卖的什么药。但她转念一想，人家既然这么费心费力地托人传话，想必一定有急事。想到这里，阿茵顾不上化妆，套上一条牛仔裤就往楼下跑。她飞快地跑下楼梯，头脑中闪现出发生在几天前的那一幕。如果不是母亲的热心肠，她也许会悄悄地绕过去，视而不见，但母亲的举动让阿茵意识到，做人也许只顾自己是不对的。

阿茵联想到胡小凤上次被打，这一次又是如此急吼吼地找自己帮忙，她的心里顿时涌起一阵不祥的预感。

她走到小区门口的时候，故意放慢了脚步，果然发现在小区门口的路灯底下站着两个男人，其中的一个阿茵没见过，但另外一个矮个子在路灯底下一回头的刹那，让阿茵认出就是上次群殴胡小凤那群人里的一个！想到这里，阿茵不自觉地加快了脚步，走得脚底生风。

这时王姐已经交了班，骑着电动自行车往外走，她在暮色之中看见阿茵在人行道上急匆匆地走着。尽管她现在比任何时候都想跟阿茵修复关系，可阿茵那种拒人于千里之外的态度让她心里很不痛快，一个快四十了还住在群租房里的老姑娘，有什么了不起的！

没想到，阿茵看见王姐之后，立刻向她招手，王姐把电动车停下来，阿茵快跑两步来到王姐身边。王姐很奇怪，过去从来都是独往独来的阿茵，今天怎么转了性子呢？

还没等她想清楚到底是怎么回事，阿茵已经迈着两条长腿来到她的跟前，伏在她的耳边说："王姐，您跟派出所的片警熟吗？"王姐听到阿茵这么一问，急忙点头说熟，她是这个小区的治安联防员。

阿茵用眼神暗示王姐往小区门口的方向看，果然，王姐瞧见了那两个男人站在路灯底下抽烟。好像很焦急的样子，到处撒目着。

阿茵对王姐说："喏，你看那个小个子男人，上次在咱们小区院子里撒野，把胡小凤打了一顿。我虽然不知道胡小凤到底怎么招惹了他们，但总不能看着他们无故打人吧？王姐，您跟片警熟悉，赶紧帮忙叫警察。"

王姐立刻顺从地点头说好，她拿出电话，有些犹豫地问阿茵："你说，我该怎么说呢？"

阿茵对王姐面授机宜："您就说发现了两个形迹可疑的人，让警察过来看看。我现在去便利店，接到胡小凤我就把她带走，找个地方先躲两天。"

王姐虽然也想着管闲事落麻烦，这个钟点把警察找过来，肯定会影响自己回家做饭，但如果袖手旁观，确实显不出北京人的局气。存活在北京人骨子里的那一份仗义使得王姐不便临阵退缩。她说："我这就给张警官打电话，你赶紧去找胡小凤，让她先别回来。"

阿茵点头说是，她刚走出两步，又折回来对王姐说："胡小凤的情况现在还不清楚，您先别跟房东说。"王姐听了阿茵的话急忙点头，她心里暗想，多亏阿茵嘱咐得及时，如果不提醒她，没准晚上就把这件事跟房东说了呢。

阿茵走进7-11便利店，这个时候的便利店里挤满了人。到了该吃晚饭的钟点儿，收银台前有好几个人在排队，年轻的男男女女把个小小的便利店挤得水泄不通。阿茵四下里寻找着胡小凤，她看到胡小凤将身子弯得像一张弓，把脸藏在货架的后面，阿茵走过来，对胡小凤说："你不用害怕，我已经让王姐给警察打电话了。不过为了安全起见，今晚你先别回家，我求一下彭总，他开了一个餐馆，我知道他那里有员工宿舍，上次我去帮助他摆放瓷片画框的时候还去那里休息过，我跟他说说，求他让你先住几天。"

阿茵拨通了彭见祺的电话："彭总……我有点急事麻烦您，请您过来一趟，方便吗？"

阿茵从电话里听到了一片嘈杂，好像人在饭店里。胡小凤听到阿茵为了帮助她找住处已经开始向人求助，一直悬在心里的一块石头好像落下了大半。

她跟阿茵原本并不熟络，但她知道阿茵认识的多半都是能人，关键时刻肯帮忙的那种。说起胡小凤对阿茵的认识，其中有一大半是酸溜溜的那种感觉，围绕在她身边的，不仅有可望而不可即的邵老师，现在又多了一位彭总。

胡小凤经常在心里拿阿茵跟自己比较，论年龄，阿茵都快奔四了，若说有多漂亮，阿茵也算不上，又不怎么爱搭理人。就这么一个人，偏偏就遇到了那么有身份的人，而自己除了攀上一个齐老师之外，并没有什么人会多看自己一眼……

彭见祺接到阿茵电话的时候，刚刚喝完第一杯酒，这些生意场上的朋友压根就没打算让他自己一个人开车回去。就在第二圈酒还没开始的时候，彭见祺接到了阿茵的电话，并且还说让他过去一趟。

他知道，阿茵是一个很懂得分寸的人，若没有特别棘手的问题，断然不会在这个时候叫他过去。彭见祺放下电话，跟几个朋友说，临时有事，要先走一步。可他的一桌朋友们不依不饶，说他不守规矩。

彭见祺见没法立刻脱身，只好从桌上抄起一瓶白酒，满满地倒了三杯，然后一杯一杯地干掉，同桌的朋友见彭见祺动了真格的，大伙儿只好说是开玩笑，女朋友宣召，不可不去应差。

彭见祺从包房里走出去，直奔厕所，抠嗓子眼儿，把刚刚喝进去的酒吐出来，但他知道自己一身的酒气，车是没法开了。

只能在滴滴上叫了代驾，然后坐在马路牙子上等着代驾小哥。这个时候的北京二环，是一片车的海洋。

在等待的空隙里，他拨通了阿茵的电话，告诉她别着急，自己正在往她那里赶。阿茵对他的态度一如既往地客气，但是，当彭见祺想到，阿茵遇到困难的时候立刻想到自己，这让他的心里燃起一缕希望的光亮。

17

　　当代驾小哥把彭见祺的车稳稳地停好之后，就准备到后备厢里去拿他那辆折叠的自行车。

　　彭见祺说："哥们儿先别走啊，我们还得继续走，你看我喝成这个样子还能开车吗？"

　　代驾小哥说："那您还得继续下单，公司不许代驾私下接单……"彭见祺没理会代驾小哥的啰唆，从手包里拿出三张百元钞票塞到小哥的手里，那个代驾小哥就不再说什么了。

　　彭见祺径直走进7-11便利店，这时早已过了下班的高峰，店堂里冷冷清清的，阿茵站在报刊架子前面翻阅着杂志，胡小凤一脸焦虑地在两排货架之间晃来晃去。

　　"茵姐！"彭见祺见到阿茵，突然改变了称呼。阿茵抬起头来，见到彭见祺，脸上露出了欣慰的笑容。

　　她拉着彭见祺走到店外，小声跟彭见祺叙述事情的经过，胡小凤茫然地站在店内，心怦怦地跳，生怕彭见祺不肯帮忙。

就在胡小凤的心悬在半空的时候，见阿茵向她招手，胡小凤急忙一溜小跑，快步跑到店门外。彭见祺看到了脸色憔悴的胡小凤，彭见祺暗想，这丫头只有半天不见，怎么就变成这么可怜的样子了呢？

阿茵说："你跟她的老板都是老朋友了，我知道你是不会见死不救的。"彭见祺知道阿茵是在逼他表态，答应接下这个烫手的山芋，他也只能继续做好人了。彭见祺对胡小凤说："都不是外人，说什么救不救的，多见外啊！"说完，他挥手让阿茵和胡小凤上了他的车，他自己坐在了副驾驶的位置上。

胡小凤坐在车里，有些羞涩地开口问道："彭哥……听说您那里有员工宿舍，我想去借住两天，您看……方便吗？"

彭见祺打断了胡小凤的话，说道："既然是阿茵姐开口求我，我哪能那么草率？住在员工宿舍里实在太吵了，餐馆的那些丫头下班很晚，第二天早上起得也迟，跟小胡上班的时间不吻合，你又是个外来的，我怕员工欺负你。我另外给你找个地方，想住多久住多久。"说完，彭见祺拿起手机拨通了一个电话："梅姐，公寓还有空房吗？我这里有一个客人，对，要在咱们的公寓里住一阵子……"

说完，彭见祺转向胡小凤，说道："小胡，我给你一个地址，你过去找梅姐，她是我的公寓管家。这是我开的民宿，你想住多久就住多久，因为这是阿茵姐交给我的事，我必须办好。"

说完，他又转向阿茵，解释道："我把几套位置比较好的房子改成了短租的民宿，交给梅姐打理，梅姐干得挺不错，业绩比过去整租提高了三成。"

胡小凤是个聪明的姑娘，她看出了彭见祺的心思，就是想让她尽快离开，她当着彭见祺的面跟梅姐通了电话。确认了地址之后，胡小凤向阿茵道了谢，自己叫了一辆出租车，直奔彭见祺开的民宿。

彭见祺安顿好了胡小凤，那个穿着一身灰色工作服的代驾小伙子问彭见祺："老板，您还要去哪里？"

彭见祺对代驾小哥说："我们去三里屯酒吧街，不醉不归！"

见彭见祺张罗着去酒吧，阿茵也没有反对，她对自己的酒量是有信心的。刚刚因为胡小凤的事欠了彭见祺一个人情，这个人情一定要还的。

送走了胡小凤，已是晚上九点钟了，三里屯街道上华灯齐放，酒吧里人头攒动。彭见祺和阿茵走进灯光闪烁的酒吧，一个歌手抱着吉他，唱着英文歌《斯卡布罗集市》。

阿茵坐在吧台前，酒吧里旋转的灯光在她的脸上扫来扫去，留下了不停变幻的光影。彭见祺和阿茵坐在一个卡座里，酒吧女郎走过来，彭见祺要了两杯鸡尾酒。

他端起酒杯，打量着坐在自己对面的阿茵，这个已经不算年轻的女人，气定神闲地坐在自己的面前。

彭见祺打量着阿茵身上的衣服，一看就知道她出门的时候走得很着急，一条已经发白的牛仔裤，一件很旧的米黄色长袖圆领 T 恤衫，脚上穿着晨练时的椰子鞋，浓密的头发在脑后挽了一条马尾，虽然没有任何刻意的打扮，却显得潇洒而干练。阿茵全身上下最值钱的就是手上戴着的那只翡翠手镯，她这样素淡的打扮，在这个到处都是刻意装扮、花枝招展的美女的地方，反而显得卓尔不群。

这时候，一个手里拿着一个爱马仕包包的女孩从阿茵眼前走过，阿茵好像对这些女孩子奢侈的衣服和包包视而不见，没有一点儿局促和不安。

在情场上久经沙场的彭见祺对于塑料花一般的女孩子实在是见怪不怪，但对阿茵这样的女人却是非常的好奇。

阿茵微笑地看着彭见祺说："彭总，今天真要替我的室友感谢您！"

彭见祺被阿茵看得有些紧张，但他能够很好地控制自己的情绪，让阿茵感觉不到他内心的波动。阿茵跟他以往交往过的女朋友不一样，阿茵很不爱说话，但她每一次说话都能抓住事情的本质，一针见血。

彭见祺跟阿茵相识的时间不到一年，他们是在一个古玩收藏群里相识的，阿茵在群里从不多言多语，但她始终都是群里的灵魂人物。在玩瓷器的这个圈子里，女性非常罕见，更何况是一个年轻的女性。彭见祺非常好奇，他加了阿茵的微信，跟阿茵聊过几次，他感觉这个女人的睿智和锋芒，全都藏在一种绵里藏针的淡定之中。阿茵不像一般的女人，喜欢唠唠叨叨，靠情绪活着，她也不像那些年轻女孩那样，热衷于购买时装和包包，她喜欢一些老物件，喜欢收藏瓷器，喜欢听戏，她看藏品的眼光独到而犀利。

有一次，彭见祺约阿茵一起去参加藏友交流会，阿茵在交流会上花了几百块买了一只毫不起眼的白色大碗。彭见祺将阿茵买下来的大碗拍了一张照片，然后带着照片去拜访他的一位老街坊董大爷，董大爷退休之前是博物馆的仓库保管员。董大爷是看着彭见祺从小长大的街坊，已经七十多岁了，从博物馆退休之后一直深居简出，彭见祺喜欢收藏古玩也是受了他的影响。

董大爷的老伴儿已经故去，身边没有儿女，只有彭见祺经常过来看看他，聊解晚年寂寞。当彭见祺把照片交给老人的时候，董大爷戴上老花镜，仔细端详着照片上的大碗。半晌，老人抬起花白的头，神情凝重地望着彭见祺，老人严肃的样子让彭见祺有些心慌。老爷子问彭见祺："这个碗，你是在什么地方遇见的？"

彭见祺不知就里，有些结巴地说："就……就在潘家园附近，有一个藏家之间的小型交流会，我的一个朋友一眼就看上了这个碗。"

老人又问："你这个朋友多大年龄？"

"她应该还不到四十岁吧，是个女的。"

"女人？这个女人了不起啊！能看明白古董的女人，眼光一定很深，哪天有工夫，你把这个孩子带到我家来，让我认识认识。"

听董大爷说要见阿茵，彭见祺忙说："我跟人家还不太熟，只是网友。"

见彭见祺推诿，董大爷意味深长地笑着说："这个姑娘不是你的女朋友？你小子看人可别挑花了眼！"

彭见祺有些难为情地说："看您说的，就算我愿意跟人家交往，人家还未准能看得上我呢！"

董大爷拍了拍彭见祺的肩膀，安慰地说："傻小子，你这个孩子，虽然调皮了点，但你的本质不错，是个善良的好孩子，你好好跟人家说，我觉着这个姑娘应该能乐意。"

彭见祺从董大爷的口中得知，阿茵买的这只大碗，是北宋时期北方的定窑瓷，从此他对阿茵更加刮目相看。当他准备开一家古代瓷器主题的茶餐厅时，就从阿茵手里定制了室内装饰瓷片画。

彭见祺一直约阿茵一起吃饭，但阿茵总是推辞，没想到，胡小凤的事倒是帮了他的忙，让他有了这次跟阿茵接触的机会。

彭见祺端起自己面前的鸡尾酒杯，喝了一口，威士忌、朗姆酒混合的口感让他想起了在美国留学的日子。吧台上灯光幽暗，旋转的灯光映在阿茵的脸上，阿茵端起面前的酒杯喝了一口，笑着说："我过去没有喝过威士忌。"

"那你喝过什么酒？"彭见祺有些好奇地问。

"我从小就喝老白干。"

"真的啊？"这回轮到彭见祺吃惊了。

阿茵说："我出生在北大荒，我爸爸是一个农业机械厂的工程师，他对我说，一个女孩子若想不被伤害，那么你就一定要在安全的程度内学会做那些有可能让你受到伤害的事，比如说喝酒。"

"茵姐，你有一个了不起的爸爸。老人家现在住在老家吗？"

"没有，我爸爸他早已不在了……"

彭见祺见这个话题引起了阿茵的伤心，就开始频频地敬酒，阿茵也不拒绝，因为彭见祺的话触动了阿茵心底的伤口。

阿茵看着杯中的鸡尾酒，脑子里全是父亲的身影，尽管跟父亲相处的日子很短，那却是阿茵一生当中最幸福的时光。

冰天雪地时，房间里的炉火熊熊燃烧，妈妈坐在炕上织着永远也织不完的毛衣，阿茵从小就对这些女人的活计不感兴趣。她喜欢骑马，喜欢坐姥爷那辆到处都在稀里哗啦响的吉普车。每当爸爸要外出去分厂工作就会带上她，爸爸说，一个人骑马走在荒原上实在是寂寞，带着女儿，路上有人陪他说话。

每一次爸爸要带着她外出的时候，妈妈都会极力反对，但最后一定是反对无效，因为她会变着法子让妈妈不得不答应。

阿茵最喜欢跟爸爸一起出门，爸爸用一根绳子把她绑在后背上，她紧紧地贴在爸爸的后背上，搂着爸爸的脖子，站在马背上，她喜欢闻爸爸头发里散发的气息。

周围的邻居们都说，阿茵是爸爸的贴心小棉袄，因为阿茵从小就愿意把心里的想法说给爸爸听，而爸爸也愿意让女儿来帮助他对抗生命中的孤单，这种相互的温暖，在阿茵的心中留下的记忆格外温暖。

她最喜欢在夏天的时候跟着爸爸一起去分厂，爸爸背着阿茵，骑马走在荒原上，她看到草原上开着五颜六色的无名小花。

马跑了一阵之后，爸爸总要让马休息一会儿再走，他们坐在一片一望无际的荒野上，望着远处缓缓隆起的群山，爸爸教她背诵《敕勒歌》：

敕勒川，阴山下，

天似穹庐，笼盖四野。

天苍苍，野茫茫，

风吹草低见牛羊。

爸爸告诉她，真正的诗句，就是写在苍天之下、大地之上，只有真实地接触到苍天大地的人，诗句才会从血液里涌流出来，那些传诵千古的诗句都是从血液里流出来的。

阿茵喜欢跟着爸爸在荒原上策马驰骋的感觉，更喜欢跟爸爸坐在开满了野花的山坡上望着远方，爸爸随身带着一个小酒瓶，他喜欢坐在山坡上默默地喝酒。

阿茵看着爸爸的酒壶，爸爸就让她尝一口，那酒辣辣的，带有金属一般的质感。山野里的风和山坡上无遮无拦的太阳，把阿茵晒得黑黝黝的，妈妈说，如果阿茵掉到煤堆里，一定分不出哪是孩子哪是煤。

尽管妈妈这么刻薄地损她，她都毫不在意，因为在一望无际的荒野上策马奔跑，坐在山坡上陪着爸爸一起喝酒，是一种真实的幸福，老白干那种刺激的口感，在她的舌尖上炸裂开来，那种味道让她始终怀念。

这些年来，阿茵无论是在单位还是在朋友的聚会上，对于酒场无所畏惧，全是爸爸培养出来的童子功。这一次彭见祺请她喝酒，阿茵并没怎么在意。

但她没有想到，洋酒入口的时候，虽然没有老白干那么强烈的炸裂感，但洋酒的后劲儿却大。她跟彭见祺一连干了几杯之后，阿茵发觉自己好像有点不对劲儿了，她把脚伸向地面，感觉脚下的地面软绵绵的，腿也好像不太容易控制了。但阿茵的头脑此时非常清醒，她对彭见祺说："彭总，时间不早了，我想回家……"

"好吧，我让代驾送你回家。"

彭见祺喝惯了洋酒，他陪阿茵喝酒，完全没有喝酒的感觉，但阿茵说要回家，他立刻买了单，然后拉着阿茵走出酒吧。

冷风一吹，阿茵的头脑变得更加昏沉，她感觉自己如果不抓住点什么，身体仿佛已经站不稳了。彭见祺见状，用手紧紧地揽住阿茵的腰，阿茵的头也不由自主地靠在了彭见祺的肩上。

阿茵躺在后座上，彭见祺担心车子摇晃会把阿茵摔了，他也跟着挤进了车的后排座位，把阿茵的两条长腿放在自己的身上。彭见祺熟门熟路地指挥着代驾小哥，一直把车开到了阿茵住的居民楼的单元门口。

这个时候，阿茵感觉自己的胃里在翻江倒海，但她强忍着，怕吐在彭见祺的车里。彭见祺把阿茵从电梯里搀扶出来，来到她们住的合租房门口，这个时候阿茵已经没法站稳了，他只好自己动手，从阿茵的牛仔裤口袋里掏出了房门的钥匙。

打开房门，房间里漆黑一片。阿茵努力提着自己最后的一丝清醒意识，按了墙壁上的开关，橘黄色的光顿时照亮了很小的公共客厅。彭见祺观察了一下这间老房子里的三个房间，一个紧挨着厨房的房门紧锁着，另外的一间房里传出很低的音乐声。

阿茵感到自己的胃在翻江倒海，她急忙奔向卫生间，蹲在马桶前呕吐起来。主卧的房门上贴着一张食物的营养热量表，他从字迹上认出这间房应该就是阿茵的闺房。

彭见祺用钥匙串上的另外一把钥匙打开了阿茵的房间，打开房间里的灯，他看见墙壁上挂着一块底款写着"至正八年"的瓷片。这时，阿茵摇摇晃晃地走进来，一头倒在床上，昏昏睡去。

彭见祺帮阿茵脱了鞋，又动手去找电水壶，想给阿茵烧一壶开水。在拿起水壶的时候，他看到桌上放着一个拆开了的纸箱子，一层层的白色泡沫气垫已经被剪开，在白色泡沫里面，露出四个青花瓷碟儿。

18

　　第二天早上，阳光透过窗帘洒在阿茵的床上，阿茵从睡梦中醒来，感觉自己头痛欲裂。

　　她睁开了眼睛，吓得差一点自己从床上滚落下去，因为在她睁开眼睛的一刹那，看到彭见祺那张胖乎乎的圆脸几乎快要贴到自己的鼻子了。彭见祺睡在自己的床上，这一吓倒让阿茵酒意全无。她"呼"地一下从床上跃起，推了一下彭见祺，彭见祺只是翻了一个身，转个方向继续呼呼大睡。

　　阿茵被彭见祺这种死猪不怕开水烫的样子给惹急了，她用尽全身的力气推了一下，这一次推搡的力度比较大，彭见祺被推醒了，他懒洋洋地从床上坐起来，摇晃着自己酸痛的脖子。

　　阿茵强忍着心中的怒火，问彭见祺："彭总，你怎么会睡在我的家里？"

　　阿茵的愤怒早在彭见祺的预料之中，他委屈地说："你昨天晚上吐了两次，我不放心把你一个人留在家里，怕你万一有什么事，所以就一直在床边守着你。到凌晨的时候，我实在坚持不住了，就倒在你的床边上睡了一会儿……"

阿茵看了看自己身上的衣服，穿得整整齐齐，再看彭见祺的身上也没有什么不妥之处，他那比较胖的身子一半担在床上，一半悬在床外。阿茵也没有说什么话，只是让彭见祺起身，坐在椅子上，然后自己默默地整理着床铺。

彭见祺坐在电脑桌前的一把椅子上，看着阿茵把被子和枕头整理得整整齐齐，然后又把床单扯下来，从整理箱里找出一个干净的床单重新换好。

彭见祺饶有兴趣地看着阿茵，阿茵一边整理床铺，一边对彭见祺说："彭总，昨天晚上真是辛苦你了，我现在已经没事了，您可以回去了。"

彭见祺眼珠一转，可怜巴巴地说："茵姐，昨天晚上我接了你的电话就赶过来了，到现在都没有吃东西，我好饿啊！"

阿茵一想，也的确是这么回事，就对彭见祺说："那你先等着，我去给你煮点粥……"

彭见祺见阿茵要为自己去做早餐，心中蓦然一暖，从小被送到国外，多少年了也没有人对他说过这样的话。他知道此时的阿茵一定还在宿醉，那种难受的滋味他是知道的。他急忙拦住阿茵说："姐，你昨天晚上那么难受，我看你就别忙乎早餐了，现在我的酒也醒了，满血复活，能开车了。昨天晚上我的车就停在楼下，现在咱们出去吃早点，庆祝一下，怎么样？"

彭见祺说要庆祝一下，这句话在阿茵听来充满了一种滑稽的感觉，昨天晚上醉成那个样子，有什么可庆祝的呢？但阿茵实在是没有力气再跟他斗嘴，况且本来她也不是一个擅于在语言上掐尖儿的人。

此时此刻，阿茵的头脑当中一片空白，从昨天晚上到现在，一切都来得如此突然，结果超出了她的预料，现在应该怎么办？唯一的办法，就是在室友屈凝起床之前，带着彭见祺赶快离开这套出租房。想到这里，阿茵飞快地拿出一套衣服，走到卫生间去。彭见祺也不多言。等阿茵再次回来的时候，她已经换好了衣服，并且化了淡淡的妆。

她对彭见祺轻声说："现在能开车了吧？能开车，就走吧！"

彭见祺走到镜子前面，照了照自己，眼泡是肿的，头发也乱得像是一蓬杂草，他对阿茵说："我这个样子，你愿意陪我一起出门吗？"

阿茵心里想说："我愿不愿意陪你出门都一样，难道还有别的选择吗？"但她嘴上并没有说，只是打开房门，示意彭见祺先走。

早上六点前后的电梯里，还没有什么人，他们俩很快来到楼下。阿茵心里庆幸，没有遇到熟人，如果她在大清早跟一个男人从电梯里走出来，王姐一定会浮想联翩。

彭见祺发动着了汽车，对阿茵说："茵姐，你的胃一定很难受吧，我带你去吃点清淡的粥，怎么样？"

阿茵自从离开家乡，从来都是一个人独来独往。彭见祺如此细心的照顾让她的心中涌起一阵久违的暖意，尽管她从来都在用自己刻意营造的坚强来抵御这个世界上所有可能的陷阱，在这些假设的陷阱当中，最让她防范的就是男人的滥情。

对于彭见祺这个人，她知之甚少，但通过为数不多的接触，她知道这是一个身边从来就没有缺少过女孩的富家子弟，虽然年龄比自己小了一些，但做事爽快，从来不招阿茵讨厌。

阿茵上了车，彭见祺把车开出了小区。这个时候，北京的早高峰还没有到来。彭见祺握着方向盘，眼睛看着前方的道路，阿茵把头斜靠在座位上，闭着眼睛。彭见祺看了一眼，对阿茵说："茵姐，我要跟你说一件正经事。"

听见彭见祺这么说，阿茵仍然闭着眼睛回道："那你以前说的话，难道都是不正经的？"在昨天之前，阿茵跟彭见祺说话始终是彬彬有礼的，保持着很好的距离，但昨天晚上的事情让阿茵心里很乱，甚至也无法拿捏他们之间以后交往的尺度。

彭见祺并没有被阿茵的俏皮话逗笑，他仍然板着脸说："茵姐，我今天跟你说的事跟过去不一样，过去我们只是普通的朋友，现在我想让你做我的女朋友，我想跟你在一起……"彭见祺突如其来的话让阿茵暗暗吃惊，她没有睁开眼睛，只能用继续装睡来掩饰自己的尴尬。

在过去，师兄邵宇宸对她展开攻势的时候，她虽然没有立刻接受邵宇宸的追求，但在心里，她已经把师兄当成了自己在这个城市里可以依靠的人，一旦遇到什么棘手的问题，她会在第一时间想到邵宇宸。

她的这位师兄也没有让她失望，帮她搞定过很多一地鸡毛的琐事。邵师兄斯文、儒雅，是文物鉴定界的后起之秀，更是各地电视台拥趸的鉴宝明星，他是大众眼中点石成金的专家，他那和蔼而不失幽默的语言让电视观众对他的节目如醉如痴。

阿茵的母亲见过邵宇宸之后，早已通过微信把这个消息传到了家乡，现在老家的亲戚都在动员母亲让阿茵带着邵宇宸回家，还鼓动着让阿茵早点结婚。

可就在转眼之间，邵师兄突然玩起了失踪，电话不接，微信也不回，对待阿茵的态度就像是一锅沸腾的开水突然结了冰。

阿茵跟母亲撒了谎，送走母亲之后，邵宇宸也一直没有露过面，这个人就好像是落在窗外的一只鸟，让你如此真切地看到他，并且好像完全成为你生活当中的一部分，然后又会突然地飞走，在你的生活当中消失得无影无踪，就好像从来也不曾在她的生活中出现过一样。

现在，又突然冒出了彭见祺，这个人比自己年轻，既有活力也有财力，但阿茵总感觉跟他不是一路人。可是，昨天晚上的事情让他们两个人的关系突然发生了某种莫名其妙的变化，一个并不太熟悉的男人，在自己酒醉之后照顾了一个晚上，今天又向自己表白，对于从天而降的爱情，阿茵出于自卫的本能，只有拒绝。她在心里斟酌着词句，既不能接受也不能伤人，这是一个很难拿捏的分寸。

阿茵说："彭总，昨天晚上的事，我很对不起，您照顾我一个晚上，人情我已心领。这件事到此为止，什么女不女朋友的，这个话以后不要再说了。"

彭见祺坚定地说："不行啊，茵姐，我是要对你负责的。"

阿茵被彭见祺逗笑了，她睁开眼睛看着彭见祺说："不就是在我家里照顾我一个晚上吗？我为什么要你负责啊？你这么说，好像是我讹上了你，我比你大，咱们俩真不合适。"

阿茵的态度好像完全在彭见祺的掌握之中，他说："茵姐，昨天晚上，我坐在你床边想了很久，我真的不是冲动才说的。还记得那次群里的聚会吗？大家约好了去潘家园，结果都走散了，就咱们俩一起在潘家园里逛，我喜欢你不说话，我喜欢你做事果断、不拖泥带水的。跟你说实话，这些年我身边不缺女人，但一直没有遇到一个可以做彭太太的人。遇见你，我感觉自己的心跳得快了，多巴胺分泌得多了，这种真心喜欢一个人的感觉我过去从来都没有过。我愿意听你说话，也愿意看你什么都不说的样子，见到你之后，我感觉这就是彭太太的样子。这些，都是我的心里话。"

阿茵并不讨厌彭见祺，但是，如果让她立刻同意彭见祺的说法，她自己都感觉有些荒谬。阿茵急忙打断彭见祺的话说："彭总，这个玩笑不要再开了，真的，一点都不好笑。我比你大，咱们之间隔着代沟，你明白吗？"

彭见祺却不肯停止言语的进攻，他说："茵姐，你说比我大，这不是可以拒绝我的理由。"

彭见祺的话说得掷地有声，但阿茵的头脑并没有被他带偏，在复杂多变的环境当中始终保持着头脑的冷静，是阿茵从小跟奶奶练出来的才能。

阿茵说："彭总，咱们最好还是冷静一点，婚姻，也从来都不是两个人的事情！"

"你说得没错，在现在这个时候，结婚确实不仅仅是两个人的事，现在成了两个家庭的比拼，茵姐，我刚才跟你说的句句都是真心话。在我跟谁结婚这件事上，我爸可没少打主意，他想让我娶了他生意伙伴的女儿，两家人结亲，让这种相互利用的关系更加牢固。可我坚决不同意，因为我不需要花我爸的钱，我的婚姻也绝不会交给他去交易。但在这样的情况下，他给我的压力很大，我想尽快找一个我喜欢的人把婚结了，我只要结了婚，我爸爸也就死心了。"

听了彭见祺的话，阿茵没有作声，因为她自己也面临着这样尴尬的境地，如果再不谈婚论嫁，母亲弄不好又要来北京督战，想到这里，阿茵感觉自己的头像要炸开了一般。

彭见祺把车开到"嘉和一品"的门前停下，试探地问："茵姐，这家的粥不错，要不要吃一点东西？"阿茵点点头，算是同意了彭见祺的建议，她打开车门下了车，彭见祺去找地方停车。

就在这个时候，一辆奔驰车也在粥店的门口缓缓停下，那个车牌正是阿茵非常熟悉的、能从千万辆车中一眼就认出的号码。只见邵宇宸从奔驰车的驾驶位上走下来，他绕过车头打开了车门，车门里探出一个白发苍苍的头，这个老人正是一个月前阿茵跟着邵宇宸去他家里吃过饭的索教授。

阿茵突然感觉到，人生真的好像是上天用那双看不见的手在洗麻将牌，人在哪里相遇，完全都是上天的安排。

索教授从车里下来，恭恭敬敬地站立在车门旁，阿茵看到从车里又下来一个老人，满头的银发，一双细长的凤眼，眼神里透出一种智慧的光芒，眉毛又细又长，身上穿着一件绣着大朵牡丹花的红色长风衣，看那件衣服的绣工应该是苏州绣娘的精心之作。

这时候，邵宇宸也看见了阿茵，邵宇宸当着索教授的面，脸上的神情略微有些尴尬，他一时拿不准，是应该跟阿茵打招呼呢，还是无视她的存在。

刚刚停好车的彭见祺绕过一排有些凌乱的共享单车，来到阿茵的身边。阿茵看了一眼那个老人，又看了看索教授，主动走上前去，笑着向索教授打招呼："索教授，早上好！"

"早上好，早上好！"索教授脸上的神情显得很不自然，而站在索教授身边的那个老人的眼神却落在了阿茵手腕上戴着的手镯上了。老人看到手镯，又来打量阿茵，她向阿茵微笑点头，阿茵也同样向她微笑。

邵宇宸见阿茵主动跟索教授打了招呼，急忙走过来跟阿茵搭话："阿茵，真是太巧了，没想到能在这儿碰见你，一起吃早点吧？"

阿茵指了指站在身旁的彭见祺，对邵宇宸说："谢谢师兄，不必了，我是跟朋友一起来的。"说完，跟着彭见祺一起走进了餐厅。

正是早餐时间，店里的客人不少，彭见祺让阿茵去寻找座位，然后自己到收银台去付了款，又去自助选餐的地方帮阿茵盛了一碗南瓜粥，拣了几样小菜，放在了阿茵的面前。

阿茵远远地看着邵宇宸，邵宇宸也安排索教授和那位老人坐在一个靠窗户的位置上，然后去取餐具，帮助他们取餐。在吃饭的时候，那个老人一直在往阿茵坐着的地方看。

索教授对那个老人说："姐姐，我们已经有十年没见了。"

那老人感慨地说："是啊！距离你上次去美国看我，已经有十年了。我这次回到故乡来，也许是今生最后一次了，再过几年，我这把老骨头就受不了十几个小时飞机上的颠簸了呢！"

在彭见祺那一边，阿茵见了那位老人也有些心神不宁，彭见祺看在眼里，问道："茵姐，我看你遇到邵老师之后好像很不高兴？"

阿茵掩饰说："并没有，只是刚才想起我爸爸了……"

自从阿茵遇到了邵宇宸之后，神情就很不自然，这一切彭见祺全都看在眼里，当阿茵说起自己的父亲，彭见祺知道阿茵在故意转移话题。

这个时候，阿茵看到跟索教授坐在一起的老人也在不时地向她这边张望着。阿茵对这个老人有着一种说不出的好感，好像有哪些地方很像自己去世的祖母。当她远远地看着那个老人的时候，她发现老人也在看着她，当她们的目光相遇之后，又瞬间移开，好像双方都没有想清楚，她们应该怎样开始接触。

彭见祺没话找话地说："茵姐，昨天听你说了你跟你爸爸的故事，真的让我好生羡慕。我跟我爸爸的关系，怎么说呢？我们只是生理意义上的父子，但在心里，我们一直都是陌生人。我小的时候很怕他，长大以后，我一直躲着他。当年我爸娶我妈的时候，听说是非常的不情愿，我妈生了我之后，发现我爸在外头有了人，就是现在人们常说的'小三'。我妈明知道我爸不爱她，但就是拖着不肯离婚，还一直说是为了我好。我长大以后才明白，其实那时候，我就是我妈扣在手里的人质，有我在我妈身边，不管我爸有多不喜欢我妈，他也终归要把钱拿回来养家，我到了十五岁，我爸没跟任何人商量，就把我给送走了，其实，也就是把我妈手里的人质抢走……"说到这里，彭见祺的脸上现出复杂的表情，这也是这些年来他第一次跟一个外人袒露心中的隐痛。

他的话也让阿茵从另外一个侧面了解到这个平日里看似没心没肺的彭

见祺心中不为人知的伤痛。阿茵没有接话，只是默默地看着彭见祺，用眼神表达着她的懂得。

彭见祺从阿茵的眼神里看到了理解，继续说："我十五岁那年，我爸连问我一句都没有，就让留学中介公司给我办了留学的手续，让我去美国念中学，当时我连英文单词都没认几个，就被我爸给送上了飞机。到了国外，先读语言学校，每天回到住处，我的脑袋都是懵的，我不会说英语，吃不饱饭也没人理我。那时候我特别想家，可我爸根本就不给我买回国机票的钱，还说要让我在外面锻炼锻炼！当时我哭着发誓，我这一辈子，要么不结婚，要结婚就找一个我愿意和她在一起的人，我绝不会让我的孩子跟我一样，被父母拿来做人质！"

听了彭见祺的话，阿茵想，其实每个人的心里都有或深或浅的伤口，只不过是在成年人的世界里，每个人都选择了伪装……

19

　　吃过了早餐，索教授要带着姐姐陆湘锦和他一起回到家里去休息，陆湘锦说，她已经在网上支付了酒店的费用，想去独自休息一下，一路上飞机遇到气流颠簸，她一直没有休息好。

　　听陆湘锦这么说，索教授也不再勉强，他让邵宇宸开车把陆湘锦和她的行李送去了北京饭店。这家酒店位于繁华的长安街边上，酒店的窗外就是车水马龙的街道。陆湘锦办好了入住的手续，索教授跟她道别的时候，想约下一次去家里吃饭的时间，陆湘锦说，等她跟画展的策展人见过面之后再定。

　　索教授让邵宇宸送他回家。在回去的路上，索教授问邵宇宸："刚才吃早餐的时候见到了你以前交往的那个姑娘，你是怎么想的？"

　　"这个人跟我彻底没有关系了，您不是也看到了吗？她已经有了男朋友。"邵宇宸说这句话的时候表情有些咬牙切齿，但索教授脸上的表情却多了几分释然，他说："其实，我也希望这孩子能有一个好的归宿，她跟你不合适，我不希望她将来卷入到你的工作里来，这个孩子的性格，你琢磨不透。"

　　"老师，听您这意思好像很了解阿茵，您过去跟她或者是她的父母认识吗?"邵宇宸的这句话,其实是在试探索教授和阿茵之间的关系,因为自从索教授见了阿茵之后,邵宇宸就感觉很不对劲儿,阿茵只是一个普通的图书公司的编辑,在工作上与索教授素无交集,怎么会对她有如此深的成见呢?

听了邵宇宸的话,索教授脸上的表情顿时变得很怪异,矢口否认:"我怎么会认识她呢?不认识!"索教授嘴里的话虽然说得斩钉截铁,但他脸上的表情却出卖了他内心当中极为复杂的情绪。

邵宇宸是何等精明,他猜想到,索教授和阿茵之间一定有着很深的渊源,但这种渊源究竟是什么,他却猜不出。

前天早上,陆湘锦从洛杉矶机场出发,中间在韩国经停两个小时,到达上海浦东机场。在上海停留了一天之后,买最早的一班航班,飞往北京首都机场。当她取了行李,推着行李车来到出口的时候,远远看到一个同样满头白发的人在翘首以待,这个人就是她的弟弟金豫章。后来不知道为什么,弟弟改成了他生母的姓氏,其中一定另有隐情。

他们姐弟俩上一次见面,还是索豫章跟随一个文物界的考察团去美国纽约大都会博物馆考察交流的时候。在考察的空隙,他去陆湘锦的家里看望了姐姐和姐夫。两个分别了很久的亲戚,见面的程式就像一场外交活动一样,两个人都在小心翼翼地回避着一个人,她就是陆湘锦的姨妈、金豫章的姑姑金睿芝。

让陆湘锦感觉奇怪的是,那个在餐厅门口偶遇的女孩子,她的长相让陆湘锦感觉到似曾相识,但她又清楚地知道,自己跟随丈夫离开祖国已经几十年了,在现实生活当中,绝对没有见过这个姑娘,但是她怎么会有一只与自己一模一样的手镯呢?她长得又像谁呢?

陆湘锦在记忆的深海之中不断地搜寻着支离破碎的点点滴滴,这些天,她连续走了很多地方,她太累了,她想喝一杯酒,然后好好地睡一觉,让睡眠驱走那些让她非常不愿意回首的往事……

20

陆湘锦走进酒店的房间，拉好窗帘之后，洗了一个舒服的热水澡，从旅行箱里拿出自己的睡衣换好，然后舒服地躺在床上，虽然几天来连续地长途奔波，时差的转换让她感到头脑有些昏沉，她却无论如何进入不了睡眠状态。

她从美国飞回祖国的第一站去了上海，下了飞机之后，顾不上倒时差，把行李放在酒店，立刻叫了一辆出租车，直奔位于宝山区的淞沪抗战纪念馆。陆湘锦在"淞沪战歌"的浮雕墙面前长久地伫立，她随身携带的只有两件东西，一张是父亲陆长渊的戎装照，这是父亲开赴淞沪战场之前请照相馆师傅给拍的照片，另外还有一支纯金打造的步摇，虽然年代久远，但仍然保存完好。

上海的淞沪抗战纪念馆是当年淞沪会战的战场，这里是父亲流尽鲜血的地方，也是母亲的魂归之处。

陆湘锦对于父亲的记忆是支离破碎的，唯一记忆深刻的就是父亲离开家的那一天，听说父亲要去很远的地方打仗。母亲金睿芸并没有哭哭啼啼，她只是从从容容地做着准备。在父亲离开家的那个清晨，母亲金睿芸穿上了满族妇女的盛装，一件大红色绣着凤穿牡丹图案的吉服，高高耸起的立领衬托着母亲鹅蛋形的脸庞。母亲的眼睛红肿，神情却异常平静，她的身材本来就高，再穿上鞋头上缀着璎珞的寸子鞋，又找来一位专门给满族贵族妇女梳头的梳头娘，把头发梳成了头顶圆髻脑后燕尾的发式。

金睿芸戴上了用黑色缎子做的头板，头板上装饰着好大一朵水粉色绢花，发髻上插着一支缀着彩色穗子的金步摇，这支步摇是金睿芸生下女儿陆湘锦之后丈夫送给她的礼物。

金睿芸打扮停当，斟好两杯酒，端着酒杯来到陆长渊的面前，金睿芸对陆长渊说："长渊，为了跟你好，我从贝勒府跑出来，我哥哥登报与我断绝关系，这些我都不在意。我这辈子唯一的遗憾就是没坐过花轿，没穿过吉服，现在你要去为国打仗，我给自己做了一件吉服，我们在神明面前喝了这杯酒，一来保佑你平安，二来，我要你记住我现在的样子，我们生生世世做夫妻……"

陆长渊眼含热泪，接过妻子递来的酒杯一饮而尽。金睿芸又从口袋里拿出一条白绢手帕，上面绣着两行娟秀的字迹："得成比目何辞死，愿作鸳鸯不羡仙。"陆长渊和妻子、女儿紧紧地抱在一起，又把白绢手帕仔细地叠好，放在紧贴胸口的内衣口袋里，然后转过身去，走出家门，一直走出了陆湘锦和母亲的视线……

母亲身穿绣着凤穿牡丹的大红吉服与父亲把酒作别的场面，是陆湘锦对于父亲仅存的一点记忆。

父亲走后的那段日子，母亲吃斋念佛，天天盼着丈夫回来。陆湘锦记得母亲对她说过："你爹哪怕是受了重伤，只要有一口气，能活着回来就好。"

她们母女两个苦苦地等待着淞沪会战胜利的消息，结果等来的却是国军战败，日军占领了上海。

听到这个消息，金睿芸差一点哭到闭气。她不知道自己丈夫所在的部队撤到哪里，也不知道陆长渊是死是活，但她无论如何也要找到丈夫。金睿芸做出一个决定，要带着女儿去上海寻找丈夫陆长渊。那一年，陆湘锦只有五岁，母亲抱着她开始了她生命中的第一次远行。

当时的上海，战争的硝烟刚刚散去，街上随处可以看到难民。母亲带着她，在大上海苦苦寻找着父亲的踪迹，她跟着母亲去过闸北难民聚居的地方。因为金睿芸听人说，有很多在淞沪战场上受伤的国军士兵，无法撤退的，就混在乞丐当中讨生活。陆湘锦记得，母亲紧紧地拉着她的手，沿着墙根走，看到在路边横躺竖卧的乞丐，金睿芸就蹲下身子仔细辨认，陆湘锦看到那一张张满是污垢的面孔是那么的狰狞可怕，但母亲却锲而不舍地带着她从街头走到街尾。

母亲拿出自己的首饰送到当铺去换银圆，再把钱交给侦探，请侦探去打听父亲的下落。黑了心的侦探每次都给金睿芸带来一些似是而非的消息，勾着她不断地往他们的手里送钱，直到金睿芸卖光了她所有能卖的首饰。

金睿芸既没有找到丈夫，又被骗光了钱，过度地悲伤加上连日的奔波使她染上了重病，她在病中开始处理自己的身后事，给妹妹金睿芝写了一封信，拜托妹妹睿芝收养她的女儿陆湘锦，要妹妹看在她和陆长渊真心相爱的份儿上，把这个可怜的孩子抚养长大。

金睿芸又把身上仅剩的十几块银圆交给了旅店老板，她哀求老板把她包下的这间房留给她的女儿住，不要把孩子赶走，给孩子一口吃的，钱如果不够，等她妹妹来接孩子的时候，让她妹妹一并结清。

金睿芸怕老板不相信自己的话，她还说出了妹妹的名字，她就是北平名票、京剧名家蔺老板的弟子，北平宜贝勒府的格格金睿芝。

陆湘锦记得，当时的母亲瘦得形销骨立，苍白的脸上只有两只眼睛大得吓人。母亲有好几天都没有吃东西了，母亲让她跑腿，下楼去找店伙计帮忙买了一笼小笼包，包子放在床头的桌子上，还冒着热气。陆湘锦拿了一个包子，送到了母亲的嘴边，可母亲怎么都不张嘴，她的头歪在了一边，陆湘锦的心里害怕极了，她不停地摇晃着母亲的身体，母亲却再也不回应她了……

天色逐渐黑了下来，她够不着墙上的灯绳，就推着椅子在地板上滑动，滑到灯绳跟前，爬上椅子拉亮了电灯。灯光一下子照亮了房间，白炽灯泡惨白的光照在金睿芸的脸上，显出一种怪异的光泽。

第二天早上，老板上楼来看的时候，发现金睿芸早已气绝身亡，尸体都硬了。老板自认晦气但又不敢声张。一直挨到晚上，才叫伙计把金睿芸的尸体背下楼去，塞给黄包车夫一块钱，让他把金睿芸拉到教堂的义地草草地葬了。

当时的上海，每天都有很多穷人死在路旁无人问津，教堂里的神父准许把这些无人安葬的穷人葬在教堂的义地里，金睿芸活着的时候没有找到丈夫，但她死在了丈夫用鲜血守护的城市里，她把生命交付于这片被国军将士用鲜血染红过的土地，她祈求自己的灵魂与死去的丈夫在另外的一个空间里相聚……

失去了母亲的陆湘锦变成了一个可怜的孤儿，旅馆的老板本想把这个孩子送给教会的育婴堂，可那个经常从金睿芸手里骗钱的侦探却说，孩子的母亲委托他把孩子送给她在北平的亲戚。旅店老板明明知道这个侦探在撒谎，但他又犯不着为了一个孤儿去得罪人，当时南方北方都在打仗，鬼才相信这个孩子的姨妈会千里迢迢来上海找孩子。

陆湘锦被旅店老板交给了侦探，侦探一转手就把孩子卖给了人贩子。人贩子从难民里搜罗很多年龄跟陆湘锦相仿的小姑娘，这些孩子面黄肌瘦，衣衫破烂，身上满是虱子。

陆湘锦和十几个蓬头垢面的女孩一起被锁在一间肮脏而又狭小的房间里，地上只铺着一层薄薄的稻草。这些孩子就像牲口一样，隔三岔五就要被人贩子逼迫着在门前站成一溜儿，等待被买主挑选。

在这些人口买主当中，既有各公馆的管家来挑选使唤丫头，也有妓院的老鸨来买雏妓，最受人贩子欢迎的当数长三堂子的姆妈，只要是模样俊俏、有潜力培养成女校书的孩子，长三堂子的姆妈是舍得花大价钱的。

经常拐卖女孩子的人贩子自然是眼光雪亮，能够从一群面黄肌瘦的逃难孩子当中发现有价值的货色。他之所以心甘情愿地从侦探手里花一百块银圆买下陆湘锦，就是因为他看中了这个孩子长相清秀。当时陆湘锦虽然脸上也是乌漆嘛黑的，但从她那白皙的皮肤和匀称的五官上看得出，这个孩子将来一定会出落成奇货可居的美女。就因为这个，每天送饭的时候，人贩子吩咐手下人给陆湘锦准备的饭菜也比别的孩子略好一些，为的是让孩子长胖一些，好让长三堂子的姆妈一眼就能相中。

晚上，夜幕降临，陆湘锦躺在薄薄的稻草上，看着窗外惨白的月亮，想念着她的母亲。母亲在临死之前告诉她，一定要活下去，一定要活着等到小姨来接她回家。母亲还把那支仅存的金步摇藏在她的衣服褶边里，母亲说："如果有人来找你，她会问你姓什么，你就回答姓陆，你的阿玛是国军 67 军上校团长陆长渊，你的额娘是北平宜贝勒府格格金睿芸。你小姨叫金睿芝，如果是她来找你，你就拿出这支步摇给她看，这支步摇你一定要藏好，见了它，你的小姨就会认下你……"陆湘锦不知道小姨金睿芝什么时候会来接她脱离苦海，但她从没怀疑过母亲说的话。

姐姐死去的那一年，是金睿芝生命中最多灾多难的年份。这一年当中，她接连失去了两个亲人——师父和她的姐姐。当年额娘去世的时候，她还不太懂事，阿玛去世的时候，她也没有感到太深的悲痛，因为师父担心她在庶母那里受气，所以阿玛刚刚去世，就把她接到了蔺府。在师父身边，她从来没有受过一点委屈，学戏的孩子没有不挨打的，但师父说："你想学就学，不想学就当是玩。"谁知金睿芝从心里喜欢唱戏，她练起功来从来没让师父操过心，师父经常拿金睿芝的勤奋去教训那些不肯下苦功夫的师兄弟："你们瞧瞧睿芝，人家金枝玉叶都这么下力学戏，你们谁不好好练功，就给我滚回去！"

金睿芝平生第一次感受到锥心刺骨般的悲痛就是师父的惨死，师父一辈子乐善好施，没想到会落得如此悲惨的下场。她与蔺老板名为师徒，实则父女。师父被日本人杀害之后，在这个世界上，最后一个为她遮风挡雨的长辈也不在了。

就在金睿芝沉浸在悲痛之中不能自拔的时候，姐姐金睿芸的书信辗转了几个月，穿越战火硝烟，终于寄到她的手上。金睿芝没有想到，这封信竟然是姐姐在生命的最后写给自己的托孤信。金睿芝拿到姐姐的书信之后心如火焚，她按照寄信的地址拍电报过去，询问孩子的下落，可是电报发出之后如同泥牛入海，没有一点儿回音。

流落在上海的这个孩子，是姐姐金睿芸留在这个世界上唯一的骨肉，金睿芝恨不能肋生双翅飞到上海，把姐姐的孩子找回来。从信件寄出的日子到她收到这封书信，从初秋到寒冬这几个月，一个无依无靠的孩子是否还能活着？孩子还会在旅馆吗？在这几个月里，一个孩子在举目无亲的大上海，会遭遇到什么不可预测的变故，金睿芝简直不敢想象。

表哥马福麟告诉金睿芝，如果现在去上海找孩子，如同大海捞针。若真想把孩子找出来，就一定要先去东北请宋先生帮忙。宋先生当年在上海滩混过码头，拜在大字辈老头子门下。那么混乱的上海，如果没有帮会出面帮忙，在上海寻找金睿芸的遗孤，如同大海捞针。

马先生之所以极力撺掇表妹去东北请宋先生，是因为他了解宋先生心中的一段隐情，只要金睿芝出面，宋先生断然没有拒绝的道理。

昔日的滨江城，鼎宏盛粮米行的宋四爷几乎无人不知。宋四爷叫宋济琛，他是滨江最大的粮商，无论在官府还是在街面上，几乎没有人不给宋老板几分面子。

宋四爷是姑苏人，他的母亲陈阿秀原是一位心灵手巧的绣娘，陈家世世代代开着绣坊，当年宫里派人到江南定制宫中嫔妃的服饰，有一多半绣品出自陈家绣坊的绣工之手。

民国以后连年征战，绣坊早已没了大主顾。陈阿秀的父亲嗜赌如命，为还赌债欠了利滚利的印子钱。家里本来不多的家产被榨干，穷极末路，陈阿秀被父亲卖进宋府做丫鬟。

十七岁的绣娘，正是可以绣出好绣品的时候。可惜陈阿秀命运多舛，在这个如花似玉的年龄，被父亲卖到大宅门里做奴仆，因为陈阿秀细皮嫩肉，一双手指又细又长，老爷看着喜欢，就留在房里。

陈阿秀来到宋府没几天，一天早上，在她伺候老爷更衣的时候，被老爷强占了身子。当大太太发现老爷房里的丫鬟阿秀肚子已经鼓起来的时候，不得不接受这个现实。大太太表面上给她分了一间房，不必再干粗活，可是每天的冷言冷语是少不了的。十个月后，刚刚十八岁的陈阿秀给六十四岁的老爷生下了宋家第四个儿子。宋老爷晚年得子，却也没使阿秀在宋家的处境发生多大的改变。

宋济琛七岁那年，已经七十多岁的爹爹魂归极乐。父亲走了以后，当家的是大太太。尽管父亲对这个丫鬟生的儿子并没有特别的喜爱，但有父亲在，他身上的衣衫还是有专门做针线的下人给他做，进家塾念书，给父亲背背书，也能得到父亲的夸奖。过年的时候，父亲会让家里的管家给他买爆竹，还会给他包一些压岁钱。自从父亲死后，这样平静的日子再也没有了。

大房太太和二房太太视他们母子为眼中钉肉中刺，阿秀本来就是家里的丫鬟，大房太太为了折辱她，天天晚上让她伺候自己抽烟，然后让阿秀跪在自己面前，命令阿秀自己抽自己的嘴巴，如果抽得不响，她就用烟灯签子扎她，弄得阿秀身上伤痕累累。但她为了把儿子抚养成人，不管有多少眼泪都吞到肚子里，从不声张。

在宋济琛十四岁那年，他的母亲实在忍受不了两房太太无休止的折磨，她用自己藏的私房钱给儿子做了一身裤褂，然后在一个夜深人静的夜晚悬梁自尽。

宋家人不许这个没有明媒正娶的女人入祖坟，宋济琛急了，他找来一桶桐油泼在门窗上，然后手里拿着一支火把，声明谁敢不让他的母亲进祖坟，他就把这个院子全烧了，大家谁也别想好过。

大房太太喝令管家拿下这个野小子，打一顿关到柴房里去。可是管家看着这个野小子手里明晃晃的火把，胆子先怯了。大房太太万般无奈，只好请宋家族长来说话。族长见宋济琛这个孩子，小小的年纪竟然有这样的胆量，说不定将来会有出息，他也不想跟宋济琛结仇。族长告诉宋济琛，宋家有祖训，凡是为宋家生过子嗣的妾室，可以埋进宋家祖坟。

宋济琛逼着大房太太当着族长的面承诺，给母亲打一口上好的楠木棺材，找来响器班子，风风光光地将母亲葬入宋家祖坟。大房太太自知理亏，当着族长的面，无不答应。

从那时开始，十四岁的宋济琛明白了一个道理，这个混账的世界从来都是欺软怕硬，他后悔自己为什么没有在母亲活着的时候替她大闹一场，做儿子的没能给母亲撑腰，却眼看着自己的母亲每天都要在大房娘面前一跪到天亮……这件事让宋济琛追悔莫及。

埋葬了母亲，宋济琛求族人帮他在祖坟旁边搭了一个茅棚，为母亲守孝七七四十九天之后，一个人离开了姑苏，去上海闯荡。

那时候，蔺老板在上海大剧院挂牌唱戏，宋济琛在上海大剧院的门口摆小摊儿卖瓜子。上海人叫他"小赤佬"，周围几个卖报纸的、拉洋车的，不知道他也曾是大宅门里的四少爷，只知道他姓宋，大家都叫他"瓜子小宋"。

上海的天气多雨，小宋的瓜子受了潮，太太小姐们翘着兰花指，拈一颗瓜子放在嘴里一磕，马上就皱起眉头说："受潮的呀，要不得啦呀！"说完，把嘴里的瓜子皮往地上一吐，转着曼妙的身子走进了大戏院。剧场散场时，观众陆陆续续走光了，小宋的瓜子还没有开过张。他抄着手，缩着脖子，躲在剧院的廊檐底下，可他的衣服袖子还是被一阵携着寒风的雨给淋湿了，寒冷马上透过他那被淋湿的袖子传遍了全身。

南方的冷跟北方的不同，那是一种丝丝入骨的冷，那种冷，初识不以为然，但你若是待久了，那种冷就像无数个小虫子，细细密密地往你的骨头缝里钻。

蔺老板卸完妆走出剧场，在闪烁着五颜六色灯光的霓虹下面，看到一个十多岁的孩子蜷缩在大戏院的廊檐下。不知怎的，这个孩子的窘况让他突然想起了自己当年学戏时候受过的苦。

蔺老板向那孩子走过去，孩子用干涩的嗓音叫卖了一句："先生，买瓜子吗？"小宋的声音透着无力，出卖了他两天都没有吃饱饭的窘况。

蔺老板关切地看了看他，又看了看摆在孩子面前的那一小袋瓜子，对跟班的管事说："这些瓜子我都包圆了，不拘多少，给孩子十块大洋吧！"那年月，两块大洋就能买五十斤一袋的美国精白面，够三口之家活一个月，何况是一出手就给了十块大洋。跟班管事听了蔺老板的话，不敢怠慢，立刻从口袋里拿出十块现大洋，放在了孩子的手心里，又把那一小袋受了潮的瓜子挂在了给蔺老板拉包月的黄包车的车辕上。

小宋手捧着十块银圆，有些不知所措。蔺老板见这个孩子非常紧张，就慈爱地摸了摸小宋的头顶，轻声对小宋说："孩子呀，你这么小就出来谋活路，不容易啊，我跟这家大戏院定了半年的合约，在这半年之内，你若有事情，就来后台找我，只要是能帮得上的忙，蔺某一定不会推辞……"

蔺老板的话，如同这寒冷冬天里的火盆，让宋济琛感到温暖。他强忍住眼泪，没有让它流下来。他暗暗下定决心，要用这十块钱改变自己的命运。为了能有一个强有力的靠山，小宋用这十块大洋疏通关系，拜在青帮大字辈老头子的门下做弟子。凭着这一层关系，小宋有灵活的头脑，又念过书，能识文断字，他在上海滩各种复杂的关系当中游走，还没到二十岁就已经攒到了自己平生的第一桶金。

当他再次回家的时候，宋家已经彻底败落，打听邻居才知道，就在他离开家不久，爱抽大烟的大房娘就一命呜呼了，大房的大哥在日本待了几年，一无所成，回到家里以后也抽上了大烟。大哥先卖田地后卖家当，宋家几代人积累的财产在他手上都随着袅袅的烟雾散尽，最后只能卖房子了。

小宋托中间人买下了宋家老宅——这座当年母亲冤死的院子，将大房娘的卧室改为母亲的灵堂。他请来苏州城里最好的绣娘，一针一线为母亲绣了一幅画像，又花钱雇了大房的孙子在家乡为母亲守灵，一天三磕头，少一次就要受罚，要跪在画像前打自己的脸。宋济琛做这件事不为别的，只为解气。当时他只有二十四岁。

为了买下宋家老宅，宋济琛不仅花光了自己所有的积蓄，还欠下了一屁股高利贷。但他认为这么做是值得的，他这个做儿子的，就是要给九泉之下冤死的母亲出一口恶气。

在上海滩欠下高利贷，可不是一件好玩的事，如果还不上钱，被剁手砍脚的屡见不鲜。小宋自然知道用常规方法赚钱，是没有可能还清阎王债的，宋济琛开始寻找更好的门路。这些年小宋广交朋友，通过朋友的引荐，结识了东北的吴大帅，因为人聪明能干，被吴大帅看中，吴大帅又把他推荐到张作霖的手下，做了负责采购粮秣的军需官。

1903年冬天，张少帅赶走了阎锡山，带兵进了北平城。小宋是骑着高头大马进的北平。已经从军的宋济琛，脚上的马靴锃亮，灰色军服呢大衣笔挺，军装熨烫得一个皱褶都没有，头发梳得光滑，苍蝇落上去也会滑脚，他的个子虽然不高，但手里握着大权，除了兵权，掌管粮秣才是最大的实惠。

这个时候的宋济琛可谓春风得意，他来到北平的第一件事就是寻访蔺老板，当时蔺老板在湖广会馆唱戏，小宋在湖广会馆一连包了蔺老板一个月的场子。他想把与恩公相见这场大戏放在最精彩的高潮。

包场第一天的戏码是《打渔杀家》，蔺老板演萧恩，扮演萧桂英的就是宜贝勒府的小格格金睿芝。宋济琛第一次见到金睿芝，魂儿便被她那双流盼的美目给勾走了。那些天，前台后台都被花篮给挤满了，小宋给蔺老板送的花篮大得出了圈儿，上署"受恩之人百拜"，蔺老板一生最爱助人，他压根想不起来这个受恩之人是哪一位。

还没等小宋想好跟蔺老板相见的这场大戏该怎么唱，时局瞬息万变，东北军撤离了北平。小宋身不由己，还没有来得及跟恩人见面，就不得不离开北平了。

张大帅在北归的路上，火车被日本人给炸上了天，小宋因为押送军粮走陆路，侥幸地错过了这趟通往天国的火车。

张大帅死后，宋济琛脱了军籍，改行经营实业，他开了粮行、粉坊和油坊，不仅遍布滨江，就连察哈尔、库伦、恰克图也有他的买卖。这个时候，宋济琛刚刚三十出头，就已经是大家大业的富商了，但他的个头儿始终不高，跟他的家产不成比例，不过，他的一双眼睛深深地凹在眼眶里，看人的时候，他的眼神里会暴出一股寒光，好像能把人笼罩在他的目光里，让人动弹不得。有人说宋老板的眼神像刀子，又像透视镜，能看穿人的五脏六腑。

每当青黄不接的三月天，城外的百姓活不下去，涌进城里讨饭吃，宋四爷二话不说，就把舍粥的大锅热气腾腾地架在他们家粮米行的前面。宋四爷家舍的粥跟别家的不同，别人舍粥都是要面子，只有宋四爷，里子面子一样都不落。

鼎宏盛粮米行每一次施粥，宋先生必要亲自督阵，看着伙计们熬粥，鼎宏盛粮行舍的粥一定是稠的，稠得用筷子一搅立得住筷子才行。

城里的老人们都说，只要宋四爷的米行开板儿，滨江城街上就不会有饿殍。滨江城里的报社记者蜂拥而至，争相报道宋老板乐善好施的善举，他说做这些善事，全是受了恩公蔺老板的影响。

宋老板受恩公影响的事情并不只有乐善好施这一桩，他还因为认识蔺老板继而爱上了京剧，从小听着苏州评弹长大的宋济琛成了京剧票友。他喜欢言菊朋的戏，也认真地模仿着言老板的唱腔和动作，功夫不负有心人，久而久之，宋济琛也有了几分言派的模样。

金睿芝为了寻找姐姐的孩子，千里奔波来到东北，在宋先生给他们接风的酒席上，金睿芝等不到酒过三巡，就开口哀求宋先生："求求你，救救我姐姐的孩子，姐姐为了寻找丈夫，带着孩子去了上海，现在姐姐死了，孩子流落在上海，不知下落……"

看到金睿芝哭，宋老板的眼眶也湿润了。他也是从小就失去了母亲的人，一个孩子在外流浪的苦楚他是清楚的。

自从在北平的湖广会馆见过金睿芝，宋老板的心里一直念念不忘。他对金睿芝的这份情谊马先生是清楚的，所以他建议金睿芝来找宋先生帮忙，一来帮助找到金睿芸的孩子，二来，蔺老板去世以后，金睿芝在北平孤苦无依，如果宋老板和金睿芝能够喜结连理，也是一桩喜事。

自从马先生带着金睿芝来到宋老板的家，宋老板的目光就一直停留在金睿芝的身上，没有移开过。当他听金睿芝求他出面去上海，帮助她寻找姐姐的孩子时，立刻不假思索地答应下来，并对金睿芝说，事不宜迟，他立刻安排一下家里的生意，明天就坐火车去上海。

先从滨江坐火车到南京，再从南京到上海，路上走了大约五天时间，在一个飘着冷雨的早晨，金睿芝、宋老板和表哥马先生一起来到了上海。

这一次来上海，是金睿芝平生第一次来到江南之地。此时的上海，名义上归南京的汪精卫政府管辖，但实际是在日本人的控制之下。金睿芝来到上海之后，先是找到了金睿芸住过的旅馆，但结果不出所料，老板和店里的伙计都是一问三不知，老板说每天店里来来往往那么多客人，谁会知道半年之前住店客人的去向呢？

宋济琛带着丰厚的礼物拜访了青帮的师父，他的师父给宋济琛指出一条路，让他去各个妓院走走，看看哪家堂子里的姆妈又买了小姑娘。

为了尽快找到姐姐的女儿陆湘锦，金睿芝穿上了表哥马福麟的西装，把一头浓密的黑发藏在帽子里。她跟着宋先生和表哥马先生去长三堂子里走访，大把花钱，跟姆妈打听有没有新买来的女孩子的消息。

陆湘锦自从落入人贩子手中，每一天都仿佛生活在地狱里，因为思念额娘，再加上天气转冷，她的身上还是单薄的夏天衣裳，陆湘锦先是得了感冒，没有得到及时的救治，后来转成了肺炎。

陆湘锦每天都发烧，脸烧得潮红。人贩子怕陆湘锦死在自己的手里，一百块大洋就打了水漂，就像拎小鸡一样，把她拎到自来水笼头前，给她全身上下用凉水淋了一遍，以免让人用手摸的时候感觉到她在发烧。人贩子给她找来一身干净的衣服，又让老妈子给她梳了梳头，然后叫了一辆黄包车，带着陆湘锦来到一家妓院，说这个孩子是昔日王府的格格，如今家人在上海滩落难，要给孩子寻一个活命的去处。

那一天也赶上妓院的老鸨心情好，见陆湘锦五官标致、皮肤白白净净的，人贩子出价要三百，她还了还价格，花了两百五十块大洋买下来这个未来可能成为妓院摇钱树的小姑娘。

自古以来，牙行讲究买定离手。老鸨把陆湘锦买回来之后，发觉上了当，因为陆湘锦一直在发高烧，鸨母吩咐堂子里的老妈子用毛巾蘸点凉水，贴在孩子的头上给她降温，但高烧仍然没有退，老鸨只好自认倒霉，把孩子扔在后院一间空房子里，生死由命。

那些天，陆湘锦一直奄奄一息地躺在床上，她感觉到自己的身体越来越轻，好像一片轻盈的羽毛，轻飘飘地飞舞在空中。自己站在半空中，回看躺在床上的自己，灵魂离开了身体，越飞越远。就在这个时候，她看到了自己的母亲，母亲不断地告诉她，千万不要走，你的小姨正在来找你的路上……

陆湘锦感觉自己在天上飞了很久，当她飞累了的时候，又回到这间小屋，回到了自己的身体当中。她从梦中醒来，发现自己还躺在床上，她想起自己已经有好几天没吃东西了，她发现床头的柜子上还有一碗凉水，一个干得裂了缝的馒头已经被老鼠啃了一半。

陆湘锦拿起馒头，馒头已经硬得咬不动了，她用手将干馒头揉成渣，然后一口一口地把馒头渣舔干净。陆湘锦吃了一点儿东西，感觉身上有了一点力气，她从床上爬起来，摇摇晃晃地走到天井里。堂子里的姑娘们看到这个小东西竟然还活着，大家都惊讶地叫了起来，堂子里的姆妈见陆湘锦还活着，更是欢喜得不得了，说她早上听见喜鹊叫，果然是自己不该破财的。

一连几天，金睿芝和宋济琛走了好多家妓院，也看了几家刚刚买到雏妓的人家，都不是他们要找的陆湘锦。他们一行人走过一条长街，忽然一阵风吹落了金睿芝头顶的帽子，一头秀发散落在肩上。

就在这时，一个从金睿芝身边走过的中年女子突然停下了脚步，她上下打量着金睿芝说："你……是蔺老板的弟子吧？我在北平见过你啊！"

听到师父的名号从这个女人的嘴里说出来，金睿芝心中一惊，急忙停住脚步，打量着这个女人。女人见金睿芝有些紧张，忙说："姑娘别怕，我当年落难之时，曾得蔺老板的恩惠，后来我去北平看望恩公的时候，我在蔺公馆里跟姑娘见过一面。"金睿芝听了女人的一番话，这才放下心。她对那女人说："蔺老板正是家师，不过，我师父已经不在人世了。我这次辞别恩师的灵位来到上海，是为了寻找姐姐失散在上海的孩子。那孩子是个女孩，叫陆湘锦。您久在上海，可听说过谁家买到过这样一个女孩吗？"

那女人听了金睿芝的话，若有所思地想了想，说："有一次，我去我的干姐妹家打牌，倒是听说她家买了一个小姑娘。谁知道，孩子买回来之后发现上了当，那孩子是个小病猫，好像得了肺炎，现在是不是还活着，真不好说……"

这个女人的话是金睿芝来到上海之后发现的最重要的线索，她急忙走上前去，哀求道："请您看在家师的份儿上，帮帮我吧！带着我去找找孩子……"金睿芝一边说一边流眼泪。

那个女人走上前来，拉住金睿芝的手说："孩子，难为你年纪轻轻，就担着这么大的事体，我这就带你到我的那个干姐妹那里去看看，但我有一个条件，如果孩子没了，可不能跟她打官司啊！"

金睿芝连连点头说："我懂的，哪怕就是孩子死了，我也要知道她埋在哪里啊！"

这时候宋老板也走过来说："我与这位阿姊一样，也是受过蔺老板大恩的，没有蔺老板，就没有我的今天。这位金小姐与蔺老板，名为师徒实则情同父女，帮她的忙，也等于报答蔺老板！"

那女人连说"我晓得"，宋老板忙到路边叫了辆黄包车，让那女人坐的那辆车在前面带路，一行四个人一起来到了一家妓院的门前。

这些天，这家妓院的姆妈心情不错，刚买回来不到一个月就差点病死的那个小丫头，一个人在房里躺了十几天，竟然奇迹般地活了过来，只要这个孩子能活下来，长大了就是一棵摇钱树。

傍晚的时候，她的一个干姐姐突然带着三个不速之客登门造访，说是要看看她前些日子买回来的那个小姑娘。在长三堂子里做生意的女人哪一个没见过世面，她一看这三个人的样子，就知道是一桩生意上门，有生意上门哪有不做的道理。

她立刻叫人到后院把陆湘锦领到前厅，金睿芸带着孩子跟随丈夫陆长渊离开北平的时候，陆湘锦只有两岁，还是一个吃奶的娃娃。当陆湘锦被老妈子领到前厅，看到姆妈的周围坐着几个客人，其中一个年轻的女人，身材白皙，眼睛细长，长得酷似自己死去的额娘。陆湘锦看到这个人，她的小手不由自主地攥紧了藏在夹袄前襟缝里的那支金步摇。

这一路上，金睿芝在各种堂子里已经见过了不下十几个被贩卖的女童，尽管她知道这些孩子未来悲惨的命运，但她确实没有办法把她们统统救走。

来到上海已经好几天了，一直没有找到陆湘锦，她的心已经被悲恸填满。她明白了姐姐为什么会死在寻找丈夫的途中，因为找人的过程，对于寻找者实在是一种超乎寻常的煎熬。

一个头发乱蓬蓬的小姑娘被领到客厅前，已经瘦得形销骨立，一张小脸上只有一双眼睛显得格外地大。客厅里的空气顿时凝固了，每个人的心里都转动着不同的心思。金睿芝从手包里拿出一张两寸的照片，照片上的男人一身戎装，英气逼人。她拿着照片走到小姑娘的身边。金睿芝蹲下来，拿着那张照片问那孩子："孩子，不要害怕，你认识照片上的这个人吗？"

通过这张照片，陆湘锦立刻知道了这个人的身份，她应该就是自己苦苦等待的来解救自己的小姨！陆湘锦想起了母亲临死之前嘱咐她一定要记住的话。她当着所有人的面说："我认识！这个人就是我的父亲陆长渊！"当陆湘锦说出了陆长渊的名字，金睿芝的心立刻加速了跳动的节奏，站在眼前的这个小小的人儿，应该就是自己姐姐的骨肉！

陆湘锦见来人突然不说话了，她更加紧张，生怕自己说错了什么，对方不肯把自己接走。她情急之下想起了母亲临终的嘱咐，就像背书一样重复着母亲临终之际教给她说的话："我姓陆，我叫陆湘锦，我父亲陆长渊是国军 67 军上校团长，我额娘是北平宜贝勒府格格金睿芸，我小姨叫金睿芝……"

"你就是锦儿？我的孩子啊！"金睿芝紧紧地抱着陆湘锦号啕痛哭，陆湘锦一边哭一边从自己的衣襟里拿出一支金步摇。

妓院鸨母见孩子从自己破烂的衣服里面抽出一支金灿灿的步摇，脸色顿时变得很难看，后悔这个孩子买回来之后没有对她彻底地搜身，想不到这么一个小丫头还有这么缜密的心思，身上藏了一支值钱的金步摇，竟然不动声色。

金睿芝从孩子的手里接过这支步摇，在步摇的背面錾着姐姐的名字"金睿芸"，当年姐姐生下女儿之后，姐夫在首饰店里给姐姐打了这个首饰，作为送给妻子的礼物，看来，这个孩子无疑就是姐姐的女儿陆湘锦了。

金睿芝要带走孩子，老鸨狮子大开口，想带走这个孩子要两千大洋。金睿芝什么也不管了，花钱的事情交给宋老板，她只是抱着孩子不肯撒手。

宋先生和马先生都是商场的老手，漫天要价就地还钱，做生意哪有不还价的道理。经过讨价还价，那位领着他们来的女人也帮忙说话，最后花了一千五百大洋，给陆湘锦赎了身。

　　这些天，陆湘锦只是吃了一点干馒头，喝了几口凉水，她的身体虚得没法走路。金睿芝抱着孩子，手里就像是抱着一片轻飘飘的树叶。回到他们住的旅馆，金睿芝让旅馆的伙计帮忙找来一点白糖，用自己的杯子给孩子冲了一碗白糖水，陆湘锦舍不得喝，执意要小姨先喝。看到这么懂事的孩子，金睿芝心痛如割。

　　宋老板不放心，到金睿芝的房间来看望孩子，他用手摸了摸陆湘锦的头，说："孩子发着烧哪！赶紧送医院吧，再拖一阵子，好不容易找回来的孩子要扔了！"

　　听了宋老板的话，金睿芝有些为难，刚刚为陆湘锦赎身的这笔钱她还可以凑齐，可是已经没有多余的钱送孩子去医院治病了。宋老板看穿了金睿芝的心思，对她说："格格，不必担心钱的事情，现在救孩子要紧！"说完抱起孩子就走。

　　金睿芝为难地说："我现在没有多少钱了，我也不知道什么时候有钱还你。"

　　"都什么时候啦，还说这些？"宋老板有些责备地看了金睿芝一眼，宽慰她说："钱，我带得足够了，如果还不够，我还可以让家里给我汇些钱来。"

　　他们雇了黄包车去了圣约翰医院，医生给陆湘锦打了青霉素，孩子打完针之后，体温很快就降了下来。金睿芝有些过意不去地看着宋老板："我们初次相识，就给您添了这么大的麻烦，真是对不起啊！"

　　"格格，可不能这么说，您的师父蔺老板是我的大恩人，我现在做的这点小事，权当报答我的恩人吧！"

金睿芝忙回答道："宋老板，家师已经不在人世，分明是您对我和这个孩子有再造之恩啊！"

宋老板看着金睿芝的眼睛，真诚地说："格格，现在到处都是兵荒马乱的，恩公蔺老板也不在了，我看您与其带着孩子回北平，不如跟我回东北住上一阵子，只是不知道格格住不住得惯东北？"

金睿芝说："我们满族人的祖先本来就兴起于白山黑水，更何况眼下的处境，我和这个孩子已是无家可归之人，只要有个地方可以收留我们就好，哪里还说得上习不习惯？"

陆湘锦跟随姨母踏上开往滨江的火车，蒸汽火车就像一个患有哮喘病的巨兽，"吭哧、吭哧"地吐着白色的烟雾，一路向北。火车在两条铁轨之上停停走走，"咣当""咣当"临时停车的次数一双手指头都数不过来。

火车驶出山海关，呈现在眼前的是大片的荒原，一眼望不到尽头。火车经过了三天四夜，总算是到了滨江火车站，滨江就是随着中东铁路的兴建而诞生的城市。

火车到了站，蚂蚁一般的人流开始沸腾起来，金睿芝跟着宋老板和马先生走出了火车站的检票房子，滨江特有的哥特式尖顶建筑呈现在眼前。

宋老板去路边叫来一辆白俄样式的马车，马车夫是一个长得很白净的青年小伙儿，他殷勤地从马车上搬下来一个矮凳，然后搀着金睿芝和孩子上了高大的洋马车。

当时的北平以人力黄包车居多，这样高头大马的洋马车并不多见，洋马车的铜扶手被擦拭得铮明瓦亮，上面刻着精美的花纹，金睿芝从小长在北平的大宅门里，后来住在蔺府，师父怕她淘气，时刻将她带在身边，金睿芝也算是见过一些大场面的，可坐这样气派的洋马车还是平生头一回。

大洋马撒开了四只蹄子，跑起来发出"哒哒哒"的声音，听起来十分悦耳。他们的车子路过吉野町，沿街悬挂着日本招牌的商铺映入睿芝的眼帘。

　　马车在鼎宏盛粮米行的门口停下来，鼎宏盛粮米行门脸是中式的牌楼，左右挂着大红的灯笼。宋老板给那个洋马车夫付了钱，洋马车夫又搬下那个踏脚凳，脸上带着谦恭的笑容，将他们搀扶下车。

　　马先生和金睿芝跟着宋老板来到了米行后院，宋老板吩咐管家，把西跨院收拾出来，让金睿芝和孩子住，另外在自己住的主院的东厢房给马先生收拾好一间客房。

　　这些天陆湘锦一直十分警觉，她的小手紧紧地抓着金睿芝的衣襟，哪怕是睡觉的时候也不肯松开。除了宋老板可以替金睿芝抱一抱陆湘锦之外，就连马先生这个孩子嫡亲的表舅，孩子也不让他碰一下。

21

　　陆湘锦跟着姨母金睿芝在宋老板家住了下来。陆湘锦思念母亲，每天都在纸上画母亲的头像，金睿芝见了非常难过，但也无可奈何，只能让她继续画下去。

　　宋先生偶尔会到西跨院来坐一坐，有时候是聊天，有时候跟金睿芝一起唱一会儿戏。宋先生扮演萧恩，金睿芝扮演萧桂英；也有时会唱一段《红鬃烈马》，宋先生扮演薛平贵，金睿芝扮演王宝钏。陆湘锦从小就做他们俩的观众，负责给他们拍巴掌叫好。

　　陆湘锦被从上海解救回来的时候已是年底。进入腊月以后，转眼要过年了，宋家上上下下都在准备过大年。自从陆湘锦来到宋家以后，无论是前面的伙计还是后院的仆人，大家都异口同声地叫她小姐。

　　宋老板让裁缝铺的人上门来给陆湘锦量尺寸做衣裳，宋老板特地嘱咐金睿芝，无论是单的还是棉的，都要做最好的料子，千万不要想着给他省钱，陆小姐的衣服一定要上好的绸缎才行。

　　陆湘锦在宋家住了一个多月，苍白的小脸蛋上有了红晕，这一个月来，个子也长得飞快，经过姨母金睿芝的悉心调养，瘦成一把骨头的陆湘锦转眼变成了一个人见人爱的小姑娘。

宋老板跟其他几个商界的朋友一起合股办了一个茶社，这个茶社从来不接外客，只有商会的会员在这里聚会或者谈生意。

金睿芝也陪着宋老板来过几次，只不过是陪着宋老板在这里过一过戏瘾，陪他唱一段《打渔杀家》。

过了腊月二十一，马上就要过小年了，性急的孩子们已经开始在胡同里点起了爆竹，滨江的街头巷尾响起了稀稀落落的鞭炮声。

滨江这个地方，自古土地肥沃却人烟稀少。自从沙俄在这里修建中东铁路，才唤醒了这片沉睡的土地。民国以来，关内军阀混战，闯关东的人越来越多，滨江接纳了来自各地的移民，来自各地的移民也把各地的民俗带到了这片蛮荒的土地上。

在滨江，差不多家家的灶间里都有"灶王爷"的神位，这位灶君司命的全名叫"九天东厨司命灶王府君"，据说是玉皇大帝亲自封的，负责管理各家的灶火。被作为一家的保护神，灶王爷神像两旁贴上"上天言好事，下界保平安"的对联，灶王爷是玉皇大帝派到人间的监察官，玉皇大帝会根据灶王爷汇报的具体情况，再将这一家人在新的一年中吉凶祸福的命运交到灶王爷的手中。因此，对一家人来说，灶王爷的汇报实在具有重大的利害关系，所以灶王爷被每个家庭尊为"一家之主"。人们会在灶王爷上天述职这一天在灶王的嘴边粘上糖瓜，请他到天上多说几句好话。

腊月二十三的早上，宋老板到西跨院来看望金睿芝和陆湘锦娘俩儿，金睿芝正在给锦儿梳头，旁边放着一盒子绒花，金睿芝从盒子里捡出四朵粉红色绒花插在陆湘锦的头发上。陆湘锦看宋老板来了，欢喜地叫着"舅舅、舅舅"，张开一双小手扑向宋先生。

宋先生弯腰把陆湘锦抱在怀里，告诉她，舅舅今天从茶社回来，给你带糖瓜。哄完了孩子，宋老板又对金睿芝说："今天是腊月二十三，滨江商会要在茶社聚会。瑞祥绸缎庄的孔老板、景德瓷器行的白老板全都来，大家伙儿都想听你清唱一段。然后一起吃杀猪菜、祭灶，你带着锦儿一起去，中午咱们俩一起票一段戏，跟大伙儿一起热闹热闹。"

听了宋老板的话，金睿芝有些为难地说："蒙商会各位看得起，这份好意我是知道的，可是锦儿怕见生人，我又不能把她一个人扔在家里……"

听金睿芝说放心不下锦儿，宋老板立刻改了主意，说："陪孩子要紧，那就不去吧，你在家陪着锦儿，等我从商会回来，咱们晚上一起吃饭，我安排厨房，晚上咱们吃饺子。"

宋老板早上出门的时候是上午九点刚过一点儿，可是到了下午四点一刻，宋老板还没有回来。

冬天的日光短，这个时候太阳已经下山，陆湘锦想起宋老板答应给她买糖瓜的话来，非要闹着去找舅舅。金睿芝带着孩子去了前院的粮食行，粮食行的掌柜的和伙计都说，老板早上出门，到现在也没有回来。

金睿芝让伙计去路口给她叫一辆马车，她抱着孩子去茶社找宋老板。马车拐过几条街道，远远地看见了商会茶社的灰色门楼。

马车在茶社门口停下，金睿芝看见茶社的门虚掩着，金睿芝抱着孩子推开了那两扇虚掩的门，走了进去。只见庭院正中有一个高大的影壁，影壁上写着"招财进宝"几个大字。绕过影壁，庭院中间摆着一个大大的石头元宝，地上的每块花砖都镶嵌成了金钱眼的图案，金睿芝心中不免觉得俗气。她本来不喜欢这样到处都充斥着铜臭味的地方，但因为锦儿闹着要找宋老板，她不想大过年的让孩子哭闹，所以不得不来。

再往前走是三间正厅，商会里的各位老板聚餐、谈事都在这里。这时候，商会的管事满面春风地迎了出来。商会的管事认识金睿芝，因为金睿芝应邀来这里跟宋老板一起搭过戏。商会的管事非常客气地招呼说："哎呀，格格，您怎么才来？几位老板都回家去啦！"

"宋老板也回去啦？"金睿芝有些担心地问。

"是呀，是呀！中午吃过了饭，大概不到两点钟就散了。"

金睿芝问那管事的："是他家司机接走的吗？"

"呦！我听宋老板说，他那汽车司机的娘生了病，回到双城去看他娘了。今天宋老板高兴，多喝了几杯酒，他走的时候有点醉了，我不放心，说要送他回家，可宋老板说啥也不让，就在这门口雇了一辆马车……"

"那辆马车平常就在这门口等活儿吗？那赶车的车夫你认识吗？"

商会的管事摇头说："我不认识，以前也没有见过这辆车，谁知道是从哪里冒出来的，也许是听说今天商会聚会才来这里等活儿的吧？"

金睿芝带着孩子从茶社里走出来，她的心里好像被塞进了一团乱麻。她拉着陆湘锦的小手刚刚走出茶社的大门，没走几步，就看见送他们来的那辆马车还停在原地等着她们，金睿芝跟车夫说好了，雇的是往返的车，能挣来回的车脚钱，车夫也非常乐意。

就在金睿芝要带着孩子上车的时候，陆湘锦突然蹲在地上，从雪地里捡出半截被车轮子碾压扁了的雪茄烟。陆湘锦把那半截雪茄举到了金睿芝的面前，奶声奶气地说："这是舅舅的烟。"金睿芝从陆湘锦的手里接过这半截雪茄，心中涌起一阵不祥的预感。

她嘱咐陆湘锦，这个事先不要跟别人说。陆湘锦也很懂事，她也不再追问舅舅什么时候给自己买糖瓜，只是用小手紧紧地抓住那半截雪茄。

金睿芝带着孩子又回到了宋府，这个时候天已经完全黑了下来。金睿芝只好抱着孩子去了宋老板太太的房间。

宋老板的夫人，是他亲娘在世的时候给他定下的亲事，宋太太的亲娘原是陈氏绣庄里的绣娘，跟陈阿秀是从小一起长大的小姐妹。陈氏绣庄破产之后才回到家里，十八岁那年嫁到一个富裕人家，转年生下一个女儿，小名叫阿娇。

陈阿秀进入大宅门的命运远没有她的小姐妹好。自从老爷死后，她被大太太折磨得活不下去了。陈阿秀担心自己死后没有人照看她的儿子，就跟自己最要好的姐妹商量，定下了两个孩子的婚事，并且交换了庚帖。陈阿秀死后，宋济琛远走上海，这件婚事也无人再提。

宋济琛在上海混得如鱼得水，买下了宋家老宅，给冤死的母亲出了一口恶气。这个消息也传到了她娘的姐妹这里，她感觉宋济琛已经有了出息，就想起了当年跟宋济琛的母亲交换过庚帖的事情。母亲的好姐妹约宋济琛去她们家里吃茶，并拿出当年交换的庚帖，说出当年跟他母亲定下婚约的事。

宋济琛自然不能违背母亲生前的遗愿，在他母亲的一生当中，只有他的这桩婚事是母亲做的主，他是万万不能违拗的。

宋济琛娶了阿娇进门，可是阿娇自从过门之后，身子骨就一直不好，整天病恹恹的，除了会绣花之外，也没有什么喜好。

宋济琛自从在北平见过舞台上的萧桂英，生活中的女人就变成了一块可有可无的鸡肋，只不过是拘着母亲的面子，弃不得糟糠罢了。

宋老板的太太并非不知道她男人心里想着的人是谁，自从金睿芝住进了西跨院，这个家里就有了某种微妙的变化，宋太太从来不去西跨院，而金睿芝也从来不到她住的房间里来，对于成人世界里的这些复杂的关系，每个人心里都有一本明白账。可今天的情况不同以往，金睿芝抱着孩子来到了宋太太住的正房。

"嫂子！"金睿芝亲亲热热地叫了一声，然后又让孩子叫宋太太"舅妈"。宋太太见陆湘锦长得可爱，就从棉袄大襟里掏出一把钥匙，用钥匙扭开了箱子上的铜锁，从箱子里拿出两块"采芝斋"的粽子糖，塞到了陆湘锦的手里。

金睿芝看到房间里并没有多少陈设，地中间架着一个巨大的绣花架，上面绷着一幅绣了一半的"百子献寿"。金睿芝知道宋老板的生日在农历八月十九，这么大的一幅绣品，怎么也要好几个月才能完成。看来，宋太太还是很懂宋老板的心思的，宋老板就好个面子，现在距离宋老板的生日还有多半年，礼物已经开始准备了。

金睿芝见绣架的对面还有一个乌木绣墩，她就坐在这个绣墩上，看着那幅绣品上细如牛毛的针脚。宋太太让老妈子给金睿芝泡了一盏茶，对金睿芝说："芝妹妹今天怎么这么得闲，到我这里来？"

金睿芝忙起身，向宋太太行了蹲安礼，说："嫂子，您这么说可是挑我的礼啦！"金睿芝人高马大，宋太太又瘦又小，芝格格就是蹲着也快赶上宋太太站着高了。

宋太太见金睿芝身上穿着一件镶着狐狸毛领子的藏蓝色呢子大衣，就夸这件衣服的做工好，腰掐得极合适。

金睿芝心里着急，不想继续跟宋太太寒暄，她单刀直入地问："嫂子，我四哥上午去茶社开会，我一直没有见他回来。刚才孩子闹着要去找舅舅，我就带着锦儿去了茶社。茶社的管事说他早就回家了，不知嫂子看见四哥没有？"

宋太太见金睿芝找自己的丈夫找得这么上心，心里非常不是滋味。但她心里有一个准则，那就是水再大也漫不过船去，只要她沉得住气，这个家里太太的位置就永远不会是别人。但是，任何人都有沉不住气的时候，她想，我自己的丈夫，就算我见不着他，也轮不上你到处找。想到这里，宋太太冷淡地说："想必你四哥是去了粮库吧，他那么大人还能去哪儿，还烦劳格格到处去找，真是太麻烦你啦！"

　　金睿芝见宋太太不高兴，她也不想再自讨没趣，抱着孩子就往外走，她的脚步还没有迈出门槛，陆湘锦突然放声大哭："舅舅没有了，我要找舅舅！我要找舅舅！"听到孩子的哭声，宋太太的脸色骤变，她挪动着小脚追上金睿芝，一把拽住了陆湘锦，问道："你说什么？你舅舅怎么啦？"

　　陆湘锦哭泣着说："舅舅不见啦！"说着就把那半支被压扁了的雪茄拿到宋太太的面前。宋太太问陆湘锦："这支烟你是从哪里找到的？"

　　陆湘锦说："就在茶社门口的地上捡的！"宋太太听了陆湘锦的话，脸上立刻勃然变色。

22

腊月二十三的晚上，宋老板一夜未归，宋太太在观音菩萨的塑像前跪了一夜，金睿芝也是一夜都没有合眼。

第二天早上，是腊月二十四，按照东北的年俗，这一天是扫房的日子。如果宋老板在家，前店的伙计还有后院的老妈子一大早就要行动起来，用胳膊粗的鸡毛掸子把浮土掸掉，再用蘸水的抹布把房梁、炕沿儿、箱箱柜柜、掸瓶瓷器、各色摆件儿都擦得铮明瓦亮。

可是今年的腊月二十四，宋老板不在家，前面店里的伙计和后面院子的仆人鸦雀无声，大气儿都不敢出，地也没人扫了，灰也没人掸。

天快擦黑的时候，马先生慌慌张张地来到了西跨院，尽管金睿芝的心里也不安生，但她还要做出镇静的样子，陪着陆湘锦坐在炕上玩"嘎啦哈"。

马先生走进金睿芝的房间，小声对金睿芝说："四哥有信儿了。"

"你说什么？"金睿芝腾地一下从炕上跳到地下，穿着袜子站在冰冷的地上。马先生紧张地趴在金睿芝的耳边说："四哥让胡子给绑了票。"

金睿芝睁大了眼睛，惊讶地问："你是怎么知道的？"

马先生说："晚半晌的时候，前面店里掌柜的收到了一封信，信是让一个小叫花子给送过来的。信里写着宋老板已经被他们绑了，说让主家在腊月二十五正晌午时带着两万现大洋去赎人，如果见不着人就撕票。掌柜的不敢耽误，急忙把这封信送到了正房，结果正房里住的那位病秧子一听这个信儿，立刻昏倒了，几个老妈子掐了半天人中，才把嫂子给救活。你说四哥儿子那么小，家里就那么一个病秧子太太能管什么用呢？"

金睿芝直接打断了马先生啰里啰唆的赘述，她问马先生："明天谁去胡子窝里赎人？"

马先生支支吾吾地说："开始吧，四嫂子哀求我去，我说我可不行，去不了。她又去求米店的掌柜，结果掌柜说，他倒是想去救东家，可他家有八十老娘，还等着他结了这一年的红利回家过年……"

金睿芝急了，瞪圆了一双细长的凤眼说："这么说来，四哥这个事，就没人出头啦？"

"也不能那么说，听说四嫂子给她娘家侄子拍了电报，她娘家侄子在往这边赶！"

"你放屁！"金睿芝突然对自己的表哥爆了粗口："等她娘家侄子赶来，宋四哥早就没命了！你没有事的时候，见天在四哥面前说戏，今儿说秦琼明天讲专诸，等遇到了事，怎么不见你为朋友两肋插刀？"

马先生见金睿芝开口骂人，有些委屈地说："我怎么就不为朋友两肋插刀了？我刚才还帮四嫂子出了好多主意哪！再说，我一个从小长在京城的旗人，除了会唱戏，还会干什么呀？我哪知道怎么跟什么胡子打交道？"

金睿芝不再跟他废话，一边穿上外套的棉衣、戴上帽子，一边从炕上抱起陆湘锦就往外走。

"你干什么去啊？我可告诉你啊，这可是大事，你可别往里头瞎掺和！"马先生在后面警告着金睿芝，可金睿芝就跟没听见似的，直奔上房而去。

宋太太躺在炕上，手脚冰凉，额头上盖着一条白手巾。伺候着太太的老妈子给太太熬了一碗红糖姜水端了过来，放在炕沿儿上。宋太太看见金睿芝抱着锦儿风风火火地闯进来，宋太太叫了一声"芝妹妹"，眼泪止不住地流下来。

金睿芝把锦儿放在炕上，侧身坐在了炕沿上，对宋太太说："嫂子，四哥这件事，你打算怎么办？"

"我也不知道啊，我的脑子里很乱……胡子说让人带着钱去土匪窝子里赎人，可眼下让谁去啊？都是拖家带口的，我让我侄子来，谁知道电报啥时候到……"

金睿芝双手紧紧地攥住宋太太的双手，一字一顿地说："嫂子，救四哥这趟差事我去。"

"你去？你一个女人家，怎么能抛头露面地跟胡子打交道？"

"嫂子，是福不是祸，是祸躲不过。我打算去走一趟，先去看看宋哥现在是什么情况。"

宋太太有些为难地说："可我现在手上拿不出两万大洋啊！你四哥不在家，我也不知道他的钱存在哪里……"

"嫂子，我先不用带钱去，先去看看吧，但我也有一件事要托付给嫂子，请嫂子无论如何也要答应我。"

宋太太听金睿芝这么说，急忙指天发誓说："格格，只要你能帮我救你四哥回家，你就是我们宋家的大恩人，你有啥事，嫂子一定替你办……"

"嫂子，我一个人，是死是活都不怕，我放心不下的就是这个孩子。可怜她小小年纪就没了爹妈，流落在外，吃尽了苦头。如果我回不来，请嫂子一定替我把她养大，您不必把她当什么大小姐养着，只求嫂子给她一口饭吃，不要再让她流浪，还求嫂子教她绣花的手艺，让她长大以后能养活自己！"

听了金睿芝的这一番话，宋太太紧忙把锦儿搂在怀中，抽泣着向金睿芝发誓道："格格放心，以后不管我这个家怎么样，只要有我吴阿娇一口稀饭，我绝不会饿着孩子。我给你发个毒誓，如果我不好好养着她，就让我遭天打雷劈、不得好死！"

金睿芝连忙用手捂住宋太太的嘴，说："嫂子言重了，我和锦儿在嫂子家里住了这么久，遇到这样的事，绝对没有不伸手的道理。"

话没有腿，但跑得快。没过一盏茶的工夫，金睿芝要去胡子窝里救宋老板的事已经在前后院传开了。

金睿芝跟宋太太商量好之后，又找来马先生。马先生抱怨说："就你逞能！你以为胡子都是什么人哪？杀人不眨眼的主儿，你一个金枝玉叶的格格，偏偏自己往胡子窝里送！"

金睿芝瞪了马先生一眼，说道："你还好意思说，这个大院子里几十口人，男人不顶用，女人不去怎么办？你想想，这些日子，我们住在四哥家里，饭来张口、衣来伸手，就算我师父对四哥有恩，可他也不欠我们的呀，上个月，四哥去上海救锦儿，给孩子看病花了那么多钱，四哥一声都不言语。如今遇到这么大的事，你我还好意思在这里装傻吗？"

"睿芝啊！我不是装傻，我是真没辙啊！"金睿芝瞪了表哥一眼，没有作声。

马先生说："四哥的这条命全在你的身上，你若是搞砸了，这可不是闹着玩儿的啊！"

金睿芝不想再理睬表哥的唠叨，她默默地准备着明天去土匪窝子的衣服。她深知面对如此困局，只有豪赌一把，或有可能破局。

23

腊月二十四的深夜下起了大雪。

第二天早上，门已经被半尺厚的大雪给封住了。马先生昨天已经跟车马行订好了车，这个车马行已经给好几个赎票的人赶过马车了，也有人怀疑他们就是胡子在城里的眼线，却一直没有找到可以认定他们跟胡子勾结的确凿证据。

胡子在信里约定的是正晌午时，刚刚吃过早饭，车夫就载着金睿芝出发了。车夫赶着马车走在中央大街的石头路上，俄国细腰的大洋马翻开蹄子，踏起一阵雪尘。街道的尽头是松花江，冬天的松花江上覆盖着厚厚的大雪，马车可以从江面上走过去。马车进入江心岛，眼前出现一大片芦苇，前面已经没有路了。

那车夫勒住了马车，对金睿芝说："小姐，前面没有路了，只能自己走了。"金睿芝从马车上跳下来，看到芦苇丛中有一条弯弯曲曲的羊肠小道，走在这里面，外面的人几乎看不到，因为两面都是厚厚的芦苇，像墙一样，风一吹，芦苇塘发出哗哗啦啦的声响。

　　金睿芝蹚着雪往前走，昨夜的大雪掩盖了这条小路上的一切痕迹。金睿芝沿着这条小路艰难地向前走着，脚下坑坑洼洼的冰凌藏在大雪的下面，一步一滑，幸好满族女人都是天足，如果是小脚女人早就倒下了。金睿芝能走这样的路，也多亏她自幼练功。就在她快要走出芦苇荡的时候，忽然从一片干枯的芦花里露出几个戴着狗皮帽子的脑袋来，金睿芝的心也在"怦怦"乱跳，她知道，该来的终于来了。

　　为首的那个细高个子，长着一张刀条脸。金睿芝发现这个人的眼睛斜视，他看着金睿芝的时候好像是在看着别处。

　　"干，干什么的？"

　　"赎人。"

　　"钱都带来啦？"

　　金睿芝说："钱就在我身上，可我要看看肉票是不是还活着，绑匪绑人，我们用钱赎命。没看到活人，我可没钱给你们！"

　　"哟呵！小娘们儿还挺横！老子干这行这么多年了，还没有看见哪个赎肉票的敢跟我们犟嘴！"他说着把一只老式套筒枪的枪口顶在了金睿芝的胸口。金睿芝咽了一口唾沫，稳了稳自己的心神，对那土匪说："天下所有的行当都是生意，你们绑匪做的既然是生意，凭什么不按规矩来？我要见人才能拿钱！"

　　那个土匪说："好好，老子不跟你斗嘴，我们大当家的等着你哪！"

　　金睿芝说："给我带路吧！"

　　绑匪从皮袄里掏出两块黑布对金睿芝说："先把眼睛蒙上，这是我们的规矩！"金睿芝没有反抗，顺从地让那个绑匪蒙上了自己的双眼。

　　那个绑匪得寸进尺，又拿出一块布打算塞进金睿芝的嘴里，那块布不知道塞过多少人的嘴，唾液粘在布上，散发出一种恶臭的气味。金睿芝不等那块臭布塞到自己的嘴里，抬手就给了那个绑匪一记耳光。她的眼睛虽然蒙着，但这记耳光却打得又准又狠，旁边几个土匪从来没有见过这么硬茬儿的赎票人，感觉有些棘手，愣呆呆地站在那里。那个挨了一个嘴巴的大个子土匪被金睿芝给激怒了，他骂道："给脸不要脸的东西，敢打老子，我现在就把你大卸八块，你信不信？"说着，从腰间抽出一把寒光闪闪的刀，架在金睿芝的脖子上。

金睿芝也把蒙在眼睛上的黑布扯下来，对那高个子土匪说："你最好现在就把我杀了，我看你还打不打算要赎金？"那个年代，绑匪横行乡里，老百姓见了他们，不是抱头鼠窜就是跪地求饶，金睿芝这种天不怕地不怕的劲头，确实让绑匪摸不着头脑。

就在他们相持不下的时候，从后面跑出一个看样子只有十七八岁的小土匪，上气不接下气地说："棒子哥，大……大当家的让你带人去大厅问话！"那个被小土匪叫作"棒子哥"的大个子绑匪只好把刀收起来，他从来没有见过哪个赎肉票的人这么横。这一回他们再也没有蒙住金睿芝的眼睛，押着她走进了芦苇深处。

松江流域有着世界上最肥沃的黑土地，冬天的时候，沼泽被冰雪封住，这些绑匪们就藏匿在芦苇深处。在一片望不见边际的芦苇丛里，有一片芦苇被割倒，在这片湿地当中，用松木搭起了一排简易的木屋。中间那个比较大的木屋就是匪首住的房子，那两个绑匪将金睿芝带了进来。

金睿芝打量一下这个房间，这是一间用砍倒的松木搭建起来的房子，松木架子的里面钉着苇帘子，苇帘上面又涂了一层黄泥。

大厅地中间摆着一盆炭火，炭火在熊熊地燃烧。在大厅靠墙的正中位置，摆着一把用白茬松木做的大椅子，椅子上铺着一张很完整的狼皮。一个四十多岁的中年男人坐在那张铺着狼皮的椅子上，一张本来还算端正的脸被一条刀疤一分为二。他端着一个铜烟袋在闭目养神。金睿芝发现，自己在打量对方的同时，那个男人也在假寐的状态中观察着自己。金睿芝不断地做着吞咽动作，努力让自己不露出慌张的神色。那个男人突然睁开了眼睛，那双眸子里闪烁着一股凶狠的光芒。

他死死地盯着金睿芝的眼睛，这种眼神让金睿芝想起了阿玛生前说过的话，阿玛在政治上素无野心，只是靠着祖荫活得很是潇洒，熬鹰、驯狗、养马、唱戏，是阿玛平生的四大爱好。阿玛说："当你驯狗的时候，狗在看着你的眼睛，如果你先把目光转移，这条狗就会轻视你，永远不会听你的指令；如果你一直看到它把目光移开，这条狗就会听你的话。"为了给自己壮胆，金睿芝不断地在心里告诫自己：坐在我面前的是一条狗，是一条狗……当她有了这样的意念之后，那个刀疤脸男人也就显得不那么可怕了。

那个男人瞪着金睿芝，见这个年轻的女子毫不胆怯，反而敢于直视自己，几秒钟之后，他突然哈哈大笑道："你这个小娘们儿，胆子真是不小啊！"

金睿芝说："这也是没有办法的事，我们家主事儿的让你们给绑了，家里没有人能出头了，我不来赎人，难道还让我家兄长在尊驾这里过年不成？"

那个刀疤脸听了金睿芝的一番话，突然一阵狂笑："哈哈哈，你想得倒是挺美，还想在我这里过年？过年我还得给他包饺子、炖肘子，整一桌席？想得美！你以为我是活菩萨来人间积德行善的吗？"

金睿芝明白，此时此刻，自己要加着万分的小心，一个错误就可能导致自己和宋老板双双死在匪巢，尸骨无存。金睿芝说："我是来换肉票的，你把我留下，把宋老板放回去！"

"哦？"那个刀疤脸的男人听了金睿芝的话，"腾"地从那把大椅子上跳了起来，走到金睿芝的身边，饶有兴趣地围着金睿芝绕了两圈，用一种不怀好意的眼神看着她说："用你换宋老板？你可想好啦？"

"我想好啦！"金睿芝故作镇静地说。

刀疤脸满脸坏笑地说："拿你换宋老板，也中！如果你愿意留下做我的压寨夫人，我这份家当都归你，别说是放一个肉票，你就是想放三个、五个，我也依你！绑肉票的钱我也不要啦！就当我给你下的聘礼，你看好不好呀？"

金睿芝说："你说的是要钱没说要人，做绑匪也有绑匪的规矩，咱们说的是赎票，怎么又扯上了聘礼，有你这么做生意的吗？"

那刀疤脸冷哼了一声说："在我这一亩三分地上，我说的话那就是规矩，懂吗？把你留下，放了肉票，那是我看得起你。为了把滨江城鼎宏盛的宋老板弄到手，我费了多少心思？我二弟在滨江，光踩盘子就踩了半年多，你当我们当胡子的容易啊？"

金睿芝听刀疤脸提到了他的二弟，想必就是这个土匪窝里的二号人物。金睿芝说："你们绑票无非就是要个钱财，宋老板虽有万贯家财不假，可你绑了他，家里群龙无首，谁也不知道宋老板把钱存在了哪家票号。绑了他，你们还真未必能要出钱来。如果用我换回宋老板，宋老板不会不来救我，所以说，我比宋老板更值钱。"

刀疤脸听了金睿芝的话后，说："那你说说看，如果我绑了你，宋老板他不来赎你，我跟谁要钱去？赔本的买卖我可不做！"

金睿芝说："你找我家里人要钱！我是北平宜贝勒府的格格金睿芝，你去找我兄长金睿萱要钱！"

刀疤脸冷笑说："别拿我当土鳖，我们二当家的从小就在北平混过事儿，在北平那地界上，大清国倒了，老旗人都穷得卖裤子、当棉袄了，你还跟我提什么王府格格，金字招牌可换不来现大洋！"

金睿芝不得不承认，刀疤脸说得不假，如果有师父在，自己遭了难，蔺老板哪怕是倾家荡产也不会不管自己。可是现在的当家人是金睿萱，这个金睿萱就是一个公子哥儿，有钱还不够他自己折腾，哪有闲工夫管自己。想到这里，金睿芝不再说话了。

那个刀疤脸见金睿芝沉默下来，有些得意地围着金睿芝绕来绕去，就像一头狼围着一只小羊羔打转，寻找着最合适的下口处。

就在这时，一个中等身材、长相清秀的男人从外面走了进来，他掀起门帘，一阵冷风挟着雪花吹进房中。金睿芝仔细地打量着这个人，此人年纪不大，身上穿着一身黑洋布的棉袄棉裤，头上戴着一顶狐狸皮帽子，虽然打扮得相当朴素，倒也干净利落。

金睿芝知道，宋老板就喜欢这样朴素又干净的年轻人，他店里雇伙计基本上全是这个标准。那个年轻人看到金睿芝，立刻愣住了，他试探地问："你可是北平的金格格吗？"金睿芝承认说："我就是金睿芝。"

这时那个刀疤脸开口了："二弟，你咋来了？这个小娘们儿自己找上门来，说要换咱们昨天绑的那个肉票，我觉着有点意思，我想把她留下来给你当嫂子，你看怎么样？"

那个白白净净的年轻人冲着刀疤脸说："大哥，你要娶月宫里的嫦娥兄弟都不拦着，可这个女人不行，她是我的救命恩人，咱得把她放了！"

"你说什么？"金睿芝和刀疤脸同时愕然地看着这个年轻人，金睿芝的大脑也在快速地回想，她实在想不起来，怎么会在这个陌生的地方遇到这样一个说自己对他有恩的人。

刀疤脸不怀好意地说："兄弟，大哥知道你也到了想女人的年纪，是不是看上了这个娘们儿，又磨不开跟哥哥我来争？"

"大哥，看你说的，你把兄弟当成什么人啦？这个女人确实是对我有恩，真的。我也没有想到，这辈子还能再见到格格。"

这个人越说金睿芝越糊涂，生怕他好意的背后包藏着更大的祸心。于是金睿芝直截了当地说："我与你萍水相逢，何谈救命的恩情？"

"格格，你还记得在天桥有一个吊着小辫子荡秋千的孩子吗？"那个年轻人边说边摘下了戴在头上的狐狸皮帽子，露出头顶上碗口那么大一块白亮的秃瘢。看到这个年轻人头顶的伤疤，金睿芝想起一件往事。

当时额娘不在了，阿玛将她这个晚年得来的闺女看得格外金贵。金睿芝小时候被家里叫作"混世魔王"，在家里招猫逗狗，一刻不得闲。在园子里疯够了，就逼着老阿玛跟她一会儿玩翻绳，一会儿学唱戏，一眨眼就一个主意。贝勒爷被这个丫头给缠磨得没法儿，就让厨子老王带着她出去逛逛，不把这个丫头折腾累了她就折腾别人。

老王是个俗人，不会像贝勒爷那样带着格格去戏园子听梅老板的《霸王别姬》，他最喜欢天桥的热闹，带着格格去那儿能玩一整天，回来的时候，玩累了的小格格常常睡在他的怀里，睡着了就省得她再闹幺蛾子。有了这个打算，老王抱着格格，让府里的车夫拉着他们俩直奔天桥。

自从清朝入关，定都北京之后，把汉人迁出内城，天桥地区逐渐形成了一个民间的娱乐中心。这里茶馆、酒肆遍布，活跃着五行八作的民间艺人，其中不乏有独门绝活者，他们俗称"天桥八怪"。

金睿芝一到天桥，看哪儿都是热闹，她的两只眼睛简直不够用了，一会儿去听学鸡鸣犬吠的口技；一会儿又钻进人群看铁锤砸肚皮，当铁锤落下的时候，金睿芝赶紧用手捂住眼睛，但又舍不得看不到，一双乌溜溜的眼睛从手指头缝里看稀奇。

金睿芝在天桥撒了欢儿地跑，吓得老王跟在她的屁股后头一溜小跑，生怕孩子被人给偷走。金睿芝刚买了一串糖葫芦拿在手里，还没来得及咬一口，忽然旁边的人群里骚动起来，原来是杂耍班子里的一个孩子从三米多高的秋千架上掉下来，好像头皮都撕开了，脑袋变成了一个血葫芦，血

"哗哗"地淌。那杂耍班子的班主跟旁边茶水摊上要了一把草木灰按在了那孩子的脑袋上，血还是止不住，把地上的黄土都染成了紫黑色。

当时府里请了一个说书的，正在说《聂隐娘》，金睿芝听说书听得入迷，她也想做一个行侠仗义的侠女。眼看着这个孩子快死了，金睿芝逼着老王把他救下来。老王不同意，说死孩子救不活，她就拿出自己吓唬老王的看家本领，要躺在地上打滚。堂堂贝勒府的格格要在地上撒泼打滚，这戏码准比天桥把式们的杂耍更招人爱看。老王生怕格格闹大发了，回去要挨贝勒爷训斥，就不情不愿地花了十块大洋，把那个半死不活的孩子给买了回来。但老王跟格格说好了，这个钱归金睿芝出，金睿芝答应得十分痛快，大不了一个月不吃糖葫芦，当侠女肯定比吃糖葫芦更有趣。

这个孩子被金睿芝救回贝勒府，放在门房老李的炕上，请医馆的郎中给他治了伤，王府下人们吃饭的时候就给他一口。自从有了这个比金睿芝还小的孩子，她招猫逗狗的兴趣全都没有了，整天去看这个孩子，生怕府里有人欺负他。救下这孩子，可是金睿芝平生以来行侠仗义的第一步，绝不能有半点马虎。

后来孩子的头皮结了痂，人也胖了一些。这个孩子身子灵活，上树、窜房就像小狸猫一样。金睿芝自从有了这个帮手，在园子里闹腾得更欢了，一会儿捉猫，一会儿抓鸟。老王不敢骂这个整天闯祸的小格格，却可以给这个野孩子一点儿颜色看，他一见这孩子，就骂他"小猴崽子"。

那个年轻人动情地回忆着当年的往事："格格，我老家在沧州河间县，在我六岁那年家乡大旱，我爹把我卖给了杂耍艺人。那时候我长得小，我娘怕我不好养活，给我留着辫子。杂耍班主就让我扮成小姑娘，整天拴着辫子荡秋千，那一年我们在北平的天桥，我从秋千上摔下来，头皮撕掉一大块，班主见我活不了，是格格花钱把我救回来的，你让厨房老王给我吃大饼卷肘子，你还记得不？"

"你是小猴崽子？"金睿芝冲口而出，说完又有些后悔了，"小猴崽子"是当年老王给他取的外号，现在人家可是这个土匪窝里的二号人物，而自己身陷匪巢，怎么还能叫人家小猴崽子呢？可那个年轻人听金睿芝叫他"小猴崽子"，非但没恼，反而笑呵呵地答应道："对啊，我就是小猴崽子啊！当年格格为了救我，让老王给了班主十块大洋。这笔钱记在格格身上，你回到家，穷得连糖葫芦都吃不起了，还跟大格格借钱，你记得吗？"

"我怎么能不记得，睡到夜里，我想吃羊腿，奶妈怕我存食，不让我夜里吃东西，不是你从后窗户钻进厨房，给我偷了一条羊腿吗？"

"何止是羊腿，我还常去厨房给格格偷酒喝，老王总骂我是贼骨头，拿着扫帚满院子追着我打，格格把我藏在假山后头，还薅了好多草，放在假山洞前面，结果老王一眼就发现了……"

"嗨，小猴崽子，你怎么后来不辞而别啊？我还怪老王把你给撵走了呢！"

"这话说起来就长了，当年张大帅进北平，我想着从小就受人欺负，不如吃粮当兵去，我那年十一岁，刚有一支步枪高，我看一个营长给他太太买东西，我就过去帮着拿，来到兵营之后，我就赖着不走，非要跟着营长吃粮当兵。还是营长太太帮我说了好话，让我给营长当勤务兵，就这么着，跟着他们一起来到了东北。"

那年轻人沉吟片刻，继续说："我跟着队伍出了山海关，后来我跟的那个营长升了团长，在东北军第七旅。我继续给团长当勤务兵。'九·一八'的晚上，团长让我出去给他养的外室送点吃的，我前脚刚走，小日本就向北大营开了炮，我们团长向长官请示，他妈的狗屁长官却说不准动，把枪放到库房里……九月十八那一个晚上，北大营的兄弟全都死在几百个小鬼子的手里！"说到这里，那个年轻人的脸上露出了悲伤的神色。金睿芝这才知道他所经历过的死里逃生。

年轻人略微沉默了一会儿，调整了一下情绪，继续说："我死里逃生，继续往北跑，来到滨江，就在这里落草了。"

与昔日在天桥救下的那个半死的孩子"小猴崽子"相遇，让金睿芝在死亡面前看到了一线希望的曙光。

24

　　刀疤脸见二当家的跟这个前来赎人的女人聊得这么热闹，他的心里转开了主意。自从这个小伙子上山以来，经过他的一力筹划，山寨才有了现在的规模，如果自己继续为难这个女人似乎有些不妥，倒不如顺水推舟，将这份人情卖给二当家的。

　　刀疤脸拉着那个年轻人说："二弟，大哥真不知道你们原来是故交，既然这个小丫头这么仗义，跟兄弟你还有这么深的缘分，我看不如我当个月下佬，给你们撮合一下，让她嫁给二弟？"

　　那个年轻人听了刀疤脸的话，脸涨红到耳根，激动地说："大哥，你把兄弟当成什么人啦？自从我从军以后，年年过年请神的时候，我都会给格格祷告，如果没有格格当年救我，我这条命早就没了，你让我娶她，这不是成心让兄弟遭天打雷劈吗？"

　　刀疤脸无奈地说："兄弟，那我可就不管了，这个肉票反正也是你绑来的，我把她交给你了，你爱咋办就咋办吧！"

　　年轻人高兴地说："大哥，我这就让兄弟把她送回去。我们还得跟宋老板要钱，这事跟格格没有关系。"

金睿芝见情况好转，在心里重新有了计划。金睿芝对那年轻人说："我当年对你有那么一点点的好处，你至今都还记得，可宋老板也是我的恩人，我岂能抛下他独自回去？你们如果要钱，就去把宋老板请到这里来，我们一起商量，如果你不肯放宋老板回去，我也不走了，就在你们这里过年。"

刀疤脸心里这个气啊，心里说：我当了这么多年的土匪，还没见过谁赖在山寨里不走的。刀疤脸心里有气，嘴上说话也冲，他说："既然是我二弟要放你走，我也没拦着，你还不快走！我们是干什么的你也知道，费了半天劲弄来个肉票，让你红口白牙说几句话，我们就把人放了，以后还让我们怎么做生意？"

金睿芝说："大当家的说得没错，你们辛辛苦苦地绑票，无非就是为了吃饭，没钱活不下去，这个道理谁都明白。可你们藏身在这芦苇丛中，光有大洋就能活命吗？我看未必。你们要了大洋，还得进城去买粮，万一遇到便衣警察，那就是一个死。就算你们有本事把粮食弄出城，现在大雪封着江，运粮食的马车会在雪地上留下车辙，如果保安队顺藤摸瓜，你们的老窝也保不住。我看大洋虽然管用，可到了关键的时候还是不能当饭吃，人还得有粮食。你们都知道宋老板在滨江是干什么的，他有本事运粮，我让他保证以后年年在大雪封山的时候给你们送粮食，让山寨的人有饭吃。只有有饭吃，山寨的弟兄才能安心跟着你们干。你们看是不是这么个道理？"

金睿芝说完，看了一眼那两个土匪头目，见他们没有反驳，就趁热打铁说："我看不如把宋老板请出来，我帮着说和一下，你们放了宋老板，宋老板把你们需要的粮食和药品运进来，以后大家相互照应着点，我看比你们绑票划算。"

听了金睿芝的话，刀疤脸看了看那个被叫作"二当家"的年轻人，金睿芝感觉到，自己的话显然已经打动了他。

见自己说的话已经起了作用，金睿芝就来个趁热打铁："如果两位当家的同意，去把宋老板请出来，我们商量一下接下来怎么办，今天都腊月二十五了，商量完了抓紧给你们送粮食，大家也好消停过个年。"

刀疤脸盯着金睿芝说："那家伙又臭又硬，他能听你的？如果我们放他回去，他叫来官兵抄我的老窝怎么办？"

金睿芝说："这个容易，你们先放宋老板走，把我留下来，等他给你们送来粮食，再放我回去。到那个时候，他已经给你们送了粮食，在保安队看来，他也有了资匪的罪名，你们还怕他去告发不成？"

年轻人听了金睿芝的话，望着刀疤脸诚恳地说："大哥，我看格格说得对！"

刀疤脸低头思忖了几分钟，然后一拍大腿说："唉！没想到，我当了半辈子土匪，还要一个小娘们儿来给我划道，不瞒你说，要不是看在你早些年救过我们二当家的这份人情，我说什么也不能放你回去，我哪怕是霸王硬上弓，也要把你留下来当压寨夫人，你这个脑子能顶半个诸葛亮！"

刀疤脸一挥手，两个小喽啰模样的土匪把宋老板押了上来，宋老板的双手被一根麻绳牢牢地绑住。金睿芝急忙走上前去，去解宋老板手上的绳子，刀疤脸说："慢着！你说的话他还不知道呢，我要他亲口答应才行！"

金睿芝伏在宋老板的耳边，把自己刚才说的话又重复了一遍，宋老板听了连连点头说："格格，你做的这笔买卖我认账，不过我不能把你一个人扔在土匪窝里，要走一起走，要留一起留。"

金睿芝知道宋老板的性格，他绝不会把自己留在土匪窝子里一个人回去，于是她转过头来对那年轻人说："哎，你不是经常在城里赶马车吗？

我让宋老板给家里写个信，你去找米店的掌柜或者是马先生，跟他说，这是四哥让取的粮食，如何？"

刀疤脸说："那就劳烦你们二位在这里等着，等我二弟取回粮食再说。"

宋老板自然明白刀疤脸的意思，他让人拿来纸笔写了一个便条，然后又背过身去，将那张纸条折了几下，那种折叠信件的方法，是宋老板跟掌柜的之间联系的特殊暗号。

宋老板给自己店里的掌柜写了信，告诉他给来人带一千斤高粱米、五百大洋、一头年猪。那年轻人把宋老板写的信交给刀疤脸，刀疤脸看了看，对宋老板给的这份过年礼还算满意。

二当家的去城里取粮，刀疤脸又让小喽啰把宋老板和金睿芝押回关押肉票的地窖子里。

东北地区的渔猎民族，在两千年前就有了"夏则巢居、冬则穴处"的习惯，所谓"巢居"是在林中树木上搭建一定高度的住处，而"穴处"就是"穿地为穴"，东北民间称为"地窖子"。

地窖子里，前半夜还有一个火堆，几块松木在"噼噼啪啪"地燃烧着。到了后半夜，几块松木烧完了，地窖子里袭来一阵一阵的冷风。金睿芝自从出了娘胎，还是第一次遭这样的罪，冻得嘴唇乌青，浑身瑟瑟发抖。

宋老板脱下自己身上的皮坎肩给金睿芝披上。金睿芝的双手已经冻得失去了知觉。宋老板解开自己的棉袍，把金睿芝揽入怀中。金睿芝的长发散乱地披开，她的眼泪落在宋老板的衣襟上。宋老板撩开金睿芝的长发，在金睿芝的耳边说："格格，等我们脱离虎口，我一定要娶你！"

25

腊月二十六，二当家的在鼎宏盛米行拿到了粮食和钱，可是当晚已经宵禁，出不了城。他来到设在城里的眼线家里躲了一夜，第二天回到土匪窝的时候，已经是腊月二十七的傍晚了。

"小猴崽子"言而有信，把宋老板和金睿芝送过了江。过江之后，二当家的向金睿芝鞠了一躬，说道："格格，不是我不想送你，实在是不便往前走了，现在滨江城里到处都是通缉我的告示。"

宋老板和金睿芝回到鼎宏盛米行，两个人都是灰头土脸，宋太太从丈夫看金睿芝的眼神里感觉到了异常。

金睿芝回到宋家，宋太太把丈夫扶到炕上躺下，金睿芝抱了孩子回到了西跨院。宋太太立刻让人给金睿芝送去了一大砂锅鸡汤。

从鬼门关前走了一遭，宋老板回到家里，宋太太让下人把宋老板在土匪窝子里穿的棉袍扔了，免得晦气。可宋老板不让，他让王妈给洗洗放到柜子里，他要留个念想。只有金睿芝知道，这些天，宋老板的这件棉袍是他们俩抵御严寒的唯一屏障，他在棉袍底下紧紧地抱着自己……

在地窖子里，寒冷的长夜格外难捱，金睿芝为了取暖，只有紧紧地依偎在宋老板的身边。宋老板在东北军里当过军需，这是一个炙手可热的职位，不知有多少人想结识他，结识他的手段也是五花八门，各种礼物琳琅满目。在别人送给宋老板的礼物当中，不乏当红的名妓、唱大鼓的美妞儿，但宋济琛的心里自从有了金睿芝，对其他的女人再也提不起兴趣了。

本来以为他跟金睿芝这辈子只能是有缘无分了，谁知竟是苍天有眼，他帮助金睿芝救下了陆湘锦这个可怜的小姑娘，这份人情，让他们的生命轨迹有了重合。

在土匪窝的地窖子里，宋济琛把自己在老家苏州时的种种遭遇讲给金睿芝听，当他说到母亲被活活逼死这一节，金睿芝哭得稀里哗啦，反倒要让宋老板来安慰她。

两个人经过这一场大难，终于全须全尾地回到了鼎宏盛米行，宋老板对自己被绑票的事讳莫如深。有人问起，他就说下屯去看了看朋友。

每年过大年，宋老板家都会杀猪宰羊大宴宾客，可是今年这个年，过得异常低调。年初七人日子，宋老板让王妈做了手擀面给陆湘锦送去，给小孩子"绑腿"，寓意是活得长远。

自从宋老板从土匪窝回来，跟宋太太的话更少了。这些天，宋太太的右边眼皮子一直在跳，她有一种预感，好像这个家里要发生一件天崩地裂的事，她预料到这件事迟早都要发生，她已经从这些天凝重的气氛中嗅出了味道。

出了正月十五，年就过完了。白天，宋老板出去会朋友，忙乎了一天。到了晚上，宋老板让小厨房做了四个精致的姑苏菜送到暖阁，又让王妈给烫了一壶花雕。送完了酒菜，宋老板让王妈关好房门，如果他不叫，谁也不准进这间屋。

宋太太心里清楚，她心里预料的那件大事马上就要来了。宋老板倒了一杯酒，放在妻子面前，然后他把自己放在心里好久的话和盘托出，他要把姑苏城的老宅和三百亩水田全部转到阿娇名下，让她带着儿子回老家，她在老家的所有花费，他会一分不少地供养。她在老家仍然保持着宋家太太的名分，但在滨江这地界，他们必须登报离婚。

宋老板之所以这么做，是因为他已探明了金睿芝的口风，两个人在地窖子里，彻骨的寒冷让平日矜持的两个人彻底缩短了彼此的距离，宋老板当然希望金睿芝在自己保持原有家庭结构的情况下嫁给自己，这样能够省去很多麻烦。

但金睿芝却不是一个容易对付的女人，无论宋老板怎么绕，脑子都不糊涂，她告诉宋老板，金家的女人，就算再落魄也轮不到给人当小。如果自己住在宋家不方便，她可以带着锦儿回北平去。

宋老板知道，这个女人说一句是一句，他想跟金睿芝结婚，就不得不先摆平自己的原配夫人。蒋总统要娶宋美龄，不也得走这一步吗？

自己的这个太太，是母亲的恩情，她马上就要跟这个世界作别时，想着要给自己找个依靠，陪着自己在这个冷酷的世上活下去，母亲的这份恩情他不能不接受。尽管这些年，他跟自己这个结发之妻并没有多少感情，但也一直客客气气地待她，所谓"相敬如宾"，说的就是他们。

金睿芝的娘是蒙古草原的公主，父亲是大清开国王爷的后代，这个女人既有天性憨直的一面，又有王府千金的贵气。除此之外，在她身上最重要的气质是从小跟蔺老板长大，耳濡目染的那些梨园行的规矩，重名节、讲义气，同时又比寻常梨园子弟多了几分泼辣和大胆。

自从他认识了金睿芝，感觉自己好像突然变了一个人，他爱听她说话，爱看她笑，如果她在自己身边，感觉做什么事都有意思。

宋老板打定主意，想跟金睿芝结婚，他对发妻说，你回到姑苏，可以不必说我们已经登报离婚，我还会去看你，可你必须立刻离开东北，回老家去，我让管家送你走。

宋太太跟宋老板做了十几年夫妻，她丈夫说一不二的脾气她是知道的。但是，只要是凡人，必有一个死穴，宋老板的死穴就是他的娘。母亲为了把他平安养大，在这个深宅大院之中所受的苦难，成为他心中永不愈合的伤口。宋老板对母亲的感情是复杂的，特别是当他知道了自己是母亲被父亲强暴之后怀上的孩子时，他为自己这种出身深深地感到羞耻。

父亲死的时候，他对父亲没有多少感情，虽然身穿孝服，但也没有怎么哭。可母亲却不一样，母亲是他在这深宅大院中唯一的亲人。

宋老板的母亲软弱而忧郁，短短三十几年的人生，活得憋憋屈屈，一辈子总是赔着小心，如履薄冰。母亲的这种性格让他既感伤又痛恨，他有时候故意做一些极端冒险的事情，就是为了冲淡母亲刻在他生命深处的胆怯和忧郁。

当他第一次见到金睿芝，这个女人就像是一束明亮的火焰，突然将自己暗沉的生命照亮，并且亮得如同白昼。那一次，他为了报答恩人，包了蔺家班的场子，连续看了几天戏，看到金睿芝在舞台上扮演的萧桂英，活泼而俏皮；她在《霸王别姬》中扮演的虞姬，有情有义；她在《大破天门阵》中扮演的穆桂英，英气逼人……

他为了结识金睿芝，跟她的表兄马福麟结为兄弟。当马先生把金睿芝带到东北的时候，金睿芝正面临着一个非常棘手的困难，姐姐金睿芸客死他乡，女儿流落在大上海。他陪着金睿芝大海捞针，找到了丢失的孩子。

满族是游猎民族，男人常年在外狩猎或征战，满族女人从懂事开始就学着持家，掌管家庭诸多事务。宋老板打心眼里喜欢能主事的女人，特别是家里的生意越来越大，可他的那个太太，无论是性格还是做事的风格，简直就是母亲的翻版，他甚至不愿意跟妻子做夫妻之间的事，因为妻子闭着眼睛任人摆布的样子，让他无端地联想起当年父亲强暴母亲时的场景。

每当这样的场景在他的脑海里闪过，他就会瞬间崩溃。为此，他深深地恨着自己、看不起自己，他觉得自己这条命，就是一场充满了罪恶的强暴之后的余灰。

这场由母亲一手安排的婚姻让宋济琛心痛如割却又无可奈何。新婚之夜，待妻子熟睡之后，他一个人面向墙壁哭了半宿。

妻子终于怀孕了，这是他等待的时刻。他并不像天下所有的男人那样，盼望有个儿子来传宗接代，他盼望的是从此有理由不再跟妻子有任何的身体接触。

在妻子生下儿子之后，他就找个理由跟妻子分房而居，这些年，妻子就是这个家里一个很显眼的摆设，他给她足够的尊重，却从来没有给过她爱。

妻子对自己守活寡的处境也是默默地接受，毫无反抗的意思。宋济琛有时候非常渴望妻子跟他大吵一架，哪怕是妻子骂他一顿，也能证明这个女人不是一个活死人。可他的妻子就是不吵也不闹，而是用一种幽怨的眼神看着他。这种眼神是他熟悉而恐惧的，他的母亲就有着这样一双幽怨的眼睛。

有一次，他看到三岁的儿子坐在门槛上哭，问了带孩子的老妈子，老妈子回话说："小少爷在院子里玩，被大公鸡给啄了一口。"听了这个事，宋济琛气不打一处来，真是最怕什么就来什么，妻子果然把自己的儿子教成了一个什么都怕的废物。

宋济琛没来由地暴怒，把老妈子、儿子和妻子统统骂了一顿。他渴望激怒妻子，站在自己面前对骂，结果，妻子只是紧紧地抱着儿子一言不发，任凭他这个暴君在她面前逞威风。

宋济琛在心里感叹造化弄人，现在的孩子多像当年的自己，而现在这个暴怒的男人，就像早已躺在坟墓里的父亲。其实他是不想做暴君的，他最想的是找一个能跟自己平等地说说话、吵吵架的妻子，而不是一个默默地忍受着一切的女人。妻子越是能忍，宋济琛就越想离开她，越远越好，因为这种半死不活的婚姻，就像一件阴雨天被淋湿了的棉袄，穿在身上，其寒透骨。

现在，宋老板反倒怀念起他和金睿芝一起被关在土匪窝地窖子里的日子，他可以跟金睿芝躺在一起、靠在一起，他们相互紧紧地抱在一起，用彼此的体温相互取暖，他可以把自己的心里话说给她听。她那大大咧咧的性格，总是有办法把看似复杂的事用最简单的办法处理好，也能用她自己那种天不怕地不怕的思路，把一盘看似死局的棋下活。比如这一次，她一个人来到土匪窝，她告诉宋济琛，其实她并没有什么把握，只不过是出了事总要解决，最大的失败就是一个死，有自己这条命，够赌一把了。

宋老板对金睿芝说："你要是个男人，一定是个赌徒破落户。"

金睿芝给他纠正说："我不是赌徒破落户，我是混世魔王。"

宋老板对金睿芝说："就算你真是混世魔王，我也一定要娶你。"

金睿芝也对宋老板说："这话可是你自己说的，我是混世魔王，如果你负了我，混世魔王可是要吃人的！"

宋老板更紧地抱着金睿芝，他巴不得现在就跟这个女人发生点什么。只可惜外面有小喽啰不时地走来走去，这样的地方，这样的环境，实在配不上他们的良辰美景。

但有一点宋老板是知足的，他感觉自己的心在寒冷的夜里被点燃了，他感到自己身体里的每一寸肌肤都在发烫，全身的血管好像变成了一条燃烧的河流。他很想告诉金睿芝，自己多年以来一直暗恋着她，想念她，就是自己全部的修行。自己跟妻子的这种关系似有似无……但话到嘴边，又咽了回去，他想给妻子留一些体面，毕竟是夫妻一场，这是宋老板做人的规矩。

宋老板终于跟太太摊牌了，这一天的到来，好像宋太太并没有感到意外，她甚至还有一种如释重负的感觉，因为这一天终于来了。

自从金睿芝走进这个家门的那一天，宋太太就感觉到，挑战自己地位的人来了。跟宋老板一起生活了十几年，她对宋济琛这个人还是了解的。宋老板这个人，生活态度非常谨慎，这么多年在商场中行走，送往迎来，结交达官贵人，却从来不沾烟花柳巷。但有一宗，宋太太也同样清楚，自己并非丈夫理想的意中之人，他们的婚姻是宋老板母亲生前给定的，他跟自己结婚，完全是来自他对母亲的敬重。

宋济琛是一个轻易不会动感情的人，但他一旦动了感情，那就是山崩地裂，如今在西跨院住的这个姑奶奶，就是丈夫的意中人，丈夫为了她，肯去做一切事。

当金睿芝去土匪窝里救人的时候，宋太太的潜意识里有一个像毒蛇一样的念头时不时地冒出来，她希望金睿芝死在土匪手里，永远也不要出现在她的面前。尽管她也知道，自己是一个初一十五吃斋念佛、拜观音菩萨的人，实在不该有这么恶毒的想法，但她无论如何也控制不住自己的念头，越是感觉到罪恶，她就越要这么想。

每个女人都有维护自己婚姻的独门兵法，宋太太自然也是有的，她趁着丈夫跟金睿芝去上海的这段时日，昼夜赶工，绣出一幅婆母的画像，她知道，到了关键时刻，自己死去的婆婆远比自己有分量。

今天，丈夫终于摊牌了，面对丈夫递过来的酒杯，阿娇知道，喝下这杯酒就会进入正题，到了丈夫亮出底牌的时候了。为了应付这一天，阿娇已经在心里演练过无数回了。

宋太太双手颤抖着，从丈夫的手里接过酒杯，端起来一饮而尽，平日里苍白的面孔因为酒的作用而变得潮红。宋太太放下酒杯，从腰间掏出钥匙，打开箱子，小心翼翼地拿出了一个薄薄的小包，打开这个小包，展开一幅精致的苏绣画像。宋老板看到了那幅画像，他感觉自己心脏里的血液好像是顿时凝住了，呼吸也不能顺畅，妻子展开的那幅苏绣画像，绣的正是他的母亲。

在父亲还活着的时候，宋家的长子，也就是大房母亲的儿子要去日本留学，老太爷请照相馆的师傅来到宋府，照了一张全家福的合影。

要照相的消息传来，大太太和二太太的儿女都在自己的房间里欢欢喜喜地梳头洗脸、换衣服，自己的母亲虽然不显山不露水的，但也换了一件新衣服，免得被叫到前厅照相的时候出丑。

就在母亲准备带着宋济琛去前厅照相的时候，大房太太派丫鬟来到陈阿秀的房间告诉她，现在大太太正高兴，让她不要出去坏了太太的好心情。陈阿秀不敢反对，只能缩在自己的房间里不敢出门。

宋济琛为了让父亲意识到全家福的照片上还少一个人，他故意跑到父亲面前晃来晃去。父亲用苍老的声音说："阿四啊，你过来，站在你大哥的身边，跟大哥一起照相！"父亲把他安排在大哥的身边，他大哥嫌弃地往后躲了一步。宋济琛以为父亲看到自己就会问起他的娘，结果父亲压根就没有问他的娘在哪里。

他憋屈地站在那里，只听到照相师傅不停地劝说大家"笑一笑"，为了反抗，他故意做了一个鬼脸。就在他做鬼脸的一瞬间，只听得"啪"的一声，像是一颗炮仗在眼前爆裂，照相师傅把那一刻所有人的表情都凝固在了照片上，那张照片上，只有他的五官是模糊的。

全家福照片上没有阿秀，一家人都以为非常正常。从那时候开始，宋济琛就在心里发誓，他绝不能活成一个可有可无的人，他一定要做一件惊天动地的事。母亲死后，他大闹宋府，这个行动也是他从小一直在心中反复想过多少次的结果。

他喜欢金睿芝身上那一股子天不怕地不怕的"浑劲儿"，跟自己当年大闹宋府时的"浑劲儿"如出一辙，只不过自己的"浑劲儿"是刻意而为，而金睿芝却是本色当行。

　　在关押"肉票"的地窖子里，当他看到金睿芝靠在自己肩膀上熟睡的样子，他在心中暗暗发誓，自己的后半生，一定要跟这个女人在一起。

　　现在，他的妻子突然拿出了母亲的绣像，宋济琛的心脏好像骤然减速，他一时之间不知道该说什么好。

　　当年，自己的母亲被排斥在"全家福"之外，这件事就像是一根刺，一直扎在宋老板的心里。后来他有了钱，就请母亲最好的姐妹，也是他现在的岳母，给母亲绣了一幅画像，母亲的这幅画像至今供奉在宋家老宅，没想到妻子也留了一手。

　　尽管宋老板非常小心地选择词汇，把要休掉阿娇的打算说得非常委婉，但结果他已经亮了出来。

　　阿娇听了丈夫要休掉自己的话，她也没有哭闹，只是默默地展开那幅绣品，将婆母的绣像小心翼翼地挂在了佛堂的墙上，然后点燃一根香，默默地在婆母的绣像前跪下，一言不发。

　　宋济琛在心里翻腾着很多想要安慰她的话，可是在母亲的绣像前面，他一句也说不出口。自己的婚姻是母亲给定的，就像是一道御赐的圣旨，如今他要休妻，好像他要休的不是妻子，而是要休掉他那饱尝人间辛酸的母亲……

　　宋老板的态度立刻软了，他也来到母亲的绣像前跪下，跪在妻子的身旁，对着绣像说："姆妈，阿娇是您给儿子选的，她很好，我是不会休她的……"

　　宋老板在心里想过无数次的跟妻子分开的举动，终被妻子以柔克刚，化解于无形。宋老板心里有火，又感觉愧对金睿芝，急火攻心，一下子病倒了。

这些天，郎中来了无数个，每个郎中都给宋老板开几付汤药。每个郎中来过，宋老板都让管家多给诊费，但药却一口都没吃。他躺在炕上，格外盼望金睿芝过来探望他，但金睿芝却一直都没有过来。

如果说金睿芝的性格像是四季分明的天气，夏天暴晒、冬天严寒，而自己的这个太太，性子就像江南永远下不完的阴雨，有时候你根本看不见雨在滴落，但却会让你全身湿透。宋先生既没有办法跟太太离婚，又不能风风光光地把金睿芝娶进门，他感觉自己就像是一只钻进了风箱里的老鼠，两头都出不去。

此时此刻，同样心神不宁的人还有住在西跨院里的金睿芝。自从她跟宋老板从土匪窝子死里逃生，即使是过年，她也没有到正院里走动。

宋老板在土匪窝子的地窖子里已经向她表白，他说只要活着回来，就一定要娶她。按照满族人的习俗，提亲之后，男女双方就不便再见面了，更何况宋老板还没有安置好他的太太。有宋太太在正院里，自己过去又算是什么呢？其实，金睿芝心里像明镜一般，旗人的铁杆庄稼倒了，表兄想找到新的依靠，而宋老板正是表哥马先生早已中意的靠山，所以他带着金睿芝不远千里来到东北。救回陆湘锦之后，他又开始在宋老板和金睿芝中间两头说好话。

在马先生看来，金睿芝嫁给宋老板，应该是水到渠成的好事，刚来的时候，金睿芝并没有看上宋先生这个小个子男人。后来经过去上海寻找孩子，又有了两个人在土匪窝里的患难之交，金睿芝感觉到，宋济琛是一个可以托付终身的男人。但宋老板早有妻室，给人做小，事关名节，这是金睿芝万万不能忍受的。

宋老板答应过自己，他会妥善地安排好自己的结发之妻，让妻子带着儿子回到姑苏老家，然后登报离婚。处理好这件事，他就来娶她。

过了正月十五，正院那边风平浪静，虽然陆湘锦一直闹着让舅舅带着她去看戏，可宋先生却一直都没来过西跨院。女人的直觉告诉她，宋太太好像并不像宋老板想的那么容易摆平。

自从宋老板被妻子用一幅母亲的绣像兵不血刃地制服以后，一连好几天，宋老板都没有到前面的铺面上去看一眼。他躺在炕上一直昏昏沉沉的，睁开眼睛的时候，就拿出一对手镯对着阳光看，翡翠手镯的通透碧绿就像是一江春水。

这对镯子他已经买了很多年，是他给金睿芝准备的聘礼。当年他在北平的戏园子里见到了舞台上的金睿芝，想要娶她的念头就在他的心里生了根。但是，他跟这个女人之间没有半点联系，就算他与蔺老板相见，自己也未必能够打动金睿芝的芳心。

他要准备一件有分量的物件，才能博得美人的青眼。为了给金睿芝找一个合适的礼物，他整天到琉璃厂蹅摸。当时皇上被赶出了紫禁城，迁往天津静园居住，为了维持生计，皇上经常把从宫里带出来的宝贝拿出来变卖。平津两地的古玩行，很多人都是靠着宫里流出来的东西发了横财。

宋老板通过琉璃厂的"聚宝斋"刘老板牵线，找到了这对翡翠手镯。据说这对手镯颇有来历，乾隆皇帝晚年，要做"十全老人"，为了凑够"十全武功"，他发动了对缅战争。缅甸国小兵弱，不是清廷的对手，缅王上表求和，同时也给朝廷送来一份不菲的觐见之礼。在这一批礼物当中，就有一对碧如春水的翡翠手镯。

虽然这对手镯的价格不菲，但宋济琛还是买下了，他认为，只有这种从宫里流出的器物，才能配得上金睿芝这样的金枝玉叶。

在土匪窝里的时候，他恨不得立刻回家，拿出这对手镯戴在金睿芝的手上，就在他这个愿望马上就要实现的时候，没有想到，一贯软弱的妻子突然使出撒手锏，搬出了死去的母亲，让宋老板进退两难。

就在宋老板对着这对手镯黯然伤怀的时候，突然有人在他耳边奶声奶气地说："舅舅！我想你了！"

听到陆湘锦的声音，宋老板翻身坐起，向陆湘锦身后看去，陆湘锦的身后并没有人。宋老板有些失望地问："你小姨呢？"

"小姨在家收拾她的行头呢！"宋老板听了陆湘锦的话，心中有些失望，不过他看到这个孩子，急忙爬起来写了一封信，然后把那对手镯小心翼翼地交到陆湘锦的手上，嘱咐她说："千万拿好了，把这个交给你小姨……"陆湘锦就像小大人儿一样点点头，怀里揣着一对价值连城的手镯就往外走。

宋老板放心不下，穿鞋下地，跟着陆湘锦一直走到西跨院的门口，看着陆湘锦开门进屋，眼泪从宋老板的眼里流了下来，此时此刻，他终于明白了什么叫作"咫尺天涯"……

26

陆湘锦躺在酒店的床上，虽然喝了一杯白兰地，可她还是睡意全无，几乎一夜都没有合眼。想起自己的童年，想起自己在小姨和养父宋先生的庇护之下度过的那些无忧无虑的日子，她的心中五味杂陈，许多被时光尘封的往事如同排天巨浪一般向她袭来。

陆湘锦看着自己手上戴着的翡翠手镯，它正是当年宋老板托陆湘锦带给金睿芝的聘礼，当时两只手镯放在一个锦盒里面。

宋老板让陆湘锦把这一对手镯交给金睿芝，书信也在锦盒里面。金睿芝看了锦儿带来的书信，她的心里什么都明白了。

从那以后，金睿芝跟滨江城里的德晟班搭台唱戏，虽然没有正式下海，却也是声名鹊起。凡是有金睿芝演出的剧目，几乎是场场爆满。

宋老板与金睿芝比邻而居，金睿芝却从来不到正院来，每个月一号，她会让陆湘锦拿着十块大洋交给宋家的管家，算是她住在西跨院的房租。

宋老板心里有愧，每次都让管家把钱退给金睿芝，金睿芝见宋老板不肯收房租，就告诉管家，说她打算搬出去住。

管家是个极有眼色的，听说金睿芝要搬出去，赶紧把这个消息告诉了宋太太。宋太太虽然利用婆母的绣像险胜一局，但她自然知道自己男人的心思。

她深知，现在丈夫最担心的就是金睿芝一赌气搬走，只要这个女人还留在他的眼前，就可以继续保持着眼下这种得过且过的状态。如果金睿芝一赌气搬出去住，打破了眼下这种现状，那就会超出她所能控制的范围。把金睿芝继续留在西跨院，是对她最有利的选择。

为了把金睿芝留在西跨院，宋太太提出要认陆湘锦做干女儿。宋太太的这个建议正合宋老板的心意，他在心里感谢妻子的大度。

宋老板要认陆湘锦做干女儿，这个话是宋太太亲自到西跨院跟金睿芝提出的，她说他们夫妻没有女儿，四哥喜欢锦儿，一直想认她做干女儿。还没等金睿芝点头，陆湘锦就高兴地对小姨说："小姨！我喜欢舅舅当我爹爹！我喜欢舅舅当我爹爹！"

孩子的话刺痛了金睿芝的心，孩子的亲生父亲为国捐躯，母亲客死他乡，锦儿小小年纪就相继失去了父母，她自己一个人孤零零地流落在上海，受尽凌辱。自从宋老板亲自去上海救她，她就开始在心里依赖着他。锦儿是一个从小就没有安全感的孩子，她想有一个爹爹来作为自己的依靠。孩子的这个心思金睿芝是明白的，她没有办法不让孩子这么想。

宋太太摸了摸孩子的头顶，对金睿芝说："你看，这孩子多么高兴啊，我们哪天选个好日子，摆上一桌酒，咱们这个亲就认定了。"

陆湘锦成了宋老板的女儿，但金睿芝坚持让她不要改名改姓。在这些细枝末节的问题上，宋老板和太太的意见出奇地一致，他们都说，一切都维持现状是最好的，他们认陆湘锦做女儿，就是因为太喜欢这个孩子了。从此，陆湘锦在宋家成了名副其实的小姐。

从一个被卖进长三堂子的孤女，到富商家的大小姐，陆湘锦的人生经历仿佛是在坐过山车，一切都发生了巨大的变化。

她从小就喜欢画画，宋老板就给她请师范学校的美术教师到家里辅导，在她的生命中，画画成了她与这个世界沟通的唯一方式。

后来，她在香港大学读书的时候，遇到了大学同学黄皓明，黄皓明的太爷爷是早期被卖到美国的"猪仔"，他们家在美国已经生活了好几代。

再后来陆湘锦跟随丈夫一起去了美国，她在国外生活了几十年，成为职业画家。如今陆湘锦已进入垂暮之年，回到故乡办一次画展是她最后的心愿，她要把自己对亲生父母和养父母的思念通过她的画笔展现给这个世界。

回到故国的第一站是上海，陆湘锦要去上海吊唁自己的父亲母亲，为了能够自由行动，她没有带助理。幸好北京画展的主办方已经给她安排好了人手，据说是一个喜欢京剧的姑娘，还是滨江人。听到主办方这样安排，陆湘锦非常欣慰，因为她对滨江这座城市充满了感情。

在上海准备飞往北京之前，她给已经改名为索豫章的弟弟打了一个电话。她只是打一声招呼，告诉弟弟，她会在画展的间隙去看他。没有想到，弟弟接到了电话之后，执意要去机场接她。

弟弟说："姐姐几十年不回家了，怎么能不亲自迎接！"听到这句话，陆湘锦的心顿时暖融融的。

虽然一夜都没怎么合眼，陆湘锦仍然精神矍铄，她给画展的主办方打了电话，接电话的是主办方的老板吴冷杉，陆湘锦告诉对方，自己已经到了北京，先倒一下时差，再去跟主办方见面，并把自己在北京饭店的客房号告诉了吴冷杉。吴冷杉也很客气地说，陆女士有什么事情尽管给他打电话，明天晚上他要给陆女士接风洗尘。

在早餐店里，阿茵故意放慢了吃饭的速度，她在等着邵宇宸那一伙人先行离开。

彭见祺心里转着鬼心思，他想等阿茵吃完早餐再送她回家，然后回到她的小屋里趁热打铁，把两个人若即若离的关系变成真正的男女朋友关系。

面对彭见祺突然而来的追求，阿茵有些手足无措，如果是邵宇宸，她还知道怎么对付，可面对这个完全不按常理出牌的彭见祺，她还真想不出一个既不伤害对方又不被他纠缠的万全之策。

邵宇宸他们吃完饭走了，阿茵也起身准备回去。彭见祺说："茵姐，我想跟你回家！"

阿茵皱着眉说："大白天的，你不去忙你的生意，跟着我干吗？"

彭见祺死乞白赖地拉住阿茵的手说："姐，我想听你给我讲故事！"

阿茵对彭见祺这种无理要求嗤之以鼻，她没好气地说："你想听故事，去网上搜孙敬修爷爷讲故事，别缠着我！"

彭见祺又一本正经地说："茵姐，我已经说过了，我想让你做我的女朋友，为了让你了解我，我已经把我家所有的破事都讲给你听了，为了公平起见，更为了我能了解你，我也想听听你家的事，这个要求不过分吧……"

彭见祺一边说，一边把自己的脸热烘烘地贴了过来，阿茵急忙把他推开。阿茵不想在大街上出丑，就用最快的速度钻进了彭见祺的车里。

彭见祺见阿茵上了自己的车，知道她已经默许了自己的要求，他兴高采烈地对着阿茵喊道："姐，你等我一会儿，我去买一箱啤酒，咱们边喝边聊！"

阿茵坐在车里，过了不大的工夫，就看着彭见祺从路边的便利店里抱出一箱百威啤酒，一路小跑地来到车门前，他把啤酒重重地放在车后面的座位上，笑着对阿茵说："茵姐喝不惯洋酒，咱们就喝啤的！"阿茵被他缠得没办法，只能任其自话自说。

彭见祺开着车回到了阿茵的住处，把车停在了阿茵住的单元门口，这个时候该上班的车已经走了，彭见祺见缝插针地把车停在一个空车位上。王姐从收发室里出来，对着彭见祺喊："喂！那个车位是业主的，不能随便停！"

阿茵见王姐出来了，从车窗里探出头来说："王姐，我朋友的车，他到我家坐一会儿，让他在这里先停一下吧。"

王姐见是阿茵，立刻软了态度，她要把这个人情卖给阿茵："嗨，我说怎么停这儿了，原来是阿茵的朋友啊，那就停吧，这会儿人都上班去了，没事儿的，我给你看着。如果人家回来了，我再给你打电话。"

阿茵谢过了王姐，彭见祺抱着一箱啤酒走向电梯口，王姐有些神秘地拉住了阿茵，说："阿茵，我把那幅字画带来了，你有文化，还认识邵老师，想请你给我看看。"

阿茵不好拒绝，只好跟着王姐向收发室走去。彭见祺看阿茵跟着王姐去了收发室，他也抱着一箱啤酒跟了过来。

王姐很警惕地看了一眼彭见祺，正要下逐客令，阿茵忙说："他是我的朋友，也是搞收藏的。"听了阿茵的话，王姐这才默许了彭见祺在场。

王姐神神秘秘地打开铁皮柜，拿出一个细长的报纸卷。她一层一层地撕开包裹着的报纸，露出里面一个暗黄色的旧画轴。

阿茵没有上手，她让王姐自己展开画轴，陈旧的绫子上裱着的是一幅书法，看样子这纸已经有些年头了，再加上保存得不好，宣纸显然被水浸过，留下了不规则的黄褐色水痕，字画表面的纸也有多处破裂。不过书法的字迹还算清楚，是一幅欧体楷书，写的是朱子治家格言。阿茵一言不发地端详着这幅字，目不转睛地看着这幅字的署款，看了半晌，阿茵问王姐："这幅字画，您打算卖多少钱？"

俗话说问价的才是买主，王姐万万没想到，阿茵会这么痛快地问价，她在心里盘算，阿茵懂字画，如果不值钱，她是不会问价的。王姐家有做生意的传统，她本着"宁可要跑也别要少"的原则，开口说道："这可是我们老王家祖传的东西，我爷爷那辈人的东西，怎么也得值十万吧？"

彭见祺听了王姐的话，差一点被王姐给气乐了，他根本不让阿茵还价，一把拉起她就往外走。王姐不知道这个男人是什么来头，单凭这个人开着路虎，就知道他不是一个穷人。

这些年，彭见祺一直在古玩这个圈子里混，他没读过几本关于历史的书，但懂得这个社会，见王姐这个神神秘秘的样子，阿茵一问价格，王姐就来了一个狮子大开口，彭见祺立刻做出反应，这个东西值不了几个钱，绝不能眼看着阿茵上当。

王姐一看阿茵被彭见祺拉走，心里非常失望。她担心阿茵这一走就不会再来问价了，她忙拦住彭见祺："我也不是非要卖给阿茵十万啊，我就是想让她拿给邵老师瞧瞧，请邵老师帮我掌掌眼。你是谁啊？半路杀出个程咬金，狗拿耗子多管闲事！"

彭见祺听王姐提到了邵老师，他又拉着阿茵回到收发室，一屁股坐在收发室唯一一张椅子上，开始对着王姐胡侃："大姐，我要跟你好好说明一下，您要找邵老师去掌眼，我不拦着。但找也不能通过我们阿茵去找，我现在是她的男朋友，你说的那个邵老师，跟我们阿茵没关系，请您另找高人！"

"你是阿茵的男朋友？"王姐吃惊地睁大了眼睛。阿茵心里生气，但也不想跟王姐解释。王姐啧啧地直摇头。

彭见祺一看王姐这个样子，心里不服气。他看得出，王姐急于卖出手里这幅字画，他就用这个来说事儿。他对王姐说："大姐，您这幅字画是不是想出？"

王姐不知道彭见祺的葫芦里卖的是什么药，只能点头说是。彭见祺看见王姐的态度，他的心里就有了底。彭见祺继续发挥自己的神侃功说："大姐，不是我给你泼冷水啊，您这个字画根本不用找邵老师掌眼。"

王姐听了，没好气地怼彭见祺："那么说，您比邵老师还高明？"

彭见祺被怼，却一点都不生气，而是继续给王姐分析："大姐，您想想看，人家邵老师整天接触的都是什么人？看的都是什么级别的宝贝？咱们老百姓手里的这点家底子啊，不够人家邵老师一眼瞧的。不是我打您的高兴，您瞧瞧，您这张字画，署款是什么时候？宣统八年，宣统皇帝在位几年？麻烦您到百度上去搜一搜，宣统皇帝1912年就逊位了，哪儿来的宣统八年？这分明是一些遗老们不肯用中华民国的纪年，所以还沿用宣统年号纪年。可这骗不了人啊，宣统八年，就是公元1916年，这幅字画至今才一百年多一点儿，您知道一百多年的东西在古玩行里算什么吗？连幼儿园水平都不算！再说了，您这位写字的人也不是民国时期的大名人。民国时期知名书画家一幅字也不过万把块，您这么一幅破字画，还敢开口十万？"

彭见祺这番话，倒让阿茵对他有了新的认识，别看他一天嬉皮笑脸的，也并非胸无点墨。王姐也被彭见祺的这一番高论给吓住了，她没想到这个抱着一箱啤酒、看起来有点"二"的年轻人，肚子里竟然有这么大的学问，说起话来一套一套的。

彭见祺见王姐已经被他的这番话给唬住，于是话锋一转，对王姐进行诛心战术："大姐，我也是北京人，我家也是动迁户，不瞒您说，拆老房子的时候，我妈也跟您似的，什么我奶奶用过的旧团扇、我太爷爷玩过的蝈蝈笼，在她眼里全都是宝贝，都能卖大价钱！她非逼着我让我去潘家园门口摆摊儿，我要是不去，她就要自己去！我一想，我们家老太太血压高啊，万一病倒了可怎么好！得嘞，我就得糊弄她，我把这些破烂东西装在车上，开出两条街，直接扔垃圾桶里了。回到家里，我给我妈两千块钱，她还直埋怨，说我卖便宜了！"

王姐自然知道，褒贬是买主，可这位开口就扯出自己家往外扔东西的事，对于这幅字画的好坏，人家一个字都不提，这让王姐有些摸不着头脑。

彭见祺感觉火候差不多了，又对王姐推心置腹地说："大姐，我劝你，这好歹也是老家儿留下的墨宝，我看您也不是差钱的人，听兄弟一句劝，咱千万别卖，卖也卖不了几个钱，不如留给后代做个念想！"

王姐彻底被他给搞蒙了，但她又不想留下这幅字画，只好对彭见祺说："嗨，这幅字画根本不是我们老王家人写的，我爷爷早些年在贝勒府当过厨子，这幅字是贝勒爷写的，不知道怎么落到我爸爸手里，不过这幅字画绝对是真的！"

"大姐，您还是没明白我的意思，我可没说您的这幅字是假的，我只是说，您说的这位贝勒爷也不是啥大名人，清朝倒台那会儿，差点就当皇上的大阿哥还卖臭豆腐呢！您说说，这个贝勒爷的名气还没有大阿哥大吧？"彭见祺的一番话就像是一根针，让王姐心里指望着这幅字画发大财的想法顿时泄了气。但她还是不甘心，试探地问："兄弟，按照你这个说法，这幅字画就一钱不值了吗？你看我这个画轴，纸可都黄了，这可是有些年头了呢！"

在这一瞬间，彭见祺已经完全掌握了主动权，对王姐说："我也没说这幅字一个子都不值，当代人写那么烂的字不也照样卖钱吗？我是说，它值不了您想要的那么多！"

"那你能给多少？兄弟你是个明白人，我想听听，你能给我多少钱！"既然把所有的谜底都揭开了，王姐也不遮遮掩掩，她说出了自己的心里话，哪怕就是不能发大财，她也想把它卖掉，因为这本来就是丈夫捡来的，当古玩卖点钱，总比跟一堆废纸撮堆儿卖强。

彭见祺沉吟了一下，说："大姐，咱们有什么说什么啊！"王姐赶紧诺诺连声地点头说："那是，那是！"

"我呢，是个糙人，对字画研究不多，不过，我看我们家阿茵挺喜欢这幅字的，女朋友喜欢的东西，我怎么能不替她买下来呢？这么着吧，您也甭说是吃亏还是占便宜，我给您三千，您要是觉着还行，我立马给您微信转账，您要是觉得不行，我们也不勉强，您再找别人问问去！"说完，彭见祺目不转睛地看着王姐。

百鸟在林不如一鸟在手的道理，王姐自然是懂得的，如果今天错过了这个机会，以后再也没脸去问阿茵要不要这幅字画了。她想了想说："就这么定了！"

彭见祺故意逗闷子："您不用回家跟大哥商量商量？"

"不用，这是我们老王家的东西，跟他商量个啥！"

彭见祺向王姐伸出大拇指说："大姐，我就爱跟您这样的人打交道，像个爷们儿，不拖泥带水！"说完就让王姐拿出手机，调出二维码来，彭见祺扫码支付了三千块。王姐收了钱之后，彭见祺从桌上拿起那幅字画对王姐说："大姐，古玩行讲究买定离手啊！甭管是您感觉卖便宜了还是我觉着买贵了，这都不好使，后悔药可没地方卖啊！"

"兄弟，看你说的！我真不后悔，真的！"王姐收了三千块钱，心里说不出是高兴还是忧伤，目送着彭见祺和阿茵两个人一起消失在电梯的门里头……

27

　　阿茵回到自己的房间，从彭见祺的手中接过那幅破旧的字画，脸上现出肃然的神情："谢天谢地，我总算找到了！"

　　彭见祺看着阿茵兴高采烈的样子，忍不住问："茵姐，我有一个问题，不知道可不可以请教您？"

　　"你说。"自从见到这幅字，阿茵的心情大好，这个时候，彭见祺就算饶舌，也显得没那么令人讨厌了。

　　"茵姐，我是粗人，也看不出书法的好坏，我想听你给我说道说道。"

　　阿茵小心翼翼地把那幅破旧的字展开，她环顾一圈，小房间里除了床上没有地方可以放这幅字，她只好把字放在床上，指着已经发黄变脆的纸张对彭见祺说："写这幅字的人是贝勒爷，他学的是欧体楷书，唐楷崇尚法度，欧阳询的书法特点是法度严谨、峻拔有力，写欧体楷书也是宜贝勒府的家学。"

　　彭见祺听了阿茵的一番话，不断点头说："茵姐学问就是好。"

　　一向矜持的阿茵，因为有了这幅字，脸上一直带着笑容。彭见祺又说："茵姐，如果我不出手的话，王姐要十万，你打算给她多少钱？"

"我……怎么也得给她三万块吧，我可没有你那么会忽悠，从十万直接给砍到三千。"

彭见祺见阿茵说到了自己擅长的领域，抱着肩膀开始教训起阿茵来："茵姐，我知道你们文化人都很清高，视金钱为俗物。但现在，你作为未来的彭太太，我不得不给你补一补财商课。"

阿茵用鼻子哼了一声，说道："做彭太太我没兴趣，不过你倒是说说你的财商课，看你能不能把我也忽悠了？"

彭见祺不满地翻了一眼阿茵，说道："我老彭可不是空口说白话，咱好歹也算是海归人士。我想说的是，很多女人痴迷于网购，买回很多衣服，一辈子也不穿，这是为什么呢？因为她要满足自己购物时的那种快感。"

说完，他认真地看了看阿茵的表情，见阿茵没有什么反感，就接着说："当然也有例外，像茵姐这样受过良好教育的女性，一般不会沉迷于这种比较低级的满足当中。我说不会沉迷于低级的满足，并不是说你不需要这种满足，只是你的这种购物冲动更高级、更隐秘，也需要更多的钱。比如说人在拍卖会那种地方，就很容易失去理智，做出连自己都不知道为什么要做的疯狂事。"

听了彭见祺这句话，阿茵倒是感觉很有道理，因为她在拍卖场上目睹了那种一掷千金的豪赌，所以鼓励彭见祺："你继续说。"

彭见祺起身拿起一罐啤酒，喝了一口，继续说："凡是一件东西，都有这么几种价值，有的是收藏价值，有的是使用价值，有的是心理价值……就拿这幅字来说，它几乎没有什么收藏价值，使用价值几乎为零，像茵姐这样见多识广的人，为什么偏偏要买它呢？我想，只有一个理由会让你为它花钱，那就是心理价值，也许是你跟这个写字的人有什么渊源。"

彭见祺虽然平时看起来没什么正形，但通过这短短一天的接触，却让阿茵对他刮目相看，他是一个头脑非常清楚的人，但他喜欢用戏谑的方式来表达他的意见。

彭见祺说完了他想说的话，对阿茵说："茵姐，现在轮到你来讲故事了。我想听听你跟宜王府到底有什么关系？"

阿茵叹息了一声，小心翼翼地收起了铺在床上的字，说："写这幅字的人，就是我祖母的阿玛，我祖母是宜贝勒府的格格金睿芝，这个答案你满意吗？"

"你是宜贝勒府的后代？难怪你有这个……"说着，彭见祺指了指那个放在地上已经敞开了的快递箱子，在泡沫里面露出了四个青花瓷碟儿。

阿茵闻言，把那个快递纸箱抱到电脑桌上，从里面小心地拿出了那四个小碟子递给彭见祺："知道这个器物来历的人挺少的，你好好看看这个东西，把你知道的事说来听听。"

彭见祺也站起来给阿茵取来一罐啤酒，阿茵也没拒绝，两个人就这么空口喝着啤酒，听彭见祺演绎着往事："宜贝勒的先祖是多尔衮的亲弟弟，虽然战功赫赫，但英年早逝，他的后代承袭爵位之后，受到叔父摄政王谋逆之罪的影响，被削去亲王爵位降为郡王。康、雍两朝一直不得志。直到乾隆时，为多尔衮平反，将多尔衮的灵位重入宗庙，宜郡王也恢复了亲王爵位，还得到了乾隆皇帝的赏赐，其中有一些瓷器，是乾隆皇帝命督窑官为宜亲王府和睿亲王府烧制的，这种花纹是五爪行龙，与亲王的身份相吻合……"

听了彭见祺的这番话，阿茵一脸蒙圈地看着他："这些你是从哪里听到的？"

彭见祺有些小得意，不过他还是老老实实地承认说："我是听我家街坊董老爷子说的，董老爷子年轻的时候是金睿芝的铁杆戏迷，他对宜王府的事门儿清。"

彭见祺的话引起了阿茵的回忆，她想起自己在祖母身边的日子，回忆着祖母教她背的那些古诗，后来她学了古典文学，也是受了祖母的影响。

阿茵三岁的时候被祖母从父母的身边带走，后来经常在父母家跟祖母家之间来回往返。那段在祖母身边生活的日子，在她的生命中，就像春天的玉兰花，盛开之后很快凋萎，花瓣被风吹落，不留任何痕迹。

她记得在她十二岁那年的暑假，父亲得了重病，她不得不回到父母的身边。父亲在的时候，她还有可以说话的人，父亲病逝以后，她连说话的人都没有了，她的家就变成了一个类似机场和火车站一样的地方，每个人都有自己的路要走，只不过是碰巧凑在一起一同乘车罢了。

父亲跟母亲在一张床上睡了十多年，生下了阿茵和她的两个妹妹。但父亲内心的孤独与他终生相伴，他的心，就像一扇紧闭城门的城堡，他的妻子陈慧芳终其一生都徘徊在门外。

在阿茵十二岁那年，祖母收到了儿媳妇陈慧芳拍来的电报，告诉她金逸得了重病，想让女儿回去陪他住一段。祖母把她送上火车，并且嘱咐列车员一定要照顾好这个孩子。

阿茵坐的是从滨江开往北大荒的绿皮火车，接她的是已经退休的外公陈厂长。外公开着一辆从厂里借来的旧吉普车，载着阿茵往家走。在路上，外公告诉她，她父亲得的是肝癌，而且已经到了晚期，只不过医生还没有告诉他本人。

父亲住在医院里，剧烈的疼痛就像锋利的刀锯一样，在他的身上反复拉扯着。那一年阿茵刚学会骑自行车，妈妈就让她早晚到医院去给父亲送饭。

阿茵带着饭盒来到父亲的病房，她打开饭盒一看，早上送去的饭还保持着原样。阿茵小心翼翼地问父亲："您怎么一口饭都不吃？"

父亲本想给阿茵露出一个微笑，但在阿茵看来，父亲只是咧了咧嘴。他捂着自己的肋骨对阿茵说："人间的饭菜，爸爸快要吃到头了，如果还想让爸爸多留几日，你回家去，快点把爸爸的棋罐拿来。"

阿茵听了爸爸的话，飞快地跑了出去，一路奔跑着，穿过医院长长的走廊，然后骑上自行车，风一样地向家里奔去。阿茵拼命地蹬着爸爸那辆破自行车，马上就快到自己家住的那条巷口了，突然，一辆摩托车从对面冲出来，阿茵躲闪不及，被摩托车撞倒在地上，膝盖和手掌都摔破了。那个穿着喇叭裤、留着长长鬓角的摩托车骑手见阿茵被撞倒，他连车都没有下，傲慢地看了一眼阿茵，斥道："小丫头骑车怎么不长眼？"说完一轰油门，扬长而去。

阿茵顾不上自己身体上的疼痛，用最快的速度爬起来，回到家里，从柜子上面把爸爸一生最爱的两只围棋罐捧下来，又到柜子里找出一块妈妈的纱巾，将围棋罐系好，背在身上，忍着手掌的剧痛，又骑着自行车回到了医院，把围棋送到了爸爸的手里，她希望围棋可以让爸爸暂时忘记疼痛。

作为父亲的长女，阿茵心里明白，爸爸不会再陪自己多久了，这个病区里住的都是重病患者，一到晚上，病房里传来病人因为疼痛而发出的惨叫声，有的人只能依靠杜冷丁的强力镇痛作用来麻醉自己。

阿茵的爸爸既不肯用杜冷丁，也不肯叫一声痛。阿茵知道爸爸生性安静，不喜欢吵闹，阿茵去找过医生，她不知道对医生和护士们叫了多少声"叔叔""阿姨"，哀求医生给爸爸换一个单间病房，但医生说，她爸爸只是普通技术员，只有厂长级别的人才有资格住单间病房。

阿茵没有办法，只能一放学就往医院跑。她坐在爸爸的床边，父女两个人都是一声不吭，爸爸这个人从来不爱多说话，他这一辈子除了围棋之外，在这个世界上根本没有知己。

自从阿茵出生，女儿便是爸爸全部的希望。金逸也曾萌生过把女儿培养成女棋手的想法，可阿茵却偏偏不喜欢下棋。爸爸逼迫阿茵学着背棋谱，阿茵不知道挨了爸爸多少次巴掌，但她不想学的东西，谁也没有办法强迫她接受，不管爸爸怎么打都不管用。

后来还是妈妈心疼女儿，对金逸说："这丫头真是你的种，死犟死犟的脾气跟你一样，莫非你还真要打死她？"

金逸无奈地摇摇头，对阿茵说："不想学棋就给我背书，如果连书也背不下来，我看你也别吃饭了，我就见不得没出息的孩子！"

陈慧芳听了反唇相讥："天底下就你有出息？就你下的那个棋，能下出花儿来吗？能下出钱来吗？你肚子里装了那么多书，能当饭吃吗？"

金逸不理睬妻子的唠叨，从书架上拿出一本线装的《孟子》让阿茵背，阿茵只叫爸爸念过一遍就背下了《梁惠王上》。晚上，阿茵站在爸爸面前，当她把这篇很长的文章一字不漏地背下来的时候，父亲点点头说："你可以去吃饭了。"

从此阿茵有了"可以吃饭"的本领，那年她才刚刚六岁。六岁以后，她不仅能背诵《孟子》《论语》，还能背下大半本《春秋左氏传》。

每当阿茵读书大有长进的时候，都是爸爸最高兴的时候。他给女儿的奖励，不是到大江里游泳就是去山坡上晒太阳。北大荒千里沃野上无遮无拦的阳光，把阿茵这个本来就不怎么白的小丫头晒得跟煤球一样黑。

上了小学之后，有一天，阿茵突然读到了李清照的一首《醉花阴》，李清照的每一阕词都好像能够直接抵达她的内心，融化到她的血液之中，成为滋养她生命的一部分营养。

她就像当时爸爸让她背书一样，背诵李清照、辛弃疾、柳屯田、东坡居士的词，再后来，她开始根据词的格律加以改造，变成她自己的诗词。每当她写出了让自己满意的诗句，总是第一个拿给爸爸看。金逸读着女儿的诗词哈哈大笑，他还用毛笔给阿茵抄写下来贴在墙上。爸爸写的就是欧体楷书，在爸爸九岁的时候开始临写《九成宫》，奶奶说，但凡是宜贝勒的后代，都会写欧体楷书。

那段日子，是阿茵和爸爸在一起最快乐的时光，可是现在，爸爸马上就要不能再陪她了。阿茵站在爸爸的床前，手里捧着两罐棋子，紧紧地咬着自己的嘴唇，生怕让爸爸看到自己落泪的样子。

爸爸向阿茵招招手，对她说："你靠我近一点，我有一些重要的话要对你说。"阿茵把脸凑到爸爸跟前，爸爸用他那冰冷的手轻轻地摸着阿茵的脸说："对不起啊！丫头，爸爸不能亲眼看着你出嫁了，你将来一定要找个好男人，无论如何不能委屈自己，你明白吗？"

尽管当年只有十二岁的阿茵距离出嫁的日子还很遥远，但她站在父亲的面前，只能郑重地点头。爸爸又说："这两罐云子是我最喜欢的东西，你奶奶在她收养我一年的时候，发现我喜欢围棋，就给我买了这份礼物……我死了以后，你把我的这两罐棋子送给你奶奶吧！我这一辈子没尽过孝，净惹她生气了，如果奶奶能活到你长大，你一定要替爸爸照顾她，你知道吗？"阿茵一直点头，她心中一片茫然。这个时候，她不知道自己应该说什么才对。

父亲又说："我还有一件很重要的事要告诉你，爸爸不是中国人，我是日本孤儿，战败那年，是你奶奶从大雪地里把我抱回来的。你奶奶这一辈子活得太辛苦……看样子，今生我是没有机会报答她了……"

爸爸闭上了眼睛，积蓄了半天力量，重新睁开眼睛对阿茵说："你现在还小，爸爸知道，你现在不能把爸爸的骨灰送回故乡……"

阿茵看得出来，爸爸是拼尽了全部的力气交代自己的身后事，他的呼吸越来越粗重，歇了几分钟之后突然对阿茵说："我虽然也姓金，但我不是宜贝勒的后代，我只是你奶奶收养的孤儿。他们家的任何家产我们都不要染指……还有，你还有一个名义上的叔叔，他叫金豫章，是一个小人，我死了以后也不要理他，你哪怕就是要饭……也不许要到他的门前，你记住了吗？"

阿茵大声哭着说："我记住啦！"

爸爸说完这些话，就昏迷了过去。阿茵伏在爸爸的身上痛哭，她感觉到爸爸的呼吸越来越弱，几乎气若游丝，这个时候，两个护士把阿茵从爸爸的身上拖起来，将父亲推进了抢救室。医生和护士抢救了两个多小时之后，宣布父亲死亡，死于肝昏迷。

刚刚十二岁的女孩，从此没有了父亲。阿茵不得不承认造化弄人，她因为师兄，误打误撞地认识了索教授。那天，当阿茵在索教授家的餐桌上发现了跟奶奶给自己家的青花瓷碟子同样的器物时，她的心中一直有一个疑问，这个索教授，会不会是父亲在弥留之际还提醒自己不要去招惹的那个人呢？

在阿茵的小屋里，她跟彭见祺对饮着啤酒，把自己家庭里可以讲给彭见祺听的那些往事都倒给了他。

彭见祺说："你爸爸四十几岁就死啦？那你们家可真是没有长寿基因啊。"

阿茵说："所以啊，你就别在我这里瞎耽误工夫了，我们家没有长寿基因，你还年轻，别误了你的终身……"

"可我就愿意在你这儿误了终身，你说怎么办呢？"彭见祺说着，突然站起来，紧紧地抱住了阿茵。这些年，阿茵在一个人独自漂泊的日子里，从来没有像今天这样，能够接纳一个男人的怀抱。自己究竟为什么会喜欢这个比自己小好几岁的男人，她自己也说不清楚，只是觉得她需要有人这样紧紧地抱着自己，通过这双手臂，传达给自己力量。阿茵的眼泪不由自主地从眼眶里涌出来，就像是奔涌不息的河流。

28

阿茵已经很久没有像今天夜里这样像婴儿一样的睡眠了。她原本以为，身边躺着一个并不太熟悉的男人她会睡不着，没有想到，她比彭见祺更早地进入了梦乡。在彭见祺的身边睡得如此放松，是阿茵没有想到的，这些年，希望接近她的男人并不少，地位和学问都不错的有邵宇宸，在家乡的时候，也有小时候的邻居和同学在她在家乡的大学里当老师的时候追求过她，但他们每一个人都没有引起阿茵的兴趣。

尽管现在的阿茵，在母亲的那些同事眼里已经成了大龄的剩女，母亲也经常在她的耳边吹风，说不要太挑，她有一个老同事的儿子在北京中关村的一个互联网公司当董事长助理，如果有空，就去见见。

那些天，母亲不断往她的微信上发那个男人的照片，留着小平头，一条路易威登的皮带，金晃晃的扣子松松垮垮地垂在腰间，阿茵一看他这个样子，早就没有了胃口。阿茵认为，凡是服饰非常浮夸的男人，一定是靠不住的，阿茵连想都没想就拒绝了母亲给介绍的那个人。

如果不是在母亲来催婚的时候及时拉出邵宇宸来替她撑起门面，阿茵估计，她多半会被母亲逼迫着去跟那个皮包公司的董事长助理见面。

现在她和邵宇宸的关系宣告结束，不过又有了彭见祺，而且经过两天的接触，她感觉彭见祺还是一个可以说说心里话的男人。自从父亲离开这个世界以后，她再也没有遇到一个可以跟她说话的人。

彭见祺的年纪虽然比自己小，经历过的那些磨难也跟自己不同，但他们俩却是各有各的心酸。

昨天晚上，两个人一边喝着啤酒一边聊天，一箱啤酒喝完了，阿茵又用外卖软件买了一箱。喝完了两箱啤酒，彭见祺就率先倒在了床上。

经过两天的相处，阿茵也没有了以往的矜持，她靠在彭见祺的肩膀上，说起她童年经受过的苦难，两个人好像变成了彼此的医生，他们都想把自己早已破碎的心掏出来，让对方给缝合起来……

两个人聊到半夜，彭见祺突然想去卫生间。他先是打开一条门缝，往外看了看，胡小凤住在外面，屈凝房间的门关得紧紧的。彭见祺就像做贼一样，飞快地跑到卫生间里，又飞快地跑回来，生怕被阿茵的室友屈凝给撞见。

回到阿茵的房间，他推了推躺着的阿茵说："茵姐，你这里实在是太不方便，不如跟我回家吧！你找几套衣服和化妆品，我们现在就走，我叫个代驾给我开车。"

阿茵撇撇嘴说："我才不稀罕去你家呢，你家有什么好？我就要你在我这里侍寝！"彭见祺听了这句话，心里乐开了花，他掀开阿茵盖着的被子，挤了进去……

这一夜，阿茵睡得格外踏实，几乎是一夜无梦，如果不是手机突然响起，她都不知道自己会睡到什么时候。

当手机突然响起的时候，阿茵和彭见祺都条件反射一般从床上坐起来，阿茵拿起了手机，发现电话是吴冷杉打来的。彭见祺看到手机屏幕上显示出的名字，不满地嘟囔说："这个老吴，比公鸡都讨厌，这么早，叫什么叫啊！"

阿茵接起电话之后，示意彭见祺闭嘴，彭见祺只好老老实实地把嘴闭上了。

"画家已经到北京啦？嗯，好的！吴总，我这就过去。"阿茵放下电话，起床，飞快地穿衣服，就像每天准备上班之前一样的迅速。

彭见祺仍然赖在床上不想起来，他看见阿茵要走，就说："茵姐，你每天早晨上班都这么紧张吗？"

"是啊，不紧张怎么办？我要在路上顺便吃早餐，还得去挤地铁，不把自己挤成照片，都算是我的造化。"

"茵姐，我还有一个车牌闲着，我想给你买辆车，你开着上下班会很方便。"

阿茵一边穿鞋一边反问道："我为什么要你这么贵重的礼物？"彭见祺揉着惺忪的睡眼说："因为你是我老婆啊，难道这个理由还不够充分吗？"

阿茵没有回答，只是飞快地冲向卫生间，洗脸化妆，等她回来的时候，已经完全变成了一个工作状态的人。彭见祺见了，也不好意思继续赖床，他从床上爬起来，对阿茵说："我开车送你去老吴那里吧。"

阿茵没有拒绝彭见祺，她已经在潜意识中开始接受这个男人，愿意听他安排自己的生活。

不得不承认，彭见祺是一个乐天派的男人，跟他在一起，阿茵不再像跟师兄邵宇宸在一起的时候那样拘谨，时刻都要想着对方的感受，要时刻检视自己的行为是否得体。彭见祺是一个既能陪你去五星级酒店吃帝王蟹，也能跟你一起坐在马路边上喝酒撸串的男人，他的坦诚和狡黠都是那么明显，让阿茵感觉无拘无束。

阿茵在那天酒醉之后，在心里对彭见祺有了一种莫名的亲近感，在他面前，阿茵不再刻意地伪装自己，她可以把自己最不设防的样子展现在他面前。阿茵知道，不管自己是什么样子他都乐意接受，所以，他们两个人之间的关系，一切都发生得那么顺其自然。

　　彭见祺把阿茵送到了吴冷杉的画廊外面，阿茵想让彭见祺快点走，她不想让吴冷杉看到他们两个人在一起。彭见祺却偏偏不干，他说自己在老吴的办公室里放了一把剃须刀，他都两天没刮胡子了，求阿茵开恩，恩准他进去洗个脸。阿茵拿他没办法，只好随他去。

　　吴冷杉接到了画家陆湘锦的电话，就早早来到了画廊，他本想自己开车去北京饭店接她过来，但转念一想，还是带着阿茵去，身边有个女性更合适一些。

　　这时候时间还早，画廊里的员工还没上班，老吴坐在临窗的大茶台前，给自己泡了一壶家乡的"马头岩"。一壶茶喝过，全身通泰。他在享受着一个人独处的时光。

　　就在这时，听到门响，吴冷杉抬头一看，原来是员工胡小凤。这个小姑娘当初到茶城面试的时候，就是他留下的。当时胡小凤皮肤黝黑，手上到处是冻伤和皲裂的口子，身上穿着一件簇新的红色羽绒服，脚上的白色旅游鞋一看就是不超过二十元钱的廉价货。不过，她有一双很亮的眼睛，眼神里透着机灵。

　　当时吴冷杉还没有发迹，茶城里的店面是他跟老婆两个人管着，吴冷杉的老婆讲一口福建方言，来北京好几年了，死活学不会普通话，连上街买菜都要老吴亲力亲为。

　　胡小凤来到店里以后，最初老吴只是让她干一些打扫卫生、挑一挑茶梗之类的粗活，后来老吴发现，店里的生意开始好了起来，原来胡小凤看到在茶城里闲逛的客人就主动招呼，让人家到店里来歇歇脚、喝杯茶。老吴发现这个小姑娘是个销售方面的人才，他干脆放手让她去干。

在茶城上班这几年，胡小凤已经从一个土得掉渣的农村小姑娘变成了一个温文尔雅的茶艺师。这些年老吴相继开了十几家茶叶店，只有胡小凤当店长的这个旗舰店生意始终是最好的。老吴发现，胡小凤是一个销售天才，定价几万元的茶叶，别的店长都哭天抢地地抱怨价格太高，只有胡小凤专门愿意销售这样的高端产品。

老吴这次在 798 开画廊，进入了一个全新的领域，他不顾妻子的反对，把店长当中最能干的胡小凤叫过来帮忙。老吴认为，天下所有的销售技巧都是一通百通。老吴看着胡小凤在手脚麻利地干活，他心里在想，胡小凤这么能干，要不要把她介绍给自己的堂弟做老婆？

就在老吴还在胡思乱想的时候，彭见祺的"路虎"虎虎生风地开过来，让老吴感到吃惊的是，阿茵从彭见祺的车上走了下来，他们两个人怎么会凑到一起了呢？老吴感到很好奇。

彭见祺跟着阿茵走进了画廊，他一进门就对吴冷杉说："老吴，我要结婚啦，你要给我准备红包啊！"

吴冷杉笑道："你这个家伙，又不知道去哪里欺骗良家妇女了。"

"喏，这就是我的良家妇女，阿茵。"两天前，彭见祺还叫阿茵为"老师"呢，两天不见怎么就改了称呼？吴冷杉心里感到奇怪，但他仍然满面带笑地说："是阿茵老师啊，都怪我嘴欠，胡说八道！改日我一定请阿茵吃饭，正式赔礼道歉！不过现在人家美国的画家来了，我得先跟阿茵老师去一趟北京饭店，老彭你不会反对吧？"

彭见祺一脸得意，阿茵被他们两个人给弄得满脸绯红。胡小凤站在一旁听说阿茵跟彭见祺成了一对儿，心里也很吃惊，因为前几天她还看见阿茵跟邵老师在一起，她不得不承认，这个世界变化真快。

彭见祺对吴冷杉说："下了班，你把阿茵给我送回家啊。"

吴冷杉本来想说"你有那么多家，我怎么知道送到哪里去"，但话到嘴边又忍住了，说："我听阿茵老师的，她要去哪里都成。"

阿茵不想让他们继续拿自己打镲，说："吴总，我们还是去北京饭店吧。"

彭见祺恋恋不舍地看着阿茵说："我今天去长城那边看看装修的进度，我尽量早点回来，等我。"说完开车走了。吴冷杉和胡小凤站在一旁，看着他们两个人肆无忌惮地撒狗粮，看得他们傻了眼。

目送着彭见祺开车走了，吴冷杉领着阿茵走向自己的座驾，一辆崭新的宝马 X5，油漆亮得可以照得见人影。

吴冷杉一边开车，一边跟阿茵商讨着举办画展的一些细节。吴冷杉举办画展并不是目的，真正的目的在于后续的油画销售，这位画家在国际上享有盛名，她的画作多次荣获国际大奖，目前在国内还只跟他们这一家画廊有合作协议，吴冷杉从中看到了巨大的机会。

吴冷杉对阿茵说："听说这位画家是宜贝勒府的后代，好像跟北京收藏界大腕儿索教授还是亲戚呢。"

吴冷杉的话让阿茵想起了昨天早上的巧遇，难道那个在早餐店里遇到的老人，就是他们要接待的画家吗？吴冷杉无意中说起了"宜贝勒府"，这三个字勾起了阿茵心中的往事，想起自己祖母一生的坎坷，心中不由得感慨万千……

吴冷杉按照保安的指引停好了车。他和阿茵一起走进北京饭店的大厅，看见在酒店大厅的沙发上坐着一个满头银发的老人，阿茵惊讶地发现，这个老人正是昨天她在早餐店里见过的那个老人。那个老人也认出了阿茵，向她露出欢喜的微笑。吴冷杉快步走过去，向前跟老人握手说："我是小吴，我跟您通过好多次电话，这次真是接待不周啊，您到了北京我们才知道，失礼失礼！"

老人爽朗地笑着说："我是自己提前来了北京，又没有告诉您，怎么能怪您呢？"说完，她一指站在吴冷杉身边的阿茵说："这个姑娘我昨天见过，我们还真是有缘呢。"

阿茵也笑着走过来跟老人握手，当她们的手相互握在一起的时候，陆湘锦和阿茵的心中同时一惊，因为她们都在对方的手上看到了跟自己戴的一模一样的手镯！陆湘锦压抑着心中的激动，用手轻轻地拍了拍阿茵的手背，说："你看我们是多么有缘啊，就连手上戴着的手镯都是一样的！"

听吴冷杉说，这个画家是宜贝勒府的后代，再看到这只手镯，阿茵基本上已经知道了这个人的来历，她就是祖母的养女陆湘锦。自己的父亲虽然是祖母收养的日本孤儿，但家里的关系错综复杂，阿茵绝口不提自己与宜贝勒府的关系。

上一次在索教授家里，当阿茵看到索教授家餐桌上的小瓷碟，心中已经知道了一个大概，当她看到这个老人跟索教授一起共进早餐的时候，她猜到了他们很可能是祖母另外的两个孩子。

自己的父亲本来就跟他们没有任何血缘，在祖母去世之后，阿茵已经不再打算与他们还有什么联系。但命运偏偏就是这样捉弄人，越是不想遇见的人越是容易相遇。

那老人亲亲热热地拉着阿茵的手说："孩子啊，我那天在早餐店里第一次看见你就觉着好亲切，我听我的助理告诉我，这边的接待方很周到，还给我找了一个懂京剧的短期助理，这个人就是你吧？孩子，你会唱戏吗？"

阿茵摇摇头说："我不会。"老人脸上的神情有些失望，她喃喃自语地说："也许是我的助理弄错啦。不过没关系的，现在的年轻人谁还喜欢这个啊。"

阿茵补上一句说："我确实是不会唱，但我从小就听，我祖母教过我

《大破天门阵》的唱段，我真是唱不了，奶奶说祖师爷不赏我饭呢。"

"你说多么巧啊，我母亲也是这么说我的，她要我练功我就逃跑，但我喜欢画画，她也不强迫我。"陆湘锦突然话锋一转，问道："孩子，你的祖母叫什么啊？如果是唱京剧的，没准我还能认识呢!"

阿茵笑着摇摇头说："您肯定不认识啊，她就是一个很普通的票友，只是自己喜欢唱戏罢了。"

老人还想就京剧的话题跟阿茵讨论，吴冷杉很有礼貌地打断了她们的对话，说："陆女士，咱们还是先上车？请您去看看展厅，听听您对布展的建议。"

陆湘锦也意识到自己跑题了，连忙对吴冷杉说："吴先生，真是对不起，你看我很多年没有回到故乡了，一聊起我喜欢的京剧，我就忘记了时间。"

吴冷杉一边说没关系一边拎起了老人的行李箱，阿茵搀扶着老人坐上了吴冷杉的车。

29

　　索教授回到家里，立马让罗姨把客房打扫一遍，开窗通风，又吩咐小邵去王府井百货大楼买一套新的床上用品，一定要最好的。

　　邵宇宸告诉索教授，还是在网上买东西更方便，人家给送货上门，说完掏出手机，在京东商城上挑选。罗阿姨也过来热心地当参谋，最后终于选了一套紫色的床品，罗阿姨说，这套紫色的床上用品富丽华贵，最符合索教授姐姐的身份。

　　听到罗阿姨的肯定，邵宇宸飞快地下了单，告诉罗阿姨，只要等着快递小哥上门就行了。罗阿姨直夸现代化就是好。

　　邵宇宸从客房里走出来，发现索老正坐在葫芦架下面的一张藤椅上沉思。邵宇宸问索教授："索老，现在没什么事的话，我先回去？"

　　"你先别走，到我书房去，咱们再聊会儿。"见老师这么说，邵宇宸急忙搀扶着老师走进了他的书房。索老指了一下自己对面的那张美人榻，邵宇宸坐在了索教授的对面。索教授说："昨天在早餐店里遇到了你的女朋友，这件事你是怎么想的？"

"碰见也是偶然的吧，我也不知道她为什么会去那里吃早餐啊。"邵宇宸只好继续发挥自己的装傻天赋。

索教授说："自从你离婚以后，我和你师母都很关心你的婚姻大事。前些天，你带着阿茵来我家，我想，你带这个姑娘来，一定是想征求我的意见。我不同意你们相处，我不知道你心里是不是有些恨我呢？"

邵宇宸听了索教授的话，急忙否认："恩师说的是哪里的话啊，俗话说师徒如父子，您不同意我跟阿茵交往，就跟我父亲不同意我的婚事是一样的，一个男人一生当中有很多次娶妻的机会，但父亲只有一个，我怎么能够违拗父亲的意见呢？"

索教授听了邵宇宸的这一番话，心中很是高兴，满意地点点头说："是啊！咱们既然是师徒如父子，我也有必要把一些家里的事说给你听。"

邵宇宸赶紧往索教授的杯子里续了一些热水，又重新坐在他的对面，等着他讲下去。

索教授望着规规矩矩坐在眼前的学生，推心置腹地说："宇宸啊，我不得不承认，你的眼光确实不错，阿茵这个姑娘很聪明，她从小就博闻强记，不到五岁就能背诵《孟子·梁惠王》了，这个孩子若不是她爸爸死得早，她妈妈又是农村妇女，没有文化，我想她应该更有出息。"

邵宇宸是见过阿茵母亲的，他对阿茵母亲的感觉跟索教授的评价差不多，但他很奇怪，索教授怎么会知道阿茵家里的事？

索教授看出了邵宇宸心中的狐疑，解释说："阿茵本来跟我还有一点亲戚关系，她父亲是我姑姑的养子，阿茵生下没多久，就一直由我姑姑抚养，这个孩子的爸爸叫金逸，他是日本投降那年我姑姑从大雪地里抱回来的野孩子。"

"哦？这么说，老师跟阿茵还是至亲？"邵宇宸有些惊诧地问。

"哦，不，不。"索教授连连摆手说，"我个人从来就没有认过这个亲戚，我跟阿茵的爸爸从小就不对付，应该说，我们是井水不犯河水。"

索教授喝了一口茶，从桌上拿起一把折扇，打开又合上。他的目光有些迷离，好像在尽力回避着一些不愿意回想的往事。

索教授休息了一会，继续说："我是因为父亲失踪，我母亲把我交给姑姑抚养，我在姑姑家寄人篱下。也许是因为姑姑跟我父母的关系并不好，所以我姑母更爱那个捡来的孩子，对我姐姐也比对我好。在我们这个家里，我是最不受姑母待见的人，其实我才是宜王府的正根儿！就因为这些家庭琐事，我们之间的积怨很深，后来我干脆改成了我母亲的姓，跟他们一直都没有来往……"

邵宇宸不知道索教授跟他的姑母之间到底发生了什么事情，以至于亲人反目，但他并不敢问，他只能竖着两只耳朵，索教授说什么他就听什么。

索教授的话终于扯到正题上了，他说："昨天我们去机场接的我的那个姐姐也是我姑母的养女，我们满族人习惯管姑姑叫姑爸爸，她是我大姑母的女儿，可惜大姑母死得早，把女儿托付给我小姑母抚养。我年轻的时候，跟我姑姑之间关系一度很僵，但现在老啦，回想起当年的事，我也有做得不对的地方，现在到了这把年纪，回想起姑母当年的养育之恩，心里也很不是滋味……"索教授说到此处，已是老泪纵横。邵宇宸急忙给老师拿来面巾纸，好不容易才让老师止住了泪水。

陆湘锦住进吴冷杉为她安排好的酒店，这里距离吴冷杉的画廊比较近，吴冷杉已经想好，他要利用陆湘锦在北京的这段日子，邀约他在北京的 VIP 客户到画廊来聚会，一则赏画，二则可以跟画家当面交流，这样会让收藏者买画的时候感觉心里踏实。

陆湘锦仔细地看过了画廊的布展环境，设计师给她演示了开展之后的效果图，陆湘锦提出要把自己的几幅作品的位置调换一下，这样可以更好地诠释她当初的创作初衷。对于这些细节的改动，吴冷杉照单全收，对吴冷杉这种勤勉而低调的态度，陆湘锦表示满意。

到了中午，吴冷杉提出要请陆湘锦吃饭。陆湘锦说，她不喜欢在酒店里吃大餐，那样会让她感到很累。她对画展的要求已经全部说完了，画已经从天津口岸装上了车，正在来北京的路上。这段时间她可以自由支配了，她想让阿茵送她回酒店去睡个觉。

吴冷杉把车钥匙交给阿茵，并且告诉她，这些天这部车就归她来用，他可以开他夫人的车。阿茵没有拒绝，从吴冷杉的手中接过了车钥匙。

阿茵把车从停车场开到画廊门口，陆湘锦坐在副驾驶的位置上，她一直看着阿茵的侧脸，看得阿茵很不自在。不过，阿茵还是全神贯注地开车，装作全然没有注意到陆湘锦向她投射的目光。

看到这个姑娘手上戴着的翡翠手镯，陆湘锦心中五味杂陈，忍不住问："姑娘，我看到你手上的手镯，我想向你打听一个人……"

"您说。"

"我想问的这个人叫金睿芝，她是我的姨妈，也是我的养母……"

听到"金睿芝"这三个字从陆湘锦的口中说出来，阿茵全身一颤。这个时候，车子已经开到了酒店的门前。阿茵对陆湘锦说："陆女士，请您先下车，我去停好车就过来。"

陆湘锦下车以后，阿茵的头脑中好像是飞进来一群嗡嗡乱叫的蜜蜂，在这两天的时间里连续发生了太多太多的事，一个是她跟彭见祺迅速地确定了恋爱关系，另外一件事就是陆湘锦的到来。

自从阿茵看到陆湘锦跟索教授在一起，再加上她手上戴着的那只跟自己这个一模一样的手镯，她的心中就几乎有了答案。

她出生的这个家庭，关系就像是一张错综复杂的蜘蛛网，这些年，她一直试图解开这个家庭当中很多无人知晓的谜团，但随着亲人一个一个地离开，她的这个想法一直无法实现。如今，与陆湘锦的偶遇，她不得不感谢命运的奇妙安排。

阿茵停好了车，来到酒店的前台，房间是在网上预订的，吴冷杉给陆湘锦订了一套总统套房，阿茵拿着陆湘锦的护照，帮助她办好了入住的手续。

阿茵拿着房卡陪着陆湘锦来到她的房间，陆湘锦坐在沙发上，打开了自己的行李箱，拿出一本画册交给阿茵，第一幅画的是江南水乡，第二幅画的是在一个庭院中，一株桃花树下，一个身穿白衣的女子手持一柄花枪在练功。陆湘锦解释说："这一幅江南水乡，画的是我养父宋先生的家乡苏州，第二幅画里的人物，就是我的养母金睿芝。我养父和养母的故事，不知道阿茵有没有兴趣听一听？"

阿茵感到自己的心脏在怦怦地乱跳，好像是要从胸膛里跳出来似的。她没有说话，只是点头，陆湘锦从阿茵的眼里看到了莹莹的泪光。

30

陆湘锦讲的故事，把阿茵带回到久远的时光隧道。

那是 1944 年 11 月，大雪再次降临滨江大地。进入冬天以后，宋老板夫人的肺病越发严重，持续不断的低烧掏空了她那多年以来一直病恹恹的身子。宋太太没有扛过这个严冬，还没有过年，就死在了腊月初八的夜里。

这些年尽管宋老板跟他太太的感情并不是很好，但一旦人去了以后，宋老板就忘记了他们之间以往的那些龃龉。看到妻子给自己绣的枕头，还有身上的荷包，他身上的每一件东西，都是妻子精心缝制的。结发之妻走后，宋老板把自己关在妻子的卧室里，睹物思人，想念起阿娇生前的种种好处，止不住涕泪纵横。

马先生和金睿芝去墓地给宋太太送殡回来，金睿芝把水盆和手巾放在门口，按照满族送殡的习俗，用热水洗脸洗手，往身上掸些白酒才能进屋。

马先生来到金睿芝的屋里，金睿芝把外衣脱了挂在衣柜里，给马先生沏了一壶香片。马先生一边喝茶一边对表妹说："现在四嫂子走了，你跟四哥有什么打算?"

"我哪有什么打算？我现在就一个念头，把锦儿养大，别辜负了我姐姐临死的托付。"

马先生点点头，说小格格不愧是有情有义，大格格没有白托付你一场。金睿芝也没再搭话，她给自己倒了一杯茶，默默地喝着。

马先生说："就算你再有情有义，也不能误了自己的终身，当年四哥本来是铁了心要跟你结婚的，谁知道嫂子搬出了他娘来，四哥是个孝子，他也没辙。这些年，四哥就像是被如来佛压在五行山下的孙猴子，只能忍着。如今四嫂子驾鹤西去，你们俩也该再续前缘了吧?"

金睿芝啐了一口说："大腊月里的，你别在我这里红口白牙地说胡话！刚给四嫂子出殡回来，还没过七七，四嫂子尸骨未寒，你就在我这里保媒拉纤，也不怕晚上睡觉的时候，四嫂子去你屋里掐死你！"

马先生挨了金睿芝的骂，也没生气，说："你这个狗脾气什么时候能改一改？说翻脸就翻脸！我这说的不是好话吗？"

金睿芝说："这么多年，你心里想的是什么我也知道，你就是想让我跟四哥做成一对儿，你也好在宋家踏踏实实地当舅爷。表哥，我跟你说，当年我跟四哥一起被土匪关在地窖子里，我们俩挤在一起，什么样好听的情话也都说了，我也确实动了嫁给他的心思。可是让四嫂子这么一闹，四哥瞻前顾后，我的心也凉透了。我这一生大好的年华都过去了，现在我也没这个心思了。"说完这番话，金睿芝不再作声，只是低头看着自己的脚尖。马先生发现，自己又一次把这天儿给聊死了。

宋家正院这边，宋老板为亡妻举办了七七四十九天的水陆法会，在七七当中，每逢头七、三七、五七和七七这样的大日子，宋家都要派人去放生。

一时之间，十里八村的农民听了这个信儿，都到白雪覆盖的田野里去下粘网，逮到了麻雀就卖给宋家。在宋太太去世的那个冬天，滨江城里天空中的麻雀乌泱泱的，遮天蔽日。

过了七七四十九天，宋太太魂归极乐。死去的人得到了极大的哀荣，宋家的生意还得照常做，每一个活着的人，还得继续活下去。

这些年，金睿芝除了正月初一拜年的时候会到正屋坐一坐，但拜年也是坐一坐就走，基本上不会超过一盏茶的工夫。宋老板不止一次地给金睿芝传信，约她一起到商会去陪他唱戏，可金睿芝连理都不理。宋老板自觉没趣儿，也就不再约她了。

如今宋太太殁了，宋老板重新成了单身王老五。他让马先生到西跨院去跟金睿芝说，晚上请她过来一起吃饭。听说让他去请金睿芝，马先生瘪瘪嘴说："那尊神我可请不来，四哥要想请她，还得劳动您亲自过去请！"

宋先生蓦然想起了好多年前，金睿芝只身赴土匪窝里去营救他，两个人被扔在关押人质的土牢里，在那漫漫长夜之中两个人说的那些情话。那个时候的金睿芝，还是一个风华绝代的女子，自己在获救之后，并没有兑现当时要娶她的诺言，如今六年的时间过去了，当年的美女如今已经步入了中年。

这些年，金睿芝一直刻意躲避着他，从不跟他单独见面，可他又何尝有勇气去单独面对她呢？现在宋太太驾鹤西去，他可以堂堂正正地娶金睿芝做太太了，可她会不会答应自己呢？宋老板想到这里，立刻叫伙计去叫司机，送他去了一家白俄开的理发馆。据说开这家理发馆的白俄理发师，原来在俄国还是一个贵族，十月革命以后逃亡到滨江，就开了这家伯爵理发馆。白俄师傅有本事把头发弄得像螃蟹壳一样挺括，宋老板每逢重大场合必然会到这里来，找这位白俄师傅给他做一次头发。

宋老板收拾好头发，又换上一件没有上过身的长衫，他知道金睿芝不喜欢浮华，干脆把身上的怀表、手上的扳指全都退了下来，交给管家收着。

宋老板这样打扮完之后还是没有自信，又来到了马先生住的厢房里，这么多年来，马先生一直充当宋老板的谋士角色。他展开袖子站在马先生的面前说："福麟老弟帮我掌掌眼，你看我这样打扮去见格格怎么样？"

马先生笑着说："四哥这么一捯饬，倒是很像一个教书先生。我表妹的师父蔺老板，别看人家是一代名伶，可人家下了台，就是一个书生的打扮，从来不喜欢把那些金的、玉的往身上招呼。你说人家蔺老板是差钱的主儿吗？人家不差钱，要的就是这么一个劲儿。我表妹在蔺老板身边长大，她从小看惯了蔺老板的打扮，您这一身打扮，准能入了她的眼。"

听马先生这么一说，宋老板喜不自胜，他恨不得立刻就去西跨院，向金睿芝表达自己这些年的相思之苦。就在他转身要出门的时候，马先生又叫道："四哥您别忙着走，我看您还是把身上带的这个荷包留在我这里，等您从西跨院出来的时候再过来拿。"

听了马先生的话，宋老板如同醍醐灌顶，他突然意识到，自己还带着亡妻给他绣的荷包。宋老板赶紧从身上解下荷包放在马先生身边的桌子上，他嘴里不断称谢，说，多亏了马老弟想得周到，带着这个去西跨院，还不被金睿芝给轰出来？

其实，金睿芝也在等待着宋老板，自从宋老板丧妻之后，她的心里七上八下的，脑子里总是很乱，这些年她一直想着他们在土匪窝里的那些个漫长的寒夜，他们相互地说着心里话。

金睿芝虽然在戏班子里长大，但她的身份特殊，是贝勒府寄养在蔺老板家的孩子，在师父的授意之下，师兄弟们都谦让着她，但这种谦让之中也包含着一种疏远。蔺老板经常敲打戏班子里的那些弟子，乌鸡不能配凤凰，所以就算是比她年长的师兄们，也不敢打金睿芝的主意。她在那个时候情窦未开，也不知道人世间还有这么复杂的关系。

宋老板是第一个开始追求她的男人，而且也是对她有恩的男人，他帮助自己找回了姐姐的遗孤。有了这件天大的恩情，金睿芝开始喜欢上了宋老板。没想到他们从土匪窝死里逃生之后，宋老板立刻变了卦，当初对她说的所有的情话，都变成了一根又一根锋利的钢针，刺在她的心头。

这些年，她在心里跟宋老板赌着气，从来不会在任何一个单独的场合与他见面，她最怕他旧话重提。在感情上，金睿芝跟她死去的姐姐金睿芸同样执拗，只要把自己的感情投出去，就再也没有收回来的道理。

对感情执拗的女人是最容易受伤的，金睿芸为了陆长渊，已经赌掉了一条命，现在他们的女儿还没有长大，金睿芝哪怕是心里再别扭，也必须好好活着，因为有了这个孩子，她没法不接受生活对她的考验。

宋老板的夫人新丧，表哥马福麟就过来套她的话，金睿芝的心里恨极了这个不敢正视自己感情的男人。满族女人的性格向来是敢爱敢恨的，若是爱上一个男人，如同老房子起火，哪怕就是把自己留在大火里烧死，也是心甘情愿的。

宋老板这个人，对待爱情的态度像个小脚女人，他想爱一个人，却不敢往前走，他想离开一个人，却又不敢下决断……在非此即彼的选择面前，他会无限期地拖延着，既不想放弃也不敢追求，金睿芝像花朵一样的青春，就在宋老板这样无声无息的拖延当中流失过去……

想起这些，金睿芝的心乱成了一团麻，她想起戏服有一个带子断了，拿出针线想要把那个带子缝好，谁知拿起针来却扎了自己的手……

"笃、笃、笃"，门外有人在敲门。金睿芝出去打开门，发现宋老板站在她的面前，今天宋老板没有穿他平常穿的绫罗绸缎，只是一袭蓝布长衫，素雅得像个教书的先生。

金睿芝打开房门的一瞬间，两个人同时呆若木鸡地站在那里，宋老板在金睿芝的耳边看到了一根白发，他的心钝钝地疼了一下，情不自禁地抱住金睿芝失声痛哭。金睿芝也抱住了他，这个让她爱着恨着的男人如今就在她的面前，她在他的发间闻到了那种久违的男人的气息……

宋老板对金睿芝说，他一天都不想再等了，想择个吉日迎娶金睿芝。金睿芝却说，这么多年都过来了，也不差这么一年半载，发妻刚刚病逝，这边就忙不迭地娶新人进门，这样会让人笑话。

宋老板说："我不想管别人怎么说了，我只要娶你。"

金睿芝说："你要给我一些时间，让我自己说服我自己吧！这么多年，我也得好好想一想。好歹也不差这一年的工夫！"

宋老板知道金睿芝的性格执拗，如果非要坚持，弄不好会弄巧成拙。他应允了金睿芝的要求，在宋太太过完周年以后再谈婚论嫁。不过，宋老板也提出他的条件，哪怕就是不结婚，金睿芝也要陪他一起唱戏。

金睿芝说："好，我陪你唱一出《霸王别姬》！"

宋老板说："我还是喜欢《大登殿》，你就是我的代战公主！"两个人又开始有说有笑了。

从那以后，两个人不再较劲，宋老板几乎是每天都来西跨院，有时候跟金睿芝一起对唱，有时候听金睿芝一个人清唱。西跨院只要一唱戏，马先生就会不请自来，他是他们俩的琴师。

那段日子，日本人江河日下，而他们却在小世界里其乐融融，这种日子就在西皮流水当中静静地流逝，宋先生和金睿芝都在等待着，过了宋太太的周年忌日，他们就准备结婚。

1945 年 8 月 15 日，占领东北十四年的日本人投降，金睿芝接到嫂子索氏打来的电话，说她的哥哥金睿萱进皇宫去拜谒皇上，就再也没有出来。听到这个消息，金睿芝的头都大了。

在金睿芸和金睿芝两位格格先后离开了贝勒府之后，金家七爷的钱袋子也断了流。两个格格在的时候，她们远在草原的舅舅每年都会派人送一两次钱来，金睿芝的舅舅扎布一想到早早死去的妹妹就难过，金睿芸和金睿芝这姐妹俩的额娘，是蒙古王爷扎布的亲妹妹。

自从两位格格离开贝勒府之后，蒙古王爷的钱也断了供给。没有银子就等于折了金睿萱的半条命，他开始变卖祖产，先卖古董字画，后来变卖房产，当他把一个偌大的王府都换了银子之后，也没有支撑多久。

这一次，他想起了远在东北的妹妹金睿芝，这些年，金睿芝跟家里虽然少有联系，但金睿萱通过马福麟能够时刻了解金睿芝的近况。

当时溥仪在东北重新当了傀儡皇帝，很多清朝的遗老们都去了东北新京。有了这个说辞，金睿萱让马福麟给金睿芝带信，说自己不日将举家迁往新京，也好就近觐见皇上。金睿芝收到七哥的信，自然知道七哥这封信里的意思，金家的男人都要脸面，就算是要钱的话，也不能软着说。金睿芝这些年一直在滨江最有名的德晟班搭班唱戏，虽然没有正经下海，但在滨江已是声名鹊起。

金睿芝知道，这是七哥不好意思直接找她要银子，她把自己这些年的积蓄拿出来，交给马福麟去帮助金睿萱安家。宋老板听说金睿芝要帮着哥哥安家，也给出了一大半。

马先生知道金睿萱自小就受不了屈，他帮金睿萱在满铁员工宿舍找了一套房子。房子的原主人是日本人，因为要回国，低价出售这套住宅。马先生用金睿芝的钱帮助金睿萱买了房，总算安稳下来。

金睿萱来到新京安了家，到处找关系要去觐见皇上，想在宫中混个一官半职。金睿萱把请求觐见的折子递进去，一直等着回音。金睿萱等了好久，终于等到宫里传出信来，让他进宫觐见。

金睿萱来到皇宫那天，发现宫里人正准备搬家，原来是日本关东军司令官刚刚离开，他告诉溥仪，苏联已经向日本宣战，"满洲国"政府要撤退到通化去，说是那里修了很多永久性工事。

金睿萱刚见着溥仪，溥仪就说让他跟着一起走，金睿萱连家都没有回，就只好跟着溥仪一起逃亡，先是乘火车来到临江县，一个小小的镇子顿时被伪满洲国逃亡的官员给挤满了。

日本宣布投降的第二天，溥仪召开了伪满洲国最后一次"御前会议"，"御前会议"开完的第二天，溥仪听从日本人的安排，准备逃亡日本。他们换乘汽车赶往通化机场，要从这里乘坐飞机到沈阳。

皇上乘坐一架飞机先飞走了，金睿萱好不容易挤进一个单引擎的小飞机，飞机到沈阳刚刚落地，发现机场到处都是苏联兵。当了一辈子闲人的金睿萱稀里糊涂地成了俘虏。

金睿萱的太太见丈夫一去不回，便托人打听，带回来的口信是皇上已经成了俘虏，跟随皇上的皇亲国戚也都一并被俘，送到了大北边的苏联。

索氏听到这个消息，感觉天旋地转，转念一想，自己带着孩子逃难实在太麻烦，不如也学大格格，金睿芝既然能抚养姐姐的孩子，自家嫡亲的侄儿她没有推出去不管的道理。

索氏给金睿芝拍了电报，金睿芝接到电报，就到汽车行租了一辆汽车直奔新京。金睿芝走后，宋老板不放心金睿芝的安全，又带上一个俄语翻译，三个人一起出发，去新京接回了金豫章。

金豫章来到姑姑家住下，他的表姐陆湘锦已经在这个家里住了六年了。宋老板跟金睿芝开玩笑说："我们还没有结婚，就已经有了两个孩子，等我们结婚以后，还要多生几个。"金睿芝听了宋老板的话，满面绯红地低下了头。

日本人投降了，中国人胜利了，宋老板和金睿芝都在等待着即将进入洞房的时刻。不过，金睿芝说要等过了四嫂子的周年再说。

1945年的冬天，下过了第一场大雪。进了冬月，宋老板就跟金睿芝商量，等出了正月，就去道观里找王道士选个黄道吉日。

金睿芝也在为自己出嫁做准备，滨江是金代古都，女真人世代流传的满族刺绣技艺源远流长，在滨江寻找擅长传统"满绣"技艺的工匠并不太难，金睿芝按照自己的身材，定做了两件满绣旗袍和大红的吉服。

陆湘锦听说小姨马上就要跟义父成为真正的一家人了，高兴得晚上做梦都会笑出声来，她最喜欢的两个人终于可以在一起了，怎么能不让从小就孤苦无依的陆湘锦感到高兴呢？

滨江商会的人听说宋会长要跟金睿芝成婚，都在准备着各自的贺礼，一切事似乎都向着好的方向发展，仿佛一切都是水到渠成。

时间在期待之中过得很快，转眼又是腊月了，外面虽然兵荒马乱，宋家的生意也受到了很大的影响，但年总是要过的。

进入腊月初一，宋家要准备的事情很多，今年已经光复了，宋老板跟底下人说，今年过年要杀一口猪，给每个伙计分肉，胜利了，大家好好乐和乐和。金睿芝一直在提醒宋老板，不要因为他们准备婚事而误了宋太太的周年祭祀。

腊月初五的清晨，金睿芝起床之后，照例要去外面抱柴火，给两个孩子做早饭。一推门，感觉很费力，她看见门外的雪足有一尺多深。她用尽全力把门推开一条缝，然后深一脚浅一脚地走到柴火堆旁边，用手推开一层厚厚的积雪，她用尽全力从柴火垛里往外抽干柴。突然，金睿芝被吓得一屁股坐在了雪地里，因为她在抽柴火的时候，拽出来的不是柴火，而是一双孩子的脚。

金睿芝深吸了一口气，她从小就是有名的"混世魔王"，天不怕地不怕的性格，她伸手摸了摸那个孩子的鼻孔，还能感觉到一丝微弱的呼吸。金睿芝也顾不得做早饭了，用双手把雪扒拉开，一使劲儿，把那孩子从深深的雪地里抱了出来，回到她的卧室。把孩子放在炕上，再看那孩子身上穿的衣服，虽然衣服已经被树枝挂得破破烂烂，但一看那制服的样式和纽扣，就知道这是个日本孩子。

日本帝国主义占了东北十四年，东北全境共有日侨 145 万人。在伪满洲国期间，这些日侨曾一度占据了中国东北最繁华的城市、乡村最肥沃的土地，在被日本人实际控制的伪满洲国，日本侨民一直以"人上之人"自诩。

裕仁天皇的投降诏书颁布之后，在中国东北的百万日侨瞬间沦为"难民"，日本政府对这些侨民采取"弃民"政策，使这些人的生活陷入困境，许多日本侨民在逃难途中自杀、病死，还有一些人在中国东北的深山老林失踪，尸骨无存……

金睿芝把这个孩子放在炕上，突然想起了小时候奶妈说的一句话，奶妈说，如果要想救活街边的"倒卧"，千万不能把人放在热地方烤火，快要冻死的人，外面一受热，就会血脉逆行，人一准受不了。要想让快要冻死的人活过来，只能用雪搓身子，用雪把身子搓热，人就能活过来。

金睿芝虽然贵为贝勒府的格格，但她小时候听到的知识大抵都是野路子，这些招数不是来自奶妈就是厨子老王。

金睿芝想到这里，干脆不去生火炉子，从脸盆架上取出铜脸盆，到雪地里撮了满满一大盆雪。金睿芝把装了雪的铜脸盆放在炕沿上，然后脱鞋上炕，把孩子身上破破烂烂的衣服全脱下来，一个瘦得皮包骨的七八岁男孩光溜溜的身子呈现在她的眼前。因为寒冷，孩子冻得全身青紫，已经没有了知觉。金睿芝抓起大把大把的雪，搓他的前胸、后背和四肢，一盆雪都搓完了，炕上的褥子被她弄得水淋淋的，可金睿芝也顾不上这些了。

用完了一盆雪，孩子没有一点醒过来的迹象。房间里没有生火，金睿芝怕这个本来就快要冻死的孩子断了气，她狠狠心，解开自己的衣襟，把孩子揣在了怀里。她的肌肤紧紧地贴在孩子冰冷的身子上，她感觉自己好像是抱着一大块冰，但只要还有一丝希望，她就不能放弃。

抱了一会儿之后，感觉孩子没有那么凉了，她又试了试孩子的鼻息，感觉孩子呼吸的气流好像比刚才大了一点点。这一点细微的变化，让金睿芝看到了希望。

　　金睿芝虽然从小就爱胡闹，被家里人称作"混世魔王"，但金睿芝再怎么淘气，都从来不会伤害物命。无论是看到被弹弓打伤的小鸟，还是被人抛弃的小猫，她都会抱回府里，好好养着。在天桥看到一个孩子从高高的秋千上摔下来，她哭着闹着也要救，尽管当时她也是一个孩子。金睿芝从小学戏，她从那些戏剧故事里学的都是"仁义礼智信"，做人的本能告诉她，看到别人有难，不能袖手旁观。

　　金睿芝心里有一种直觉，这个孩子一定能活，她把孩子紧紧地抱着，那孩子的脸贴在了金睿芝的胸口上。金睿芝虽然进入中年，一直抚养着哥哥和姐姐留给她的两个孩子，但她还没有过一个女人做母亲的那种体验，当那孩子的脸触到金睿芝柔软的双乳，突然唤醒了金睿芝心中想做母亲的冲动。

　　自从女娲补天以来，女性生命中的母性，始终是创造这个世界最原始的动力。她抱着这个孩子瘦弱的身子，用手摸着他的脸，摸着他的小手，他的手上和脚上都有很多冻疮。这个孩子可能在冰天雪地当中流浪了很久，头发乱蓬蓬的，小脸脏乎乎的，尽管这样，她仍然能看得出，这是一个长得很清秀的孩子。

　　大约过了一个多小时，孩子的身体逐渐复苏。金睿芝想起了奶妈当年哄自己睡觉时候的动作，她用手轻轻拍着孩子的后背，用脸去贴他那又黑又脏的小脸蛋。又过了大约一个多小时，孩子突然睁开了眼睛，这个孩子的睫毛很长，眼睛很清澈，黑白分明的眼睛好像高原上的湖水。在抱着孩子的两三个小时里，金睿芝一直都在流着泪，她的泪水落在孩子的脸上，在他那脏乎乎的小脸蛋上冲出一条条沟壑。

孩子醒了，他睁开眼睛看着眼前这个陌生的女人在抱着他，他有些羞涩，用很微弱的声音叫了一声："お母さん！"

那个年月，凡是生活在东北的中国人都能听懂或者能说一些简单的日语，金睿芝听到孩子叫她"妈妈"，她的心脏猛地一颤，因为从来没有人叫过她"妈妈"！在她听到孩子叫"妈妈"的时候，心头一热，决定要收养这个孩子，她要真正地做他的额娘，这种宿命，仿佛是在他们的体温相互交互的时候就已经注定了的，她要把这个捡来的孩子当成自己亲生的儿子养。从她把孩子从柴火堆里捡回来到把他救活，短短几个小时的时间，对于金睿芝来说，漫长得如同她三十多年走过的全部岁月，这个孩子突然出现在她的生活中，让金睿芝瞬间成熟了。她抱着这个孩子，从全身冰冷到苏醒过来，金睿芝仿佛经历了十月怀胎的过程。她在心里对自己说，这是上天送给我的孩子，我要把他留下来，做我的儿子。

就在这个时候，陆湘锦光着脚丫，穿着睡觉时穿的贴身夹袄，披着棉衣来到金睿芝的房间，她揉着惺忪的睡眼对小姨说："小姨，我饿啦！"

金睿芝的怀里还抱着那个孩子，对陆湘锦说："锦儿，你快过来看看，我给你捡了一个小弟弟！"

因为金豫章的到来，陆湘锦已经有了一个弟弟。陆湘锦听说又来了一个小弟弟，就好奇地爬到了小姨的炕上，去看那个孩子。陆湘锦摸了摸那个孩子的脸蛋说："小姨，这个弟弟是谁家的孩子啊？"

金睿芝说："他是我的孩子啊！"

陆湘锦掰着手指头算着说："我是我额娘的孩子，豫章弟弟是舅舅家的孩子，这个弟弟就是小姨的孩子了吧？"

金睿芝点点头，冲陆湘锦笑着说："锦儿真聪明！他就是小姨的孩子！"听到小姨的夸奖，陆湘锦很得意。

陆湘锦的肚子一直在咕咕叫，她想吃早饭了。金睿芝对陆湘锦说："你去把豫章弟弟叫起来，你带着他去干爹家吃早饭吧，小姨要照顾新来的弟弟。"

陆湘锦听见小姨让她去宋老板的房里吃饭，就非常听话，从炕上跳下去，去找金豫章。金豫章住在西跨院正房的后暖阁里，早上他睁开眼睛，发现一件让他脸红的事，他发现自己的褥子湿了，昨天晚上不知道怎么回事竟然尿炕了。金豫章是一个非常爱面子的孩子，他发现自己的褥子湿了，就赶紧用身体盖住那块湿乎乎的地方，不敢起床，生怕被姑姑看到自己尿湿了的褥子。

这个时候，姐姐陆湘锦像一阵风一样地跑进来，她一边跑一边叫着："豫章，豫章，快点起床！"金豫章为了掩饰自己的尴尬，只能闭上眼睛装睡。

"豫章，小姨说今天不做饭了，让我带你去我干爹家吃饭。"她一边说一边去炕上拉金豫章。金豫章见姐姐来拉他，就没办法继续装睡了，他用手紧紧地攥住自己的被子角，死活都不肯起床。

陆湘锦说："我们家今天又多了一个弟弟，小姨说她没工夫管我们，你快点起来，跟我去吃饭吧！"

"什么？又多了一个弟弟？"听了这句话，金豫章一骨碌从炕上爬起来，披着棉袄就往姑姑的卧室跑。

金豫章跑到了金睿芝的房间，看见姑姑正在拿着毛巾，给炕上躺着的那个孩子擦脸，一边擦一边洗毛巾。水盆里的水脏了，金睿芝又去换了一盆水，又给孩子擦了一遍，孩子的小脸和小手总算能看出点皮肤的本来颜色。

金豫章也趴在炕沿上观察着那个孩子。那个孩子闭着眼睛，好像是睡着了。金睿芝用手摸了一下孩子的鼻息，她发现孩子的呼吸逐渐恢复了正常，她告诉陆湘锦："你从干爹家吃完饭，给我端一碗米汤回来。"

陆湘锦一边答应一边穿鞋，金睿芝坐到梳妆台前，拿出一把镶银的象牙梳子，慢慢地梳着她那一头长长的黑发。

金豫章还趴在那里，一动不动地看着那个孩子。那孩子轻微地动了一下，金睿芝急忙过来看了看，又给孩子披了披被子。金豫章问姑姑："姑爸爸，他是谁啊?"

金睿芝目测了一下，这个刚捡的孩子个子比金豫章略高一些，应该比金豫章大一两岁。她指着炕上的孩子说："他是我的儿子，以后你就叫他哥哥吧!"

"哼!我才不要叫花子做我的哥哥呢!"金豫章说完，光着头就往外面跑，金睿芝在后面追着喊道："锦儿!外面冷，给你弟弟戴上帽子!"

陆湘锦带着金豫章去了正院，这时候宋老板的早饭还没有吃完，饭桌上摆着肉末菜粥、鲜肉小笼包，小菜有芹菜香干、什锦泡菜和冒油的咸鸭蛋。

陆湘锦领着金豫章从外面跑进来，气喘吁吁地对宋老板说："干爹!我小姨让我到你这里来吃饭!"

宋老板没有作声，只是向站在一旁的老妈子示意一下，老妈子赶紧去打来一盆热水，对陆湘锦说："小姐，跟这个小少爷赶紧洗手吧。"

陆湘锦在宋老板面前是无拘无束的，她端起老妈子给递过来的肉末粥，大大方方地吃了起来。可金豫章在宋老板面前就没有陆湘锦那么自信了，他有点憷宋老板，他想吃鲜肉小笼包，却不敢动手去拿，只是勉强喝了一碗老妈子从锅底上刮出来的肉末菜粥。

宋老板问陆湘锦："今天你小姨怎么不做饭?她吃饭了没有?"宋老板说这话，说明他是惦记着金睿芝的。陆湘锦突然想起小姨让她端一碗米汤的话来，她一边吃着鲜肉小笼包子，一边对宋老板说："哦，对了，我小姨让我从您这里端一碗米汤回去。"

"你小姨要喝米汤?"宋老板不解地问。

陆湘锦咽下一口小笼包子,用手擦着小油嘴说:"不是我小姨要喝米汤,是我小姨捡了一个孩子,她还说让他给我当弟弟呢!"

听了陆湘锦的这番话,宋老板坐不住了,他把饭碗一推,穿好衣服径直去了西跨院。宋老板来到金睿芝卧室的时候,那孩子还躺在炕上沉沉地睡着。金睿芝坐在炕沿上不错眼珠儿地盯着那个孩子,以至于宋老板走进来她也没有察觉。

宋老板咳嗽了一声,把金睿芝吓了一跳,她站起身来指着地上的官帽圈椅说:"四哥,你坐。"

"这个孩子是怎么回事?"

"我今天早上捡的。"

宋老板点点头说:"格格真是菩萨心肠啊!"

"这孩子躲在柴火堆里,要不是我早上去抱柴火,这孩子也许就冻死了呢!"

"嗯,这孩子真是命大。"宋老板一边说话,一边从地上捡起了金睿芝扔在地上的孩子的衣服看了看,他说:"这是个日本孩子呀!"

金睿芝说:"我看也像,刚才还叫了我一声妈呢!用日语说的。"

"什么?他还叫你妈?他叫你妈,你还挺高兴?"

金睿芝见宋老板生气,故意说:"是啊,他叫我妈,我是挺高兴的,我活了这么多年,总算有人叫我妈了,我也有儿子了。要不是有人跟我毁约,坑了我这么多年,我的儿子可不就应该有他这么大了吗!"

听了金睿芝的话,宋老板的气焰顿时被打压下去,但他又不能接受这个现实,所以只能把硬气话放软了说:"格格,咱们俩不是马上就要结婚了吗?还说那些个陈芝麻烂谷子干啥!你想要儿子,咱们自己生啊,你能生多少个孩子，咱们都养得起！你带着侄子、外甥女嫁给我，这没关系！我愿意帮你养着，可你不能带着一个捡来的儿子嫁给我吧？你说我在滨江也是有头有脸的人，带着这么一个孩子，你让我怎么有脸去见人？金睿芝，我求求你，你替我想想吧！"

金睿芝见宋老板说得很在理，她的口气也缓和下来，看着宋老板说："四哥你看，这个孩子我已经捡回来了，刚刚救活过来，你说该怎么办？"

"要我说，这事儿很好办，你救人我不反对，俗话说救人一命胜造七级浮屠，这个道理我懂。你把他救活以后，给他带点钱、带点吃的，再换一身衣服，让他走，我们也算是对得起他了！"

金睿芝用哀求的口吻说："四哥！你看他才多大啊？让他自己走，还不是个死？你让他送死，那我为什么还要救他？"

"格格！现在刚刚光复，我在商会里听说，国府的接收大员放出话来，要在滨江抓汉奸，那些在沦陷期间跟日本人有勾结的商人都没好日子过！东北沦陷十四年，我们家虽然在生意上跟日本人没有瓜葛，但人在江湖，逢年过节给日本人送点礼的事情总是有的。你说在这个节骨眼上，人家跟日本人撇清关系都来不及，我们怎么还能捡个日本孩子呢？你这不是要我的命吗？"

"四哥！我侄子不是也在我这里吗？实在不行，咱们就说他也是我侄子，就算是我们宜贝勒府的孩子，这总行了吧……"

"格格，你侄子说话一口京腔，日本孩子说话连舌头都捋不直，你让他冒充你的侄子，有人信吗？你这不是自欺欺人吗？"

金睿芝知道，在这件事上跟宋老板讲道理肯定是讲不过的，不过，她只要跟宋老板不讲理，每一次都是他主动屈服。所以金睿芝说："我不管！这个孩子我要定了！"

谁知在收留孩子的问题上，宋老板对金睿芝却是寸步不让，他说：

"格格，除了这件事，我什么都可以让着你，但只有这一件事儿，门儿也没有！"

看到宋老板的态度，金睿芝急了，说："婚我也不结了，我偏要这个孩子，你管不着我！"

宋老板冷笑说："格格你别忘了，这是在我家！这个院子姓宋不姓金，这里不是你的贝勒府！"两个性格要强的人碰在了一起，如同天雷遇地火，谁也不肯退让一步。

金睿芝听了宋老板的话，反而冷静下来，说："姓宋的，幸好我没跟你结婚，原来你是一个这么刻薄的人！怪我眼瞎，这么多年也没把你看透。这些年我住你的房子，我也交过租子的！你给我几个月的时间，我会自己买房子搬走！"

宋老板一拍桌子，说："好！有志气，我姓宋的倒要睁大眼睛看着，我看你怎么买房子！"说完，宋老板拂袖而去。

金睿芝给那个日本孩子取了一个中国名字，叫金逸，金是金睿芝的姓氏，逸这个字既有逃跑、失散的含义，同时也有超逸奔放的意思在里面，《滕王阁序》中就有"遥襟甫畅，逸兴遄飞"之句。

阿茵还是第一次如此清晰地听到父亲来到奶奶身边时的经过，这些年，对于这件事，祖母和父亲都同样不愿意提起。阿茵有些好奇地问陆湘锦："我祖母真的买了房子吗？"

陆湘锦回答说："当然，如果做不到，怎么能叫金睿芝？"

31

宋老板这个年过得很是压抑，在腊月里跟金睿芝大吵一架，没人陪他说话，更没人跟他一起唱戏，他感觉自己浑身上下哪儿都不自在，有好几次走到了西跨院的门口，可他无论如何也没有勇气去敲门，他可不想在大正月里去触金睿芝的霉头。

自从宋老板跟金睿芝闹翻以后，马福麟倒是两头都不闲着。他一会儿去正院里陪着宋老板喝酒，一会儿又到西跨院去跟金睿芝喝茶。他撺掇宋老板去找金睿芝，到这边又劝金睿芝别跟宋老板犟着，两个人都好了这么多年，为这么一点事翻脸不值得。

马先生对表妹金睿芝说："你们两个人虽然没拜天地，但也相互惦记着这么多年了，有啥大不了的事，非要过不去呢？"

可金睿芝偏偏不接马先生的话茬，自从马先生一坐下，她就一直向他打听那个给苏联军官当翻译的朋友的情况，还说要马先生把那个朋友约出来，她想请那个翻译吃顿饭。

说起马先生那个给苏联人做翻译的朋友，是一个出生在滨江的满族人，名叫何守光，出身于正黄旗，祖上是辅政大臣索尼的族亲，康熙的皇后就是赫舍里家族的女儿。康熙二十八年，何守光的先祖受康熙皇帝之命，带领使团与俄国交涉边境事务，签订了《尼布楚条约》。

何守光少年时代在俄国读过书，精通俄语，回国之后，经常在滨江、绥芬河等地做中俄两国的贸易。

苏联红军进攻东北，何守光自然而然地成了苏军高级军官的中国顾问兼翻译。马先生早在何守光还在做生意的时候就认识他了，因为马先生的祖上也是办洋务出身，两个人很是聊得来，一起喝茶一起听戏，久而久之，成了莫逆之交。

金睿芝让马先生出面，请何守光吃饭。马先生问："你不会这么没良心吧？你跟四哥两个人好了这么多年，怎么吵一架就变心？你莫不是看上了何守光？"

金睿芝也不反驳，只对马先生说："这么多年我也没求过你一件事，你一定要给我约上何先生。"

马先生说："格格，闹一阵子就行了，你还真要改换门庭，嫁给何先生？人家何先生有老婆，你嫁过去也只能做小……"

金睿芝只说一个字："滚！"说完，拿起扫帚就扫地，弄得满屋子灰尘暴土，马先生只好掩着鼻子跑了。

马先生是不敢违拗金睿芝的，他约了何守光在马迭尔跟金睿芝见面。为了撇清自己，马先生没有参加这次聚会，只是把时间和地点告诉了何守光。

帮助金睿芝约上了何守光，办完这件事，马先生来到宋老板住的正院，马先生走进宋老板的书房，见宋老板正在伏案练习书法。自从金睿芝不再陪宋老板唱戏了，他一个人闲得无趣，开始练习书法。

宋老板只是在父亲活着的时候在私塾里读过几年书，一辈子也没怎么好好写过字，所以他写的字，在马先生这个从小受过正经的书法训练的世家子弟看来，简直是惨不忍睹，只不过囿于面子，马先生不好直说罢了。

马先生进屋以后，宋老板把手里的毛笔投到笔洗里，看着那几张扔在地上的大字说："心里一直不安静，这字越来越难看。"

马先生从地上捡起那几张纸，啧啧称赞说："不错不错！颜筋柳骨，笔势颇佳。"说完这句话，马先生自己都感觉这话说得假模假式。

宋老板笑着揭穿马先生："行了吧！你就别给我灌迷魂汤了，我知道自己写得不怎么样，这点自知之明还是有的。"

"四哥，这几天没跟格格见面？"马先生试探地问。

宋老板苦笑着摇摇头说："我们俩还是不见了吧，见了面说不到一块儿，还得吵。你表妹这个活祖宗，我惹不起躲得起。"

马先生又说："四哥，我记得从你第一次看见芝格格到现在，有多少年啦？我记得那时候，你才二十出头，现在我们都多大岁数啦？你苦苦恋了她半辈子，我等着喝你们这杯喜酒，头发也等白了。要我看哪！男人犯不着跟女人较真，能过去的事就过去吧！"

宋老板说："我自己也知道，我们都不年轻了，一般的小事当然能过去，谁不想跟自己喜欢的人好好过日子？可是，你说金睿芝这个人有多么别扭！为了一个捡回来的孩子，不惜跟我翻脸！这些天我越想越伤心，你说她白白给我搭一个儿子进门，这不是恶心我吗？"

听了宋老板这一番话，马先生急忙打圆场说："不会，不会，她怎么会诚心恶心你？我表妹心里还是有你的。"

"我知道！她就是因为你嫂子活着那些年，我没有跟你嫂子离婚，早娶她进门，她心里一直憋着气，她捡个孩子回来就是为了气我！"宋老板越说越生气，抓起桌上的那张墨迹未干的宣纸撕得粉碎。马先生也不好再劝，只好悻悻地回到自己住的东厢房去了。

金睿芝跟何守光吃过了中午饭，从西餐厅里出来，何守光开着车，带着她去了他现在工作的地方。苏军办公室的地址，是原来日本的军粮仓库。日本军粮是用一种特殊的能防水的麻袋装着的。苏联人进攻滨江的时候开了炮，虽然有一部分军粮被毁，但大部分的军粮都完好无损，剩下的还有一万多包，一包军粮有二十五公斤。

但苏联人不喜欢吃大米，他们只吃黑列巴面包，这些天，何守光在滨江各个餐厅里寻找着会做俄式菜、会烤大面包的厨子，好在会做俄国菜的厨子在滨江并不难找。

金睿芝问："苏联人喜欢什么呢？"

何守光说："他们喜欢黄金，喜欢手表，只要是精致的手表，放在耳边一听，咔嗒咔嗒地走，他们就高兴。能给老毛子一块手表，他立刻就能跟你成朋友！"

金睿芝低头思忖了一会儿，对何守光说："何先生，我要办的这件事少不了你从中斡旋，事情如果办成了，有你一成的利润。"

何守光有些犹豫地问："前面的事情我能做到，他们反正也不吃大米。可是我就怕弄回来砸到手里，我们不仅会赔钱，而且我也没法交差啊！"

金睿芝说："何先生，您尽管放心，卖米的事情我来想办法！"

马先生走后，宋老板坐在太师椅上，闭着眼睛想心事。现在已经是阳历五月了，亡妻的忌辰早已过去了好几个月，如果按照当初跟金睿芝的约定，他们早就应该结婚了，可因为金睿芝捡了一个孩子，两个人的关系出现了裂痕。在这小半年当中，宋老板跟金睿芝谁也不理谁。

宋老板暗忖，自己要不要做一个大度的男人，忍了这口气，同意金睿芝带着那个日本孩子一起嫁过来？想到这里，宋老板心乱如麻，举棋不定。

当年宋老板陪着金睿芝，在茫茫人海的上海滩找到了她姐姐留下的孩子，这些年，宋老板也把锦儿捧在手心里，完全是当成宋家大小姐养着。

日本投降之后，金睿芝的哥哥金睿萱稀里糊涂地被苏联人给抓走了，至今消息杳然，金睿芝的身边又多了一个侄子。这个孩子是宜贝勒的嫡亲血脉、金睿芝的亲侄儿，宋家多养一个孩子也是无碍。不过他不想要一个来历不明的日本孩子，所以这几个月以来，一直怄着这口气，不想跟金睿芝和解。

宋老板心里想着，要不要听马先生的劝，早点跟金睿芝和解，两个人的婚事搁置了七八年，滨江商会所有的人都等着喝他们的喜酒，可这两个要结婚的人却突然翻了脸，这件事传出去，怎么说都不太好听。就在宋老板思绪纷乱，理不出个头绪的时候，突然外面有人敲门。

老妈子出去开门，金睿芝站在门口大声问："四哥在家吗？"老妈子都是有眼色的，见先生这小半年都不去西院唱戏了，也不见格格过来找东家说话，自然知道这其中必有缘故。见金睿芝问宋老板在不在，老妈子赶紧把金睿芝请了进来。

金睿芝来到宋老板的书房，见地上撒了一地的碎纸。金睿芝知道，他是拿宣纸撒气，她回头叫王妈过来扫地。王妈拿着扫帚，走进东家的书房，小心翼翼地过来扫地，宋老板也不搭理金睿芝，仍然坐在那里一动不动。

"四哥！"金睿芝亲亲热热地叫了一声，宋老板用鼻子哼了一下，算是回答。

尽管宋老板这么不给面子，金睿芝还是忍着没有生气，她走过去晃动一下宋老板的胳膊说："四哥，咱们好久都没唱了，要不今天扮上，咱们合作一出《打渔杀家》？"

宋老板见金睿芝这么说，心里自然高兴，这是表明金睿芝先服软了。

但他在脸上不能露出喜形于色的样子，他闭着眼睛，想让金睿芝明白他不会那么快就忘了两个人之间发生的龃龉。

尽管宋老板很是冷淡，但金睿芝仍不放弃，她俯下身子，几乎是靠在宋老板的身上说："四哥！快点起来，不许装睡！"

宋老板这才睁开眼睛，懒洋洋地说："确实好久没唱了，不过我不想扮，扮上太麻烦，还是清唱吧。"

见宋老板答应了，金睿芝不等宋老板吩咐，就对王妈说："王妈，你去东厢房把马先生请过来，让他带上京胡！"

马先生听到王妈叫他，赶紧一溜小跑来到正房。宋老板和金睿芝见马先生大襟的扣子都没完全系好，胳肢窝里夹着京胡就跑过来了。看到马先生狼狈的样子，他们俩都笑出了声儿来。

三个人各自站好自己的位置，马先生卖力地拉完过门儿，宋老板清清嗓子，唱起了萧恩那一段西皮慢板：

昨夜晚吃酒醉和衣而卧，稼场鸡惊醒了梦里南柯。
二贤弟在河下相劝于我，他教我把打鱼的事一旦丢却。
我本当不打鱼关门闲坐，怎奈我家贫穷无计奈何。
清早起开柴扉乌鸦叫过，飞过来叫过去却是为何？
将身儿来至在草堂内坐，桂英儿捧茶来为父解渴……

金睿芝唱了一段梅老板的"西皮原板"：

"老爹爹清晨起前去自首，倒叫我桂英儿挂在心头，将身儿坐至在草堂等候，等候了爹爹回细问根由……"

金睿芝虽然没有扮，但她的一招一式竟然宛如梅老板的气派，把一个渔家女对父亲的牵挂和惦念表现得淋漓尽致。

宋老板听了这段唱腔，不由得想起许多年以前在北平的那场戏，当时他就是被这个扮成渔家女的金睿芝给夺走了魂，对她昼夜思念，只要一闭上眼睛，脑子里全是萧桂英。

这些年来，这个女人就生活在他的身边，两个人的恩怨纠结怎么都扯不清楚，宋老板不得不承认，这个女人就是为了唱戏才来到这个红尘世界投胎的，她那婉转的唱腔和气韵，仿佛就是为了京戏而生的。金睿芝唱完了这段，宋老板赶紧让老妈子给端来一杯上好的龙井润润嗓子，金睿芝接过茶盏，坐在宋老板的对面，一边喝茶一边看着宋老板。

宋老板心中窃喜，这个女人就像一匹难以驯服的烈马，不过今天总算是主动低头了。马先生见他们俩一起唱戏也觉着高兴，他认为，两个人已经和好，下一步就该是谈婚论嫁了。

房间里的空气突然变得非常诡异，每个人都有自己的想法。谁知金睿芝突然没头没脑地问了一句："四哥，我想跟你合伙做一笔生意，你看可好？"

这些年，宋老板知道金睿芝只会唱戏，他从来没想过她竟然主动要跟自己合伙做生意。马先生见宋老板有些发愣，急忙打圆场说："你若是嫁过来，当了鼎宏盛的老板娘，这前后院这么大的生意，还不够你做的？嫁给四哥，那不就是合伙了？"

金睿芝说："我说的不是这事儿，我说的是正经的生意，我想借用四哥的门面伙计和人手，做一批大米的生意。"

听了金睿芝的话，宋老板大吃一惊。日本人占了东北十四年，出台了一部《米谷管理法》，把稻子、小麦、大豆划定为甲类粮，甲类粮专供日本人，中国人不准吃，一旦吃了甲类粮就是犯罪，谁要是拥有、倒卖甲类粮食，抓住就是杀头的死罪。

宋老板是做粮食生意的，深知这里面的厉害。现在虽然已经光复将近一年，东北老百姓在日本人的盘剥之下生活艰辛、普遍贫穷，再说，一个平日里除了会唱戏别的什么也不会的女人，又能从哪里变出大米来？

宋老板很严肃地说："格格，做生意是男人的事，女人不要跟着瞎掺和，再说卖大米也不是一个小事。我宋某人经商以来有个规矩，谁也不能拿生意跟我开玩笑。无论是谁都不行，别说是格格你，就是我亲娘从坟墓里活过来，我也还是这句话。"

金睿芝见宋老板竟然拿他平生最敬重的娘来发誓，可见宋老板是认真的。金睿芝也不含糊，她说："四哥！我也用我金家历代祖先的名义跟你发誓，如果三天之内我拿不到大米，我就给你做奴婢，你让我干什么都行，我金睿芝绝不反悔。"

听了金睿芝的这句话，把马先生和宋老板吓了一大跳，宋老板自然知道，金睿芝的祖先是跟随多尔衮一起挥师中原的宜亲王，入主中原，宜亲王立下了不世之功。如今金睿芝竟然拿出了配享太庙的祖先名义起誓，可见她也不是闹着玩儿的。

宋老板说："格格，自从认识你到现在，我待你是一片真心，你应该知道。但我是一个什么样的人，你也应该清楚，我从来不在生意场上跟任何人开玩笑，哪怕是我至亲的人也绝不允许。所以，格格，请你记住你说的话，你说的三天就是三天，请你表哥在这里给我们做个见证。"

金睿芝说："好，今天我们说定了！"

马先生和金睿芝从宋老板的书房里告辞出来，马先生用手捅了一下金睿芝："妹子，你说的这事有谱吗？还敢拿祖宗的名义起誓，真有你的！你的祖宗宜亲王若是地下有知，还不得让你给气死？"

金睿芝说："我的祖宗早就死了，不用我气也死了几百年。我若不这么发毒誓，你以为四哥会相信我吗？"

马先生睁大了眼睛，惊愕地说："你还来真的啊？"

金睿芝说："你别给我打岔，我还要跟你要一件东西，你得给我。"

马先生笑道："我一个穷旗人，穷得叮当响，我有啥东西让你惦记上了？你要我这把京胡？我现在就给你。"两个人说着话，金睿芝跟着马先生走进了东厢房，她说："你那块不走的手表还在吗？我想要这块表。"

马先生听金睿芝说想要那块多少年都不走的破手表，顿时长出了一口气。他说："嗨，那块手表不是断了发条吗？我听那白俄修表匠说，找不到瑞士原装的发条，就算修好了也走不准。"

金睿芝也不嫌弃，说："不准就不准吧，能看个大概齐就行。"

马先生打开放在炕上的那只柳条箱子，在夹层里摸出那块破手表，交给了金睿芝。金睿芝就像得了宝贝一样，高高兴兴地走了。

金睿芝去了亨得利钟表行，找了一位犹太修表匠，这位犹太钟表匠的手艺在滨江有目共睹，但他的收费标准也是最高的，只是开盖擦个油泥就要收三块大洋。

第二天一早，金睿芝去钟表店取回了那块已经多少年都不走的表。马先生去西跨院的时候，那块已经修好的表正放在八仙桌上，马先生拿起手表听了听，手表发出"咔嗒、咔嗒"的响声。马先生见了，惊讶地说："还真修好啦？"马先生把手表戴在手腕上，左看右看，一见手表修好了，心里有点想要反悔。金睿芝看出了他的心思，说："你给我摘下来，放在那儿别动！"

马先生不乐意了，说："这是我的手表，就算是你修好了，表也是我的！"

金睿芝说："表哥，手表先给我用一下，等事成之后，我送给你一块欧米茄。"

马先生说："格格，我看你真得去找个郎中瞧瞧病了，前天跟四哥打赌，把自己都押上了，你要是输了，就成了四哥家的丫鬟，你也不想想，一个奴婢几辈子能挣出一块手表？"听了马先生的冷嘲热讽，金睿芝也不生气，只是笑呵呵地说："这块表我有大用处。"

这时，门外响起汽车的声音，金睿芝说："何守光来接我了，我得出去一趟。"说完，把那块表放在自己的手提包里，又对着镜子描了眉毛涂了口红，然后袅袅娜娜地走出门去。马先生看见金睿芝除了一只小拎包之外，手里还拿着一包东西，看样子像是拿着一捆手榴弹，马先生望着金睿芝的背影，猜不透她到底要干什么。

宋老板吃晚饭的时候想看看金睿芝在做什么，让王妈去西跨院问，陆湘锦说："我小姨出门去办事了，到现在还没有回来。"宋老板又打发王妈去问大门外看店的伙计，伙计说："看见睿格格打扮得漂漂亮亮的，上了一辆男人开的汽车走了。"听了伙计的话，宋老板脸色铁青，把手里捧着的一把时大彬制的紫砂壶"啪"地摔在地上，碎片和茶水四处飞溅。

那天晚上，墙上挂钟的时针指向了八点，金睿芝还没有回来。宋老板一边恨得牙痒，一边又担心她有什么三长两短。这几天，宋老板的心里非常乱，过去他很讨厌自己妻子低眉顺眼的样子，什么时候都没个主见。如今，这位还没过门的准夫人，折腾起来能把房子拆了，他恨不能祈求上天，让这两个女人重新投一次胎，太没主见的跟太有主见的平均一下。

那天晚上的时间就好像是锈住了，一分一秒都那么漫长。不管怎么说，金睿芝也是宋老板心上在乎的人，只要没有她的消息，宋老板做什么事都没有心情。宋老板的耳朵好像变得格外地灵敏，他恨不能贴到房门上去听街上的动静。

只有马先生知道，金睿芝是跟着何守光走的，而金睿芝跟何守光见面，还是他从中给牵的线。但这件事，马先生打死也不敢承认，他生怕宋老板知道了是他给金睿芝跟何守光牵的线而迁怒自己。

马先生现在成了钻进风箱里的老鼠两头害怕，他既害怕金睿芝在外面发生什么不测，又怕宋老板知道这件事是因他而起。所以马先生不敢去正房陪宋老板说话解闷，只能像驴拉磨一样，在东厢房的屋里一圈一圈地转悠，焦急地等待着消息。

待在上房的宋老板实在坐不住了，他派伙计出去找金睿芝。伙计先后被派出去两拨人，至今也没有一拨人回来报信。就在宋老板万分焦急的时候，忽然听到街道的尽头隐隐地传来一阵汽车引擎的轰鸣声。

汽车声由远而近，紧接着门外传来了一阵急迫的敲门声。店里的伙计都被宋老板派出去找人了，后院只有几个老妈子在干活。听到外面有人砸门，王妈壮着胆子去开门。一开门，一阵酒气飘了进来，只见金睿芝扶着门框，身子前后摇晃，但她还能勉强站得住，脸红得如同桃花。

金睿芝回来的消息就像一阵风，飞快地传到了后院，此刻宋老板正坐在炕上发呆，听说金睿芝回来了，他连鞋都没顾得上穿，光着袜底就往前院跑。宋老板刚跟金睿芝打了个照面，一股冲鼻子的酒气就扑面而来。宋老板急忙叫了两个老妈子，把金睿芝搀扶到宋太太过去住的那个房间。

汽车上跳下来两个苏联兵，他们说着宋老板听不懂的话，但宋老板从他们的手势中能看明白，那意思就是让他们快点卸车。宋老板是生意人，他在一秒钟之内快速做出反应，连忙叫人过来卸车，车上装的全是整包的大米。

马先生听到汽车声，也从东厢房里跑出来，他看到了跟在苏联兵后头的何守光。他一把将何守光拽到黑影里，唯恐宋先生跟何守光碰面，说出他跟金睿芝认识是自己牵的线。

马先生跟何守光打听到底发生了什么事，很快就探听出了这件事的来龙去脉。这时候，鼎宏盛的伙计们也都回来了，宋老板指挥他们连夜卸货。宋老板感觉脚底下有石头硌脚，这才发现自己没有穿鞋。

宋老板光着脚往回走，马先生也跟着宋老板回到了正房。一进屋，马先生拿起桌上的茶碗先喝了一通，然后对宋老板说："四哥，我扫听明白了，刚才芝格格去找苏联军官喝酒了，她跟苏联人说好了，仓库里的米都归咱们，一万多包大米，先卖后给钱……"

宋老板穿上鞋，又去了前面的店铺，卡车上的大米都卸到了仓库里，仓库都堆满了，还有几十包大米放在了店铺门口。宋老板拿起一只尖锐的探锥戳破其中一个麻袋，白花花的大米顺着破口"哗啦啦"地流了一地。宋老板蹲下身子，用手捧起撒落在地上的大米，把脸贴在大米上，自言自语地说："十四年哪，中国人终于见到经济米啦……"

第二天，一辆"嘎斯"牌卡车跑了十几趟，才把一仓库的军粮米运完。宋老板从仓库回来，直接去了太太生前住的那间房，他看见金睿芝躺在炕上沉睡不醒。宋老板伸手摸摸金睿芝的额头，没有发烧。宋老板看着金睿芝沉睡的样子，这是他思念了十几年的人。王妈用一个黑漆托盘端着一碗酸梅汤走了进来，宋老板急切地问："芝格格现在怎么样啦？"王妈从宋太太生前用的针线笸箩里拿出一把匕首，递给了宋老板。宋老板接过那把匕首，从镶嵌着七色宝石的刀鞘中拔出匕首，这把短刀的刀锋如秋水一般映着寒光。

再一次见到这把短刀，宋先生心中感慨万千，当年金睿芝只身闯入土匪窝，身上就带着这把刀。在土匪的地窖子里，金睿芝将这把短刀的来历讲给宋先生听，当年土尔扈特部族万里来归，乾隆爷命宜亲王负责土尔扈特一族的安置事宜。土尔扈特首领渥巴锡感谢王爷的辛劳，将自己的佩刀送给了王爷。这把刀后来传到了金睿芝的阿玛手上，贝勒爷在弥留之际，将这把祖传的宝刃留给了最小的女儿金睿芝。

宋老板问王妈："是你帮格格脱的衣服？"

王妈说："格格用白布把自己浑身上下裹成了一个粽子，在她缠身的白布里藏了这把刀。"宋老板看了一眼还在沉睡的金睿芝，说："你去给她熬一碗醒酒汤吧。"打发走了王妈，宋老板斜靠在炕柜上，在金睿芝的身边守了她一夜。

马先生从何守光那里打听到了这个事情的来龙去脉，不过，他怕宋老板知道自己在这件事当中牵线的作用，没把这个事的起因跟宋老板讲明。

金睿芝最先从一些老百姓街谈巷议中听说日本仓库里存着一大批大米，她就开始琢磨这件事。马先生认识的这个翻译何守光，以前也跟金睿芝有过几面之缘，她登台唱戏的时候，何守光也去捧过场，但两个人从来没有在台下见过面。

为了能打听到日本仓库里的真实情况，她让表哥约了何守光在马迭尔西餐厅吃饭，大红名角的邀请，何守光当然没有拒绝。在吃饭的时候，金睿芝跟何守光打听了这些大米的情况，当听说苏联人根本不喜欢吃米饭的时候，头脑中的想法已经开始成形。

她问何守光，给苏联军官送一个什么礼物合适？何守光告诉她，给老毛子送礼，最好送手表和酒，千万别送中国人喜欢的古玩字画，那些东西到了老毛子的手里，就等于猪八戒吃人参果，瞎子点灯白费蜡。

金睿芝从马先生那里要来了一块早八百年就不走的手表，修好这块表花了金睿芝二十块钱。她又买了一些白酒，让何守光从中引荐，认识了看守日本仓库的苏联军官。经过何守光的介绍，金睿芝把手表当成见面礼，送给了一个哥萨克的营长。这个军官把手表放在耳朵上听了听，手表"咔嗒咔嗒"走得正有劲儿，苏联军官向她连连伸出了大拇指。

金睿芝又像变魔术似的拿出几瓶白酒，见了酒，苏联军官的眼睛里露出亮光。金睿芝提出，要跟那军官比赛喝酒，赌注就是仓库里堆着的那些对苏联军官来说毫无吸引力的粮食。两个人对着酒瓶子，各自一口气吹了一瓶白酒，金睿芝喘了一口气，接着又喝第二瓶。总之，金睿芝不知是用什么法子，在自己醉倒之前，总算是灌倒了哥萨克营长。金睿芝赢了，营长一挥手，让他手下的士兵装车，给金睿芝拉一车粮食回去。

第二天一早，军官酒醒之后，头疼得好像要炸开一样，他想要反悔，但宋老板久历江湖，当然知道这么大一件事，只靠喝酒不给钱是不行的。宋老板从马先生口中知道，这些米是金睿芝喝酒赢的赌注，仓库里有一万多袋大米，一袋大米算下来还合不上五毛钱，几乎等于白捡。

宋先生一大早就安排账房拿出钱来，让马先生通过何守光给苏联军官送了过去。面对白花花的银洋，苏联军官感到今天上帝对他格外好，好运气就像长着翅膀的鸽子，落在了他的肩上。既然有人给钱，他为什么还要反悔呢？反正那些米也做不出面包和香肠。

金睿芝跟宋老板打赌，以金睿芝胜利而告终，在日本人投降之后，宋老板在滨江城里率先卖起了大米，鼎宏盛粮行的门前挂上了"新到大米"的招牌，可过往的行人看热闹的多，进来买米的人几乎没有。

经过日本人在东北十四年的盘剥，滨江的老百姓能吃上窝头的日子都算好的，更别说吃雪白的大米了。也有一些人，就算有点钱也不敢主动打听买大米的事，因为昔日的记忆刻骨铭心，在日本人统治下，吃大米是要掉脑袋的。生斗小民，树叶掉了都怕砸脑袋，人们大多信奉"做人还是老实点"的信条。

门口挂着"新到大米"的招牌，鼎宏盛的大堂里反倒是冷冷清清的，拎着棒子都打不着个人。金睿芝在宋老板夫人的房间里昏睡了整整两天，可这两天当中，大米无人问津的现状也让宋老板开始上火，害起了牙疼。

金睿芝苏醒过来，去了东厢房，她一进门就被表哥给数落了一顿："都怪你，这个篓子捅大了！四哥把钱都给了老毛子，这些大米压在手里没有人买！"

金睿芝听了表哥的抱怨，也没有立刻反击，她问表哥："这两天我睡得跟死了一样，也不知道发生了什么事，据你看，这些大米，老百姓是不敢吃呢还是吃不起？"

马先生也思考了一下，说道："你说的这两种原因大概都有吧，不过这事儿还得怪你，把我的手表拿出去送礼，弄来这么多大米。你怎么不跟四哥商量一下？还把自己差点没喝死！我看你是几天不闯祸，就浑身不自在！"

金睿芝瞪了表哥一眼说："你给我闭嘴吧！我既然能把粮食弄回来，我就有本事把它卖出去！"

马先生撇撇嘴说："你就吹吧，卖米是生意上的事，这可不像跟老毛子赌酒那么简单！"

金睿芝瞪了表哥一眼，说道："对了，我还欠你一块表，你自己想着点，可别等回头我忘了，你再说我赖账。"马先生用鼻子哼了一声，算是回答。

金睿芝来到正院，却不进屋里，她把后院老妈子的头儿王妈拉到廊檐下面，对王妈说："王妈，你得帮我点忙。"

王妈说："格格，我一个下人，能帮上你啥呀？"

金睿芝说："我想请你帮我熬粥！"

王妈立刻很会来事儿地说："格格是想喝粥啦？我这就去给你熬！搁点小米，小火儿慢咕嘟，熬出来的粥可香啦！"

金睿芝说："不是给我熬小锅的粥，我想在米店门口支上一口大锅，让你帮忙熬一大锅粥。"

这些天，鼎宏盛米行收购了日本军粮的事情在滨江传得沸沸扬扬，凡是人在遭人妒忌的时候，生意一定会受影响。

鼎宏盛米行的生意冷清了不少，店里的两个伙计藏在米袋子后面偷偷地打盹儿。金睿芝走进店铺，过去叫醒了那两个伙计，两个伙计用手揉着眼睛，不情愿地从地上爬起来。

金睿芝说："你们去找点砖头，在门口砌个大灶台，咱们熬一大锅粥。"那两个伙计挠了挠头皮，说："宋老板也没安排俺们熬粥啊。"

金睿芝见伙计不买她的账，就撒谎说："这件事是四哥安排我干的，他还说了，你们谁不按我说的做，让我直接告诉他。"

金睿芝跟宋老板相好了快十年，只是因为中间还有一个宋老板的结发之妻，两个人至今没能走到一起。这件事在米行里不是什么秘密，所以大家也怕金睿芝去宋老板面前告状，立刻按照金睿芝说的去做了。

门口的灶台垒好了，支上鼎宏盛米行每年在青黄不接的季节里施粥的大铁锅，金睿芝叫人抬出一包大米，让王妈生火淘米。大米粒儿在锅里上下沉浮，开了几遍之后，锅里的水变得黏稠，大锅里散发出白米粥香甜的味道。滨江城里很多闲人都来看热闹，大家都站得远远的，也不见有人过来喝粥。

五黄六月的大热天，负责往灶里添柴火的伙计身上的小褂儿都被汗水打湿了，店里的账房对金睿芝说："格格，不是我扫你的兴啊，我看你熬的这个粥白熬了，没人来喝呀！"

金睿芝说："滨江满大街都是要饭的，怎么就没人喝粥？"

"嘿，我以为格格是给顾客准备品尝的粥呢，我还真没想到，格格是为了招待叫花子！"金睿芝从账房的口气当中听出了轻蔑的语气，早在宋太太刚刚去世那会儿，这个账房见了金睿芝那可是点头哈腰的，因为他确信金睿芝就是下一任的老板娘。谁知风波平地起，金睿芝从雪地里捡个孩子，宋老板和金睿芝再一次闹僵，店里从门房到伙计、账房，谁都敢跟金睿芝戗着说话。

金睿芝也没在乎账房的态度，说："可别看不起要饭的，朱元璋当年还讨过饭哪!"说完,她转过身去对那两个伙计说:"你们过去,把那些躺在墙根底下的要饭的叫过来喝粥!"

两个伙计一听金睿芝让他们去叫要饭的,两个人把脑袋摇成了两面拨浪鼓:"我不去!"另外一个伙计说:"我也不去!"

金睿芝见指使不动别人,她说:"你们不去我去!我自己去叫!"说着就走到了对面的墙边。那些无家可归的孩子,有的靠在墙上,有的躺在地上,大的有十几岁,小的也就五六岁的样子,不知道他们是因为什么没了爹妈。金睿芝看到这些在地上横躺竖卧的孩子,突然鼻子一酸,想起了被卖到青楼的锦儿,也想起了自己刚刚收养的儿子金逸……

"孩子们,都起来,我领你们吃饭去!"金睿芝是唱青衣的出身,嗓子响亮,特别是"吃饭"这两个字,落在这些要饭的孩子耳朵里,仿佛就像是一声春雷。小叫花子们顿时来了精神,"去哪儿吃?去哪儿吃?"一群个头儿参差不齐的孩子纷纷从地上爬起来。

"你们一个拉着一个的手,都跟我来!"金睿芝也不嫌他们脏,她带着这一字长蛇阵般的小叫花子来到了鼎宏盛米行门前。

大夏天的,孩子们身上的馊汗味在太阳底下发酵,头发里爬出的虱子在脖子上溜达。王妈见了这些孩子,不由得用手捂住了鼻子。金睿芝就当没看见,她把一把大铁勺子塞到王妈的手里:"王妈,快给孩子盛粥!"

王妈是下人,本来性子也随和,她见芝格格如此安排,虽说心里是一百个不乐意,但也只好照办,给小要饭的盛了半天粥,比扫一遍房还累。

滨江城里几十个小要饭的,在鼎宏盛米行门口吃了大米粥的消息不胫而走,第二天一早,鼎宏盛米行门口排了几百人。这些要饭的孩子也有兄弟姐妹,沾亲带故,一个叫一个,全城要饭的听到这个信儿,差不多都来了。

金睿芝见今天来的人多,就叫伙计多搬来一袋大米,粥熬得比头一天还要黏稠。今天人多，金睿芝亲自掌勺，给孩子们分粥，每个小要饭的都捧着一碗热气腾腾的大米粥，坐在鼎宏盛米行的门口，像小猪儿吃食一样，响起一片"稀哩呼噜"的喝粥声。

见这些要饭的空口喝白粥，金睿芝突然想起了什么似的，叫另外一个老妈子陈妈去切点芥菜疙瘩来，给这些孩子们下饭，孩子们听说还有咸菜，发出了一阵欢呼声。

过了十分钟左右，这个老妈子端着小半盆芥菜疙瘩来了，金睿芝看了一眼芥菜疙瘩，就皱起了眉毛，小声嘟囔一句："这咸菜怎么切得这么粗啊？当顶门杠子使正合适！"

陈妈听金睿芝出言讥讽，脸色顿时非常难看。这个陈妈在宋府的身份跟一般的老妈子不同，她是已故的宋太太娘家的一个远房亲戚，辈分比宋太太还高一辈儿，宋太太活着的时候，宋家大院前前后后、男女老少都要给她几分面子，就连宋老板见了她，也不得不给妻子娘家人几分面子，随着妻子叫她一声"姨"。

宋太太归西之后，宋老板本来想给她一些钱，让她回苏州乡下老家去养老。无奈那个时候路上不太平，兵荒马乱的，家里又没有什么人了，她不想离开宋府。

宋老板见陈妈还会烧几个苏州的家乡小菜，想家的时候，让陈妈给烫一壶花雕，再做几个家乡的小菜，在千里之外的滨江也能聊解乡愁。于是宋老板就把陈妈留在宋家，让她在小厨房里专门给他做家乡菜，平时宋府上下也没人敢支使她。

陈妈因为宋老板跟宋太太闹过离婚的缘故，非常讨厌金睿芝，平时正愁没机会寻她的晦气，今天听金睿芝这么说，立刻火往上蹿，板起脸来抢白道："金姑娘可别这么说话啊！我老婆子上了年纪，眼神跟不上去，刀工自然是不如姑娘的好，要不你给这些小要饭的切一盘试试，让我老婆子也长长见识!"

金睿芝是一个从小就怕人激将的主儿,听了老妈子的话,两只手交替地卷起了袖子说:"我切就我切!"

伙计们看热闹的不怕事大,他们巴不得想看金睿芝出洋相,两个人一阵风似的从伙房搬出菜墩儿和切菜刀,又捞出一瓦盆咸菜疙瘩,交给了金睿芝。金睿芝挽起袖子开始切咸菜,只见刀在菜墩上均匀地移动,发出轻微的"刷刷"声,如同蚕食桑叶,金睿芝切出的咸菜丝细而均匀,如同发丝一般。要饭的孩子们见了一起喊好,也不知是哪个孩子带头叫了一声"干娘"!后面的孩子也跟着起哄,大家一起叫着:"干娘!干娘!"

金睿芝还是一个没结婚的大姑娘,见这些孩子叫"娘"也不羞怯,她抬起头,用手搂了一下被汗水洇湿的刘海儿,脆生生地答应了一声:"哎!好孩子!"听到金睿芝答应,小叫花子们一声声"干娘"叫得更起劲儿。

在鼎宏盛米行的对面,有一个算卦摊子,摊主就是号称"能断五百年吉凶"的王瞎子,绰号"王铁嘴"。王瞎子之所以选择在鼎宏盛米行对面摆摊,是因为这里人来人往,人多,算命的主顾自然也多。

王瞎子有一个儿子叫小锁,不过这个孩子不是王瞎子亲生的,七年前,"桃花巷"一个姑娘怀了孩子,生下来之后,一看是个男孩。

那年月,虽说平常百姓家里都盼着生大胖小子,可娼家的规矩跟正经人家是反着的,如果在妓院里生了丫头,或许能给一口饭养大,因为女孩长大了又是一棵摇钱树。但生下的男孩基本上命运都很惨,老鸨看见姑娘生了男孩,基本上都会扔到洗脚盆里溺死。

不管在哪里生的孩子,都是娘身上的一块肉,那姑娘生下了孩子以后,唯恐老鸨子把孩子溺死,她趁着天还没亮透,抱着孩子跑到了大街上。

王瞎子是这条街上出摊最早的，他正摸索着展开他那画着阴阳鱼的招牌，那姑娘抱着一个还没有猫大的孩子，"咕咚"一声给王瞎子跪下，对王瞎子说："大师，求求你收下这个孩子，当个小猫小狗养着吧！等他长大以后，好让他给你带路！"

王瞎子也是个心软的人，听这姑娘哭声凄惨，就把孩子留下了。一个瞎子养活一个没奶吃的孩子，有多么不易，王瞎子抱着孩子挨家挨户地要，有的人家的女人孩子还没断奶，看在王瞎子能掐会算的面子上，给孩子喂一口奶；也有的人家刚好有米汤，就给瞎子盛一碗，瞎子不能用勺子喂孩子，因为他看不见孩子的嘴，他只能自己含着米汤，再喂到孩子的嘴里。

王瞎子的生活里有了这个孩子，虽然很苦很累，但他也有了一份奔头。他怕这个孩子夭折，就给他取了一个名字叫小锁。小锁这孩子也是命大，竟然没灾没病地活到了七岁。

金睿芝跟宋老板的关系，王瞎子心里很清楚，因为宋老板早就让他核过金睿芝的八字了。当王瞎子听到小叫花子们像潮水一样地喊金睿芝"干娘"的时候，他推了推蹲在他身边的小锁儿："你也过去认个干娘，不过你要磕头！他们不懂规矩，乱叫干娘是不作数的，只有磕了头的才算数。你给芝格格磕个头，从今儿以后，你就是芝格格的干儿子啦！"

小锁从来就听爹的话，他刚要起身过去，王瞎子又拽着儿子的手说："哎，别忘了，你磕完头再给我盛碗粥，粥里加点咸菜啊。"

小锁欢快地朝着金睿芝的粥摊跑去，王瞎子把手指头伸在虚空，掐了掐手上的关节，自言自语地说："芝格格啊，满城的小叫花子都叫你娘，这一下子可把你命里的儿女数全都占尽了呀！"

金睿芝在鼎宏盛米行门口开始施粥，滨江城里的大小报社一下子有了新闻，金睿芝是滨江名票，凡是有她出场的剧目从来都是一票难求。

现在，金睿芝把满城的小叫花子全都认作干儿子，俨然要跟丐帮帮主抢生意。这个新闻可比什么都有趣，各路记者一大早就来到鼎宏盛米行门口等着拍照，鼎宏盛米行门前那口热气腾腾的大锅，也随着金睿芝登上了全城大小报纸的版面。

这几天，马先生差点被金睿芝这个"混世魔王"给气死，他是宜贝勒府的外甥，堂堂宜王府的后代，就算再怎么落魄，也不至于给叫花子当干娘啊！金睿芝怎么就不嫌丢人现眼呢？

滨江城里，大户人家的姑娘们看了报纸上登的新闻，大牙早就笑掉了一地，大伙儿都说，谁见过这么不要脸的大姑娘？还没出门子，就有了几百号干儿子，而且还是要饭的。

这些天，滨江城里的小叫花子们比过年都高兴，金睿芝叫来剃头挑子，给这些孩子们剃掉了生着虱子的头发。脏乎乎的头发刮掉了，露出青色的头皮，再让那几个大孩子到井台上打了几桶水，水放在太阳底下晒暖了，金睿芝指挥着几个大孩子帮小孩子洗澡，小要饭的一个一个都洗出了孩子的本色儿，剃过头的秃瓢儿，如同一群少林寺的小和尚。这些孩子们过去在一年当中也没几天能吃饱饭，现在不仅用粥撑饱了肚皮，而且还天天吃白米。

随着报纸的推波助澜，一个消息在滨江城内疯传。这些天来，大家街谈巷议，讲的都是跟金睿芝有关的新闻，大家都说，那个会唱青衣的金睿芝可能受了什么刺激，发疯了。

滨江国高小学、高级中学的学生们，也在报纸上看到了这个消息，他们听说，滨江城里的小要饭的天天吃白米饭，而他们却只有窝窝头。这些学生简直气炸了肺，因为凡是能读得起书的孩子，在伪满洲国可是有地位人家的子弟，他们动手打了警察，警察都不敢还手。

小叫花子天天在鼎宏盛门口吃白米饭，他们天天在家啃窝窝头，这不是对他们最大的侮辱吗？学生们商量着，要会会这个金睿芝，不许她这么侮辱学生。

在鼎宏盛米行这边，金睿芝施粥到了第三天，她在前院后院连一个帮手都找不到了。米店里的伙计她一个都叫不动。因为在金睿芝施粥的这几天，宋老板压根就不露面。伙计们算准了宋老板不同意金睿芝在这里胡闹，所以金睿芝叫谁谁都不理她。

金睿芝成了孤家寡人，她只好自己动手熬粥，给她打下手的有两个孩子，一个是王瞎子派来的小锁，一个是这群流浪孩子的头儿，外号叫"小疙瘩"。

金睿芝腰里系着一条蓝布围裙，用一个大铁铲子搅动着锅里的粥，两个孩子趴在地上，一个往灶里添柴火，一个趴在地上吹火。金睿芝正在埋头干活，突然，她看到一双双穿着胶鞋的脚在快速地向着她跟前移动。她知道，在滨江城里能穿得起这种胶鞋的一定是国高的学生。

金睿芝抬起头来，看见有十几个十五六岁的半大孩子，像一面墙一样站在她的面前，带头的孩子头上戴着一顶学生帽，穿着一件带铜纽扣的黑色学生装。他长着一张瘦长脸，皮肤白皙，但他故意装出气势凌人的样子，双手叉腰，质问金睿芝："你们鼎宏盛米行到底想干什么？"

金睿芝扫了一眼这十几个半大孩子，没有作声，还是低着头，专心致志地搅着锅里的白米粥。黏稠的白米粥冒着"咕嘟咕嘟"的气泡，散发出一阵阵的米香。

那十几个学生不约而同地舔了舔嘴唇，咬牙切齿地说："你们米行这么干，就是侮辱我们，就是跟我们对着干！"

金睿芝这才直起了腰，望着那群稚气未脱的学生说："我侮辱你们？我与各位素昧平生，侮辱两个字从何谈起？"

学生当中有个年纪比较小的沉不住气了，往前跨了一大步，大声对金睿芝说："你、你这个人最坏了！宁可把大米给这些小要饭的吃，也不给我们学生吃，这不就是侮辱我们学生，看不起我们吗？"

金睿芝听了这个学生的话，莞尔一笑，说："原来是因为这个呀！你看，你们这些孩子命好，有父母花钱供你们上学。你们再看看这些孩子，他们都是孤儿，没爹没妈，流落街头，吃了上顿没下顿。他们可不能跟你们比啊，你们都是好人家的孩子，衣食无忧，将来还要上大学、做大事呢，你们怎么能跟这些小要饭的争？"

其中有一个学生，见讲理讲不过金睿芝，他就想跟金睿芝动手，上来抢金睿芝手里的铁勺子，小疙瘩手疾眼快，从地上捡起一块砖头就要扑上去，跟那个学生拼命。金睿芝知道，流浪儿打架是下死手的，万一打坏了学生可了不得，她急忙挡在中间，拽住了两个准备厮打的孩子。

她不慌不忙地对那个领头的学生说："你们都是读书人，一定都学过'志士不饮盗泉之水，廉者不受嗟来之食'的文章吧？我怕得罪大家，所以不敢贸然请各位过来喝粥，不承想却让大家误会了。我看不如这样，咱们以三天为期，你们回家去动员你们的父母，让他们来鼎宏盛买米，我呢，三天之后，专门给你们学生蒸一锅白米干饭，炖一锅猪肉粉条，我请你们这些学生好好吃一顿大米干饭，你们看怎么样？"

听了金睿芝的话，十几个学生退到墙边，交头接耳地商量了一阵子，那领头的孩子一脸严肃地走过来，对金睿芝说："行，就按你说的，我们回家去找家长说去，但你答应我们吃大米干饭，你可不许反悔！"

另外一个学生提醒说："还有猪肉炖粉条，也不许反悔！"金睿芝挺直了腰板，大声说："举头三尺有神明，我金睿芝说话从来不反悔！"

近些天来，小叫花子都吃上"经济米"的消息，登在滨江的大小报纸上，国高的学生们也回家去宣传，他们对父母说："日本人都投降了，你们还怕啥？十几年了，我们也该尝尝大米的滋味了。"

在学生们回去之后，果然有人陆陆续续地来到鼎宏盛米行买大米了，先是三斤五斤地买，后来索性买它十斤、二十斤……大家都抱着尝尝鲜的想法，鼎宏盛米行的门前，排起了长蛇一般的长队，宋老板的账房，数钱都累趴下了。

宋老板虽然没在前面露面，但他从金睿芝施粥的第一天开始就在暗中观察，包括记者堵门，他也没看透金睿芝的葫芦里卖的什么药。到了第三天，学生们找上门来兴师问罪，他终于明白了金睿芝走的是一步什么棋。

就在金睿芝忙着应对学生、小叫花子和记者的时候，宋老板也没闲着，他联络下游的客商，不出十天的工夫，几十万斤大米全部售卖一空。滨江城里都在说，宋老板在这批大米上赚翻了。

米卖完了，金睿芝也没扔下那些要饭的孩子，她在城边上给孩子们租了一个大院子，又雇了从山东逃荒过来的一家人给孩子们做饭，顺带照顾着这些没爹没娘的孩子。这些孩子需要的钱和粮食，她会每个月给送过来。

小疙瘩是这些孩子里最大的一个，他告诉金睿芝，他看见东北民主联军在街上招兵，他想去当兵了。小疙瘩要离开滨江，跟着队伍上前线了，金睿芝买了几斤肉，到孩子们住的地方给大家包了一顿肉馅饺子。

金睿芝这些天成了滨江城的热点人物，马先生很不以为然，他认为金睿芝这是在自贬身价，自轻自贱。可宋老板却不这么认为，他对马先生说："我果然没看错！金睿芝不愧是女中豪杰，别看她是个唱戏的，可她有一个本事我们都没有，她能把生意做得像演戏一样轰轰烈烈，真是了不起啊！咱们今天晚上好好喝一顿，我要给芝格格当面赔不是。"

那天晚上，宋老板请来了鸿宾楼的厨子，做了一顿丰盛的酒菜。这些天金睿芝忙着照顾那些她新认的"干儿子"，每天都要很晚才回家。金睿芝刚从外面回来，站在门口的伙计就说："格格！东家让我看见您就立刻请您到餐厅，他要给您庆功呢！"

金睿芝也没有推辞，直接去了正院。推开餐厅的门，宋老板和马先生立刻起身，笑着说："大功臣回来啦！有失远迎！"

金睿芝也笑着说："四哥，您说的这是哪里话啊！您不必给我庆什么功，我们只是合伙做生意，哪有什么功可庆！"

宋老板有些不好意思，说："都怪我，怪我！格格，我想跟你商量一下，我想明天请道士给我们掐算个黄道吉日，我们俩的婚事真是不能再拖了。"

"四哥，我正想跟您说这事儿呢，我现在家里多了一个儿子，在外面又成了臭名昭著的小叫花子的干娘。我知道您是要脸面的人，我们结婚的事还是缓缓再说吧！"

宋老板听了金睿芝的话，没有搭话，只是闷头喝酒。金睿芝又说："四哥，我想让您给我算算账，把我的利润给我兑成现金，我要用钱！"

马先生从中打圆场说："你跟四哥早晚都是一家人，肉烂在锅里，再说你要那么多钱干什么？"

金睿芝跟马先生开玩笑说："我要赔你手表啊！"

马先生笑着说："我还没想到，天下有这么好的事，一块不走的破表能换回几十万斤大米，早知道我就不要欧米茄手表了，我就应该拿那块手表入你们的股。"

金睿芝笑笑说："表哥，不是我说你，就你那性子，前面想吃后面怕烫的，别说拿手表跟我入股，就是让你拿一块钱入股，你都未必乐意！"

宋老板听金睿芝直批马先生，他也跟着打压说："格格说得不错，福麟这辈子就是活得太聪明，成也萧何败也萧何！"

马先生一心想促成金睿芝和宋老板的婚事，他当然不愿意看到表妹从宋老板手里分钱，可是又不能明着说，他只能跟金睿芝打哈哈："就算你要给我买一块欧米茄手表，也用不了那么大一笔钱吧。"

金睿芝淡淡一笑说："除了买表，我还要买别的呢。"说完转过头来对宋老板说："四哥，我还没有来得及告诉你，我看中了一处房子，就是原来东北军吴将军的那个院子。那个院子藏风聚气，我很喜欢，我想付了钱之后就搬过去住。"

宋老板知道金睿芝还记着他的仇，沮丧地低下头，非常伤心地说："看样子，格格是铁了心不想跟宋某结婚了？"

金睿芝眼里满含泪花："四哥，我也不想这样啊！谁让那个日本孩子偏偏让我给遇见了呢？你不让我收养他，可我又舍不得把他扔出去。我知道你是有头有脸的人物，不能容忍我带着个来路不明的孩子嫁到宋家，不过，我也舍不得把他扔了，你说我该怎么办？"

马先生是一个聪明人，他见宋老板和金睿芝两个人的感情陷入僵局，急忙出来打圆场："四哥，格格说的那个院子我知道，吴将军死后，那个院子来来回回换了好几个主人，现在又要出手。既然格格看中了，就让她买吧。格格花这笔钱，就好比你的钱从左口袋里掏出来放在右口袋里，等以后你们结了婚，也不过就是多了一处房产，对你也没什么坏处。"

宋老板的嘴唇颤抖，他想了很久也没有说出那句他一直想说的话，其实宋老板很想告诉金睿芝，他愿意让金睿芝带着那个日本孩子嫁过来，可碍于面子，他张了几次嘴，最后还是开不了口。

金睿芝拿到了几十万斤大米的四成利润，其中一成给了何守光。金睿芝果然买下了吴将军的那座院子。那座青砖瓦房的宅院伫立在一条主街的旁边，这座宅院的门楼很高，在飞檐下镶嵌着砖雕的二十四孝图。将军府的砖雕可不是一般匠人的手艺，砖雕做得极其精致，砖雕上每个人的鼻子眼睛都看得分明，朱红大门上的狮子头嘴里衔着两个锃亮的铜门环，亮得照得见人影。

进了大门之后，迎面有一面照壁，写着一个大大的"福"字，再往里走就是天井，天井四四方方的，正北有一排明三暗五的大屋，房顶由一条正脊和四条垂脊组成，每个弯曲的垂脊上排列着六种神兽。

正厅是将军的书房、客厅和卧房。后院最大的三间房是大夫人的住处，大夫人爱念佛，也经常请寺院里的和尚来家里做佛事，所以这一进的房子好似一间小型的佛堂，佛堂里供奉着一颗佛舍利，听过去将军府的人说，那颗佛舍利会在深夜的佛堂里放光。

过了大夫人的这进院子，就是几位姨太太的睡房，房子有左右两排，逢单数的夫人住在左边，逢双数的夫人住在右边，大夫人治理家宅很有条理，就像管理兵营一样严格。

日本人进犯滨江的时候，吴将军战死，宅院里的人也各自出去寻了各自的活路。宅院人散了去，房子也倒了好几手，但后住进来的人家总是住得不消停，住不了几年又要转手。不管怎么说，这座宅子在滨江也算是最好的房子了。

金睿芝花了三千大洋买下了将军府，带着她的三个孩子——陆湘锦、金逸和金豫章，搬出了住了将近十年的宋家西跨院，住进了将军府。

金睿芝也在后院给表兄马先生留了两间房，但马先生不好意思离开宋老板，还是一直住在宋府的东厢房里。

为了收养金逸这个日本孩子，金睿芝不惜跟相好了十几年的情人闹翻，所以马先生只要看到金逸，就会骂一句："倒霉孩子！"

32

　　时间在不知不觉中流逝，随着陆湘锦的讲述，阿茵沉浸在往昔的故事里不能自拔。听着那些发生在祖母身上跌宕起伏的故事，阿茵时而惊讶时而伤感，特别是当她听到祖母在大雪地里把父亲救活，又因为收养了父亲牺牲了自己的婚姻时，阿茵已经哭成了泪人，一老一小坐在房间里相对而泣……

　　陆湘锦告诉阿茵，她祖母金睿芝买下了吴将军的宅子，这并不是这个家庭故事的结束，更为错综复杂的故事才刚刚拉开帷幕……

　　自从金睿芝用低得无法想象的价格买下整整一仓库的粮食之后，宋老板对金睿芝这个女人刮目相看。宋老板喜欢金睿芝已经有大半辈子了，如果说，他过去喜欢金睿芝，是爱她天生的好嗓子和堪比男人的义气，那么现在他更看中金睿芝的格局和胆识。

　　宋老板年轻的时候，也是靠一种近乎赌徒的性格才能够咸鱼翻身，但是，当他拥有了一份偌大的家产之后，开始变得小心翼翼，每一次做生意都如履薄冰，生怕一步走错。

　　金睿芝则是随心所欲，只要是她认准了的目标，敢于兵行险着，出其不意。她用一口粥锅在滨江搅动起一股新闻的热潮，她能够快速地成为街谈巷议的风暴眼，然后还能够全身而退，没有让任何人吃亏，甚至连那些小要饭的也得到了妥善的安置。

　　一个看似心机全无的女人，竟然能把这么大一盘棋安排得如此周全，宋老板不得不重新认识金睿芝，他觉得哪怕就是向她服软，只要能促成婚事，也是值得的。可是自从金睿芝搬出西跨院之后，一直没有回来过，宋老板只好去找马先生商量，他想去找金睿芝，尽快把婚事办了。

　　还是马先生头脑灵光，说："自从格格搬出去之后，我们两个人也该去格格家走动走动，一来是祝贺她乔迁之喜，二来也可以把结婚的事旧事重提……"

　　宋老板说："还是你的脑子好使，我怎么就没想到祝贺乔迁之喜这个由头呢？"

　　马先生说："要去，你也不能先出面，我去告诉格格，就说四哥要过来温锅暖灶，给她祝贺乔迁之喜，让她准备一桌酒席，咱们这样过去不也显得体面吗？"

　　宋老板听了马先生的建议连连点头说好，他不得不承认，在处理一些具体的事情上，马先生的脑子确实转得快。

　　马先生去找金睿芝，把四哥要过来"暖灶"的事跟她说了，金睿芝听了暗自高兴。自打她从西跨院里搬出来，一直也没有去过鼎宏盛米行，其实她早有心请四哥过来坐坐，但她又怕宋老板那狗脾气，万一他不给自己面子，两个人的脸上都不好看。就因为金睿芝有了这一层顾虑，所以迟迟没有登门去请。

　　马先生说了这个意思，她让马先生对宋老板说，四哥过来吃饭，是给她金睿芝天大的面子，就算表哥不来，她也准备过两天到宋府亲自请四哥。

马先生回到宋家，把金睿芝的态度跟宋老板讲了，宋老板听了心里有了底气，就算是金睿芝搬出去，两个人的关系也还没有搞砸，只要还能坐在一起吃饭，两个人就还有继续往下走的可能。

马先生走后，金睿芝就开始忙碌，锦儿是这几个孩子当中最大的，也顶数她最懂事。自从家里多了弟弟金逸，义父跟小姨的关系突然闹僵了，她再也不能像过去那样，跑到义父面前肆无忌惮地撒娇，她非常希望小姨跟义父能够重归于好。

听说义父要来新家吃饭，锦儿一放学就跑到厨房里帮着小姨准备宴席的食材，这些天，锦儿一直无心看书，恨不得家里请客的日子早一点到来。

金睿芝刚捡回来的孩子，整天沉默不语，他在将军府厨房的一个角落里发现了一块镶金线的檀木棋枰，这块棋枰好像被人当过砧板，背面剁菜留下了横七竖八的刀痕。他在金睿芝的针线笸箩里找到了几枚白纽扣，然后又把自己衣服上的黑纽扣拆下来，放在棋枰上面左看右看。

金睿芝发现这个孩子好像会下棋。她趁着外出采购食材的机会，带着孩子去了一趟永昌文具店。

永昌文具店的谢老板是金睿芝的铁杆戏迷，每逢金睿芝登台唱戏，他都每场必到。看到金睿芝来到店里，谢老板赶紧从柜台后走出来，向金睿芝拱手说道："我今天早上听到喜鹊叫，原来说不知道要发生什么喜事，现在格格到我店里来，可不就是喜事嘛。"

金睿芝对谢老板说："我想给孩子选一副棋。"

"您要围棋还是象棋？在别的方面咱不敢夸口，要说在滨江城里卖各种棋类，只有我们永昌最全！"

金睿芝笑着说："我也早有耳闻，听说您这里的棋质量地道，我这不就带着孩子来麻烦您了吗。"

谢老板的眼睛盯着金逸上看下看，因为滨江城里有一种传闻，说金睿芝跟宋老板早有私情，而且还生了一个私生子，一直藏在外面。现在宋太太死了，他们才敢把孩子领回来，还装成捡回来的孩子。这个消息不知道是谁编造出来的，总之传得有鼻子有眼，滨江大部分人都相信了这个传言。谢老板听了这个传言，也觉得大概就是这么一回事儿，他也想从金逸的脸上看到一些带有宋老板遗传的蛛丝马迹。

自从被那些小叫花子叫"娘"以后，金睿芝对自己的名声已经破罐子破摔，谁说什么她都不在乎，她坚信"清者自清，浊者自浊"。

谢老板拿出几种棋子摆在柜台上，对金逸说："小少爷，我这里的棋子种类很多，有价钱贵点的，也有既便宜又好用的，您看看选哪种？"

金睿芝生怕金逸开口说话，他只要一张口，日本人说汉语的那种舌根发硬的声音就会暴露他的身份。金睿芝忙抢在金逸开口之前接过话茬说："他一个小孩子哪里懂得什么好歹的，我只想给孩子买一种最好的，价钱高点也没关系。您帮我选吧，我信得过您。"

谢老板听金睿芝这样说自然高兴，因为她的态度说明了一点，她不会在价钱上计较，做生意的人都喜欢这样的主顾上门。

谢老板走进后屋拿出一个小包裹，打开之后露出两只乌黑锃亮的棋罐，谢老板故意卖弄地说："《南中杂说》中说，滇南皆作棋子，而以永昌为第一，我这个小店之所以敢起这个名字，就因为我这里卖的都是正宗的永昌产的云子……"

金睿芝怕在这里耽搁的时间太久，金逸的身份会被谢老板发现，她忙说："好的，我就要这个，麻烦您给我包起来吧。"

谢老板笑着说："格格真是财大气粗啊，您还没问价格呢。"

金睿芝说："不拘多少，只要是正经的货色，您说值多少就是多少，我们都是老相识了，我登台唱戏，您总去给我捧场，难道我就不该来报答一下谢老板吗？"

谢老板忙说："那是那是，我跟格格也是老交情了，这么着吧，我若是卖给别人，要一百大洋，您带孩子来我的小店，您给我五成的价钱，这副上好的云子，您给我一个本钱就行。"

金睿芝付了钱，谢老板亲自动手给金睿芝包好，又让店里的伙计到外面给金睿芝叫了一辆人力车，送他们母子回去。

自从金逸有了这副棋子，连饭都不吃了，整天趴在桌上摆弄。金逸每次摆弄棋子的时候，金豫章都看着生气，就说："王八又开始瞪蛋了！"

金逸不明白金豫章说的是什么意思，只有陆湘锦知道金豫章在骂人，她急忙把豫章拉到别的房间去了。

为了欢迎宋老板到她的新家来"暖灶"，金睿芝列出了一张长长的采购清单，食材终于准备得差不多了，接下来就是紧张的烹饪准备工作，清洗、发泡、蒸煮……厨房里弥漫着浓浓的雾气。

农历八月十九，是宋老板的生日，金睿芝选这一天请客，也是想借着"暖灶"的机会给四哥过个生日。

八月十九的一大早，马先生提着两盒点心，早早就来了。金睿芝没见着宋老板，就问马先生："你跟四哥说好了吗？"

马先生说："你就放心吧！四哥听说你要请客，比捡了狗头金都高兴呢，他一准儿能来！"

快到晌午的时候，宋老板来了，金睿芝引着宋老板和马先生参观了修葺一新的庭院，院子里搭着凉棚，荷花缸里养着金鱼。马先生见了，忍不住说道："格格把这个院子收拾得很像蔺老板的府上。"

金睿芝听表哥说起了她的师父，忍不住长叹一声，说道："你说这日子有多么的不抗过，我师父转眼已经走了快十年啦！"

宋老板接过话头说："可不是吗，认识恩公的时候，我才十几岁，转眼我都四十多了！"

三个人一边感叹着人生无常一边往后院走，宋老板对马先生说："听说格格也给你准备了两间房，你怎么不搬过来住啊？"

马先生笑着说："这么多年，我跟四哥一起混习惯了，如果睁开眼睛看不见四哥，我的心里就空落落的，如果格格也给四哥腾出两间房，那我就搬过来住。"

金睿芝说："那有什么不行的，只要四哥不嫌弃，我这院里的房子随便四哥选！"

马先生趁机拿这两个人打镲说："以四哥的身份，要住也不能住后院的厢房啊，要住也得是正房！"因为三间正房是金睿芝的卧室和客厅，马先生故意往他们两个人的婚事上扯。金睿芝明白表哥的意思，她既不搭茬也不急眼，就任凭马先生拿他们开玩笑。

最后来到了孩子们的房间，锦儿正在房间里画画，看见义父来了，她像一只小燕子一样投到宋老板的怀里。她说："干爹，好多天没见着你了，我好想你啊！"

宋老板捏了捏陆湘锦的鼻子说："滨江拢共就这么大块地方，干爹没来，你就不能回家去看我？"

陆湘锦撒娇地说："我不是功课忙吗？干爹那么闲的，你怎么不来看我？"

金睿芝小声呵斥道："越大越没规矩！"

宋老板笑着说："小孩子嘛，要那么多规矩干吗！格格小时候也不是个守规矩的。"

金睿芝说："我就知道你会惯孩子！这个丫头也让你给惯得没边啦！"

宋老板说："我这个丫头将来是有大出息的，我打算让她上大学，将来有大名气！"

　　再往前走，是金逸的房间，金睿芝本来不打算让宋老板进去，她怕宋老板见了这个孩子心里别扭，谁知马先生率先一步推开了房门。自从金睿芝给金逸买了两罐上好的云子之后，金逸就整天趴在桌子上摆弄他的棋子，一会儿摆黑子一会儿摆白子，有时候对着一片棋子布的阵一动不动地看着，一看就是半天。

　　宋老板生在苏州，苏州是江南钟灵毓秀之地，寻常的巷陌中便有高人隐居。宋府旁边有一户人家，年轻的时候被人奉为"江南棋王"，晚年隐居在苏州。

　　宋老板小时候经常往棋王家里跑，棋王喜欢这个聪明的孩子，就开始教他下棋。后来因为宋老板母亲亡故，他的性情大变。棋王告诉他，现在他的眼睛里露着凶气，已经不再适合学棋了。

　　那个时候，宋济琛年轻气盛，也没有把棋王的话放在心上。后来他在上海滩混过帮会，又到东北从军。离开军队之后，一直在做生意，早把下棋的爱好抛到了九霄云外。

　　宋老板在滨江的生意越来越大，请的人越来越多，掌柜、账房和伙计们各司其职，他这个做东家的，除了应酬一下场面上的事，店里的生意早已不用他亲自去打理。得闲了的宋老板常去滨江商会找人下棋，宋老板的棋风凌厉，在滨江商界从无敌手。大家都说，宋老板有两个别人比不了的爱好：化上妆能唱戏，卸了妆能下棋。

　　他走进金逸的房间，看到这个孩子根本没理会他们几个人的到来，只是头也不抬地看着桌上的那个棋局。马先生指着金逸对金睿芝说："格格，你捡了个傻小子啊！见了长辈也不知道叫人。"

　　金睿芝正想叫金逸过来跟大人说话，宋老板摆摆手，制止了他们。他走到桌前，自己也低下头去仔细看了一会儿说："这个孩子摆的是古棋谱啊!"听到这句话,金逸点点头,算是对宋老板的回答。

宋老板感觉自己不便打扰,就一手拉住一个人的胳膊,将马先生和金睿芝从金逸住的房间里拖了出来。

金睿芝来到天井中站住脚,抱歉地对宋老板说:"四哥,小孩子认生,再说,我正让锦儿教他说汉语呢,这孩子还没学利落,汉语也讲不好,他没跟您打招呼,您大人不见小人过,可别跟小孩子生气啊!"

宋老板正色道:"你们可别小看这个孩子,你知道他摆的是什么吗?这个孩子摆的是道策遗谱中与安井知哲对弈 48 局中的一局,你捡的这个孩子,不可小觑啊!"

金睿芝见宋老板如此盛赞金逸,只好客气道:"四哥,他就是一个小孩子,您可千万别这么夸他!"

听了金睿芝的话,宋老板摇摇头说:"格格,我这个人说话从来是一码归一码,我不赞成你捡孩子是一回事,但孩子的才华也不能淹没啊!"

马先生在一旁撺掇说:"四哥,格格做饭还需要一点时间,要不,你跟这个孩子下一盘?"

宋老板脸上露出不屑之色,说道:"我学下棋的时候,这孩子还没生出来呢!我赢了他又能怎么样?胜之不武!"

谁知坐在屋子里的金逸听到了宋老板的话,他推开门,走到几位大人面前,向宋老板一鞠躬,用不甚流利的汉语说:"宋先生,我年纪尚小,理当向长辈请教!"

"哦?你向我挑战?"说完,宋老板转向金睿芝说,"你瞧瞧,这可是孩子向我挑战了啊!格格,我们爷俩儿下一盘,你可不能说我欺负小孩子啊!"

金逸一听宋老板要跟他下棋,立刻来了精神,他的眼睛里冒出兴奋的光芒,用小手拉着宋老板的衣襟,来到棋桌前。

金睿芝走到儿子身边，亲热地拍了拍孩子的脑袋说："儿啊，宋伯伯可是滨江城里有名的棋手，你要好好地跟伯伯学啊！"

金逸转过身来向母亲一鞠躬，说："母亲，我知道了。"宋老板向金逸一伸大拇指说："好孩子，有志气！"

马先生说："格格，你干什么都能成，连捡孩子都有这么好的手气！"

金逸把棋盘上的黑白子分别放到各自的棋罐里，然后坐在桌前捻起一枚黑子，"啪"的一声，落在了棋枰上。宋老板也跟了一手，他认为这不过是陪着孩子玩一会儿，没怎么在意。没承想，下过十几手之后，金逸的黑棋在左已经占据了星位，他的布局已经初现轮廓。

宋老板因为前期大意失荆州，不得不勉强应付。金逸在右上角小飞进攻，立二拆三得边，宋老板这才发现，自己过分低估了这个孩子。金逸步步杀招，宋老板被逼得阵脚大乱，就在宋老板准备投子认输的时候，马先生看出不妙，急忙请宋先生去饭厅吃饭。

金逸担心赢了客人母亲会生气，主动放弃了对宋老板的围剿，宋老板如蒙大赦，赶紧丢下了手中的云子，那一颗颗微凉的云子握在他的手中，好像是握着一颗火炭般烫手。

马先生领着宋老板走进了饭厅，宋老板的眼前一亮，这间餐厅窗明几净，一张巨大的圆桌上铺着雪白的台布。每个人面前摆着的餐具是青花官窑瓷碟，筷子是前端镶嵌银饰的象牙筷子。

马先生看到桌上摆着的那些碟子，不由得惊讶地说："没想到你这里还有宜王府的东西啊？"

金睿芝说："金睿萱卖房子的时候，我们家包衣老王到蔺府给我送了一包东西，我那个家也就剩下这么点东西了。"

宋老板坐在饭桌前，看着桌上的菜品，第一道菜是"炙烤唐墨"，这道菜的食材产于台湾，是用雌乌鱼的卵制成的，因为形状很像是中国的墨块，所以日本人把乌鱼子称为"唐墨"。"唐墨"的外表呈琥珀色，几乎透明，嚼起来有一种独特的口感，吃后齿颊留香。为了找到这种食材，金睿芝煞费苦心，找到了昔日经营日本商品的商行老板，总算是搞到了手。

第二道菜是干炸银鱼，这种鱼俗称面条鱼，体长略圆，形如玉簪，通体银白，无鳞无刺，味道鲜美，早在清康熙年间就被列为贡品，这种食材是金睿芝在一家南货店里找到的。

第三道菜是红烧猴头菇。第四道菜是清蒸飞龙，飞龙产在大小兴安岭一带，是飞禽当中的珍品，飞龙的肉质雪白细嫩，味道鲜美，是清代皇族喜爱的贡品之一，并赐名"岁贡鸟"。第五道菜是榛蘑炖小鸡；第六道菜是肉炒黑木耳，第七道菜是炙狍子肉……最后上的一道汤，装在瓷罐里的是鹿茸党参猪腱汤。

宋老板忍不住问："住了这么多年邻居，我都不知道你还有这一手，你怎么不早说呢？你这做菜的手艺是跟谁学的呢？"

金睿芝说："我额娘死得早，阿玛心疼我从小没娘，也不拘束我，我这个人嘴馋，从小就赖在厨房里看厨子做菜，我做菜的师父就是我们家的厨子老王。"

马先生说："我额娘也喜欢吃老王做的菜！贝勒府的厨子，那在京城可是有一号的。"

金睿芝笑着端起酒杯说："我今天准备一杯薄酒，一来给四哥贺寿，二来给我暖灶，来！我先干为敬！"说完，金睿芝把杯中酒一饮而尽。宋老板也端起酒杯说："今天是我的生日，既然格格说给我过生日，我这个寿星说的话，我想格格能够应允。"

金睿芝说："只要是四哥说的话，睿芝无不答应。"

宋老板说了一声"好"！也端起酒杯，喝光了杯中的酒。马先生忙说："四哥您有什么想说的，趁着酒酣耳热，赶紧说出来吧！"

宋老板说：“格格，今天我要给你道个歉，因为你捡来的这个孩子，我们差一点闹翻，这件事你不要记恨四哥。”

金睿芝忙说：“看您说的，我们相识这么多年了，一起经历过生死，我怎么会记恨你呢？”

宋老板拉住金睿芝的手说：“你不恨我就好，我今天就是想跟你说一件事，咱们赶紧结婚吧，我可是一天都不想等了！”金睿芝低下头，默然不语。

宋老板说：“我知道，你担心我嫌弃那个孩子！今天我就要跟你说这个事，你捡的那个孩子是个天才，我发誓，我会跟你一样疼他，不会再因为这个事儿跟你怄气。”

听了宋老板的话，金睿芝的眼泪扑簌簌地落下，她对宋老板说：“四哥，自打我们从土匪窝里逃出来的那年到现在，我一直在等你，等得我头发都快白了……”

听了金睿芝的这句话，宋老板涕泪纵横，马先生坐在一旁，也掏出手帕跟着他们两个人一起抹眼泪。

宋老板和金睿芝把结婚的时日定在农历十月十八，即两个月以后。已经不再年轻的金睿芝，距离坐花轿的日子越来越近了。

金睿芝跟宋老板商量说，希望他搬到她新买的这个院子来住，因为这里距离鼎宏盛米行有一段距离，眼前没有出来进去的伙计、账房找他说事情，两个人也好享受一下来之不易的二人世界。但宋老板是一个爱面子的人，他说什么都不同意，他对金睿芝说，是我宋济琛娶媳妇，不能让媳妇娶了我。

宋老板回家准备开始收拾房子，叫来粉刷匠把过去宋太太的房间粉刷一新，新家具也在木器行定好了。这一天，金睿芝拉着宋老板去成衣铺量了尺寸，定好了两个人结婚时的礼服。宋老板和金睿芝从成衣铺出来，各自回家去准备各自的事情。

宋老板刚走进自己家的后院，就感觉气氛有些怪异，管家和老妈子的脸色都很尴尬，大家都贴着墙根走，谁也没跟宋老板打招呼。

宋老板往自己住的房间走，突然，一股焦煳的味道直冲鼻孔，他走进刚刚粉刷过的房间，看见房间里垂挂着白布的灵幔，他的儿子宋敬元披麻戴孝，跪在地上烧纸钱，烧纸的灰烬宛如片片飞舞的黑蝴蝶，落在雪白的墙上、地上，飘得到处都是。

宋老板勃然大怒："谁让你到我这里屋闹幺蛾子！赶紧给我滚出去！"

宋敬元说："你跟那个会唱戏的女人合伙气死我妈，还跟她生了个儿子，别当我不知道！你要想跟她结婚，我现在就把房子、仓库全都点了，咱们谁也别好过！"

宋老板气得浑身发抖，嘴唇哆嗦着说："你个逆子，我要娶谁，还用得着跟你商量？"

他儿子冷笑一声说："您还别说，我是逆子，那也是随你！你在老家点房子，我是跟你学的！"

宋老板气急了，抬手抽了儿子一记耳光，他儿子反手一推，宋老板一个趔趄跌坐在地。他只觉得整个一间房子在他的眼前飞快地旋转，眼前一黑，人就失去了知觉。

当宋老板再次睁开眼睛的时候，看到自己躺在医院的病床上，金睿芝一双眼睛通红地守在床边。看到宋老板苏醒过来，金睿芝的脸上露出笑容："谢天谢地，四哥，你总算是醒过来啦！"

宋老板说："我被这个逆子差点气死，我要登报跟他脱离父子关系！"

金睿芝安慰说："得了，四哥，你就这么一个儿子，多大也是个孩子。你刚醒过来，还是养病为主，孩子的事从长计议……"

宋老板气愤难平，恨恨地说："我要把我给他的店铺统统收回来，我，我非得让他一个子没有，上街当叫花子去!"

金睿芝用手捂住宋老板的嘴，说道："你可不能把孩子往绝路上逼!"

宋老板哼了一声，说道："明明是他逼我，我一忍再忍，还给了他几间店铺，派了得力的人手帮着他照应，他有了钱，花天酒地地糟蹋，我从来都没骂过他，总想着，一个男人都长大了，当爹的睁一只眼闭一只眼就算了。你说我哪里对不起他啊？他要这么气我!"说到这里，硬气了大半辈子的宋老板竟呜呜咽咽地哭了起来。

金睿芝轻轻地搂着宋老板的肩膀，让他把头依偎在自己的怀里，对宋老板说："四哥，我有一个想法，正要跟你商量。"

宋老板说："格格，我现在在这个世界上已经没有别的亲人了，我只有你，你说什么我都依你。"金睿芝用手轻轻地抚着宋老板的背，宋老板的情绪逐渐平稳。金睿芝说："锦儿现在长大了，她想去北平学画画。这边你又病了，孩子和你，我谁都舍不下……我心里有个想法，说出来你别怨我……"

宋老板说："你说说看。"

金睿芝说："我想让你把身上的担子卸一卸，把生意交给掌柜的去管，咱们去北平住一阵子……"

"去北平？你新买的房子怎么办呢？你这个家就不要啦？"刚刚苏醒过来的宋老板很担心地看着金睿芝。

金睿芝安慰宋老板说："四哥，房子是死的，可人是活的啊，我想让表哥替我看着房子，招几个房客，把咱们用不上的那些间房子租出去，一来表哥有了营生，二来也能补贴咱们在北平的生活……"

宋老板沉思了一下，说道："那倒不必，宋某经商这些年，手上还是有些闲钱的……"

"那咱们就说好了？我们带着孩子去北平，把家里的生意交给掌柜的去做，这些年我看掌柜的也是一个可靠的人，不如给他一些身股，我们也能清闲几年。"

"那……我们去了北平，这么一大家子人住在哪里呢？我可不想让格格再受苦了……"

"四哥放心，北平的房子我已经安排好了，只要你愿意跟我一起走就行了！"宋老板听金睿芝这么说，他就拉住金睿芝的手说："格格，这些年我已经很累了，只不过为了这么一大家子人，我得强撑着，现在有了你，余生的事，我全听你的安排……"

33

陆湘锦给阿茵讲了一个长长的故事，阿茵知道了很多过去她不知道的事。因为陆湘锦一直在说话，两个人竟然忘记了吃中饭。

阿茵拿起手机，看到一连串的未接电话，这些电话有的是吴冷杉打来的，也有彭见祺打过来的。

阿茵要把电话给吴冷杉回过去，陆湘锦突然按住阿茵的手说："我是你姑姑，但这件事不要让外人知道。你现在的身份是画廊给我配的短期助理，我们的关系其实是甲方和乙方，如果让吴总知道我们是亲戚，他会不信任你，所以我们要保密，不要让人知道我们的关系。"

阿茵点点头说："我知道，我们在一起的时候，我愿意听您给我讲家里的往事，在别人面前，我们仍然还是工作关系。"

陆湘锦轻轻地帮着阿茵整理了一下散乱的头发说："好孩子！真懂事！"

阿茵稳定了一下自己的情绪，她把电话给吴冷杉打回去，吴冷杉有些不悦地说："你是怎么回事？怎么一直不接电话？"

阿茵说："陆女士一直在房间里休息，我怕把她吵醒，把手机调了静音。"

吴冷杉说："刚才索教授的学生邵老师把电话打到我这里，他说索教授约陆女士去他们家里吃饭，我说你现在跟陆女士在一起，邵老师说请你给他打一个电话。"

阿茵说好，吴冷杉又嘱咐了几句，挂断了电话。阿茵回过头来望着陆湘锦问："索教授请您去吃饭，您打算什么时候过去呢？"

陆湘锦说："我还想跟你说说话，去豫章家吃饭，不着急的。"

阿茵起身给陆湘锦泡了一杯茶，这茶是吴冷杉特意嘱咐过的，一定要让陆女士尝尝他家乡的茶，阿茵把茶汤倒在公道杯里，一阵茶香在空气中浮动。

陆湘锦说："我年纪大了，最怕被打断思路，我想趁着现在，我脑子还清楚，这种千载难逢的机会，我把咱们这一家人怎么来的北京又怎么离开的经过告诉你。"

阿茵默默地点点头，陆湘锦又开始了她的讲述……

宋老板和金睿芝在滨江的婚礼再一次被宋老板的儿子给搅黄。金睿芝给北平的老王拍了一封电报，说三天后将带着孩子和丈夫回到北平。

陆湘锦出生在北平，离开北平的时候还吃奶，对这座城市完全没有印象，一家人一出站口，就看见一个穿着棉袍的胖老头儿站在寒风里张望。金睿芝突然向那个老头儿奔去，亲亲热热地叫了一声："王叔！大冷天儿的，还让您亲自来接，让东青来就行。"

那老头儿说："别人我不接可以，小格格回家了，我老王怎么能不接啊？"

金睿芝问："东青还好吧？"

"好，好着呢，东青都有俩儿子啦！"

"那我可要恭喜王叔当爷爷啦！"

"哎，托格格的福！"

老王跟金睿芝寒暄着，金睿芝拽过身边的几个孩子依次向那胖老头儿介绍说："这是我姐姐的孩子陆湘锦，这个是我哥哥的儿子金豫章。"

老王来到金豫章的身边，缓缓地蹲下肥胖的身子说："这是小贝勒爷啊，你瞧长得多么俊啊！一看就是咱们宜王府的孩子。"

金睿芝停顿了一下，又拉着金逸介绍说："这个是我的儿子金逸，叫王爷爷好！"

金逸像鹦鹉学舌一样叫了一声："王爷爷好！"然后又鞠了一躬，金逸怎么看都不太像是中国孩子。不过老王并不在乎，他一只手搂着金逸，一只手抱着金豫章说："好啊好啊！若是贝勒爷活到现如今，看见这几个孩子，该有多么的高兴啊！"说到这里，老王抻着袖口擦起了眼泪。

介绍完了孩子，金睿芝又把宋老板推到老王的跟前说："王叔，这是我男人宋济琛，以前他也来过北平。"老王上上下下地打量着宋老板，心里暗想，格格找的男人个头儿这么矮，两个人站在一起真不般配。不过老王嘴上却说："原来是姑爷啊，舟车劳顿，还是先跟我回家吧。"

他们一行人走出北平的前门火车站，陆湘锦看到街上川流不息的人力车夫，跑起来脚下生风，还有人拉着脏乎乎的骆驼穿街过市，呈现在眼前的一切，都让陆湘锦感到新鲜。老王叫了三辆黄包车，一直把他们拉到自己家里，说是上车饺子下车面，老王要亲自动手给格格做一锅地道的老北平炸酱面。

金睿芝对老王说，这次回来准备常住，她想去看看托王叔帮她买的那套房子。老王说看房子也不急在这一时，坐了这么久的火车，吃完面再去也不迟。

说话之间，炸酱面端上了桌，一碗油汪汪的肉酱，配着黄瓜丝、心里美萝卜和豆芽菜。金睿芝说："我有十几年没吃着王叔做的炸酱面了，我一个人就能吃一大碗。"金睿芝端起一碗面，吃得欢快无比，可在宋老板看来，这种黑乎乎的炸酱面，远不如故乡苏州的鳝糊面有味道。

第二天一大早，金睿芝和宋老板叫了两辆黄包车，直奔纺车胡同49号。金睿芝用王叔交给她的钥匙打开了院门，只见院子里的荒草有一尺多高。穿过满院子的蒿草，来到正房门口，打开房门，一股霉味扑面而来，房间里长久没有人住，很多家具都已经东倒西歪。蜘蛛是这个房子里唯一的主人，它们在门口和窗棂上结满了蛛网。

金睿芝看到这个破败的院子，对宋老板说："这里暂时还不能住啊！我们还要在王叔家里借住几天。"

宋老板说："我们这么一大家子好几口人，不好总麻烦人家吧？我看还是到外面去住旅馆吧。"

金睿芝说："我都这么多年没见着王叔了，他是看着我长大的，也算是我的半个亲人。还有我那兄弟王东青，我都多少年没见这个浑小子啦。"

宋老板说："只要能安顿下来就行了，我已经说过，以后什么事我都听你的。"

金睿芝说："我明天让王叔帮我找个裱糊匠来，糊墙、糊窗户，再让木匠过来打几件实用的家具，我们的婚事也不要大操办，赶明儿我去报社登个声明就行了。"

宋老板拉着金睿芝的手说："格格，宋某真是亏待了你啊！"金睿芝眨眨眼，调皮地说："再怎么亏待我也认了，我们的婚事若再不办，可真要等到下辈子了！"

冬去春来，在老王的协助下，纺车胡同49号院经过一番修葺，变得整齐而清雅。早春时节，绿绿的草芽儿从去岁干枯的荒草中性急地探出头来，种在庭院中的一株桃树也开花了，桃花在早春的寒风中展现出娇美无瑕的姿态，那花朵粉里透红，花瓣光润而透明，粉嫩的花蕊中散发着一阵阵清香，令人心旷神怡。

金睿芝每天都要在庭院中练功，抻腿下腰，练完嗓子还要再耍一套花枪。多年以来，一直都在为生意忙碌的宋老板，因为一场病突然闲了下来，他每天坐在屋里喝茶，透过窗户，看着金睿芝在梅花树下练功的身影，心中不由得五味杂陈。金睿芝虽然已届中年，但身材依然姣好，耍花枪的身段矫健而迷人，让宋老板怎么看也看不够。

金睿芝练完了一整套花枪，将花枪收起来，走进上房，拍了一下正在发愣的宋老板的肩膀，问道："四哥，你想吃点什么？"

宋老板反问道："那你想吃什么？"

"我去买焦圈、豆汁，你看怎么样？"

"吃不惯！豆汁臭烘烘的，一股泔水味儿，我跟你回了北平，没有了我的小厨房，你可不能这么欺负我啊！"宋老板装出可怜的样子，其实是在跟妻子撒娇。

金睿芝听了，笑着说："我都快把你当成祖宗了，哪敢欺负你啊？我这就去南记给你买小笼包去。"

宋老板转嗔为喜："这还差不多，是个贤惠媳妇。"

金睿芝拿着一个盆往外走，一边走一边对宋老板说："四哥，你也出去走走，别整天在家里闷着，有空买只画眉，也去护城河边遛遛鸟，提笼架鸟，才像北平爷们儿嘛！"

宋老板的情绪受到妻子的感染，说："你们北平人真够遭罪的，明明已经臭了的豆浆还当宝贝，喝一肚子泔水能不难受？"

金睿芝说："今天豫章回家，他爱喝豆汁，我还是要给他买一些。锦儿和逸儿不爱吃，等他们回来，我再给他们准备别的。"

"锦儿今天回来吗？"在这个人生地不熟的北平，只有锦儿回家，这个家里才会充满欢声笑语。

金睿芝说："今天只有豫章回家，锦儿和逸儿还要过两天才能回来。"宋老板听说锦儿和逸儿都不回来，脸上的表情有些失望。

陆湘锦跟着小姨和干爹来到北平之后，小姨带着他们游历了故宫、后海，还雇一辆马车，去了更远的颐和园。颐和园里万寿山和昆明湖的美景像画卷一样在眼前展开，让锦儿感觉自己的一双眼睛都不够用了。

为了不影响孩子们读书，金睿芝把陆湘锦送进了慕贞女中，又把金逸和金豫章送到了孔德中学。

来到新学校，陆湘锦明显感觉到自己的知识底子不够用，她开始如饥似渴地学习英文、数学，在众多的功课当中，锦儿最喜欢的还是画画，新学校的美术老师教素描，用炭铅笔画出来的皮球好像能从纸上滚落下来一样。她也跟随老师开始训练绘画的基本功。陆湘锦一颗少女的心好像随着这座城市一起被放大了，她立志要做一个大画家，把北平这座城市画在纸上，让更多的人透过她的画笔认识到北平的雄浑和壮美。

陆湘锦平日住在学校里，只有周六才能回家。她回到家里，推开院门，见小姨正在树下练功。花枪碰着了桃花枝，花瓣如同雪花一般飘落在金睿芝的身上。

"小姨，你别动！我要给你画一幅肖像！"金睿芝听见锦儿不让她动，就像被施了定身法一样，手持花枪站在树下一动不动。

宋老板见锦儿回来，急忙趿上鞋，出来看锦儿，来到院子里，看见金睿芝就像是被孙大圣施了定身法的仙女，就说："丫头，你要干什么啊？可不能让你小姨在太阳底下晒着，这么站着多累啊，再说她还要给我们做饭呢。"

"干爹，我要给小姨画一幅画，今天你做饭吧。"陆湘锦毫不犹豫地支使宋老板，宋老板尽管一直脾气不太好，但遇到了金睿芝娘俩之后，他是一点脾气都没有了。

锦儿打开背在身上的画夹子，用铅笔勾勒出一幅画的草图，此时，天空云淡风轻，花瓣被风吹下，轻轻地飘落在金睿芝的肩头。金睿芝练功时穿着一袭白衣，粉红色的花瓣飘落在洁白如雪的练功衣上，点点微红更增加了她的妩媚。

"小姨，你真是个大美人啊！"陆湘锦一边画画一边奉承着金睿芝。金睿芝说："你少给我灌迷魂汤，赶紧画吧！我这腰都快要扭断了。"

听到金睿芝的抱怨，宋老板哈哈大笑说："你不是混世魔王，没人治得了吗？现在咱们家又出了一个降妖捉怪的孙悟空！"

锦儿的画笔在纸上飞快地描画，画面中一树桃花开得灿烂如锦，桃花树下的女子手持一杆花枪，正在做一个侧身的动作，画中的人就是金睿芝。

阿茵用手指着画册中的那幅画说："您当年画的这幅素描画稿一直存在我家里，后来我家搬了几次家，但这幅画我一直都留着……"

陆湘锦听说阿茵还留着自己少年时代的画稿，不由得鼻子一酸，说："那幅画是我去香港读书之前送给金逸的礼物，没想到这么多年，他还一直留着呢。"

阿茵说："从我记事开始，家里就有这幅画了。"

陆湘锦告诉阿茵，她是在 1947 年，离开了义父和小姨，去香港读大学的，她在香港大学遇到了现在的丈夫黄皓明。

黄皓明的家乡在广东，他祖辈是当年被殖民者用海船贩卖到美国的"猪仔"，黄家在纽约唐人街上开餐馆，已经几代人了。可黄皓明偏偏不喜欢做餐馆生意，他从小就爱画画。在他的一再请求之下，父亲同意他去香港上大学，因为香港距离他们的家乡开平只有一步之遥。

在香港大学，黄皓明认识了陆湘锦，这个性格豪爽的北方姑娘让他一见钟情。两个人毕业之后，陆湘锦跟黄皓明去美国定居。

陆湘锦说："我这一生最大的遗憾，就是没有能在我义父和养母去世的时候，见他们最后一面……"

陆湘锦两只眼睛哭得通红，阿茵也跟着流泪，就在她们相对落泪的时候，门外传来一阵敲门声。

阿茵出去开门，见彭见祺手里拎着一个外卖的口袋，笑嘻嘻地站在门口。

"你怎么来了？"阿茵有些恼火地问。

彭见祺没心没肺地说："我想你啦，就跟老吴要了酒店的地址，过来接你下班，刚好看见一个外卖小哥在跟服务台说要上来送餐，我听他说订餐的人是你，就学习雷锋好榜样，给你把外卖带上来了。"

在阿茵把彭见祺堵在门口的时候，陆湘锦听到外面有人说话，急忙起身回到了套房的里间。

阿茵从彭见祺手中接过外卖，说："你等我一下，陆女士还没吃饭呢。"说完就要关门，彭见祺用手把房门撑住说："怎么？那个画家阿姨还没吃饭啊？不是我说你，你这个跟班的，工作干得太不称职！要不，我带你跟画家阿姨一起出去吃饭？北京的好吃的我全都知道。"

他一边说话一边想往房里走，阿茵一把将他拽住："你别跟谁都自来熟，烦不烦人啊！人家陆女士在倒时差，刚刚睡醒，不想出门才点的外卖！"

彭见祺眨眨眼睛，说："那好吧，不过你可不能吃外卖啊，你该下班了，我带你回家。"彭见祺就像是一个难缠的小孩儿，阿茵气得咬牙切齿地说："你烦不烦啊？我在这里工作，你别跟着裹乱！"

彭见祺抬起手腕看了一下手表说："你也到了下班的时间啊，又没跟

老吴签卖身契……"

　　阿茵担心里屋的陆湘锦听到彭见祺跟她的对话，小声对彭见祺说："你在外面等着我，我去跟陆女士打个招呼再走。"

　　"好，我等你。"彭见祺乖乖地站在门口。

　　阿茵轻轻地走到套间里，把刚刚点的一份肯德基外卖放在了陆湘锦的床头。阿茵有些为难，正要跟陆湘锦开口，陆湘锦却非常体贴地说："孩子，我已经听见了，你男朋友过来接你，你走吧，我这里你放心吧，我会照顾好自己的。"

　　陆湘锦说完，站起身来给了阿茵一个拥抱，阿茵在姑姑温暖的怀抱中感到了一种无形的力量。

34

　　阿茵跟着彭见祺一起乘电梯来到酒店的停车场。停车场里空寂无人，阿茵下意识地抓住了彭见祺的手，彭见祺见四周没人，趁机抱住阿茵热烈地亲吻。

　　阿茵本能地推开了彭见祺，嗔怪地说："你疯了吗？停车场里到处都是摄像头……"

　　彭见祺满不在乎地说："跟我媳妇儿亲热一下，管着吗？"

　　阿茵说："臭流氓！我不跟你走了。吴总的车在我手上，我自己开车回家。"

　　彭见祺挡在阿茵的前面说："茵姐，真生我气啦？我这不是跟你闹着玩儿吗？"

　　阿茵用手摸了摸绯红发烫的脸颊说："我真的要去开吴总的车，他让我这几天用他的车，带着陆女士出门比较方便。"

　　彭见祺说："就你那车技，我看还是算了吧！你这几天神情恍惚，经常发呆，你开车我实在不放心。这么着吧，一会儿我去把老吴的车钥匙还给他，让他自己过来取车，这些天我给你们当司机，我不要工钱，只要管饭就行！"说着又嬉皮笑脸地凑过来，想吻阿茵。

两个人拉拉扯扯地走到彭见祺那辆"路虎"的旁边，还没有开车门，阿茵的手机突然响了，阿茵拿出手机一看，原来是胡小凤打来的电话。

胡小凤在电话里说："我这些天一直住在彭哥给安排的公寓里，你们给我帮了这么大的忙，我想请茵姐和彭哥吃饭，感谢一下你们，你们两个人务必要来啊。"

阿茵挂断电话之后问彭见祺："胡小凤要请你吃饭，我们现在过去吧。"彭见祺很不情愿地说："好吧！媳妇的话是圣旨，想去得去，不想去也得去……"

彭见祺开车，阿茵用手机导航，车子七拐八拐的，终于在一个很不起眼的茶叶店门前停下来。

彭见祺对阿茵说："是不是找错地方了？门脸怎么是一个茶叶店呢？你还是给胡小凤打个电话吧。"就在他们说话的时候，胡小凤像一只小燕子似的轻快地跑出来，看到阿茵，她扑上来给阿茵一个拥抱："姐！那天多亏了你啊，谢谢姐！"

彭见祺站在一旁咳嗽了一声，胡小凤有些不好意思地说："哦，对了，也谢谢彭哥！谢谢你们俩！"说着她领着两个人走进了茶叶店的大门，穿过厅堂来到后院，呈现在他们眼前的是一个很私密的院落，院子里种着各种花草，廊檐下挂着一个鸟笼，鸟笼里一只鹩哥在自言自语。胡小凤介绍说："这是一个武夷山的茶园老板开的私人餐厅，外面的人知道得不多，但菜做得极好，听说连水都是从武夷山空运过来的山泉水。"

彭见祺说："北京的会所我去过很多，还真不知道有这么个地方。"

胡小凤让阿茵点菜，阿茵说："我是选择综合征患者，最怕点菜了。"说着就把菜单推给了彭见祺，彭见祺也不客气，点了三文鱼和熏鹅，又点了两样素菜和荔枝冻。

胡小凤说："彭哥不必给我省钱，妹子我再怎么没钱，请您吃饭的钱还是有的。"

彭见祺说："早就听老吴说你是他们店里的金牌销售，如果哪天想换老板了，你不必去别的地方，到我的主题餐厅去当店长吧。"

胡小凤说："彭哥，你可真会说笑话。"说完，胡小凤往彭见祺和阿茵的杯子里倒满了酒，然后也给自己满上，她高举起酒杯，说道："感谢彭哥和茵姐，帮我渡过一个大难关，我先干了这一杯！"说完一仰头，酒杯见了底。

阿茵本以为彭见祺会端起酒杯，谁知彭见祺却突然发难："胡小凤，你到底还有多少不被人知的秘密？"

刚才还是满面春风的胡小凤，听到这句话，端着酒杯的手突然尴尬地停在了半空，张大了嘴巴，吃惊地问了一句："彭哥，你说什么啊……"

阿茵也很奇怪，为什么刚才还是一团和气的氛围会风云突变，平时一贯嘻嘻哈哈的彭见祺好像突然变成了另外一个人。

彭见祺说："小胡，我知道你做销售很有一套，老吴也很欣赏你，不过我想知道，你为什么会沾上网贷公司，这还不算，还有几个人到处找你，你到底有什么麻烦？还有，你让阿茵帮忙，却不告诉她真相，你知道惹上那些人会有多麻烦，你自己陷进坑里，为什么要扯上阿茵？"

"我，我不是故意的，并没有想把茵姐牵扯进来，只是没有办法，才向她求助的……"胡小凤说着，竟呜呜咽咽地哭起来。

彭见祺又问："你在老吴那里拿销售提成，收入并不低，你跟高利贷公司借那么多钱干什么？"

"我，我要退还我们家拿了别人的彩礼……"

阿茵说："自从我母亲在小区里遇到你被人打那天开始，我心里就一直存着疑问，但我们只是室友，萍水相逢，我也不好问你到底是怎么回事……"

"茵姐，是我命苦，我爸爸收了别人的彩礼，我不肯嫁，人家就打上门来，他们想把我绑回去成亲，幸亏是你和阿姨救了我……"

胡小凤的哭诉让阿茵的心肠顿时软了下来，她换了一种比较温和的口气说："上次来我们院子里打你的那伙人，到底是干什么的？你被人打了，为什么不报警？"

"我不能报警啊，因为那是我爸爸、继母和哥哥，就算他们打我，我也不能让警察来把他们抓走……"

彭见祺追问道："我知道，你已经借了三十万的高利贷，这笔钱难道还没够吗？"

"男方家说，钱我们家花了好几年，人又没娶进门，他们家既折了本又丢了面子，所以……还要追讨十万利息……"

阿茵说："我在小区门口看到的那个男人，好像就是上次参与动手打你的人，他是谁？"

胡小凤哽咽地说："他是我哥，另外一个人，就是给我们家下彩礼的那个男人的叔叔……"

彭见祺说："你这么东躲西藏的，能躲多久？还有，你不该把我和阿茵也扯进来，我是开公寓的，必须保证住客的安全，你什么都不讲，就把我和阿茵双双扯进来，你知道吗？我的公寓附近已经有不三不四的人在转悠啦！"

胡小凤听了彭见祺的话，禁不住趴在桌子上哭泣着，她的双肩在不停地颤抖。阿茵有些担心地问："这些人会不会影响住客的安全？"

彭见祺摇摇头说："那倒不会，这点事，梅姐自己会处理好的，是她处理完了才告诉我的。"彭见祺说完这句话，转过头来看着阿茵，阿茵的心里涌起一阵愧疚，没想到自己善心泛滥，却在不知情的情况下给彭见祺惹来这么多麻烦，她很惭愧地说："真是对不起啊！我也没想到会给你惹麻烦！"

看到阿茵内疚的样子，彭见祺反倒安慰起她来了，他说："没事的，你不了解梅姐，年轻的时候也是江湖子弟，崇文宣武那一带很有名的大姐大，后来年纪大了，要做正经生意，却没有什么本钱。我听说梅姐要做生意，就跟她合伙做民宿，我投资她管理，别说，梅姐好像天生就是开店的料，民宿生意在她手上做得风生水起，我们现在开了十几家店，每个店的生意都很好。"听彭见祺由衷地夸奖梅姐，阿茵眼前浮现出孙二娘的模样。

胡小凤用一种可怜巴巴的眼神看着阿茵，阿茵心里很凌乱，她也没有想到，在一间房子里住了两年多的胡小凤，表面上看起来勤奋而又努力，每天周旋在各种有地位的茶文化爱好者之间，其实背后隐藏着的却是一地鸡毛的人生。她甚至想起身走到胡小凤身边去安慰一下她，却被彭见祺用眼神制止了。

胡小凤从面巾纸盒里抽出几张纸，一边擦着眼泪一边讲述着自己悲惨的身世：在她很小的时候，她的爸爸在外面打工，母亲离开了这个家。

在胡小凤的记忆中，她五岁那一年，某个夏天的早晨，她一睁开眼睛，却没有看到妈妈。她哭着到外面去找妈妈，滚烫的石板路烫得她的脚板生疼。后来她听邻居们说，她妈妈跟一个走乡串户的木匠走了。胡小凤和哥哥只能跟奶奶一起生活。奶奶是个重男轻女的老脑筋，有好吃的紧着哥哥吃，有了新衣服也先给哥哥穿。后来，胡小凤的爸爸在打工的地方又遇到了一个女人，这个女人就是胡小凤现在的后妈。

胡小凤十八岁那年，来到北京打工。在胡小凤来北京打工三年之后，她爸爸在打工的工厂里突然昏倒，被工友送去医院之后，查出脑子里长了肿瘤。为了给爸爸治病，由她奶奶做主，给胡小凤找了一个婆家。胡小凤的爸爸用收来的彩礼做了手术，保住了自己的一条命。

胡小凤在北京见了世面，再也不想回到那个又穷又苦的小山村，所以一直拖着，连过年都不肯回家去。胡家收了人家的彩礼，男方家一直等了两年，也不见胡小凤回来结婚，就一次次地上门催债，要么把胡小凤找回来结婚，要么退回彩礼钱。这才有了阿茵在小区院子里看到的那一幕。

胡小凤的爸爸带着后娘和哥哥来北京抓她回去结婚，胡小凤只好找到高利贷公司借了三十万退了彩礼。谁知对方还不肯放手，继续逼迫胡家再给十万利息，所以他哥哥又来找胡小凤，逼着她再给十万利息钱。看着痛哭的胡小凤，阿茵的心中涌起一阵怜惜，但彭见祺却不为所动，他对阿茵说："你现在住的这个破地方，我看是再也不能住了，还是跟我回家吧。"

自从彭见祺跟阿茵确定恋爱关系之后，他已经不止一次地劝说阿茵去他家里住了，而阿茵却坚守着"结婚之前不可住在男方家"的老理儿，坚决不接彭见祺的茬儿。这次出了胡小凤这一档子事，又给了彭见祺有力的说辞。

就在这个时候，阿茵放在餐桌上的手机发出"嗡嗡"的震动声，阿茵拿起手机一看，打电话的人是邵宇宸。

邵宇宸已经冷落阿茵两个多月了，在这两个多月当中，他一直不接阿茵的电话，也不回阿茵的微信，这一次新鲜得很，是邵宇宸主动给阿茵打电话。

阿茵随手挂断，过了几分钟，电话再次响起，阿茵坐在那里没有动，彭见祺手快，一把将阿茵的电话拿起来，看了一眼说："原来是老情人啊！你接吧，我是不会生气的。"

阿茵白了彭见祺一眼，"你以为我怕你？你想多了，是我根本不想理他。"

"为什么不理啊？老情人也是情人啊！"彭见祺笑嘻嘻地吃着飞醋。

阿茵恨恨地说："两个月之前，他不接我的电话，他羞辱我，难道就不需要支付成本吗?"

"哦,原来是这样啊!要不,我替你接?"

阿茵转念一想,让彭见祺接电话也好。她点头默认,彭见祺接通了电话:"喂!您是哪位?"邵宇宸在电话里听到了男人的声音,愣了一下,但只有两秒钟就恢复了正常,他对着电话里陌生的男声说:"我已经跟吴先生联系过了,他让我直接联系阿茵。我请您转告阿茵,我现在就在她家楼下。希望她尽快回来跟我见个面,我代表我的先生索教授跟她商量一下陆女士画展开幕的细节。"

"索先生是谁啊?"彭见祺明知故问。

邵宇宸解释说:"索先生是陆女士的至亲,也是画展开幕最重要的嘉宾。希望阿茵不要意气用事,不要把其他与此无关的事扯到陆女士办画展这件事当中来。"邵宇宸说完,毫不犹豫地挂断了电话。

彭见祺感觉到了邵宇宸透过电话散发出来的那种强大的气场,他本来不想让阿茵接邵宇宸这个前任男朋友的电话,谁知道他在邵宇宸这个无形的巨人面前,好像变成了一个卑微的接线生。他只好照本宣科,向阿茵转述了邵宇宸的话,告诉阿茵,邵宇宸现在就在她家楼下。

阿茵怔了一下,对彭见祺说:"那我们先回去吧。"

"茵姐,你还没吃饭呢。"胡小凤抹了一把眼泪,从座位上站起来挽留阿茵。阿茵说:"家里有人在等我,我得回去了。"

胡小凤紧紧地拉住阿茵的手,阿茵轻轻地拍了拍胡小凤的肩膀,对她说:"你家的事,我希望你尽快处理好,然后好好地挣钱,我也认为你不该回去结婚,那样会毁掉你自己,当然我也只是建议而已。"

彭见祺也跟着加了一句:"我还是那句话,我的那间公寓,如果你愿意住的话,还可以继续住下去,至于房租,我会跟梅姐打招呼,给你最优惠的价格。"

胡小凤满眼含泪说："谢谢彭哥……"

阿茵被彭见祺拉着，再次坐到汽车里，彭见祺搂着阿茵的肩膀说："茵姐，你要去跟前任见面，是不是有点紧张啊？"

"滚！"阿茵推掉了彭见祺的手臂。

彭见祺悻悻地开着车，把阿茵送到了她住的地方，阿茵远远地看到了邵宇宸那辆奔驰车。彭见祺有些赌气，故意把"路虎"横在奔驰车前面停下来。

阿茵从车上下来，邵宇宸看到阿茵，从车窗里探出头来："阿茵，好久不见啊！"阿茵也走到奔驰车的跟前，跟邵宇宸寒暄道："师兄，确实好久不见！"

邵宇宸说："我都到你家楼下了，你不想请我上去喝一杯茶吗？"

阿茵说："我家那么一点点的空间，怎么好委屈师兄屈尊降贵，前面不远就有星巴克，要不，咱们去星巴克边喝边聊？"

邵宇宸的脸上露出一种暧昧的笑容，说道："阿茵，我们才分手几天，就这么生分？我们还是上去吧，我又不是没去过你家！"说完，他从车里下来，也不等阿茵邀请，径直向电梯走去。阿茵和彭见祺只好跟在后面进了电梯。

自从胡小凤不回来住以后，屈凝经常在律所加班，所以家里没有人，客厅里一片漆黑。阿茵打开了客厅里的灯，老式吊灯投下一团昏黄的光。

阿茵打开自己住的房门，邵宇宸也不客气，没有换鞋就直接走进了房间。因为房间里并没有多余的椅子，阿茵只好请邵宇宸坐在床边上，自己坐在了电脑桌前的小椅子上。彭见祺没有位置，他自己跑到客厅里拖来一个简易的塑料方凳，彭见祺比较胖，坐在塑料凳子上，凳子发出"嘎嘎吱吱"不堪重负的声响。

阿茵环顾四周，本想给邵宇宸倒一杯茶，可惜家里没有一次性的纸杯子。阿茵小声吩咐彭见祺："去你车里取几瓶水上来。"

邵宇宸说："你不必麻烦，我只是来说点事儿，坐一会儿就走。"

见阿茵和邵宇宸几乎是促膝坐在一起，彭见祺心里有气，就从墙角里拿出几罐啤酒，对邵宇宸说："实在不好意思，我跟阿茵平时都拿啤酒当水喝，所以家里只有酒没有水，您要是不嫌弃，就喝一罐啤酒！"彭见祺明知道邵宇宸不敢酒驾，所以故意拿出啤酒来恶心他。

邵宇宸斜睨了一眼彭见祺，好像不屑于跟他直接说话。邵宇宸转向阿茵问："这位是……"

"他是我男朋友！"阿茵当着邵宇宸的面，果断地承认了她跟彭见祺之间的关系，彭见祺听了心里很受用，脸上露出得意的神色。

从邵宇宸的脸上没有看出任何情绪的波动，他岔开话题说："我们先说正经事，吴总希望在画展的开幕式上有索教授的讲话，讲话稿的内容我们需要碰一下，还有这个稿子我想请你来写。"

阿茵说："我跟索教授不熟，把握不好他的讲话习惯，这个稿子还是你来写吧！"邵宇宸派给阿茵的活儿，被阿茵像是排球拦网一样给推了回去。这种婉转的拒绝也在邵宇宸的意料之中，他知道，以阿茵的聪明不会猜不到，就是因为见了索教授，他们两个人之间的关系才寿终正寝。

失去阿茵这个女朋友，邵宇宸并没有感到有多么可惜，可他们俩才分手没几天，阿茵的身边就有了新的男朋友。尽管他感觉这个男人有几分粗鄙，但他也能感觉到，这个男人明显比阿茵年轻，从他的口音上判断，他是一个地道的北京人，再看他的座驾，开的是"路虎揽胜"顶配的运动版，这辆车怎么也值一百多万。而且邵宇宸还发现，这个男人很听阿茵的话，阿茵跟他说话的姿态也很自然，完全没有他跟阿茵相处时的那种拘谨。看来，阿茵并不像她母亲担心的那样，会一辈子都嫁不出去。

邵宇宸从公文包里取出一个褐色皮革面的笔记本，很认真地划去了由阿茵写讲话稿这一条。他对阿茵说："我们进行下一个议题，就是画展后的晚餐，这个环节本来应该由吴总负责招待，但索教授说，他的姐姐好不容易回来一次，晚餐由他来负责。如果是索教授负责晚宴的话，就应该是家宴的规模，不宜请太多商界的朋友，这也是索教授的意思。"说完，邵宇宸用一种质询的目光看着阿茵。

阿茵说："陆女士这次画展，是吴总公司承接的一场商务活动。很多收藏家都是冲着跟陆女士一起共进晚餐来的，所以我认为不能把开幕式当天的晚宴变成私人性质的家宴，这样安排吴先生是不会同意的。"

邵宇宸在阿茵这里又碰了一根软钉子，他终于发现平时看起来很有些缺心眼的阿茵，在商务谈判的时候并不是一个拎不清的菜鸟。

邵宇宸的两个请求都被阿茵拒绝了，所以只能祭出感情的大旗，说："阿茵啊，我们好歹也是同门师兄妹，你也不能太不给我面子吧？"

阿茵说："你和索教授可以出席我们公司给陆女士举办的晚宴，而且我们主办方也会照顾到索教授跟陆女士的亲属关系，把他们安排在一起，索教授和陆女士同坐 1 号桌的主宾席，这样你总可以交差了吧？"

邵宇宸心里想，不仅不让索教授举办私人宴会，而且还拉上索教授给画展站台，阿茵的算盘打得很精。他无可奈何地摇摇头说："先生不能在画展的当晚给陆女士接风，我会被老师给骂死。"

阿茵知道，假如一个男人在女人面前装可怜，只是为了让女人的同情心泛滥，接受他的意见。阿茵只能顺水推舟："师兄，你也要可怜可怜我！我是给吴总打工的，在接待陆女士这件事上面，我最多只能敲敲锣边，大计划是吴总定的，我没权改变啊！"

邵宇宸心里生气，却不好把情绪挂在脸上，因为他毕竟是一个有身份的人，他知道，在这件事情上没法继续跟阿茵讨价还价了，所以只好从这个话题上快速跳开，进入最后一个问题。

在开始说第三个问题的时候，邵宇宸主动占据了话题的制高点，他说："索教授是陆女士的弟弟，他们姐弟情深，索教授想让陆女士到他家里去住，姐弟两个人交流起来也方便，这是索教授的最后一个要求，你总不会拒绝吧？"

阿茵笑着说："师兄，我已经跟您说过了，我是丫鬟拿钥匙，当得起家做不得主啊！至于陆女士到底想住到哪里，我还得跟她商量，得是她自己愿意才行，我说了不算啊！"

邵宇宸虽然心里很憋气，但他脸上仍然保持笑容，他说："行，你不能做主的事我不难为你，但还有一件你能做主的事我想跟你商量商量。"

阿茵说："师兄客气了，您说的是哪件事？"

邵宇宸说："我今天来你家的时候，你不是还没回来吗？我在楼下等你的时候看见了王姐，王姐说她有一幅旧画，是宜王府贝勒的书法，听说是你花了三千块给收了？"

听了邵宇宸的话，阿茵心里一惊，她没想到，王姐竟然这么嘴快，把自己从她手中买了那幅字的事情告诉了邵宇宸。

阿茵不置可否，听邵宇宸继续往下说。

邵宇宸见阿茵没有反驳，他吃准了这幅字肯定还在阿茵的手里。邵宇宸继续说："一个王府的贝勒，不比溥儒那样的书画大家，民国时期普通人写的字最多也不过百年，也就值几千块，你给的价格很公道，这一点，我已经跟王姐解释过了。"

阿茵终于明白，原来王姐担心自己卖的那幅字太便宜，所以到处打听行情。她了解王姐的性格，如果她在楼下看见邵宇宸，她是不会错过这个机会的。

邵宇宸说："我刚刚拜了索教授为师，做他的关门弟子，我一直琢磨着送一件拜师礼，偏巧这个贝勒爷就是索教授的祖父，我想没有什么比这件东西更合适的了。阿茵，你如果愿意割爱，我愿意给你加一万块，把这幅字从你手里匀过来。"

阿茵终于明白，邵宇宸坚持要上楼来坐坐，就是想谈这件事。要买走她刚刚入手的那幅书法作品，这才是邵宇宸的真实目的。阿茵说："师兄，这可不成，您别说给我加一万，就是加十万我都不可能转给您，那位贝勒是我祖母的父亲，请您谅解！"

邵宇宸听到阿茵的拒绝，宽容地笑笑说："现在辛亥革命都过去一百多年了，可偏偏有那么一些人啊，抱着早就成了僵尸的清朝不放手，我前几天去参加一个书画家举办的活动，在笔会上，还看见一个冒充爱新觉罗家族的画家，还穿了一件龙袍在那儿写什么一笔书，我一眼就看出他是一个江湖骗子，在那儿招摇撞骗！"

阿茵听出了邵宇宸话里暗藏的讥讽，反唇相讥："我也不是什么爱新觉罗家族的人，我也不会写字画画，他们怎么招摇撞骗跟我没关系，我只知道这幅字是我祖母阿玛留下的墨迹，恕我不能从命。"

邵宇宸说："咱们好歹也相处过一场，我怎么不知道你还有个祖母？"

阿茵说："你回去问问你的恩师，问他认不认识金睿芝？"

邵宇宸从索教授那里听到过金睿芝这个名字，他立刻反问阿茵："那你跟金睿芝是什么关系呢？"

"她是我父亲的养母，我是她的孙女！"

"你父亲叫金逸吗？"邵宇宸显然有些吃惊。

阿茵点头说："是的，金逸正是家父……你知道我是谁的孩子，你可以回去跟你先生交差了。"

原来邵宇宸还以为，阿茵会通过跟金睿芝的关系去跟索教授认亲，没想到她却根本不理会索教授。邵宇宸暗想，如果换成自己，断然不会放弃这样现成的机会。

邵宇宸见阿茵不肯让步，也只好退而求其次："阿茵，我们都是一个学校里出来的，至少我们还是校友吧？你收的这幅字让我看一眼总可以吧？如果你不反对的话，我拍张照片回去，给我老师看一眼，他都快八十的人了，你总不忍心拒绝一个老人的这点念想吧？"

听邵宇宸说要看一眼字，拍张照片，这个很低的要求恐怕阿茵不好拒绝，彭见祺急忙站起身来对邵宇宸说："您还真是来得不巧，我们刚把这幅字送去重新装裱了。"

"你送到哪里装裱的？琉璃厂、潘家园？凡是能修复古旧书画的师傅，几乎没有我不认识的！您说在哪家吧，我自己过去看一眼！"

彭见祺见自己在邵宇宸面前撒的谎分分钟都会穿帮，他干脆直接揽下了这件事："我可没送到您说的那种大地方，我只是把画交给一个普通的小装裱店，换换绫子，准备挂在我跟阿茵的新房里，对不起啊，等我们结婚的时候您再看吧，到时候阿茵一定请您去喝喜酒！"

彭见祺的一番话，气得邵宇宸脸色苍白。他知道自己在阿茵和彭见祺面前讨不到什么便宜，只好起身告辞，气呼呼地走进了电梯。

在回去的路上，邵宇宸越想越生气，他说不清楚自己为什么会在阿茵这个女人身上栽跟头。回想自己当初追求她的时候，只不过是认为年龄合适，阿茵的学历也差不多，更重要的是，阿茵是一个清白人家的女孩子，谁知道自己竟然会在这个毫不起眼的女人身上体会到一种深深的挫败感。

想到这里，他眼前浮现出阿茵的母亲，这是一个心无城府的女人，她跟阿茵好像完全来自两个不同的世界。他把车停在路边，给陈慧芳发了一条微信。

因为阿茵的妈妈已经在她的朋友圈里发过自己的照片。他认为，不出三天阿茵的母亲一定会闹上门来，到时候，他可以通过阿茵的母亲去做工作，让阿茵乖乖就范。

35

　　名为"岁月依稀"的画展在 798 隆重开展，开幕式上，吴冷杉邀请了很多商界的朋友前来助兴。

　　画家陆湘锦头戴一顶深灰色亚麻贝雷帽，她的身材凸凹有致，皮肤白皙紧致，眼睛是黑白分明的，从她的眼睛里看不到一点点上了年纪的浑浊。很多观众都纷纷要求跟画家合影留念，大家都说，不知道画家吃了什么神仙丹药，八十多岁的人看上去好像不到六十岁的样子。

　　开幕式上另外一个引人注目的人就是索教授，他没有公布跟画家的关系，但很多人都在猜测，认为吴冷杉神通广大，请到了这么重量级的嘉宾。

　　陆湘锦、索教授都年事已高，开幕式之后，阿茵把陆湘锦和索教授带到贵宾室休息。索教授和陆湘锦两个人坐在贵宾室的沙发上，阿茵手里拎着陆湘锦的手包和帽子，站在她的身边。陆湘锦指着阿茵问索教授："这个孩子你见过没有？"

　　"见过，两个月前，小邵带着她去我们家吃过饭。"

陆湘锦把手伸向索教授说："我手上的这只手镯，你还记得吧？"

索教授面无表情地说："我当然记得，这是姑姑给你的吧！"

"是啊！你知道另外一只手镯在哪里吗？"陆湘锦侧着头，认真地看着索教授发问。"反正不在我这里，姑姑到底给了谁我怎么知道。"很显然，索教授并不喜欢陆湘锦提起的这个话题。

陆湘锦说："她不仅是你姑姑、我的姨妈，她更是咱们的娘，如果没有她，你和我都活不到今天，更不要说我们还能做出一点成绩，被世人尊敬……"听到陆湘锦的话，索教授闭目不语。

看到索教授的样子，陆湘锦只好转换话题："你不是要我去你家里住吗？现在这个场合乱哄哄的，等回到家里咱们再聊。"

索教授感慨地说："好吧！姐姐从小喜欢画画，如今也算是功成名就了。我们活到这把年纪，有什么话还是说出来的好，省得憋在心里难受。"

阿茵站在一边，唯恐陆湘锦在这个场合说出另外一只手镯的下落，但陆湘锦话锋一转，让阿茵紧紧提起来的心重新落下。其实，自从索教授强迫邵宇宸跟自己分手，阿茵心里已经有了答案，只是索教授不愿意当她的面承认罢了。

画展当天晚上的答谢宴，彭见祺也参加了，他看见邵宇宸在各个桌之间穿梭，很多吴冷杉请来的嘉宾也是邵宇宸的好朋友。他在这个桌上跟张总敬酒，又在另外一张桌上跟李总寒暄。

答谢宴会是吴冷杉一手操办的，彭见祺自然也是受邀的嘉宾之一，他坐在一旁，这里几乎没有与他相识的人。

就在彭见祺感觉很无趣的时候，忽然一个甜美的声音在耳边响起："彭哥，我敬你一杯！"

彭见祺回过头去，看见胡小凤站在他的身边，在胡小凤的身后还站着一个男孩子，他的个子不高，皮肤黝黑，一双关节粗大的手小心翼翼地拿着一支细脚伶仃的高脚杯。

彭见祺不认识这个男孩子，没想到他却主动开口叫了一声："彭哥！"彭见祺狐疑地看着站在眼前的这个男孩，他搜遍脑海中记忆的角角落落，也想不起在什么时候认识过他。

"彭哥，我是吴冷枫啊，我 7 岁那年，大伯带我来北京，你还带着我捉过蝈蝈呢！"

听了这句话，彭见祺的记忆瞬间打开了闸门，小时候，他带着吴冷杉的弟弟一起在草地里玩过，他也兴奋地叫起来："你是冷枫？这么多年你小子也不来北京看我。"

吴冷枫有些羞涩地说："我哥哥给我打电话，说要办一场画展，我就过来了。"

"这些年，你一直在老家种茶？"

"是啊，是啊，我成了非物质文化遗产的传承人了呢，彭哥，我亲手做的茶得过金奖，我听说你从美国回来，就一直跟我哥说，想请你到我们老家去玩，住在我们茶园，喝一喝我亲手做的茶，我和哥哥都在山上盖了房子，风景很美的！"

彭见祺确实有很多年没有见到吴冷枫了，当年一个小屁孩，如今都这么大了。彭见祺问："冷枫，你结婚了没有？"

吴冷枫的脸顿时红了："我哥刚给我介绍了一个女朋友……"吴冷枫说话的时候，眼光羞涩地瞥向胡小凤。彭见祺顿时明白了吴冷杉的用意，把自己的员工介绍给他的堂弟吴冷枫，肥水不流外人田，只可惜吴家兄弟好像还不知道胡小凤一地鸡毛的现状。

胡小凤非常紧张地盯着彭见祺的脸，但彭见祺也知道，此时的环境不容他跟吴冷枫坐下来细聊。他也只好当着胡小凤的面象征性地喝了一口敬过来的酒，其实杯里装的是矿泉水。

胡小凤见彭见祺并没有说什么，如释重负地说："阿茵姐坐在画家那张桌上，我过去给她和画家敬一杯酒去。"

彭见祺心里想，胡小凤真是一个机灵的小姑娘，这么短的时间就把吴冷枫这个傻小子摆弄得俯首帖耳。

答谢宴会结束的时候是晚上八点多钟，吴冷杉踌躇满志，因为已经有人付了定金，售出了两幅价格不菲的油画。

各路人马各回各家，索教授要陆湘锦跟自己一起回家去住，陆湘锦说今天有点累，还是回酒店去住，明天一早让助理阿茵开车送她去索家。

索教授坐上了邵宇宸的车，陆湘锦目送着索教授坐着的那辆奔驰车的尾灯消失在熙熙攘攘的车流之中。

她回身上了吴冷杉留给阿茵开的那辆"宝马"，上车之后，陆湘锦惊讶地发现车上又多了一个人。

还没等陆湘锦开口，彭见祺抢先一步说："画家阿姨好！我叫彭见祺，是阿茵的男朋友，她不经常开车，北京的路况复杂，她开车我不太放心，所以就过来给您当司机。"

陆湘锦没说什么，主动坐在了后排的座椅上，把副驾驶的位置留给了阿茵。

彭见祺开车显然比阿茵更稳当，彭见祺开的车子就像一条鱼，在北京灯火璀璨的夜色里穿行。

彭见祺把车开到酒店门口，陆湘锦对阿茵说："阿茵小姐，今天你可以陪我住吗？我今天有点累，请你陪陪我。"

阿茵知道，姑姑一定是有很多话想对自己说，抑或是她对祖母的死亡有着很多的疑惑。阿茵对彭见祺说："我今天陪陆女士在酒店里住，你自己开车回去吧。"

彭见祺说："我既然要给画家阿姨当司机，那就必须随叫随到，今天我也不回家了，我去再开一间房吧！”

陆湘锦平静地注视着彭见祺离开，看着阿茵关好了房门，她让阿茵去她的行李里拿出便携的咖啡壶，煮了一壶咖啡，阿拉比卡黑咖啡的芳香在房间里飘溢。阿茵看得出，这壶咖啡是陆湘锦准备彻夜长谈的前奏。

阿茵索性主动向陆湘锦提问："姑姑，我祖母和爸爸既然已经来到北京定居，为什么又要离开北京呢？"

陆湘锦长叹一声："我小姨金睿芝，也是我的养母，她这一辈子啊，真是一言难尽……"说到这里，陆湘锦的声音哽咽。

1948年的春天，陆湘锦收到香港大学的录取通知书。宋老板听到这个消息，高兴得不得了，自从当年他跟金睿芝一起把这个半死的孩子从上海抱回来，他早就把这个孩子看成是自己的女儿了。

锦儿已经出落成亭亭玉立的少女，而且马上就要上大学了。金睿芝从陆湘锦的身上看到了姐姐金睿芸的影子。

为了庆祝这件可喜可贺的事情，金睿芝特地去学校，把金逸和豫章都接回来，准备带着孩子们一起去东来顺吃涮羊肉。

宋老板跟金睿芝离开滨江以后，一直赋闲在北平这座平常的小院里，他在院子里种了很多花草，一有工夫就跟金睿芝一起唱戏，金逸回来的时候，他也会跟金逸下下围棋，爷儿俩虽然互有胜负，倒也其乐融融。在生意场中摸爬滚打了大半辈子的宋济琛，跟随金睿芝来到北平以后，终于找到了生活中的诸多乐趣。

锦儿要去那么远的地方上大学，为此，金睿芝偷偷地哭过好几回。宋老板一边安慰夫人，一边帮女儿置办远行的行装，他很有预见地说，女儿走这么远，很可能在外面遇到意中人，我们给她多带点钱，如果在南边结婚，就当我们给她置办了嫁妆。

宋老板越是这样说，金睿芝哭得越厉害，当年在滨江商场中纵横捭阖的宋老板，跟金睿芝在一起后，过去的火暴脾气逐渐消退，变成了一个好说话的小老头儿。

姐姐要到很远的地方去上大学，金逸和金豫章也给姐姐陆湘锦准备了礼物，金豫章用自己的零花钱买了一方寿山石，给姐姐篆刻了一枚图章，金逸用母亲教他的欧体楷书，给姐姐抄写了一首她最喜欢的易安居士的《醉花阴》，当成礼物送给了姐姐。

一家人难得一起出去吃饭，宋老板特地去剃头铺子刮了脸，换上了金睿芝刚给他做的长衫，金睿芝也换上了香云纱旗袍，配了一串珍珠项链，手上戴了一只宋老板送给她的翡翠手镯。一家人高高兴兴地正要出门，忽然有人"啪啪"地拍打着门环。

金豫章跑出去一看，是一个邮差，他从一个已经很破旧的夹子里抽出一张纸条，冲着门里喊："宋济琛，拿图章来，你的电报！"宋老板愣了一下，本能地从身上的钥匙链上解下一枚精美的田黄石印章交给了金豫章，金豫章跑到门外，把印章交给了邮差，邮差盖好印章，把那份电报交给金豫章。

"姑父，你的电报！"在金睿芝抚养的三个孩子当中，只有金豫章没有改口，他既不叫金睿芝"额娘"，也不叫宋济琛"爹爹"，金豫章的内心深处始终保持着宜亲王后代的骄傲。那张薄薄的纸片被宋老板拿在手上，就像一块烧红的火炭，电报上只有寥寥一行字："儿被抓，速救，十万火急。"

宋济琛跟随金睿芝来到北平已经一年多了，从1947年的盛夏到1948年的初冬，中国大地正在发生着翻天覆地的巨变，但对宋济琛来说，这段日子却是他一生中最为宁静的时光，他二十岁那年，在湖广会馆戏台上看到扮演渔家女儿的金睿芝，直到与这个舞台上的佳丽结为连理，中间隔着几十年漫长的岁月，宋济琛终于熬到了守得云开见月明的这一天。

因为要跟金睿芝结婚，宋济琛差点被儿子给气死，他得了一场重病之后，常常感觉胸闷气短，气力大不如从前。过去他喜欢的须生已经唱不动了，他就学着马先生的样子，给金睿芝做起了琴师。孩子们都去上学以后，他们夫妻二人在小院里的桃树下泡一壶茉莉香片，丈夫操琴、妻子清唱，过着"不知有汉、无论魏晋"的逍遥生活。

此时的滨江已经解放，宋老板在滨江的生意实际上已经由他的儿子接手，尽管宋老板万般看不上自己的儿子，但他却只有这么一个儿子可以托付。金睿芝劝他不要想不开，他索性把生意上的事情全部丢开，可是这封电报告诉他，儿子惹出祸来，向他这个当父亲的求救，他该怎么办呢？

他儿子宋敬元曾是那么坚决地反对他跟金睿芝的婚事，差一点把他活活气死。宋济琛自己还认为，他这一辈子都不会原谅儿子对他的冒犯，可电报上这短短的一行字，彻底瓦解了他在心里画定的跟儿子之间的楚河汉界，他忘记了儿子对自己的顶撞，忘记了儿子是那么让他伤心欲绝。此时宋济琛的脑子里冒出来的全都是儿子小时候的样子，在给儿子办满月酒的时候，妻子怀中抱着的那个白白胖胖的婴儿，让他心里充满了温情。男人平生第一次做父亲的记忆，甜蜜而刻骨，他发誓要给这个白白胖胖的小东西创造世上最好的生活。如今儿子遇上了过不去的坎儿，他这个当爹的怎么能袖手旁观呢？

敏锐的金睿芝从丈夫的脸上读出了异样的神情，她从丈夫的手里接过电文，只扫了一眼，一种五雷轰顶的感觉让她眼前发黑，脚下差一点站不稳。看到电文之后，金睿芝立刻想到了留在家里的马先生，她的家里有电话，这是金睿芝离开滨江之前安装的，此时正好派上用场。

她让锦儿搀扶着宋济琛回到屋里躺下，叫了一辆黄包车去了电话局。金睿芝交了十块钱，换来一个等待接通电话的牌子，她坐在电话局的长椅上耐心地等待，终于等到接线员叫通了滨江的长途电话。

金睿芝向表哥马先生问了家里的情况，当时滨江已经解放，宋老板的儿子在坏人的唆使下，囤积居奇、哄抬物价，被人民政府抓了起来。听到这个消息，金睿芝知道，自己和丈夫在北平逍遥快乐的小日子过到头了。

金睿芝坐黄包车去了一趟火车站，从火车站出来，又拐到王叔的饭馆，把两个还在读书的孩子托付给王叔，她告诉王叔，家里有急事，她要回一趟滨江。金睿芝心里清楚，四哥虽然嘴上发狠，但心里还是惦记着他唯一的儿子。想当年四哥能跟着她去上海寻找锦儿，如今她也不能对四哥的儿子不闻不问，尽管这个儿子是那么深刻地恨着自己。

家里发生了这么大的事，陆湘锦的送行宴变成了与父母的分别宴，在金睿芝要去火车站之前，她从手上褪下一只还带着自己体温的手镯，戴在了陆湘锦的手上……

陆湘锦抬起手腕，翡翠手镯在灯光下宛如一江碧波。陆湘锦说："这就是母亲跟我分别时留给我的纪念，这些年我一直戴着它，看到它，就好像看到了我的养父养母。只可惜，1948年的冬天，我们母女在北平一别，从此天各一方，再也没有相见……"阿茵也举起手腕，两只分别了几十年的手镯终于凑成了一对儿……

36

　　每天早晨，陈慧芳都会像时钟一样守时，她到广场上去跳舞，几乎是风雨不误。跳完广场舞，再去早市买点青菜回家，这已经成了她退休以后雷打不动的生活规律。

　　可是今天，她心绪烦乱，早上五点三十分习惯地下楼，却没有去跳广场舞，而是在街心公园的一条长椅上坐下，一遍又一遍地看着邵宇宸发来的两条微信。

　　邵宇宸在微信上写道，他已经跟阿茵分手，是阿茵主动的，而且阿茵还有了一个新男友，不知道是什么身份……

　　邵宇宸的这两条微信让陈慧芳心烦意乱，这些年大女儿一个人漂在北京，眼看着自己身边的老同事，儿女们一个一个地结婚，大多数都早早地抱上了孙子或是外孙。她担心女儿嫁不出去，担心女儿错过了最佳的生育年龄……眼看着女儿奔向四十，可她却根本不听她这个当娘的话。

　　陈慧芳不得不拿出最原始的手段，登门催婚。幸好在北京看到了女儿的男朋友，在她看来，小邵是一个有出息的孩子。她把邵宇宸的照片和他开的车发在老同事的微信群里，不知道引来了多少人的羡慕，陈慧芳也卸下了一块一直压在心上的大石头，自忖总算是对得起阿茵的爸爸了。

这些年，陈慧芳再婚以后，一直都在努力地做着一件事，那就是尽量地忘记自己跟金逸的所有往事。她尽自己之所能，努力把那些在北大荒跟金逸一起生活的日子按进深不见底的心海谷底，不让它们沉渣泛起。她实在不希望那些陈年往事干扰了她和老韩眼下正在过着的平静生活。尽管她很努力地这样做，但那些顽固的记忆却像一只葫芦，按下之后再次浮起……

最容易让她想起前夫的就是她的大女儿阿茵，这个孩子有着一双跟她爸爸一模一样的眼睛，陈慧芳第一次发现女儿跟其他孩子不一样是在她六岁那年，阿茵刚过完了六岁生日，她爸爸开始教她下围棋。没有想到，在妻子面前说一不二的金逸却遭到了女儿顽强的反抗，她怎么也不肯学下棋。

金逸急了，就狠狠地打了阿茵一顿，六岁的女儿屁股上印满了爸爸的掌印，屁股被打肿了，但阿茵一声也不哭，她瞪着一双清澈的眼睛看着气急败坏的爸爸。陈慧芳心疼女儿，女儿却好像置身事外。

第二天早上陈慧芳给阿茵梳头，她悄悄地嘱咐女儿："你不爱下棋也没关系，但不要跟你爸爸硬顶，你就装着跟他学，你学不会他也没办法。"

阿茵站在母亲面前，像个小大人儿一样一本正经地说："不喜欢就是不喜欢，我为什么要装假？"陈慧芳发现，女儿的顽强抵抗其实是随了她爸爸。陈慧芳故意吓唬女儿："你不装假，你爸还会打你啊！"

阿茵说："让他打死我好啦！我就不学下棋！""死"字从一个六岁的孩子嘴里说出来，显得那么滑稽而又悲壮。这时正好金逸从外面走进来，听到了女儿的话，陈慧芳担心得要死，生怕女儿再挨打。可她爸爸却哈哈大笑说："不下棋没关系，不装假才是我的好女儿！"

陈慧芳心里恨得要命，这个阴晴不定的丈夫、天生犟种的女儿，让她总有操不完的心。在教育女儿的事情上，丈夫从来不让她插手，他经常会跟女儿一问一答，金逸说："塞下秋来风景异，衡阳雁去无留意。"阿茵马上接过来说："四面边声连角起，千嶂里，长烟落日孤城闭。"

爸爸又说："浊酒一杯家万里，燕然未勒归无计。"

阿茵就精灵古怪地接道："羌管悠悠霜满地，人不寐，将军白发征夫泪。"金逸冲女儿眨眨眼说："老范的这首《渔家傲》不错吧？"

阿茵心领神会地也冲爸爸眨眨眼说："不错！我喜欢老范！"陈慧芳听这父女俩在议论老范，急忙插话说："老范不就是咱们厂的司机吗？"

听了陈慧芳的话，金逸愣了一下，随后笑得前仰后合，阿茵也笑得捂着肚子在炕上打滚。陈慧芳被这父女两个给笑得不知如何是好，委屈地说："你们不是在说老范吗？老范有啥可笑的？"

还是女儿不忍心让母亲蒙在鼓里，阿茵大声地纠正妈妈："我们说的是宋朝的老范，不是你说的老范！"

"净瞎说！老范是运输科的，你姥爷是厂长，我还能不清楚？"金逸见女儿跟她妈说不明白，就急忙制止说："丫头，你别跟你妈犟，你妈说谁是老范谁就是，我们不跟她犟！"说完，一脸坏笑地看着陈慧芳。

陈慧芳在这个家里从来不怕吃苦受累，但她最看不得丈夫一脸坏笑地看着她。在女儿没有出生之前，他除了上床的事情离不开陈慧芳之外，跟陈慧芳很少有话说。自从女儿出生以后，她爸爸就抱着牙牙学语的女儿一起读书，等到女儿会说话了，这父女两个变成了一对话痨，他们两个人的世界好像是蜜里调油，分都分不开。陈慧芳也很奇怪，她甚至怀疑自己生出了一个小妖精，轻而易举地就夺走了她的丈夫。

深夜里，他们进行着夫妻间的秘密行动，陈慧芳经常娇嗔地对丈夫说："给你生个女儿，你就不理我了！"

金逸说："非常感谢你，你生的女儿一点儿都不像你，这是上天对我最大的恩惠！"陈慧芳听了丈夫的话，气得一把将他从自己的身上推了下去。

陈慧芳跟金逸做了十几年夫妻，但她感觉到两个人的心从来都贴不到一块儿，因为金逸总说一些她听不懂的、奇奇怪怪的话。而金逸那些稀奇古怪的语言，还没有兔子大的阿茵却能听明白，这让陈慧芳心里很不痛快。

金逸中年早逝，尽管她很伤心，但似乎也有一种如释重负的感觉。她的第二任丈夫老韩是一个老实人，他跟陈慧芳结婚的时候还是个没结过婚的大小伙子，但他从没有嫌弃过陈慧芳。陈慧芳喜欢老韩，最重要的一点是老韩说的话她能听懂，陈慧芳就是要嫁一个能说人话的丈夫，不要像金逸那样，不是对着围棋发呆，就是说一些她听不懂的话。

但老韩对陈慧芳也有一点别扭，就是因为她带过来的女儿阿茵，老韩常常私下里对陈慧芳说："阿茵那双眼睛太像她爸爸，我一看到她那双眼睛就心虚，跟你在一起，就像是偷人一样！"

陈慧芳也觉得，金逸虽然走了，但他却把那双眼睛留下来了，阿茵太像她的爸爸了。幸好这个丫头能读书，当阿茵要考研究生的时候，老韩说："咱们家就是砸锅卖铁也要供老大去读书！"

邻居都说老韩仁义，对陈慧芳带来的女儿跟自己亲生的一样，其实只有陈慧芳心里清楚，老韩最不希望大女儿留在他们身边，因为他害怕阿茵那种虽然什么也不说却什么都能看明白的眼神。

陈慧芳无论是跟婆婆还是跟丈夫，十几年的日子里，恩恩怨怨就像一根草绳那样拧在一起。陈慧芳委屈地认为，金逸好像一直都没瞧得起自己。

陈慧芳知道，自己的丈夫之所以死得早，是因为他的心里有一个死结，这个死结，是从他大学毕业被分配到北大荒的时候开始的。

金逸毕业考试是学校里的第一名。校长找金逸谈话，告诉他将要被分配到一个航天研究所去工作。金逸对自己即将开始的美好人生充满了好奇和期待，他在等待着接下来的消息。

毕业前夕，大家都忙着相互写临别赠言，学校在忙着分配同学们去各自的工作岗位。金逸是他的同学当中最后一个收到接收函的人，接收他的单位是北大荒农业机械厂。金逸飞快地跑到校长办公室，他连门都没有敲就直接闯了进去。校长正坐在办公室的桌前看材料，花白的头发埋在一大堆档案袋中。金逸喘着粗气问校长："您不是告诉我要去北京的航天研究所吗？我怎么收到了北大荒农业机械厂的接收函？"

校长无奈地摇摇头说："金逸，你向组织隐瞒了什么情况难道你自己不清楚吗？"

"我隐瞒了什么啊？"金逸的情绪有些激动。

校长面无表情地看着他说："你是日本人，为什么不向组织说清楚？我们收到了举报信才知道这个情况，差一点就铸成大错！"

听了校长的话，金逸好像是一截受了雷击的木头，一阵彻骨的寒冷像蛇一样，从他的脚底一点点地爬到他的头顶，他想哭，却没有眼泪……

金逸去世之后，陈慧芳带着阿茵去自己的叔叔家。这时候，陈厂长已经退休，赋闲在家的陈厂长在房前屋后种了好大一片菜园子，他们老两口吃不完，就让陈慧芳自己来摘。陈慧芳在菜园子里摘茄子，叔叔心疼地看着这个独自拉扯着孩子的侄女，说："阿茵她爸爸死得早，是心里憋屈啊！"

陈慧芳的手停顿了一下，继续听叔叔说下去，陈厂长说："孩子，别难过了，现在金逸已经不在了，我想告诉你一件事，在金逸的档案里有一封举报信，举报他是被中国人收养的日本孤儿。如果没有这个人举报，他是不会来咱们这个小地方的，如果不是金逸走背运，你们俩也成不了夫妻！"

如今金逸走了这么多年，孩子都这么大了，可还是不让她省心。陈慧芳想，阿茵不是那种很随便的女孩子，她跟邵宇宸分手其中一定另有隐情，为此，她打算再去一趟北京。

37

　　阿茵从小就被祖母带在身边,她离开了自己的父母,离开了她在北大荒的家,跟着祖母来到了滨江市。阿茵来到滨江的时候,金睿芝买下的四合院已经变成了大杂院,住进了十几户人家。公私合营的时候,金睿芝把自己的房契交给了房产科,从此这个院子变成了公产。

　　马先生和宋老板跟金睿芝住在这个院子给他们自己家留下的四间房子里,金睿芝跟宋老板住在东边的两间,马先生住在西边的两间。阿茵发现,宋爷爷得了一种怪病,他出门之后,经常找不到自己的家。

　　1948 年,宋老板和金睿芝一起离开了北平,回到滨江市。宋老板找到政府的领导,拿出一个秘不示人的账本,这个账本就连金睿芝都不知道。

　　原来曾经绑过宋老板的那伙土匪发生了一场火拼,刀疤脸要投降日本人,被二当家的杀死,那个当年被金睿芝救活的"小猴崽子",拉着百十号人马加入了抗联。宋老板一直利用自己的秘密通道,给山上的抗联运送给养,后来"小猴崽子"在一次日军的围剿当中壮烈牺牲,在他死后,宋老板仍然为抗联送粮食,这件事一直坚持到抗战胜利。宋老板虽然只是一介商贾，却为抗日出过大力。

政府表彰了宋老板为抗日所做的贡献，他也配合政府，用自己的影响力平抑粮价、恢复市场，因为他的儿子是受人蒙蔽，最后政府将他放了出来。

公私合营之后，宋老板成了以股息为生的闲人，但他却开始变得沉默寡言，就连金睿芝和马先生在他面前唱戏，他也经常想不起他们唱的是哪出戏了。宋老板出门之后，自己经常找不着家，马先生只能跟着宋四哥，寸步不离。

阿茵在奶奶和宋爷爷身边长大，每年的农历八月十九，奶奶都会做一桌子菜，给宋爷爷过生日。在宋爷爷过生日的头三天，奶奶就开始忙碌了：猪头要用烙铁细细地燎，不能带一点毛；排骨需要剁成大小均匀的块儿，奶奶说，排骨剁大了不合规矩，切小了又上不了席面；除了猪头和排骨之外，奶奶还生了一盆脆生生的绿豆芽，绿豆吸足了水分，一天天地见长，几天之后，绿豆芽就像一根根胖娃娃的手指头了。

奶奶交给阿茵一个活儿，用剪刀把生好的绿豆芽掐头去尾，只要中间的一段，而且不能长也不能短，一个豆芽不能超过一寸长，奶奶说，切菜超过一寸长，那就不能叫菜了，是铡马料。因为有了宋爷爷的生日宴，阿茵心里充满了盼头。

从奶奶开始操办寿宴的时候开始，阿茵就成了得力的小助手，不是剥葱就是剥蒜，还有剪豆芽、削黄瓜皮、洗盘子。奶奶拿出了一套平时自己都不舍得用的天青色龙泉窑餐具，每个盘子上都雕刻着吉祥图案，鸳鸯戏水、莲花鲤鱼、凤穿牡丹……

菜有荷包里脊、红烧排骨、扒猪脸、罗汉菜心、香菇酿里脊茸，炒绿豆芽是奶奶的拿手好菜，越是平常的小菜越能考验厨子的功夫，这道菜火大就烂了，火小了不入味，阿茵奶奶炒的绿豆芽刚刚好。

除了几个热菜之外，冷盘也是下了大功夫的，一盘猪头肉片得薄如蝉翼；醋酿老黄瓜，放了冰糖之后，甜酸爽口；炸花生米看着有些俗气，但花生米上裹着一层糖浆，就变成了一粒粒金黄色的琥珀花生。奶奶一口气做了这么多菜，看得阿茵直流口水。

宋爷爷的手抖得厉害，经常是夹一口菜，还没等送到嘴里，就已经掉了大半。在宋爷爷的寿宴上，奶奶让阿茵在一旁协助宋爷爷，用勺子往他的嘴里送菜。

阿茵手里拿着一柄勺子，等待着寿宴开始，谁知奶奶和马爷爷双双不见了。阿茵正要去寻找，却见西边屋子的门帘一挑，一个美丽的渔家女萧桂英化妆登场。紧接着，扮演萧恩的马爷爷也粉墨登场，只见他头戴一顶斗笠，嘴下面戴着髯口，一身打鱼的装扮。

扮萧恩的马爷爷唱了一段西皮慢板：

昨夜晚吃酒醉和衣而卧，稼场鸡惊醒了梦里南柯。
二贤弟在河下相劝于我，他教我把打鱼的事一概丢却。
我本当不打鱼关门闲坐，怎奈我家贫穷无计奈何。
清早起开柴扉乌鸦叫过，飞过来叫过去却是为何？

阿茵听奶奶说，马爷爷学的是梅派青衣，他那一段《海岛冰轮初转腾》唱得惟妙惟肖，简直与梅老板的唱片别无二致。

他们两个人为了帮助宋爷爷找回记忆，马爷爷唱起了宋爷爷从年轻的时候就喜欢的言派唱腔。听到这段熟悉的唱词，宋爷爷的眼睛里发出光亮，他从桌前站起来，颤巍巍地走到马爷爷的跟前，从他头上摘下那顶斗笠，戴在自己的头上，突然回过身来，冲着金睿芝用京剧念白的声音叫了一声："公主啊！公主！"

金睿芝的眼里闪烁着激动的泪花，说："四哥，你这是要唱一段《坐宫》吗？哎呀！四哥想起来了，快点快点，你快把京胡拿过来，给我伴奏，我们俩要唱一段《坐宫》！"

马爷爷跟头把式地跑回自己住的房间，从墙上摘下京胡，拉起过门儿。

金睿芝唱道："听他言吓得我浑身是汗，十五载到今日才吐真言。原来是杨家将把名姓改换，他思家乡想骨肉不得团圆。我这里走向前再把礼见，尊一声驸马爷细听咱言。早晚间休怪我言语怠慢，不知者不怪罪你的海量放宽。"

宋爷爷那双空洞的眼睛里突然有了光彩，他一把拉住金睿芝的手唱道："我和你好夫妻恩德不浅，贤公主又何必礼太谦。杨延辉有一日愁眉得展，誓不忘贤公主恩重如山。"这段唱腔很紧凑，宋爷爷竟然一气呵成。

金睿芝一边流着眼泪一边唱："讲什么夫妻情恩德不浅，咱与你隔南北千里姻缘。因何故终日里愁眉不展，有什么心腹事你只管明言。"

宋爷爷竟然接上了一段："非是我这几日愁眉不展，有一桩心腹事不敢明言。萧天佐摆天门两国交战，老娘亲押粮草来到北番。我有心回宋营见母一面，怎奈我身在番远隔天边。"

听到宋爷爷能够完整地把这一段唱下来，就连坐在一边的马爷爷也是一边拉着胡琴一边抹着眼泪。这段对唱讲究唱功，金睿芝接道："你那里休得要巧言来辩，你要拜高堂母我不阻拦。"

宋爷爷接道："公主虽然不阻拦，无有令箭怎过关。"

金睿芝唱："有心赠你金鈚箭，怕你一去就不回还。"

宋爷爷接唱："公主赐我金鈚箭，见母一面即刻还。"

金睿芝唱："宋营离此路途远，这一夜之间你怎能还。"

宋爷爷接："宋营虽然路途远，快马加鞭一夜还。"

金睿芝又唱了一句："适才叫我盟誓愿，你对苍天与我表一番！"

宋爷爷突然对着苍天，双膝跪地，唱道："公主叫我盟誓愿，屈膝跪在地平川，我若探母不回转，黄沙盖脸尸骨不全……"

金睿芝突然也跪在地上，双手紧紧抱着宋爷爷失声痛哭："四哥，你总算是好了！你还记得我是谁吗？"

"你是我媳妇金睿芝啊！"

金睿芝一指坐在旁边的马先生说："那你看看他是谁啊？"

"他是马福麟，马老弟嘛！他我怎么能不认识？"其实，宋爷爷已经有很长时间认不出金睿芝和马先生了。宋四哥不仅想起了唱词，还能认出来老朋友，说明他的病已经大好，这让金睿芝喜极而泣。

人一高兴，就容易犯冒进的错误，金睿芝又指着阿茵问："那你看看这个孩子是谁啊？"宋爷爷看了阿茵一眼说："她不是锦儿吗？锦儿我怎么会不认识？"

听了他的话，马先生的脸上立刻露出失望的表情："嗨，格格，你又是狗咬尿脬，空欢喜一场！"

金睿芝一边擦眼泪一边解释说："他这是想锦儿了，他就疼锦儿，锦儿如今远在天边，做爹娘的，都是苦命的人啊！"

阿茵把这段故事讲给陆湘锦听，陆湘锦哭得泪眼婆娑，她喃喃地说："我可怜的养父，一辈子那么要强的一个人，怎么会得上阿尔兹海默症呢？"

38

宋爷爷过了七十二岁生日没多久，早上起床之后，双脚刚一下地，突然仰面跌倒，他死于脑出血。

金睿芝叫马先生去通知他的儿子，结果宋老板的儿子没有登门，是马先生和金睿芝给宋老板料理的后事。

金睿芝刚处理完丈夫的丧事，又收到陈慧芳拍来的电报，电报上说，金逸已经查出了肝癌，生命危在旦夕，请母亲带着阿茵速来见面。

刚刚失去丈夫的金睿芝听到噩耗，心脏病突发。她拖着病体，嘱托马先生，把只有十三岁的阿茵送上了开往北大荒的火车。

一个多月以后，阿茵回到了滨江的奶奶家，阿茵进门的时候，手臂上戴着一块黑纱，书包里背着鼓囊囊的两罐围棋云子，这是父亲弥留之际托她带给奶奶的东西。

金睿芝呆愣地抱着那两罐云子，坐在窗前一言不发，从天明坐到天黑。房间里漆黑一片，伸手不见五指。金睿芝摸索着点起一支蜡烛，白色的蜡烛在流泪。蜡烛的烛心突然跳了一下，金睿芝对着那一团橘黄色的火焰说："逸儿，你一路走好，咱们做一世母子的缘分已尽，你可以回你的日本老家了……"金睿芝说完，垂下了头，目光也随之变得幽暗。

阿茵坐在一团黑暗里，看着祖母在与父亲告别。人生最悲伤的事，莫过于生离死别。女儿远别，丈夫去世，自己收养的儿子又先她而去……一连串的打击让金睿芝如同过昭关的伍子胥，一夜白头。她住了一阵子医院，出院之后又添了哮喘的毛病，医生说她是心衰导致了呼吸功能衰竭，建议她到北京的大医院做进一步的治疗。

金睿芝叫来马先生和阿茵，那一年阿茵还不满十三岁。奶奶告诉马先生，她想把滨江的房子留给他，马先生虽然也娶过媳妇，但他的妻子很快就跟他分手了。马先生没儿没女，这几间房子就算是她留给表哥的一点念想。

金睿芝唯一的财产，就是北京的那个小院子，现在是她侄儿金豫章住着。在"文化大革命"期间，金豫章为了跟封建家庭脱离关系，改成了他母亲的姓氏，改名为索豫章。

奶奶告诉阿茵，自己打算回北京去住了。阿茵要跟奶奶分别，金睿芝从手腕上褪下一只翡翠手镯交给阿茵，奶奶告诉她："我可能等不到你出嫁的时候了，奶奶把这个给你，算是我给你准备的嫁妆吧！"阿茵从奶奶手中接过翡翠手镯，那只翡翠手镯还带着奶奶的体温。

马爷爷又从阿茵手里把手镯拿起来，细细地端详着，看了又看，眼泪止不住地流下来，他说："看到这只手镯，让我想起了好多事，当年格格从北平来滨江的时候，还是我陪着你来的……一晃几十年啊，老朋友死的死、老的老，再也唱不动啦。丫头啊，你可把它收好了，这可是你奶奶手上最后一件值钱的物件啦！"阿茵似懂非懂地点头，她不知道这个绿色圈圈对她有什么用处。

在滨江火车站的站台上，一老一小无言相对。金睿芝要上火车了，她习惯地帮着阿茵拢了拢遮住眼睛的头发，双手扶住阿茵的肩膀说："我教你做的菜，你还记得吗?"阿茵默默地点点头。

奶奶又说："以后……奶奶再也不能给你梳头了，你要学着自己梳头，能不麻烦别人的事，就不要麻烦别人，你要跟你妈妈和继父好好过日子……"说完这句话，金睿芝转身登上了滨江开往北京的列车，再也没有回过头来看阿茵一眼。

站台上很多送别的人，扒着车窗，向火车里的人招手，可阿茵却没有再向车窗里看一眼，她在站台上站成一棵孤零零的小树。

阿茵知道，奶奶走后，她的童年从此结束，以后的日子，她要学着独自应付生活……

39

　　阿茵和姑姑两个人坐在沙发上，一边喝着咖啡一边说话，时间不知不觉地过了晚上十一点。阿茵放在茶几上的手机突然"嗡嗡"地振动起来，在这寂静的夜晚，这种突如其来的声音把阿茵和陆湘锦吓了一跳。阿茵看了一眼手机，电话是她的继父老韩打来的。阿茵很奇怪，因为继父从来没有主动给自己打过电话。

　　阿茵接起电话，继父老韩在电话里说："阿茵，你妈买了今天晚上的飞机票，她要去北京看你！"

　　"看我？我妈不是刚从北京回去没多久吗？"

　　"不知道啊，我听你妈说，你又换了一个男朋友？她不放心，要去看看！"

　　"她为什么这么晚来？"

　　"你妈让你妹妹给订票，晚上的机票真便宜啊，才三百多！"母亲一辈子都是这样精打细算，她买这个航班的打折机票一点都不奇怪。阿茵又问继父："妈妈买的是哪个航空公司的机票？"

老韩说不知道，只是知道在晚上十点钟登机，飞机大概在一个半小时之后到北京。阿茵挂断电话，陆湘锦吃惊地看着阿茵："你妈妈要来吗？"

阿茵说是，陆湘锦有些失望地看着阿茵："那你要去机场接她吗？"阿茵看出了陆湘锦眼神中的不舍，她突然想起了跟她们一起住进酒店的彭见祺。

平时贪玩的彭见祺从来没有在十点之前上床睡觉的习惯，自从跟阿茵相处以来，他的生物钟好像一下子慢了下来。

彭见祺洗过了澡，躺在床上看手机，忽然，他看到裱画店的店主给他发来了一张照片，在他揭开彭见祺送去重新装裱的那幅字背后，露出一个很古老的房契，上面写着金睿芝的名字。

这幅字是彭见祺从王姐手里买来的，后面怎么会藏着这样一个东西呢？就在彭见祺胡思乱想的时候，忽然阿茵的电话打进来，要他去机场接个人。若换成别人，彭见祺肯定会别别扭扭的，当他听阿茵说是她老娘来北京，彭见祺立刻飞快地穿好了衣服，拿起手机和车钥匙直奔停车场。

陆湘锦对阿茵说："你爸爸结婚的时候我已经离开了大陆，到现在我还没有见过你母亲呢。一会儿把你妈妈接到这里来吧！"

阿茵没有接姑姑的话，她很不希望让母亲跟陆湘锦或是索教授这些人再有什么瓜葛，这些陈年往事就像是一个看不见底的深海，阿茵不想让这些事情影响到母亲跟继父平凡的小日子，也不想让这些事破坏了母亲每天都去跳广场舞的好心情。

与此同时，索教授的小院里，书房的灯光彻夜地亮着，索教授无论如何也睡不着。明天姐姐就要来家里吃饭，索教授让夫人把每个细小的环节都检查了好几遍，明天中午的菜单也是索教授亲自推敲过的。索家夫妇如此紧张，竟让在他们家干了多年的保姆罗阿姨很不高兴，好像索家夫妻开始不信任她了。

深夜，索教授一个人躺在榻上，黑夜像一个巨大无比的沙漏，既漏过现在的时间，也滴过许多以往的记忆。在索教授的记忆深海之中，有一个最不愿意触碰的角落，藏在记忆角落里的人就是他的姑姑金睿芝。

自从姑姑跟随丈夫宋济琛离开北平以后，没过多久，姐姐陆湘锦也去了香港。这个小院里只剩下金豫章一个人，虽然每个月姑姑都会准时准点地寄来生活费，又委托王爷爷给他找了保姆，照顾着他的饮食起居，平心而论，这些条件都是姑姑给他创造的，他也不得不承认自己是姑母养大的，但在心里，金豫章始终无法排遣对姑母的怨恨，他感觉自己被姑母抛弃了。

那些年，这座小院如同一座孤独的城堡，也像是茫茫大海中的一叶小舟，这个院子只有王爷爷偶尔会来看看他，王爷爷过去是宜王府的包衣，姑母让他叫老王"爷爷"，金豫章虽然从心里往外不愿意，但也不敢违拗姑母的意思，只能听姑姑的，叫他"王爷爷"。

王爷爷死后，照顾他的人换成了王叔叔，这个王叔叔是王爷爷的儿子，也是姑姑的发小，这个王叔叔好像是姑姑安插在他身边的一个眼线，他做什么事，只要让王叔叔知道了，就等于是姑姑知道了。

金豫章大学毕业后，在大学里当了一名讲师，虽然生活清贫，倒也没有衣食住行的忧虑。后来，金豫章为了撇清跟过去家庭的关系，索性改名为索豫章。

常年独居的索豫章性格孤僻，到了三十五岁才有人给他介绍对象，女方第一次登门，就看中了他有房子，于是两个人很快就结了婚。

索豫章结婚的时候没有跟姑母打招呼，就自己做主，搬进了姑姑金睿芝过去住的上房，他以为，反正姑姑住在滨江，也不会回北京了。

这天下班，索豫章远远地看到自家门口站着一个人，脚边还放着一只旅行袋。走过去一看，还真是金睿芝，他惊讶地叫了一声："是姑姑啊！您什么时候回来的？"索豫章急忙放下自行车，搀扶着金睿芝走进了院子。金睿芝站在院子里，用手抚摸着院子里的那棵桃树，此时正是春天，一树灼灼的桃花开得正艳。

"章儿，给我做点吃的吧，我在火车上吃不下东西……"金睿芝的语气中充满了疲惫。"哎，好的好的。"索豫章一边答应着一边走进厨房，手脚麻利地和面、擀面，这些年他一个人过日子，早就练就了厨艺，没过多大工夫，一碗热腾腾的炸酱面就端上了桌。

索豫章说："姑姑，您尝尝我做得怎么样？"

金睿芝拿起筷子尝了尝说："嗯，味道还不错，章儿都学会做饭啦？"

索豫章摇摇头，无可奈何地笑着说："姑姑，您把我一个人扔在北京这么多年，我不学着做饭，还不早就饿死了？"

金睿芝刚用筷子挑起一缕面条，还没等送到嘴里，听到索豫章这样说，她的手立刻停住，扬起眉毛问道："章儿，你是不是很怨恨我？"

索豫章从小就很怕姑姑，他尴尬地站在一旁，紧张地搓着手说："看您说的，如果没有姑姑的抚养，我也活不到今天，我哪敢怨恨您啊？"

"你是不怨恨还是不敢怨恨，这个话你要给我说清楚！"索豫章知道，姑姑向来是嘴上不肯饶人的，面对姑姑的咄咄逼人，他不知道怎么回答才好。就在索豫章万分尴尬的时候，突然门外传来一个女人的声音："豫章，你怎么把自行车放在院子外啊？万一丢了怎么办？"

索豫章指着门外对金睿芝说："这是我媳妇，她下班回来了。"金睿芝面无表情地"嗯"了一声，算是回答了索豫章的解释。

就在他们俩说话的工夫，只见门帘一挑，从外面走进一个中等身材的女子。她的皮肤很白，眼睛不大，单眼皮，从身材上看还算匀称，但美中不足的是额头有些塌，而下面的下巴却很圆。她身上穿着当时很流行的涤纶西式套装，金睿芝回头看了一眼索豫章，索豫章身上的一件蓝色涤卡上衣已经褪色成了暗褐色，金睿芝从两个人的衣服对比上就能看得出来，豫章在家里是没有地位的人。

索豫章的媳妇还没等丈夫开口，就先说话了："哟！豫章，家里来客人了？"

金睿芝正色地纠正说："我不是客人，我是这个家的主人，就连这个院子都是我的。"

"啊？您是姑姑啊？我总听豫章提起您呐！"

金睿芝说："正好你们两口子都在，我现在回来了，你们看我住在哪里呢？"

"这个……"索豫章看看姑姑，又看了看媳妇，索豫章本来想说把自己住的上房腾出来给姑姑住，可他看媳妇没有表态，就没敢作声。索豫章夹在中间左右为难，就好像是一个受气的小媳妇。

金睿芝说："章儿，也许你还不知道吧，你姑父没了，逸儿也早早地走了，现在我已经老了，没有力气做事了，我想我应该回家了。"

"那您在滨江的房子呢？"索豫章脱口而出。

金睿芝说："留给你表叔了。"

"姑姑！房子是大事，您怎么说给人就给人啊？"索豫章的语气当中含着一种责备。金睿芝再次瞪起眼睛说："我的东西，我想给谁还要跟你商量吗？"

"您的东西您做主，我还不许问问吗？"

金睿芝也缓和了口气说："你表叔马福麟，他是我姑爸爸的儿子，这个人虽然一辈子不着调，也没什么出息，可他已是风烛残年，没儿没女的，我想还是把房子留给他吧，若是有人肯为他养老送终，房子就算是给人家的酬劳！"

"姑姑！您倒是局气得很，可您想过没有，您是没有劳保工资的！房子给了表叔，您自己怎么活啊？"索豫章终于说出了自己的担忧。

不过金睿芝并没有生气，她和颜悦色地说："章儿，你对姑姑说出自己的心里话，这是很好的，自从你六岁那年，你额娘把你交给我，我就从来不许你在我面前说话口不应心。这些年你姑父一直病着，我们把年轻时候挣的钱都花得差不多了，不过我现在还有这个院子，你可以去单位里申请住房，这个院子我留着自己养老……"

"姑姑！"听到金睿芝的这一番话，索豫章的媳妇插嘴说道，"我跟索豫章结婚就是因为他有房子，可现在，您红口白牙说房子是您的，您赶我们走我们就得出去？我倒想问问您，有您这么当老家儿的吗？"

金睿芝冷笑着说："我是他的姑姑又不是他的娘，我从他六岁开始把他养这么大，我这么做老家儿有什么对不起他的吗？"

"那您……您把他一个人扔在北京这么多年……"

金睿芝说："扔下这么多年，不也是我花钱养着的吗？你好好问问你男人，在他上班之前，生活费是谁给的？他要添置自行车、手表，这些钱是谁给的？他从六岁到我家，难道是靠着喝西北风长大的？"

索豫章知道，就算是自己的媳妇牙尖口快，也绝不是姑姑金睿芝的对手。他连拖带拽地把媳妇拉回到自己的房间，关上了房门，又把姑姑恭恭敬敬地请到东厢房，这间房子是过去索豫章的卧室兼书房，现在变成了客房。索豫章见四周没有别人，"咕咚"一下跪在金睿芝的面前，说："姑姑，章儿没有本事，三十五岁才娶媳妇。请您看在我死去的阿玛的面上，别跟我们小辈人一般见识！"索豫章抱着姑姑的腿痛哭流涕，他从小就摸透了姑姑吃软不吃硬的脾气。

金睿芝拍了拍索豫章的肩膀，叹息一声："章儿啊，你起来吧！姑姑若不是万般无奈，也不会来北京找你呀……"

金睿芝回到北京的第一个回合，败给了亲情，索豫章没有把上房腾出来给姑姑住，金睿芝也认了，谁让索豫章是她一手带大的孩子呢？金睿芝住的东厢房，一天到晚只有早上那一会儿能见到阳光。

到了冬天，房间里阴冷潮湿，金睿芝的哮喘病更严重了。

傍晚的时候，索豫章下班以后，金睿芝把索豫章叫到东厢房里，她给索豫章提出两个条件让他来选择：一是让索豫章搬出去住，向单位申请分房，自己把这个院子卖掉，用卖房的钱治病；第二个办法，让索豫章给她出钱治病，等她死了，这个院子就留给索豫章。索豫章不假思索地选择了第二种，因为这个院子他已经住习惯了，不想搬出去住。

金睿芝住进了医院，药费和住院费都由侄儿来出。金睿芝在医院里住着闲得难受，开始动手写蔺老板的回忆录。

医院里有一个年轻的小护士也是京剧票友，她正在学唱梅派《贵妃醉酒》中"海岛冰轮初转腾"这段唱腔。有一天早上，还没到护士挨个房间送药、打针的时候，她一个人躲在医院后面的小花园里练唱，被金睿芝看到了。

金睿芝吞了一大把氨茶碱，暂时顶住咳嗽，给这个小护士说了一会儿戏，教她梅派唱腔的要领，小护士高兴万分，私下里偷偷地叫金睿芝"师父"。对于这个自己冒出来认师父的护士，金睿芝既不推辞也不肯定，就这么有一搭没一搭地指点着她的唱腔。

转眼冬去春来，金睿芝的病情好转，她到医院的前台借用电话，往索豫章的单位打了一个电话，让索豫章接她出院回家。可在电话的另外一端，索豫章说话吞吞吐吐的，说姑母的身体还需要在医院里静养，还是暂时不回家的好。

金睿芝放下电话，心里乱成了一团麻。她知道，在家里章儿怕媳妇，想必一定是媳妇不想让她回家。金睿芝越想越生气，刚刚好转的哮喘，突然病情加重了。

　　她叫来那个小护士，让她替自己跑一趟腿，把老王的儿子请来。老王的儿子王东青是金睿芝的发小，他们俩从小在一起淘气，夏天爬假山、抓蝈蝈，冬天的时候在后花园的雪地里，扫干净一块儿，用筛子扣麻雀玩。

　　金睿芝带着丈夫离开北平回到滨江三年之后，老王离开了这个世界。金睿芝无法离开滨江回去奔丧，只能在路口烧了一刀纸。与其说老王是金家的仆人，不如说他在某些地方更像是金睿芝的父亲，对父母双双早亡的金睿芝而言，蔺老板支撑着金睿芝的精神世界，而老王却管着她的物质生活。金睿芝学戏需要力气，吃起饭来比个小子还能吃。老王隔三岔五给金睿芝送来一只水晶肘子，每次来看望小格格，他都会愧疚地说一句："这孩子，悠着点吧！可别把蔺府给吃穷啦！"

　　蔺老板手持一柄折扇，笑眯眯地看着吃得满嘴流油的金睿芝说："我不怕被格格吃穷，就怕耽误孩子长个儿。"

　　结果金睿芝真的没有辜负师父的期望，一长就蹿到了 1.75 米，这个个头儿的女人不好找婆家，后来嫁给宋老板，丈夫比她矮半头，也是她的命。

　　贝勒府散了，老王靠着自己一手做菜的绝活儿开了一家饭馆，后来生意越来越大，老王的老儿子王东青自打懂事时候开始，家里已经有了钱，从小生在福窝里的王东青没吃过一天苦，他喜欢吃喝玩乐，但做人很局气，也是金睿芝最好的朋友。

　　老王在 1951 年过世，他的儿子王东青接过来金睿芝委托他的事，照顾着金豫章的生活，一直到金豫章大学毕业之后上了班。

　　小护士来家找王东青的时候，王东青的老伴儿刚做好饭，一碗过完水的炸酱面刚端上桌儿，拌上菜码，还没等吃，听说金睿芝找他，王东青趿拉上鞋就出门了。小护士叫了一辆黄色面包出租车，两个人急匆匆地赶往医院。

　　有了小护士的帮忙，还没到探视时间，王东青就被放了进来，一走进病房，王东青见到金睿芝，瓮声瓮气地问："姐，您找我？"

　　金睿芝比王东青大两岁，他们是从小一起长大的"铁子"。金睿芝把一幅字展开，是她阿玛写的一幅朱子治家格言，贝勒爷的书法中规中矩，没有什么出彩的地方，就是老老实实地写个字而已。金睿芝把卷轴交给王东青，让他把这幅字收起来，告诉他如果索豫章来问，就说什么也没留下。

　　王东青不解地问："姐，那你得告诉我，这幅字最后归谁啊？"

　　金睿芝用手指头戳了一下王东青剃得光光的肉球一般的大脑袋说："你若能活到我孙女长大，就把这个亲手交给金茵，如果你也死了，那就听天由命吧！"

　　"得嘞！有您这句话，这幅字老弟我帮您收着，将来能拿到这幅字，是孩子的命，拿不到也是命，您可别怪我！"

　　听了王东青的话，金睿芝爽朗地笑起来，说："这就对喽！活到咱们现在这把岁数，什么都是听天由命！"

　　王东青见金睿芝精神健旺，便试探地问："姐，还能唱不？"金睿芝调皮地眨眨眼说："能啊，为什么不能唱？"王东青一看金睿芝的神情，觉得好像回到了他们的童年时代，小时候金睿芝凡是准备掏坏，就会这样眨眼睛。

　　"咱们去老舍茶馆唱一段？"

　　"走着！"金睿芝回到病房，脱下了灰白条纹的病号服，换上一件深蓝色丝绒旗袍。金睿芝打扮好从病房里走出去，整条走廊里的人都来看热闹，谁也想不到，那个病恹恹的老太太打扮起来这么精神。

　　金睿芝跟王东青一起去了老舍茶馆，金睿芝站在久违的舞台上，唱了一段《穆桂英挂帅》中的"大炮三声如雷震，披绣甲跨征鞍整顿乾坤……"台下响起了雷鸣般的掌声……

过完了戏瘾，王东青又把金睿芝送回了医院，金睿芝重新换上了病号服，她里面的衬衣都被汗水打湿了，衣服湿得能拧出水来。

第二天早上，护士来查房，发现金睿芝安详地躺在床上，但呼吸早已停止，她的死因，是过量服用氨茶碱。

金睿芝死后，索豫章草草地处理了姑姑的后事，他之所以没有通知北京更多的亲友到场，就是为了抢在陈慧芳来北京之前把金睿芝送去火化。

办完了丧事，索豫章回到自己家的小院，他和妻子在姑姑住过的东厢房里连耗子洞都掏了一遍，也没找到他们要找的东西，只在金睿芝的旅行包里发现了六个用绵纸包裹着的青花瓷碟。

40

　　陈慧芳推着行李车，来到机场的出口茫然四顾，她听女儿说，会安排人来接她。

　　算上这一次，是陈慧芳第三次来北京，第一次来北京的时候阿茵才十四岁。

　　金睿芝死后，王东青拿着金睿芝给他留下的地址，给已经随后嫁的丈夫老韩回到滨江的陈慧芳拍了加急电报。陈慧芳接到电报之后，带着阿茵连夜坐火车赶到北京。

　　陈慧芳来到索豫章上班的大学门口，一直坐在骄阳下等着索豫章下班。见到索豫章的时候，索豫章非常冷淡地对陈慧芳说，姑母已经入殓，你已经改嫁，就不要再管金家的事了。说完，索豫章骑上自行车扬长而去，留下了可怜的母女二人，坐在学校门口的台阶上，茫然地看着眼前人来人往的街道。

　　阿茵不甘心，她非闹着要去医院不可，陈慧芳带着孩子来到医院，当天当班的正好是学戏得到金睿芝指点的那个小护士。

当时金睿芝刚送去火化，金睿芝住过的病床还空着。阿茵趴在奶奶睡过的病床上不肯起来，眼泪就像溪水一样流淌。小护士见阿茵母女两个实在可怜，她把陈慧芳拉到走廊里，悄悄地告诉她："其实你婆婆早就停药了，因为家属经常拖欠医疗费，我们也不能给她用什么好药……"

陈慧芳知道了这件事后，一直没有告诉阿茵，她知道阿茵的脾气跟她的奶奶和爸爸是一样的，如果她知道了实情，一定会去找索豫章拼命。可陈慧芳不想让孩子心里压着这么大的一块石头，她把小护士的话藏在了心里。

从那年来北京给婆母奔丧，到上次陈慧芳来北京催女儿结婚，中间隔着十几年。自从收到邵宇宸的微信，陈慧芳的心里七上八下，她很担心女儿马上就要成为现实的婚姻再次化为泡影，她得自己过来亲眼看个究竟。

陈慧芳还没走出机场的出口就有电话打过来，这个人说自己在出口等着她。陈慧芳加快脚步走出机场的出口，夜晚的航班，乘客并不多，她随着稀稀拉拉的人群走出机场出口，看到一个身材微胖的年轻人正靠着栏杆在等人。

陈慧芳走近一看，她认出来了，就是上一次她跟阿茵从长城回城的时候搭过他车的那个彭总。"你是彭总吧？"

"哎哟，阿姨，您可别这么叫我，您就叫我小彭，小彭！"彭见祺一边跟陈慧芳寒暄，一边伸手接过陈慧芳手里简单的行李，领着老太太往停车场走去。

到底是年龄不饶人，在飞机上颠簸了将近两个小时的陈慧芳很快就在彭见祺的车里打起了瞌睡。

彭见祺把陈慧芳带回他们住的酒店，阿茵早已在前台替母亲开好了房间，彭见祺把行李拿进陈慧芳的房间，阿茵跟母亲说，您先睡，明天八点楼下吃早餐。

陈慧芳的眼睛早就困得睁不开了，迷迷糊糊地问，阿茵要不要跟她住？阿茵说她还有工作，现在陪着一位从美国回来的画家住在楼上。

陈慧芳也没有心情打听细节，见女儿好好的，心就放下了大半，再看阿茵跟彭见祺甜甜蜜蜜的样子，心里有了谱，就算阿茵跟邵宇宸吹了，还有一个彭见祺，这个小伙子也不错，而且还很年轻。想到这里，陈慧芳的心里松活了许多，她也不再打听阿茵的事，倒头一觉睡到大天亮。

阿茵回到陆湘锦的房间，见老太太腰板笔挺地坐在沙发上，好像完全没有睡意。阿茵说："姑姑，都凌晨一点了，快点睡觉吧，明天早上您还要去索教授家呢。"

陆湘锦说："正是因为我明天要去见豫章，所以今天我才睡不着觉的。大概在七八年前吧，豫章到美国做访问学者。他到了美国之后，从纽约飞到旧金山来看我，其实这也没有什么值得奇怪的，怪就怪在一个事情上，他一直跟我解释说，我小姨是自然死亡。生死是人生之大限，如果没有什么猫腻，你说他解释什么呢？"陆湘锦已经是八十多岁的人了，说这些话的时候，她的胸口在不断地起伏，阿茵担心她激动起来会引起血压升高，急忙哄她说："姑姑！奶奶都走了那么多年了，生老病死都是人生的必经之路，您也不要太难过……"

陆湘锦哽咽着说："好孩子！我只怪自己离开你奶奶太早了，她老了的时候我也不在身边，要说我怪豫章，我自己也不硬气，但我总感觉，这件事里好像哪里不对劲……"

41

　　阿茵费了许多口舌，总算把陆湘锦哄到了床上，帮助老人换上睡衣，轻轻地关好房门。这个时候，夜色像潮水一样褪去，曾经被夜色包裹的街道和房屋重新露出了清晰的轮廓。北京这座渐次苏醒的城市，经历了一个夜晚就像是经历过一个轮回，医院里有人新生也有人死去，马路上那些行色匆匆的人们仍旧忙碌，没有人会停下脚步来观看路边的满树繁花。

　　刚刚过去的夜晚，阿茵只是和衣躺在沙发上似睡非睡地休息了几个小时。姑姑要去索教授家里做客，根据工作的需要，陆湘锦在北京的这些天，她是陆湘锦的生活助理，必须陪在陆女士的身边。但索家的那个小院，又是阿茵最不想踏进的地方。

　　阿茵听爸爸说起过，奶奶在北平有自己的房产，后来因为长期生活在滨江，房子始终委托奶奶信得过的王家帮忙打理，在打理房产的同时，还要照顾奶奶的那个侄子。

　　除了这个院子之外，阿茵的心里还有一个死结，那就是父亲的死。爸爸金逸英年早逝，是因为他大学毕业之后就像发配充军一样，被塞到了荒无人烟的北大荒，在一个农业机械厂里了却了自己的一生。听姥爷陈厂长说，在爸爸的档案里夹着一封举报信，说她爸爸金逸是日本孤儿。因为有了这一层身份，很多涉及保密的单位都不会接收他这样的人。

姥爷还说，这个写举报信的人应该是金家的亲戚，他对金家的事情了如指掌，很多时间和地点都知道得非常详细。阿茵通过姥爷告诉她的细节，排除了是父亲的同学举报的可能。这个家里剩下的人还有谁呢？姑姑陆湘锦离开故乡，多年没有音讯，这件事所有的疑点，全部集中在索豫章的身上。

阿茵感觉到，奶奶好像是知道这件事，但她从来没在阿茵面前提起过。阿茵记得，那还是宋爷爷没有失去记忆的时候，她躺在爷爷和奶奶中间。一觉醒来，她听到奶奶在向宋爷爷隐约地哭诉着，说："这个狼崽子心真狠，都是一个房檐底下生活的兄弟，他怎么能这么干？"

宋爷爷拍着奶奶的背，不断地安慰她说："好了，好了，手心手背都是肉，金逸受了委屈，你多疼一些他的女儿吧！"宋爷爷说完，奶奶也不再作声，只是在黑暗中默默地擦着眼泪。

阿茵从小记忆力超强，她会记得小时候跟奶奶在一起生活的每一个细节。毫无疑问，奶奶当年在北京的房产，就是现在索教授住了几十年的院子，时代变了，索教授的地位也变了，但横亘在他们家族里的这个死结依然没有变。

特别是当姑姑说起，索教授现巴巴地跑到美国，向姑姑解释奶奶死亡的原因，再联想到她 14 岁的时候，她跟母亲前来奔丧，结果却遭遇了索教授的冷眼……

这些年来，奶奶的死亡就像是一根刺，一直扎在她心里最深的那个地方。她宁愿吃最简单的食物，住跟别人合租的房子，但她还是喜欢在这里生活，因为这里有奶奶曾经生活的记忆，有她给自己讲过的风景，还有奶奶一生痴迷的戏剧……

手机的闹铃响起，阿茵从沙发上起来盥洗化妆，她还打电话叫醒了还在熟睡中的彭见祺。

陆湘锦年纪大了，不习惯睡懒觉，也披着睡衣出来了。陈慧芳起得更早，每天跳广场舞的生物钟把她自然叫醒。她打电话给阿茵，说自己已经等在一楼的自助餐厅里了。

阿茵带着陆湘锦去了一楼的餐厅，她刚进电梯，就看见好像还没有完全醒过来的彭见祺也在电梯里了。

彭见祺看到阿茵的时候，神色有些复杂。他们两个人陪着陆湘锦到了餐厅，在彭见祺和阿茵帮助两个老人拿食物的时候，彭见祺小声对阿茵说："我在王姐卖给我们的那幅字里发现了一个宝贝！"

阿茵好奇地问："什么宝贝？"

彭见祺想了一下，笑道："现在我还不能告诉你！"阿茵瞪了一眼彭见祺，笑道："你净装神弄鬼！"

彭见祺见阿茵猜不到，又有些不甘心，绕着弯子说："反正我这么跟你说吧，王姐手里的那幅字，我买对了！"

阿茵说："那幅字是你买的，我可不掺和！"

彭见祺笑嘻嘻地凑到阿茵的耳边说："是咱们俩的，连我都是你的！"因为母亲坐在不远的地方，阿茵有些脸红，悄悄地推开了彭见祺。

不过这一切都没有逃过陈慧芳的眼睛。上一次来北京，邵宇宸去火车站接她，她给邵宇宸拍了好多张照片，又把邵宇宸开着奔驰车的照片发到群里，引起老同事们的一片羡慕。大家说："真是好饭不怕晚啊，阿茵交了一个这么有出息的男朋友！"其实陈慧芳并不傻，她从老同事的话里听出了羡慕嫉妒的那一层意思。

但陈慧芳也同时发现，女儿在邵宇宸面前显得很不自在，这种不自在的状态让陈慧芳感到担忧。陈慧芳跟金逸结婚之后，两个人之间的差距被金逸彬彬有礼的行为无限地扩大，她觉得自己特别像一个傻瓜，金逸什么都懂，而自己什么都不懂。所以她宁愿牺牲自己的面子和虚荣心，也不愿意让自己的女儿重新过那种很不自在的生活。

现在这个男孩子看上去要比阿茵小，但阿茵在他面前显得很自信，就像自己后来嫁给了老韩，他们可以一起聊市场的菜价，她可以看着老韩把孩子穿坏的鞋子重新缝好。她欣赏老韩用自己从单位里顺出来的木头做的沙发，样子虽然不好看，但结实扛用，几十年都不坏。

阿茵跟这两个男人相处的样子，在陈慧芳看来，很像她自己的两段婚姻，如果说金逸像一套笔挺的西装，穿起来有模有样，那老韩就更像是一件贴身的棉袄，经济、实惠又暖和。

在酒店里，入睡之前，陈慧芳站在酒店卫生间的镜子前面，看着镜子中饱经沧桑的自己，自言自语地说："嗯，我女儿的眼光不差，她找的这个对象挺好，我同意。"

几乎是在同一个时间轴里，索教授家的小院里却掀起了一阵狂潮。早上刚过八点，索教授就让罗阿姨给邵宇宸打电话，催他去酒店接陆湘锦，这件事昨天早就说好了的。在索教授夫妇的眼里，小邵这个学生相当于他们家司机的角色，家里有个大事小情，都是罗阿姨直接给邵宇宸打电话。

罗阿姨打了好几次电话，邵宇宸一直都关机。罗阿姨害怕耽误了索教授的大事，急忙把小邵关机的事告诉了索教授。索教授不信，自己打电话，结果打了几次仍然是关机的提示，这种情况在过去是从来没有过的，邵宇宸的电话一直是 24 小时开着的。索教授气得大发雷霆，把茶杯摔在地上，碎片迸了一地。

索教授自己独自坐着生了一阵子闷气，想想今天还要见客人，他打起精神，给吴冷杉打了一个电话，让吴总派个车，把画家陆湘锦送到自己家来。吴冷杉在电话里跟索教授非常客气，说安排好画家的行程这本来就是自己应该做的事。

彭见祺吃饭的速度很快，他吃完了饭，坐在一旁，等着两个老太太细嚼慢咽。他和阿茵坐在一旁，彭见祺心里放不下昨天晚上的那件事，就把存在手机里的照片给阿茵看。

阿茵从彭见祺手里抢过手机，放大了图片，她在那张不甚清楚的图片上看到了"金睿芝"三个字。"这是怎么回事？"阿茵吃惊地仰头看着彭见祺，彭见祺说："我也不知道，只是在揭开那幅很旧的破字画的时候，装裱师发现了这个。"

"我奶奶的东西，怎么到了王姐的手里？"

"这我哪里知道啊？我本来就想给它重新换一下周围黑乎乎的绫子，弄干净点，挂在我的店里装装门面，谁知道揭出了这么一个东西。"

阿茵开始回忆她刚刚拿到那幅字时的情景，那个画轴确实比一般的画轴要重，并且也厚了许多。现在她才明白，原来是在装裱的时候就藏了东西。

过去的装裱匠人都是在一张木板上反复覆褙宣纸，要裱到一定的厚度才能揭下来，过去裱一幅画至少要半个多月，不像现在用机器装裱，几分钟就能搞定。这一定是奶奶把房契交给了装裱匠，一层一层地用宣纸找平之后，才把它藏在了画轴里面。阿茵想，这个办法也许只有她奶奶金睿芝能想得出来，她是一个从来不按照寻常逻辑做事的人。

小时候，她经常闹着让宋爷爷给讲故事，宋爷爷把奶奶从日本军营里弄出大米的故事给她讲过不下一百回。

阿茵还在看照片，吴冷杉的电话打过来，让阿茵开车把陆湘锦送到索教授家去。彭见祺坐在一旁，一把从阿茵手里夺过电话说："老吴，我媳妇开车不太灵，我来替她服劳役，这些天，我的事情全推，给你当差，我们公母俩一起给你打工，工钱给多少你瞧着办！"

吴冷杉在电话那边怼过来："给你多少都行啊，你是大股东，从你的股本里扣！"但阿茵却从中感觉到一丝不同寻常的意味，照理说，索教授昨天晚上答谢宴会散场的时候已经定好了，今天早上邵宇宸来酒店接人去索教授家。

阿茵原打算自己先陪着陆湘锦去索家，再让彭见祺开车送母亲回家。谁知，计划突变，邵宇宸没有来。阿茵知道，但凡索教授家有点事儿，邵宇宸都会像上了发条一样往前冲，接待陆湘锦是索教授很重视的大事，邵宇宸怎么会在这样的大事上掉链子呢？阿茵隐隐地感觉到，事出反常，背后一定有什么大事发生。

彭见祺还在电话里跟吴冷杉贫嘴，阿茵从彭见祺手里拿过电话，对吴冷杉说："吴总，陆女士已经吃过早饭了，我们现在就出发。"

阿茵、陆湘锦和陈慧芳都坐进了彭见祺的"路虎"，没用多少时间，彭见祺的车就停在索教授住的小院门前。

陆湘锦走下车来，停在门口用手抚摸着院门说："当年啊，我就是从这个家里走出去的，如今回来，都是老太婆喽！岁月真是催人老啊！"

听到门外的汽车声，罗阿姨急忙打开了院门，对陆湘锦说："您就是索教授等的亲戚吧？您请进！"

陈慧芳没有来过这个院，她也不想见索教授，就坐在车上没有动。但陆湘锦却指了指车里的陈慧芳说："还有这位，也是索家的亲戚啊！"

罗阿姨不明就里，就过去请陈慧芳下车。阿茵想打发彭见祺跟母亲一起离开，可彭见祺却拉着陈慧芳从车上下来，一起走进了小院。这些人走进院子，感觉眼前一亮，院子里有几个鱼缸，鱼缸里养着锦鲤，玉兰树旁边撑起了一把深绿色的遮阳伞，遮阳伞下面有一张长桌，桌上放着茶台和水果。

陆湘锦拉着陈慧芳来到玉兰树下，对陈慧芳说："过去，这里有一株桃树，桃树边上还有一张石桌，我额娘在树下练功，金逸在这儿打棋谱，夏天的时候，我爹爹就爱在这里坐着乘凉……"陆湘锦一边说一边擦眼泪。陈慧芳从来没有来过这里，对这个院子也没有陆湘锦这样复杂的感情。

索教授见陆湘锦进了院子，急忙从书房里走出来，到了陆湘锦的身边，声音有些哽咽地说："姐，你终于回来啦！"

陆湘锦紧紧地抱住索教授，哽咽地说："豫章，我不知道有多少次在梦中回到咱们这个家啊！"陈慧芳站在陆湘锦的身后，看着他们姐弟久别重逢。

索师母跟罗阿姨一起从厨房里端出两盘点心，招呼大家快坐过来，喝茶吃点心。陆湘锦拉着陈慧芳来到索教授的面前，问："你看她是谁啊？"

索教授突然一愣，虽然十几年来陈慧芳的身材已经发福，脸上的皮肤已经松弛，但他还是从眼睛中认出了这个女人，她是金逸的妻子陈慧芳。金逸死后，索豫章根本懒得理她，一个乡下的妇女，带着孩子来北京奔丧，他连金睿芝的骨灰盒都没让她瞧一眼，就把她给打发走了。索教授不明白，姐姐是从哪里把她翻腾出来的。但在陆湘锦的面前，索教授不便说出什么呛人的话，他只好干笑两声说道："她……是金逸的夫人吧，多少年都没见面了……呵呵……"

陈慧芳自然不会忘记十几年前她来北京给婆母奔丧时候遭到的冷脸，所以对索教授也很冷淡。陆湘锦又把阿茵拉到索教授的跟前："虽然你们过去已经见过面，但我还是要重新介绍一下，这个孩子是金逸的女儿，额娘从小抱大的孩子，你看老天爷有多么眷顾我们，咱们一家人终于见面了！"

索师母见索教授脸上的表情很尴尬，就急忙拉着大家在院子里照相，来帮索教授解围。大家照完了相，坐在遮阳伞下，因为有陈慧芳在场，索教授有一种如芒在背的感觉。

陆湘锦指着那株玉兰树的位置说："过去这里种着一棵桃树，每年春天桃花盛开的时候，院子里可美了，豫章，你什么时候把桃树给砍了？"

索教授干笑两声说："咳咳，人家说门前种桃树不吉利，我就把树给砍了，换了这个玉兰花。姐姐，你若是能在春天的时候来北京，玉兰树开花也很美的，你若是喜欢，就常回北京，来我这个院子里画画。"

陆湘锦有些失望地说："那棵桃树是额娘喜欢的，她最喜欢在桃树下面练功了，我还给她画过一幅画呢。我这次故地重游，本来以为还能看见，可惜桃树已经没有了！"

"姐姐，您喜欢喝什么茶？我来给你泡茶吧！"索师母的眼力见儿是一流的，她看得出，丈夫实在不想在过去的事情上纠缠，但毕竟是亲人见面，何况是离家几十年的陆湘锦。

索教授心里不痛快，但又不好发作。从接到陆湘锦回北京的消息到今天，他已经在心里做好了准备，只要跟姐姐一见面，她就一定会提起这些陈芝麻烂谷子，但好在她不是一直都生活在北京，画展办过之后，她也很快就要启程回去了。只要应付完陆湘锦，这个家里过去曾经发生过的很多令索豫章不愿意回顾的往事，就算彻底地翻过去了，陆湘锦年事已高，今后也恐无力再回北京。

在他年轻的时候，对姑姑的死虽然感到愧疚，但并不像现在这样常常想起。

过去那些年，他只是在工作上不断地努力，终于把冷板凳坐暖了，从一个普通教师成为知名的专家学者。在索教授看来，如今的学者跟梨园行好有一比，都时兴捧角，只要成了学术界的泰斗，那种炙手可热的劲头跟梨园行的翘楚没有什么分别。

这些年，索豫章享受过前呼后拥的风光，也接受过同行们的仰视和嫉妒。但唯一不能让他释怀的，就是他对姑姑死亡的愧疚，这种隐约的愧疚就像一条暗藏的蛇，时不时地跑出来咬噬他的心，越到晚年这种感觉就越是强烈。他没有勇气看到院子里的那棵桃树，因为他总会恍惚地感觉到，金睿芝在树下练功的身姿一直在眼前晃悠……

他砍倒了桃树，种了一棵白玉兰，玉兰花开的季节，小院里面暗香浮动。他还拆掉了原有的石桌，换上了新式的户外家具，这些新的装饰让这个院子有一种焕然一新的感觉。索教授认为，姑姑的死因，只要陆湘锦不来纠缠，他就可以轻松过关了。在索豫章看来，金逸的女儿是无足轻重的，很多事她都不知道，一个黄毛丫头能掀起多大的浪来？

陆湘锦说："豫章啊！姑姑的这套院子你住了多少年啦？"

饶是索教授做足了心理准备，但当他面对陆湘锦的直接发问，心里还是有些慌乱。他故作平静地说："姑姑生前跟我有过约定，我给她养老、给她看病，等她死后，房子就给我了。"

"哦？"陆湘锦吃惊地瞪大了眼睛。索教授继续解释说："当时你不在国内，通信也没有现在这么方便。当时家里的情况很糟糕，宋家姑父死了，姑姑一心指望的儿子金逸也走了，这么沉重的打击，搁谁也受不了。当时姑姑的身体很差，她来北京找我，姑姑跟我说，让我给她出钱治病，等她走了，房子就是我的。"

陆湘锦立刻反驳："就算姑姑不把房子给你，你也有责任给她治病，这是你该尽的本分。"

索教授吞了一口唾沫，把心里想要怼陆湘锦的那些话硬生生地咽了回去，他的脸上仍然保持着得体的微笑，说："是啊是啊，姑姑对我有再造之恩，别说是给她治病，就是姑姑要我的命，我都会给她。从小到大，我

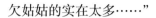

欠姑姑的实在太多……"

索豫章的话说得很巧妙，话里有话地敲打了陆湘锦。在金睿芝抚养的三个孩子当中，金睿芝在陆湘锦的身上付出的感情最多、代价最大，但陆湘锦从十七岁离开北京到香港读书，毕业后就远嫁美国，再也没有回来过，更别说照顾养父和养母了，就连宋先生和金睿芝的死讯，她也是在多年以后从索豫章这里听到的。索豫章知道，在没有对父母尽到义务的这一点上，陆湘锦做得比他更差。他猜想，陆湘锦绝不会在这个问题上向自己发难。

但他万万没有想到，陆湘锦不知道从什么地方把陈慧芳给找了出来，尽管这个女人很笨，也没脑子，但她却是索豫章凉薄地处理金睿芝后事的见证人。当年索豫章草草地把金睿芝送到了火化场，不知道有多少人在骂他。骂他最凶的，就是金睿芝的发小王东青。金睿芝虽然离开北京多年，金家也没有什么老亲戚了，但金睿芝却在梨园行里有很多朋友，她交往的朋友三教九流都有。

索豫章抢在王东青去医院之前结清了医院的欠款单。他当然不敢让王东青知道，医院里常常挂着欠费单，医生就不会给病人用好药，这件事若是让王东青知道了，他就会昭告天下，金睿芝那些师兄弟的唾沫星子也能把他给淹死。

当年大家的家里都没有电话，传达金睿芝的死讯需要王东青骑着自行车一家一户地通知，索豫章趁着王东青还没把金睿芝的死讯告诉给更多的人，悄悄地结清了医院的欠款，又没有按照老规矩停灵三天，而是在金睿芝死后的第二天就把她的遗体送去火化了。

一辈子爱热闹的金睿芝，死的时候只有一个侄儿和一个殡仪馆派来的收尸工，把她送到火葬场，一把火烧了。没有人会想到，当年风华绝代的金睿芝，在人生谢幕的时候，竟然走得如此寒酸。

陆湘锦说："豫章啊！我到美国这么多年了，我也无意跟你分割财产。但我希望家里的事还是说清楚的好，你当着大家的面，把姑姑留给你的房产证据给大家看一下，从此以后，我们再也不会旧话重提！"

陆湘锦的这番话有些出乎索豫章的预料，他说："我姑姑的脾气你是最清楚的，到老了，姑姑的脾气变得很怪。在她死之前的几天，我去医院看望她，我们俩拌了几句嘴，姑姑跟我赌气，不知道她把房契放在什么地方了！"

阿茵坐在一旁一边喝茶一边听着他们的对话，索教授的话让阿茵听出了很多破绽。以她对奶奶的了解，老人家一辈子表面看似大大咧咧，实际上却是滴水不漏。阿茵记得当年奶奶把滨江的房产送给马先生的时候，两个人办了正式的过户手续。奶奶既然能把房子正式过户给马先生，不可能想不到在她生病的时候把房子过户给索豫章，这个明显的漏洞，陆湘锦却没有发现。

这个时候阿茵插话说："我在我奶奶身边生活了十一年，我也亲眼看到奶奶把滨江的房产过给马爷爷，按道理说，当时您在美国，我父亲已经不在人世了，索教授是我奶奶唯一的亲人，奶奶不会想不到在她住院期间就把房子交到索教授的手上吧？"

索教授说："因为姑姑走得突然，我没有找到姑姑留下的房产证明，我在报上刊登过丢失的启事，这张登着启事的《北京晚报》我还留着呢！"

然后他转过身去对索师母说："你去我的书房里，左边第三个抽屉里有一个文件袋，我为姑姑缴费的票据、姑姑的死亡证明还有登报的丢失声明都在那里。"索师母闻言转身进屋去取东西。

就在大家围坐在一起喝茶聊天的时候，谁都没有注意到彭见祺独自一个人出去了。

院子里剩下的几个人面面相觑，大家都有点尴尬，不知道是应该继续原来的话题，还是另辟蹊径，说点儿别的。

阿茵趁着没人注意她，就跑到角落里给彭见祺发了一条微信："你在什么地方？"

彭见祺回得很快，他用语音说："你就瞧好吧，我发现了一个好大好大的大瓜！"阿茵也不明白彭见祺说的"大瓜"指的是什么。

时间在非常难换地一分一秒地过去，阿茵明显地感觉到，索教授对待陆湘锦的热情就好像出锅后的馒头，热气在逐渐地散去。陆湘锦也感觉到，亲人团聚的场面让她的几句话给搞砸了，她转过身来对阿茵说："你们公司下午还有别的安排吗？"阿茵知道，陆湘锦也不想待了，她这是在为离开索豫章家找借口。

索师母手里拿着一个牛皮纸袋子从索教授的书房里走出来，小心翼翼地把袋子打开，从里面取出很多张薄如蝉翼的票据，当年圆珠笔的字迹已经有些洇化了，不过每张票据的背面都有索豫章用铅笔重新写上去的金额。

阿茵拿起那些票据看了看，说："这些钱，总共也不超过一千块。"

索师母急忙站起来冲着阿茵说："你可别站着说话不腰疼！现在的一千块钱不算什么，可在当年，我们家的全部家当也不够一千块啊。姑姑在医院里住着，我和豫章四处借钱给她治病！"

阿茵见索师母这样的态度，索性不用顾忌撕破脸皮，阿茵说："就算我奶奶住院的时候距离现在已经过去了十几年，但那个时候，一千块也买不下这个院子吧？以我奶奶的性格，她如果愿意把房子给您，不会不留下凭据，可她却把房契藏起来了，您不感觉这个事情很反常吗？"

索教授见阿茵插话，就拉下脸来说："不要胡说八道，你奶奶在北京的事你知道什么啊？"

阿茵针锋相对地说："就算我不在北京，我也知道这个东西在哪里！

我奶奶让人把房契裱在一幅字里。她防着谁，就不用我说了吧？"

听阿茵说金睿芝把房契裱在一幅字里，索豫章突然想起来了，他确实见姑姑去找过琉璃厂的一个裱糊匠，给她裱过一幅字，那幅字就是金睿芝父亲写的一幅《朱子治家格言》。那幅字在懂书法的索豫章看来根本算不上是艺术品，当时他还在心里讥笑过姑姑，认为她对书法完全是外行，费这么大的功夫，裱一幅没有任何艺术价值的字。

他现在想起来，这也许正是金睿芝的精明之处，因为她料定索豫章不会喜欢这幅字，所以不会在意这幅字的下落，难道东西就藏在那幅画轴里？

这时院门口传来"笃笃"的敲门声，罗阿姨应门，进来的人是彭见祺。"你是谁啊？"看到彭见祺，索教授的声音里充满了不悦。但彭见祺好像完全不在乎，他说："我忘了自我介绍啊，我是阿茵的男朋友。"

索教授心里不痛快，故意揭阿茵的伤疤："你不是跟我的学生邵宇宸交往吗？"阿茵很坦然地承认说："我们已经分手了，再说，当时我们也没谈恋爱，只是同一个学校毕业的校友关系。"

彭见祺走到桌前，从腋下夹着的皮包里拿出一张很旧的纸放在索教授的面前，说："我知道您是文物鉴定行业的泰斗，您看看这个房契是不是真的？"

索教授的眼睛从那张泛黄的纸张上面掠过，那张泛黄的纸一共有两张，第一张纸上写着："立卖祖屋契，文约人郝万石同子郝成元、郝成玉，因为度日艰难，无钱使用，今将本身祖遗空屋坐落在北平纺车胡同，内有四至：南至廉姓后墙，东至王姓，北至果姓，西至郝姓，四至分明，南北长拾柒丈五尺，东西宽陆丈八尺，内有西院官水道二尺，言明邻街瓦房五间，门窗户壁俱全，土木相连。今烦中人说合，本身自愿出卖与金睿芝名下居住，永远为业。言明卖价为银圆五百，当面期银，笔下交足，并不缺短言明。立字之后倘有亲族人等争竞，有去主事人承管，不受治主相干，此系两家情愿各无反悔。空口无凭，立卖房屋契约永远为业存照。民国三十六年正月十七日……"

索豫章再往下看，是一排已经变成黑紫色的手印，分别写着买、卖双方的名字，而中间人就是过去照顾过索豫章很长时间的王府包衣老王。

这张纸下面还有另外的一张，两张纸的新旧程度有一定的差别，第二张纸上写的内容简单了许多，是1951年北京市人民政府核准的"新房契"，说明解放后的人民政府也承认这个院子归金睿芝所有。

索教授瞪着陆湘锦说："看样子你是有备而来，是回来跟我抢遗产的吗？"

陆湘锦说："我已经这么大年纪了，我犯得着抢遗产吗？我这次回来，就是想知道额娘的死因！这么多年，尽管你不承认她是你的养母，但事实上，她也是你的母亲！"

彭见祺说："我也想跟索教授打听一个人，王东青这个人您一定认识吧？我碰巧认识一个大姐，她的父亲就是王东青！"听到王东青这个名字，索教授的脸都变绿了。

彭见祺又说："除了王东青的女儿，我还找到了一个自称是金睿芝徒弟的人。我听阿茵说，她奶奶这一辈子从来就没授过徒，我想替老人家打个假，谁知这个人还真是金睿芝的徒弟！她告诉我，金睿芝住院的时候，您经常拖欠医药费，还嘱咐医生别用好药，别用贵药。饶是这么着，您还常常拖欠医药费，给老太太用药经常是三天打鱼两天晒网，您这么给老太太治病，怎么不跟老几位说说？"

索教授的脸顿时涨得通红，结结巴巴地说："你，你从哪里打听到这些乱七八糟的消息？"

彭见祺正视着索教授说："您是教授，是场面上的人，可我是草根，北京的胡同串子，我生在这里长在这里，我要想找个把人，还有我找不到的吗？"

索教授的嘴唇颤抖着："你……你想要干什么？"

彭见祺说："我要干什么？我要替阿茵的爹妈拿回属于他们的那一份，咱们北京人都知道一个老理儿，欺负老实人是会遭报应的！"

自从进院以来一直一言不发的陈慧芳，想起当年带着女儿在举目无亲的北京大街上游荡的情景，不由得悲从中来，失声痛哭……

结局

　　阿茵目送着陆湘锦的背影消失在国际安检的入口，她转回身来，看见了彭见祺。阿茵跟着他，两个人一起走向停车场。两天之前，彭见祺约了律师，只要阿茵授权给律师，律师就立刻起草诉状，要求分割金睿芝留下的财产，他说要帮助阿茵和她母亲陈慧芳夺回属于她们的遗产。阿茵当然知道，北京的一套院子现在值什么价，但她还是没有在授权书上签字。因为她答应过爸爸，绝不染指金家的任何财产。

　　在这件事情上，阿茵怪彭见祺不该擅自做主，但彭见祺却说，他已经拿到了陆女士的授权，分割一部分遗产给阿茵是陆女士的意思。陆湘锦认为，索豫章亲手造成了金逸一生的悲剧，他有义务给金逸的女儿一个说法。

　　阿茵谢绝了彭见祺的好意，对彭见祺说："不管怎么说，索豫章是我祖母的亲侄儿，也是祖母一手养大的，我想如果祖母在世，她也不会让我对他苦苦相逼的，更何况索豫章已是耄耋之年。"

　　索豫章一直没有打通邵宇宸的电话，他问了研究所里其他的人，大家都对这个问题讳莫如深。阿茵从其他校友那里听到了一些风言风语，说邵宇宸经常帮助一些腐败官员通过拍卖的方式洗钱，已经被检察院批捕，案子正在调查当中。

阿茵要求跟彭见祺分手，但彭见祺不愿意。阿茵就退了她租的房子，再也不接彭见祺打来的电话，分手之际她给他发了最后一条短信："你我终不是同一种人，只是造化弄人，让我们有缘短暂同行。既然早知归途各异，不如早日分别。望你保重，我会记住你，我在北京的故人……"

在退租的时候，阿茵听房东说，胡小凤和屈凝也同时退掉了房子，屈凝通过了律考，换了一个条件更好的房子。胡小凤跟吴冷枫去了武夷山种茶，胡小凤的未婚夫还清了她的高利贷和家里七七八八的债务。

阿茵在离开她住了三年的旧楼时，把那幅已经换过绫子的《朱子治家格言》放在了王姐的桌上，不过，她离开的时候王姐没在收发室里。

阿茵在校友群里看到一条消息，有一个校友在一个满族自治县做扶贫干部，当地人口流失严重，贫困乡村的小学急需老师，阿茵想都没有想就找那位校友报了名。

阿茵要去支教的那个地方荒凉而偏僻，六千年前，古老的肃慎人在这里发源。阿茵买好了机票，她要为自己选择一种全新的生活，为此，她将告别祖母的故乡，去溯源一个渔猎民族更早的足迹……

她想在那里完成她的心愿，替金睿芝做完她想做的事，写一写祖母的师父蔺老板，还有她的祖母金睿芝、宋先生和马先生；她在北京结识的朋友、彭见祺、胡小凤、屈凝和王姐……这些有趣的故人都活跃在阿茵的心里，好像从来不曾离去……

写于 2020 年 7 月

终改于 2021 年 8 月 24 日深夜

在往事的旧梦中且行且歌

——《北京故人》后记

　　我在《北方文学》杂志社做小说编辑已经三十多年了，这些年当中，我所接触过的作家不计其数。我听人说过，在每一个小说家的身体里都住着一个苍老的灵魂。初听这句话不以为意，但自从我跟作家徐敏结婚以来，相伴走过了二十多年，才深信此言不虚。

　　1999 年，我们结婚不久，我跟着她回到了她的家乡齐齐哈尔。现在的齐齐哈尔是一个比较尴尬的城市，由于重工业的衰落，使得这座位于黑龙江西北一隅的重工业城市如同明日黄花。其实，在历史上，齐齐哈尔曾经是黑龙江省的省会，由于马占山将军在江桥打响了抗战第一枪而蜚声中外。齐齐哈尔与哈尔滨建城的历史背景不同，齐齐哈尔建城的历史远超哈尔滨这座由于修建中东铁路而兴起的城市，因而具有更加深厚的内蕴。不过，这两座城市足以表现东北城市的特色，在作家的笔下幻化成她写东北城市的背景。

　　我记得当年跟着徐敏回到她的家乡之后，她带我去看了她出生的那个大院——据说是黑龙江督军吴俊升曾经住过的院子。

我们去的时候正是盛夏时节，那是一个破败不堪的大杂院，院子里被各种各样不规则的砖墙分割成了不规则的形状，我们从一条仅能通过一辆自行车的小窄道儿走进去，看了看那座已经下沉了的老房子的正门。

徐敏告诉我，这扇门是昔日的门厅，当年她能记事的时候，门还不像现在这么窄，当时只有她们一家人住，后来把房子分别卖给了两家人，这两家把一个正厅一分为二，做了各自家里的厨房。

她小的时候，这个院子也还没有现在这么破败，三间正房是她自己家里人住着，窗前有一小片花圃，每年的夏天，花圃里鲜花盛开。她家是1973年清明节从这里搬出去的，后来的房子几度转手就不清楚了。

徐敏小时候，跟着爷爷奶奶在这座老房子里度过了她的童年，常听她给我讲起这个院子的往事。当时我以为，这一定是一座气势恢宏的大院，见过之后，发觉小说家言信不得。呈现在我眼中的大杂院，既没有水井也没有秋千架，唯一让我感觉有点意思的是这房子廊檐下的砖雕。那一溜砖雕好像是被抹过泥，泥土脱落的地方露出了栩栩如生的人物像，这些人物像非常动人，能在青砖上雕刻出如此精美的画像，而且经历了百年的岁月仍然如此生动，让人不由得惊叹昔日工匠们的好手艺。徐敏说，当年"破四旧"，担心被人毁坏，黄泥是那个时候抹上去的。经过几十年风雨的剥蚀，黄泥已经掉得差不多了，露出了砖雕的底色。这座大院过去是她们家的私产，公私合营的时候交给了国家，整个大院留给她家三间正房。她就出生在正房西屋的北暖阁里。

2020年1月，一场疫情漫卷了全国，当时各地封城，人们足不出户。在家里待着无聊，我们夫妻经常回忆童年往事。聊着聊着，就有了故事的骨架——也就是写小说的统称的大纲。

有纲有目之后，再来添加人物。这些人物我虽然未能有缘得见，但通过徐敏多年以来的唠叨，似乎也早已成为我的故人。我们开始把过去发生在她家里或者是她听老辈人说过的那些人和事进行梳理，能用的则用，该舍的当舍。对于一个曾经的当事人来说，让她在自己家族的故事当中做出取舍是非常困难的，所以我在创作当中发挥了我的作用——帮助第一作者忍痛割爱。

创作过程自酷暑至金秋，历时一年有半，我们每一天都沉浸在创作的快乐与痛苦之中。我真切地分享着我的妻子对于家族中逝去的长辈们的思念，对于往事的追忆，对她出生的那座老房子刻骨铭心的思念——

她出生的那座老房子，已经在日新月异的城市改造当中被夷为平地，现在早已高楼林立，她为此而痛心不已。如今，出生在那个老房子里的孩子已经年过半百，人活到我们这个年纪，总想回顾点什么，才不辜负自己曾经见过的人、走过的路，在回忆当中，记忆重新鲜活了起来，于是，有了《北京故人》中滨江市的金睿芝在东北的家，有了那些发生在老房子里的故事。

叶广芩老师在她的小说《去年天气旧亭台》的后记中写了这样一句话："在今天，什么都可以作假，文学也可以作假，但是唯独感受不能作假。"

叶老师的这句话，我深以为然。因为《北京故人》这部小说里所讲述的故事，我算是一个旁观者，但作为文学创作来说，又是"当局者迷、旁观者清"，我们在合作完成这部小说的时候，跟随妻子的回忆，仿佛进入了另外一个时空。

在现实的世界里，我们都已年过半百，但在小说的时空当中，我们还是承欢于长辈膝下的顽童。记得岳母在世的时候，偶然谈起徐家那座老院子，岳母说，当年她嫁入徐家老院子的时候只有二十岁。我的岳母是在我们家病逝的，今日算来已经六年有余。了解往事的故人纷纷凋零，我们所能做的，就是把故事讲给希望听到老故事的读者朋友们。正是这些发生在寻常巷陌之中一代又一代人的故事，积累起来，成了我们这个民族的记忆，演绎出中华大地的历史。

在这部小说的出版过程中，得到老友刘睿铭女士、书画家于连成先生、作家丁伯慧先生以及设计师侯泰先生和燕山出版社编辑王月佳女士的大力支持，在此一并致谢！

乔柏梁

2021 年 12 月 4 日于哈尔滨晴耕雨读斋